AF274851

# Brenda Novak

## En tus brazos

_~._~

## Buscando su lugar

_Tiffany_

Editado por Harlequin Ibérica.
Una división de HarperCollins Ibérica, S.A.
Avenida de Burgos, 8B - Planta 18
28036 Madrid

© 2025 Harlequin Ibérica, una división de HarperCollins Ibérica, S.A.
N.º 174 - 8.1.25

© 2004 Brenda Novak
En tus brazos
Título original: A Home of Her Own

© 2003 Brenda Novak
Buscando su lugar
Título original: Sanctuary
Publicados originalmente por Harlequin Enterprises, Ltd.
Estos títulos fueron publicados originalmente en español en 2005

I.S.B.N.: 978-84-1074-594-0
Depósito legal: M-22782-2024
Impreso en España por: BLACK PRINT
Fecha impresión Argentina: 4.6.25
Distribuidor para México: Distibuidora Intermex, S.A. de C.V.
Distribuidores para Argentina: Interior, DGP, S.A. Alvarado 2118. Cap. Fed./Buenos Aires y Gran Buenos Aires, VACCARO HNOS.

MIXTO
Papel procedente de
fuentes responsables
FSC® C159065
www.fsc.org

# Capítulo 1

VACÍA, la casa parecía embrujada. Grande, imponente, con la luna llena tras él, aquel viejo edificio victoriano proyectaba una sombra grotesca sobre la nieve.

Lucky Caldwell permanecía en el porche, intentando protegerse de un viento glacial mientras empujaba la puerta con fuerza para abrirla un poco más. Si hubiera estado en cualquier otra parte, se habría acercado al pueblo y habría buscado un hotel en el que pasar la noche. Pero en cuanto apareciera en Dundee una persona con el inconfundible pelo rubio rojizo que Lucky había heredado de su madre, la noticia correría como la pólvora y todo el mundo sabría que había vuelto. Y Lucky todavía no quería alertar a nadie de su regreso. Antes necesitaba orientarse. Volver al pueblo suponía un riesgo, un gran riesgo, y ella nunca había sido una mujer afortunada. El suelo crujió cuando accedió al vestíbulo. Instintivamente, alargó la mano en busca de un interruptor, pero se detuvo. De alguna manera, le parecía demasiado atrevido. Ella nunca pertenecería a aquel lugar. Jamás había pertenecido a aquel lugar.

Pero tampoco pertenecía a ningún otro.

Dominando sus nervios, presionó el interruptor.

No ocurrió nada. El ritmo de vida en Dundee en era enloquecedoramente lento, pero, evidentemente, no tanto como para que Mike Hill, el albacea de la familia Caldwell, no hubiera tenido tiempo de dar de baja la luz. Lo cual, después de seis años, tampoco representaba una sorpresa. Lucky había heredado aquella casa a la muerte de

Morris, pero no había vuelto desde entonces. Durante todo ese tiempo, había recibido un par de llamadas de Fred Winston, el único agente inmobiliario de la localidad. Winston le había dicho que se estaba cayendo la pintura de las paredes y que el porche se hundía y le había preguntado si quería vender la propiedad. Pero Lucky sabía quién quería comprar la casa y la respuesta había sido, y seguía siendo, no. Tenía un asunto que resolver allí, en Idaho.

Dejó la mochila en el suelo cubierto de polvo y buscó la linterna en su interior. Desgraciadamente, ya estaba encendida cuando la encontró y, a juzgar por la debilidad de su resplandor, llevaba horas funcionando.

Consideró la posibilidad de volver al coche a buscar unas pilas de recambio. Había tenido que aparcar delante de la casa porque el techo del garaje se había derrumbado. Pero tenía miedo de perder el valor si retrocedía, así que se echó la mochila al hombro y dejó la puerta abierta, por si acaso se encontraba con algo o con alguien no deseado.

Entró en el salón y lo recorrió rápidamente con la luz de la linterna. Nada se movió, pero la familiaridad de aquel lugar evocaba en ella recuerdos agridulces. Por dura que hubiera sido su infancia, durante parte del tiempo que había pasado en aquella casa, había sido realmente feliz. Especialmente durante la primera Navidad posterior a la boda de su madre con Morris.

En la oscuridad, podía imaginar el espléndido árbol cubierto de luces y de bolas doradas que adornaba una de las esquinas del salón. Aquélla era la primera vez que su familia tenía dinero suficiente como para comprar un árbol realmente grande. Desde que era adulta, Lucky no pasaba un solo año sin comprar un árbol todo lo alto que le permitiera la altura de su casa. Pero hasta entonces había estado viviendo del dinero que había heredado de Morris. Si quería continuar viajando, tendría que reducir sus gastos. Las casas que iba alquilando, unas cuantas semanas aquí, otras allá, eran de techos bajos y, normalmente, no especialmente bonitas. Lo cual significaba que jamás había sido capaz de repetir el lujo de aquel maldito árbol.

La escalera de estilo georgiano se elevaba justo delante de ella. A la derecha, había un espacioso despacho junto a otra estancia que años atrás albergaba una impresionante biblioteca. Lucky apartó una telaraña, asomó la cabeza en la biblioteca y en el despacho, y continuó su búsqueda, deteniéndose de vez en cuando para escuchar con atención, hasta llegar a la cocina y al cuarto de estar. Situados en la parte posterior de la casa, conformaban una única habitación de enormes ventanales que se curvaba en semicírculo y daba al estanque y a la base de las montañas. Desgraciadamente, la mayor parte de las ventanas estaban rotas. Lucky se agachó para recoger una piedra del suelo.

Eran tantas las cosas que habían cambiado… Morris estaba muerto. Su madre también. Sus hermanos, Sean y Kyle, ambos mayores que ella, habían vendido las tierras que habían heredado de Morris y se habían mudado a otro estado. Pero la sensación de no ser bien recibida, el resentimiento de aquella pequeña comunidad, permanecía.

Hasta entonces tenía la esperanza de que la vuelta pudiera ser más fácil de lo que había anticipado. Pero ser propietaria de una casa no era lo mismo que poder disfrutar de un verdadero hogar. Y, teniendo en cuenta el estado en el que aquélla se encontraba, se preguntó si no sería mejor dormir en el coche.

Un poco más relajada, Lucky buscó en la mochila y sacó sus provisiones. Diez velas aromáticas, tres pastillas para encender la chimenea, cerillas, agua, y pipas de calabaza. La maleta en la que llevaba los productos de limpieza y la ropa de cama la había dejado en el coche.

En la cocina, debido a los cristales rotos, hacía más frío que en el resto de la casa, pero en la zona del cuarto de estar había una estufa de leña.

Al día siguiente, Lucky pensaba comenzar a convertir aquella casa en un lugar habitable. De momento, sólo necesitaba un rincón para pasar unas seis o siete horas.

Encendió las velas y las colocó sobre el mostrador de mármol. No tardó mucho en encender el fuego, gracias a las pastillas. Cuando Lucky estaba en el último año del instituto y Morris se había divorciado de su madre para volver con su primera esposa, con la que había pasado los últimos meses de su vida, Red se había llevado todos los objetos de valor, pero afortunadamente no se había llevado la leña de la estufa.

De alguna manera, aquel fuego le parecía simbólico. Era su primer paso, un comienzo. Pero los inquietantes ruidos de la casa le recordaron que todavía tenía que explorar el piso de arriba, aunque sólo fuera para asegurarse de que estaba tan sola como creía.

Salió al coche a buscar la bolsa que había dejado en la parte de atrás. Cambió las pilas de la linterna y subió las escaleras que conducían a los cinco dormitorios y los tres cuartos de baño del segundo piso.

Una oscura mancha en el suelo evidenciaba los daños causados por el agua. El viento y la lluvia habían desgarrado el plástico que había utilizado su madre para cubrir los huecos cuando se había llevado las vidrieras de las ventanas. Lucky frunció el ceño, pensando que debería haber detenido a su madre aquel día. En realidad, Red no les había dado ningún uso a aquellas vidrieras. Se había limitado a guardarlas en un armario de la caravana a la que se había mudado cuando había vuelto a casarse.

Pero Lucky no estaba segura de que hubiera servido de nada discutir con su madre. Red estaba decidida a llevarse todo lo que pudiera, porque eso era lo único que había obtenido tras su divorcio y tenía la firme convicción de que diez años de matrimonio con uno de los rancheros más ricos de Dundee deberían haberle reportado algo más.

De pronto, la puerta de la calle se cerró de un portazo. Lucky ahogó un grito de terror.

—¿Hola? —gritó, llevándose una mano al pecho.

Lo único que oyó fue el aullido del viento.

Agarró con fuerza la linterna. El corazón le latía violentamente mientras escuchaba con atención, esperando oír pasos. No oía nada, pero no podía evitar imaginarse fantasmas. Desde luego, no culparía a Morris en el caso de que hubiera decidido dedicarse a rondar aquella casa. Después de todo lo que había hecho por su madre, por toda la familia en realidad, lo habían tratado fatal. De hecho, había sido su primera esposa la que lo había cuidado cuando había perdido la salud.

Pero Morris era un buen hombre. Y, seguramente, tenía mejores cosas que hacer después de muerto, se dijo Lucky con ironía. Eran más las probabilidades de que fuera Red la que anduviera vagando por aquella casa.

—No quedó prácticamente nada, mamá —musitó Lucky—. Te llevaste prácticamente todo.

El silencio invadió de nuevo la casa mientras Lucky se inclinaba sobre la barandilla de la escalera e iluminaba con la linterna los rincones. Vio excrementos de pájaros, una alfombra que parecía roída por una de las esquinas y una silla rota. Los hermanos de Lucky, que se habían quedado en la casa más tiempo que ella, le habían comentado que Morris no había querido volver después de que Red se marchara y, obviamente, no le habían mentido.

Encontró dos cabeceros de cama en dos de los dormitorios y un viejo colchón en un tercero. En el dormitorio principal, había una zona que en otro tiempo había sido adorable. Pero los espejos de las puertas del armario y el del tocador estaban resquebrajados. Y las paredes estaban cubiertas de pintadas: *¡Asesina! ¡Zorra! ¡Púdrete en el infierno!*

Lucky sintió un dolor agudo en el estómago; la úlcera

se estaba activando. Se obligó a desviar la mirada de aquellas palabras y a concentrarse en asuntos más prácticos. Ése era el truco, ¿no? Endurecerse, como habían hecho sus hermanos, y no dejarse avergonzar por el legado de su madre.

Pero eran demasiadas las cosas en las que tenía que pensar. Demasiado el trabajo que tenía que hacer.

Miró las pintadas por encima del hombro. Quizá pudiera comenzar pintando la casa. Y al cabo de unas semanas, en cuanto hubiera terminado de arreglarla, la vendería y dejaría Dundee en el pasado para siempre.

La vendería, sí, en cuanto supiera lo que estaba buscando.

Mike Hill detuvo el Cadillac bruscamente en medio de la carretera y miró con los ojos entrecerrados hacia la propiedad pegada a su rancho. No estaba seguro, pero creía haber visto luz en aquella enorme casa victoriana que en otro tiempo había pertenecido a su abuelo. Por su débil resplandor, imaginó que se trataba de la luz de una vela. A los niños de aquella zona les encantaba visitar aquellas antiguas mansiones. No le importaban en absoluto la diversión y los juegos; él tampoco había sido nunca un santo. Pero temía que algún crío pudiera quemar accidentalmente la casa, hiriendo quizá a alguien en el proceso. Y no podía soportar la idea de perder aquella casa. Cuando era niño, pasaba allí los fines de semana con el abuelo Caldwell. Adoraba aquella antigua casa victoriana y siempre le habían dicho que algún día terminaría heredándola.

Pero no había sido así. En cambio, su abuelo les había dejado a sus nietos un enorme rancho. Pero, tanto si le pertenecía a él como si no, Mike no estaba dispuesto a permitir que destruyeran aquella casa.

De modo que dio marcha atrás y condujo hacia allí.

Las marcas dejadas por las ruedas de un coche en la nieve lo condujeron hasta un Mustang de los años sesenta aparcado detrás de la absurda fuente que Red había hecho instalar en el jardín. Mike no reconoció el vehículo y, en un pueblo de mil cuatrocientos habitantes, era extraño. Pero podía ser de alguien que viviera en uno de los pueblos de los alrededores.

Agarró el sombrero vaquero que había dejado en el asiento de pasajeros, se lo puso y, clavando las botas en la nieve, se acercó a la puerta. Escuchó con atención, pero no se oía ningún ruido procedente del interior, ni música ni voces.

Las bisagras de la puerta protestaron cuando la empujó, pero lo recibió inmediatamente un agradable olor a vainilla. Desde la cocina llegaba hasta él el resplandor de las velas. Y también parecía llegar calor de aquella parte de la casa. Era evidente que alguien estaba intentando crear un ambiente acogedor.

—¿Hola? —cerró de un portazo.

Oyó ruido en la parte posterior de la casa. Casi inmediatamente, lo cegó el haz de luz de una linterna.

—¡Quédate donde estás!

Mike alzó la mano para protegerse de la luz.

—¿O?

—O... disparo.

Por la voz, era evidente que se trataba de una mujer. Y, de momento al menos, parecía estar sola.

—¿Tienes una pistola? —le preguntó con incredulidad.

—¿A ti qué te parece?

Mike no podía recordar que nadie hubiera recibido un disparo en Dundee, pero cualquier cosa era posible.

—¿Qué clase de pistola?

—Una que puede hacerte un buen agujero en la cabeza, ¿satisfecho?

—No particularmente.

El temblor de su voz le indicaba que era muy probable que estuviera mintiendo. Pero comprendía que se hubiera sentido intimidada al ver a un hombre de un metro noventa caminando hacia ella. Lo que realmente lo molestaba era la luz y los motivos que podían haber llevado a aquella mujer hasta allí.

—Soy Mike Hill, el propietario del rancho de al lado.

Mike había crecido en aquella zona. Casi todo el mundo conocía a su familia. Pero si ella lo reconoció, no lo dijo.

—Has entrado aquí sin que nadie te haya invitado.

Tenía que estar sola, en caso contrario, ya habría aparecido alguien.

—Sólo he venido a decirte que será mejor que apagues esas velas y salgas de aquí antes de que llame a la policía. Estás en una propiedad privada.

—¿Acaso es tuya esta casa?

—Debería serlo.

—Pero no lo es, ¿verdad?

No le gustó su tono. El hecho de que aquella casa que conservaba tan buenos recuerdos de su infancia hubiera terminado en manos de una cazafortunas y de sus hijos todavía lo irritaba. Y el que le hubieran robado el tiempo que podía haber pasado con su abuelo durante sus últimos diez años de vida le dolía incluso más.

—Lo que ocurra aquí no es asunto tuyo —añadió ella enérgicamente—. Así que márchate inmediatamente.

Mike no tenía intención de marcharse. Nadie iba a echarlo de casa de su abuelo.

—Aparta esa condenada luz de mis ojos.

—¿O? —preguntó Lucky.

A Mike le gustó el desafío.

—O te quitaré yo mismo la linterna.

—En ese caso, tendré que…

—¿Disparar? Ni siquiera tienes una pistola. Si la tuvieras, no necesitarías cegarme.

Lucky vaciló, pero Mike no le dio oportunidad de decidir. Se acercó hasta ella con dos grandes zancadas, la agarró por la cintura y la presionó contra la pared más cercana.

La linterna cayó al suelo, pero Mike acercó a Lucky a la cocina lo suficiente como para que las velas le permitieran distinguir los senos que se tensaban bajo una camisa larga y un rostro ovalado rodeado de rubios rizos. Era una chica joven, sí, pero mayor de lo que él imaginaba. Desde luego, no se trataba de una adolescente. Tenía un rostro perfecto, de porcelana, como el de un ángel. Pero el brillo de sus luminosos ojos verdes no tenía nada que ver con la inocencia, sino que evidenciaba una furia colérica.

La joven comenzó a levantar la rodilla, pero Mike consiguió sujetarla y proteger su entrepierna al mismo tiempo.

—¡Suéltame, hijo de…!

—Vaya, tranquilízate.

—¿Que me tranquilice? Supongo que esa actitud condescendiente aquí se considera cercana a los buenos modales, ¿verdad, vaquero?

—Mis modales son infinitamente mejores que los que te he visto hasta ahora.

—¡No he sido yo la que ha entrado sin permiso!

—¿Qué? —aquello sí que había conseguido sorprenderlo.

—Ya me has oído. Tanto si crees que esta casa debería ser tuya como si no, soy su propietaria, así que suéltame.

Mike no se movió. La última vez que había visto a Lucky Caldwell ésta era una adolescente regordeta con el rostro cubierto de acné. Llevaba el pelo recogido en una cola de caballo y esperaba al autobús del colegio todas las mañanas, con los libros contra el pecho y fulminándolo con la mirada cada vez que se cruzaban.

—No te creo —respondió él.

—Se decía que mi madre intentó envenenar a Morris. En realidad, lo que hizo fue darle una dosis excesiva de insulina. Ella dijo que había sido accidentalmente, pero él se divorció y la desheredó. ¿Sabría todo eso si realmente ésta no fuera mi casa?

—Casi todo el mundo tiene esa información.

—De acuerdo, compraste el rancho de al lado cuando yo tenía diez años y tú estabas a punto de cumplir veinticinco. Josh tenía dos años menos. Josh y tú comenzasteis la cría de caballos con un semental que tenía una estrella blanca en la frente.

Mike la soltó y retrocedió lentamente. Al verla a cierta distancia, advirtió que no llevaba pantalones. El dobladillo de la sudadera le llegaba a medio muslo y desde allí, se alargaban hasta el suelo unas piernas desnudas y bien torneadas.

—Hace frío, ¿dónde tienes los pantalones?

—Por si no lo has notado, es tarde. Y estaba a punto de meterme en el saco de dormir cuando tan amablemente has irrumpido en mi casa y me has arruinado la noche. Perdóname por no ir vestida más decorosamente.

Mientras la miraba, Mike no podía evitar preguntarse si habría estado Lucky igualmente atractiva seis años atrás si no hubiera llevado siempre el pelo recogido. En ese caso, podría haber despertado más interés entre los chicos del pueblo. Al menos por lo que él recordaba, Lucky nunca había sido una chica especialmente atractiva.

—¿Por qué no me has dicho que eras tú? —le preguntó.

—Quizá porque aprecio mi intimidad.

Parecía disfrutar siendo sarcástica. Mike recordaba a Lucky agarrándose al brazo de Morris el día que éste lo había invitado a conocer a su esposa y sus hijos. Debido al divorcio de sus abuelos y a la segunda boda de Morris, aquél había sido un año complicado para toda la familia de Mike, pero sobre todo para él, que siempre había estado muy unido a su abuelo. El resto de la familia había rechazado la invitación, pero Mike había aparecido en la casa, esperando que todo lo que había oído contar fuera mentira o, por lo menos, no tan terrible como parecía. Él creía conocer a su abuelo. Y pensaba que su abuelo nunca cambiaría. Pero Morris se había dejado arrastrar por el entusiasmo de una relación nueva y, tras enamorarse de Red, ya nunca había vuelto a ser el mismo.

Mike había comprendido que había problemas cuando había visto que Morris abrazaba a Lucky y se la presentaba como «su nueva hija». «Es una muñeca», le había dicho, pero en cuanto le había dado la espalda, Lucky le había sacado la lengua y había salido corriendo.

Mike pestañeó, preguntándose qué podría haber llevado a Lucky de regreso a Dundee. Después de la muerte de Red, la madre de Mike por fin había dejado de hablar de «esa mujer» y «esos niños» que le habían robado el amor de Morris, además de su dinero, y después lo habían abandonado cuando estaba enfermo. Aquellos que realmente lo querían se habían hecho cargo de él hasta el último momento. En cuanto tenía oportunidad, su madre siempre le recordaba que había sido Red la causante de la muerte de su abuela, ocurrida poco después de que su abuelo muriera. «Los médicos dicen que fue un fallo cardiaco. Por supuesto que sí. Se le rompió el corazón cuando se enteró de la aventura que estaba teniendo mi padre. Mi madre no volvió a ser la misma desde que su marido la dejó y tuvo que irse a vivir al pueblo». Con el tiempo, el escándalo se había ido olvidando y Mike odiaba verlo resucitar.

—¿Piensas quedarte aquí? —le preguntó.

Cuando Lucky cuadró los hombros y alzó la barbilla, Mike comprendió que no debería haber albergado la esperanza de una respuesta negativa.

—Es posible. Supongo que no te importará, ¿verdad?

Le importaba, sí, pero él ya había hecho todo lo que había podido. En cuanto se había enterado de que su abuelo nunca había adoptado legalmente ni a Lucky ni a sus hermanos, había intentado recuperar legalmente la casa. Y había perdido. Después, había intentado comprársela a Lucky, pero ella se negaba a venderla.

—Lo que tú hagas es cosa tuya —contestó en un tono tan cortante y formal como el suyo.

—Eso es exactamente lo que yo pienso. Y ahora, si no te importa, es tarde, estoy prácticamente desnuda y hace frío.

Mike desvió la mirada hacia la cocina. Aparte de las velas y del fuego, Lucky no parecía contar con muchas comodidades. Seguramente, dormir en una casa tan sucia y desolada no debía de ser en absoluto agradable para una joven. Pero cuanto más incómoda se sintiera, menos probabilidades habría de que prolongara la visita.

—¿Quieres algo más? —le preguntó Lucky al ver que no se marchaba.

Mike soltó aire lentamente y se echó el sombrero hacia atrás.

—No.

Lucky avanzó hacia la puerta de la calle y la abrió.

Si hubiera sido otra persona, Mike se abría despedido de ella ofreciéndole toda la ayuda que pudiera prestarle como vecino, porque era muy joven, y estaba sola, y de hecho, le costó no hacerlo. Pero Lucky no era una mujer cualquiera. Era la hija de la mujer más egoísta y codiciosa que había conocido en su vida.

—Buenas noches —le dijo fríamente y salió.

Si Lucky se parecía a Red tanto como él sospechaba, sabría cómo cuidar de sí misma.

# Capítulo 2

L UCKY no podía dormir. La familia de Morris había descubierto su presencia incluso antes de que se instalara en la casa. No creía que Mike Hill fuera un hombre que apreciara los chismes, pero era leal a su familia. Y tras haberla visto, seguramente se lo comentaría a su madre, que, a su vez, se lo comentaría a sus hermanos, y así hasta que todo el pueblo se levantara contra ella. Al fin y al cabo, en Dundee, prácticamente todo el mundo era amigo o pariente de los Caldwell.

En realidad ni Mike ni nadie podía hacer nada para evitar su regreso… salvo ser desagradables. El propio Morris había tenido que padecerlo. Teniendo en cuenta lo que Morris creía que su madre había intentado hacerle, no podía comprender por qué la quería tanto a ella. Sus hermanos habían heredado una considerable cantidad de tierra, pero Lucky había recibido aquella casa y una renta vitalicia. Además de agradecérselo, Lucky lo echaba terriblemente de menos. Morris era el mejor hombre que había conocido en su vida, y uno de los pocos que había tenido lugar en su corazón para una niña gorda y fea.

Curiosamente, Mike, uno de sus principales enemigos, se parecía mucho a aquel hombre al que tanto había querido. Había algo en su forma de moverse, en su sonrisa… Aunque casi nunca le sonreía a ella. Cuando Lucky era una adolescente, solía soñar despierta que un buen día se decidía a hablar con ella, pero Mike no parecía reparar siquiera en su presencia. Y quizá ésa fuera la razón por la que se había empeñado tanto en hacerlo reaccionar. Un día, lo había visto montando a caballo cuando ella se estaba bañando en el estanque y había decidido mostrarle algo que, estaba segura, él no podría ignorar, y se había sentido fatal al ver una expresión de desagrado en su rostro.

Lucky se abrazó a las rodillas e intentó borrar aquella hambre terrible de cualquier migaja de aprobación, especialmente procedente de la familia de Morris.

La tentaba la idea de dejar aquella casa, de abandonar Dundee para siempre. Pero la lista de nombres que había encontrado en el diario personal de su madre era motivo más que suficiente para quedarse.

Después de una pésima noche de sueño, Mike fijaba la mirada en el teléfono del despacho, preguntándose si debería llamar o no a su madre. Era posible que Lucky no pensara quedarse mucho tiempo. Como era él el encargado de enviarle los cheques que recibía mensualmente, sabía que viajaba constantemente… Pero si Lucky pensaba quedarse algún tiempo por la zona, sería preferible que fuera avisando a todo el mundo.

Ya había llamado a su hermano Josh, pero estaba en Hawai, con Rebecca, y no había podido localizarlo.

—¿Mike?

Mike miró hacia la puerta. Rose Hilman, una mujer de unos cincuenta años que llevaba la contabilidad del rancho, asomó la cabeza.

—¿Sí?

—Ha venido Gabe Holbrook.

Olvidándose de su madre, de su hermano y de Lucky Caldwell, Mike se enderezó sorprendido. Había crecido con Gabe. Habían sido amigos íntimos desde niños, pero desde el accidente, Gabe rara vez aparecía por allí.

—Dile que pase —le pidió.

Mientras lo esperaba, sintió la punzada del remordimiento. Durante los últimos meses, no había hecho ningún esfuerzo por ir a ver a Gabe. Éste había pasado dos años muy duros, los peores imaginables, y también se había convertido en una persona distante y taciturna con la que resultaba difícil conectar. Ya no parecía haber ningún tema seguro que abordar. Los temas de los que años atrás disfrutaban, como el fútbol, los rodeos, o las mujeres, sólo eran una doloroso recuerdo de todo lo que Gabe había perdido.

Mike se levantó mientras Gabe entraba en el despacho en la silla de ruedas.

—Gabe, me alegro de verte —rodeó el escritorio para salir a saludarlo.

Gabe le estrechó la mano con firmeza.

—Hace tiempo que no nos vemos.

Demasiado tiempo, y Mike lo sabía. Si al menos la imagen de Gabe en esa condenada silla de ruedas no lo afectara tanto… Hundió las manos en los bolsillos y se sentó en el borde del escritorio.

—Tienes buen aspecto. Supongo que continúas bebiendo esos concentrados de verduras que me hiciste probar la última vez que estuvimos en la cabaña.

—Hay más vitaminas y minerales en una cucharada de ese concentrado que…

—Lo sé, que en toda una bolsa de verduras —lo interrumpió Mike, riendo—. Aun así, no era capaz de tragarlo.

Gabe lo recorrió con la mirada.

—Por lo que veo, tienes muy buen aspecto sin ellos. Para ser tan viejo.

Gabe, dos años más joven que él, siempre había bromeado sobre su edad.

—Los cuarenta están a la vuelta de la esquina. Bueno, ¿qué te trae por el rancho en un día tan horrible?

Gabe fijó la mirada en la ventana; la nieve continuaba cayendo de tal manera que apenas se distinguía el establo.

—Las carreteras aún están transitables, pero el camino de tu casa deberías limpiarlo. ¿Cómo esperas que pueda venir a verte un tullido como yo en esas condiciones?

Su forma de intentar restarle importancia a su situación incomodaba extremadamente a Mike. Para Gabe, su cuerpo lo había sido todo y, desde el accidente, se había refugiado en las montañas y vivía como un eremita.

—A mí me parece que vas a donde quieres —y era cierto, si Gabe no salía más, era porque no quería.

Gabe se encogió de hombros.

—Puedo arreglármelas. Especialmente cuando tengo buenas razones para ello.

—Parece que ha ocurrido algo.

—Quería decirte que mi padre se va a presentar para las próximas elecciones al Congreso.

—¿De verdad? Es magnífico. Y cuenta con todos los requisitos para ser elegido ¿Cuánto tiempo ha estado como senador? ¿Nueve años?

—Diez, pero aun así, es una competición difícil. Butch Boyle lleva toda una vida de diputado.

—Pero tu padre es un hombre muy respetado en este estado. Creo que tiene muchas oportunidades.

—Necesitamos sangre nueva en el Congreso. Butch lleva tanto tiempo en Washington que no creo que se acuerde siquiera de que es de Idaho.

Mike no podía menos que estar de acuerdo. Pero habría apoyado a Gabe aunque éste se hubiera presentado allí para decirle que su padre quería optar a la presidencia de Estados Unidos.

—Necesitamos recaudar fondos para la campaña y ésa es otra de las razones por las que estoy aquí. Me gustaría contar con tu ayuda.

—Si me estás pidiendo una contribución, cuenta con ella.

Mike se inclinó sobre el escritorio y comenzó a remover papeles para buscar su chequera, pero la voz de Gabe lo interrumpió.

—Esperaba que hicieras algo más que ofrecerme una donación.

—¿Como por ejemplo?

—Me gustaría que organizáramos una reunión. Quiero reunirme con Conner Armstrong y el resto de los inversores del centro turístico Running Y. Y también me gustaría que estuvieran presentes Josh y tus tíos.

—No me necesitas para eso.

—La verdad es que sí. No sé si se tomarían muy en serio a un ex jugador de fútbol.

Mike sospechaba que lo que quería decir era que no se tomarían suficientemente en serio a un ex jugador de fútbol que además era paralítico. Nadie pensaba que Gabe fuera menos persona que antes por lo que le había pasado, pero ya no se molestaba en intentar convencerlo de ello. Sabía, por propia experiencia, que Gabe no lo escucharía.

—Donde realmente hay dinero es en Boise, no aquí.

—Boise está situado entre dos distritos. La zona que nos corresponde es la parte más conservadora, que, probablemente, votará por Boyle —dijo Gabe—, de modo que los principales esfuerzos tendremos que hacerlos aquí.

Mike se frotó la barbilla.

—¿De cuánto dinero estamos hablando?

—De medio millón, por lo menos.

—No podremos conseguir medio millón de dólares con donaciones.

—Sí, lo sé, pero hay otras vías.

—¿Como…?

—Como la Federación de Profesores, o la Federación de Empleados Municipales del Condado, la Agrupación de Camioneros…

—Has estado haciendo los deberes.

—Y condenadamente bien.

Mike sopesó su decisión. Quizá involucrarse en aquella campaña les permitiera hacer algo en común otra vez y los ayudara acostumbrarse a la nueva situación de Gabe.

—De acuerdo —dijo—. Josh va a estar fuera unos cuantos días con Rebecca, pero intentaré concertar una cita con él, Conner y los otros inversores en cuanto vuelva.

Lucky se recostó contra la pared del que había sido su antiguo dormitorio y se frotó la frente con el dorso de la mano. Había estado quitando telarañas y barriendo durante toda la mañana y no quería tocarse la cara con los dedos. El ejercicio físico la ayudaba a mantenerse en calor, de modo que no había parado mientras esperaba a que dejara de nevar. Pero eran ya las doce y el tiempo no parecía que fuera a cambiar. Y como se descuidara, iba a quedarse atrapada en la casa otra noche más.

Estaba decidida a que eso no ocurriera, pero la verdad era que no tenía muchas opciones. Por culpa de las montañas, no tenía cobertura en el móvil. Estaba a unos veinte kilómetros del pueblo y no tenía nada ni remotamente parecido a una pala con lo que poder comenzar a quitar la nieve. Y su único vecino era Mike Hill.

Mike Hill… ¡Diablos! No podía ir a pedirle ayuda. Siempre la había odiado y ella…

Ella nada. Durante la mayor parte del tiempo, ni siquiera había existido para él, de modo que era preferible fingir que él tampoco existía para ella.

Decidiendo que no podía hacer nada hasta que no terminara de nevar, bajó al piso de abajo a buscar la maleta con intención de sacar la ropa que requería de mayores cuidados. Había hecho las maletas con mucho cuidado, llenándolas al máximo por si se quedaba una buena temporada, pero sus cosas ya no estaban ni ordenadas ni limpias. Después de que Mike se fuera la noche anterior, había tenido problemas para entrar en calor y había ido sacando ropa desordenadamente, intentando encontrar prendas con las que cubrirse.

Metió de nuevo casi toda la ropa en la maleta más grande, se sentó sobre ella para cerrarla y comenzó a subir.

—Vamos —se dijo, animándose a moverse.

Subió el primer tramo de escaleras, pero justo en la esquina, se le abrió la maleta. Soltó una maldición y observó frustrada cómo iba rodando su ropa por la escalera.

—Ya está, renuncio —dijo, y dejó caer la maleta hasta el final de la escalera.

Se sentó en un escalón y miró furiosa a su alrededor. ¿Pero qué importancia podía tener otro desastre? Ya estaba sola, en una casa sin muebles, atrapada en una tormenta…

Debería ir a Dundee en cuanto amainara la tormenta. Había estado dándole vueltas a aquella idea toda la mañana. Pero ya la había arrinconado más de una vez, junto a los otros fantasmas del pasado. ¿Por qué tenía que volver?

El diario de tapas negras que acababa de salirse de la maleta, junto a todo lo demás, le sirvió para recordarlo. Mientras fijaba la mirada desde su escalón en las páginas abiertas del diario, se preguntaba, una vez más, si no habría sido un error leerlo.

¿Realmente serviría de algo encontrar a su padre?

No tenía la menor idea. Sus hermanos también habían crecido sin padre, pero por lo menos sabían su nombre. Según Red, un hombre muy atractivo llamado Carter Jones que había pasado dos años en Dundee antes de romperle el corazón e incorporarse al circuito de rodeos. Excepto por el dinero que enviaba de vez en cuando, nunca habían sabido nada de él.

A sus hermanos no parecía importarles, pero el caso de Lucky era diferente. Ella había crecido sin saber siquiera el nombre de su padre. Hasta que su madre había muerto y se había encontrado de pronto con tres posibles candidatos. Había ido hasta Dundee con el objetivo de averiguar quién era su padre. ¿Y por qué no? No tenía mejores cosas que hacer. Había estado viajando de ciudad en ciudad, había trabajado como voluntaria en hospitales y bancos de alimentos durante seis años, casi desde que había salido del instituto. En realidad no tenía ningún lugar adonde ir, o por lo menos ningún lugar en el que pudiera encontrar la paz que había estado buscando en su trabajo como voluntaria. En aquel pueblo la odiaban por ser quien era, pero allí estaban encerrados los secretos que podían ayudarla a darle alguna perspectiva a su vida.

Con un suspiro, recogió el diario. Quizá no hubiera sido un error regresar a Dundee, pero debería haber esperado hasta la primavera. Y podría haber esperado si no fuera porque quería pasar allí la Navidad. El recuerdo de su primera Navidad en aquella casa la había tentado a volver.

Rió con tristeza. Dios, todavía estaba intentando revivirlo. Qué patético.

Sorteando los zapatos y la ropa interior que continuaba esparcida por la escalera, regresó al dormitorio de su madre para enfrentarse a las pintadas de las paredes. Aquella habitación, aquellas palabras, le hicieron recordar lo mucho que había sufrido en aquel pueblo. Las miradas de desaprobación de la familia de Morris, los cuchicheos malintencionados: «Julie ha vuelto a traer a casa a esa niña de los Caldwell, tendremos que hablar con ella…». «Lucky terminará como su madre, espera y verás», «no podemos permitir esa clase de influencia en esta casa». O los susurros cargados de sugerencias de los niños en el colegio: «¿Tienes el pelo rojo por alguna otra parte? ¿Por qué no vamos detrás de las gradas y lo comprobamos? Con una madre como la tuya, seguro que te sabes todos los trucos».

¿Todos los trucos? Desde luego, desde muy temprana edad, Lucky sabía más sobre sexo de lo que debería, pero no por propia experiencia.

Fue deslizándose contra la pared hasta sentarse en el suelo y abrió el diario que había encontrado cuando por fin había abierto las cajas que sus hermanos le habían enviado tras el entierro de Red. La lista de nombres escritos por su madre le hizo revivir a Lucky recuerdos que había intentado suprimir durante años. Los hombres saliendo y entrado de la destartalada caravana. Los hombres gimiendo tras la puerta de la habitación de su madre…

A pesar del frío, el sudor empapaba el rostro de Lucky. Quería quemar aquel diario, borrar las pruebas. Pero no lo haría. Dave Small, Eugene Thompson y Garth Holbrook estaban en la lista de hombres que habían «visitado» a su madre veinticinco años atrás, justo por las fechas en las que un hombre tendría que haber «visitado» a su madre para que nueve meses después naciera Lucky. Y a no ser que su madre estuviera saliendo por aquel entonces con alguien que no hubiera anotado, lo cual parecía muy poco probable teniendo en cuenta la precisión de aquellos datos, alguno de aquellos hombres era su padre.

Lucky había reconocido desde el primer momento los nombres de Dave Small y de Garth Holbrook. Ambos eran importantes ciudadanos de Dundee, lo cual le había hecho albergar la esperanza de que quizá pudiera identificarse o admirar más a su padre de lo que lo había hecho nunca con su madre. Quizá frecuentaran de vez en cuando a una prostituta, pero Red sabía, por el trabajo de su madre, que había muchas personas a las que no les resultaba fácil ser fieles. E incluso era posible que aquellos hombres no estuvieran casados cuando habían ido a ver a Red.

Buscó las páginas que narraban el momento en el que Morris había aparecido en su vida. Su aparición había supuesto una interrupción en aquel constante ir y venir de hombres. Hasta que Red se había cansado de estar casada con un hombre mayor. Después, cuando Morris había empezado sus viajes de negocios, todo había comenzado otra vez. Pero de aquella época, su madre no guardaba ninguna lista, y los hombres no le dejaban ningún dinero.

Lucky cerró los ojos y sacudió la cabeza, recordando todas las veces que le había suplicado a Red que no arriesgara su recién conquistada seguridad. A medida que Lucky había ido creciendo, Red había ido dejando de fingir que no sabía a qué se refería y había comenzado a amenazarla: «Si se te ocurre decir algo, Lucky Star Caldwell, te daré una patada en el trasero y te echaré de esta casa».

Y cuando las cosas se ponían insoportables, Lucky se marchaba al establo de los hermanos Hill para estar con sus caballos. Allí, durante una hora o dos, conseguía olvidarse de que estaba traicionando a Morris de la misma forma que lo hacía su madre.

Lucky cerró el diario y se levantó. Había intentado duramente distanciarse de todo aquello. En cuanto había terminado el instituto, se había marchado de Dundee y no había vuelto jamás. Ni siquiera cuando Morris había muerto y se había enterado de lo que le había dejado en herencia. Ni cuando su madre había muerto dos años después. Tampoco había regresado cuando Mike Hill había impugnado el testamento, obligándola a contratar a un abogado. Se había limitado a dejar que el abogado se ocupara de todo y, cuando el proceso había terminado, le había pedido a Mike, como albacea de las propiedades de Morris, que le enviara el cheque que tenía que mandarle cada mes y que se olvidara para siempre de la casa.

Hasta ese momento. Hasta que se había dado cuenta de que nunca podría huir realmente del pasado y había vuelto dispuesta a hacer algo con aquella casa. Pero antes de terminar muriendo congelada, tenía que pedirle a Mike un favor. Aunque estaba segura de que a éste no iba a gustarle.

# Capítulo 3

LUCKY descargaba el peso nerviosa de un pie a otro pie mientras permanecía frente a la puerta de casa de Mike. Quizá Mike fuera su mayor enemigo, pero también era el hombre más atractivo que había conocido y, como no tenía agua corriente en casa, no había podido ni darse una ducha antes de ir a verlo. Estaba empapada y temblando por culpa de la nieve; y estaba convencida de que debía de tener la nariz y las mejillas completamente rosas.

Y el rosa nunca había sido un buen color para ella. A las pelirrojas no les sentaba bien. Pero en aquel momento, Mike era su única opción. No vivía nadie más por allí.

Le abrió la puerta una mujer de mediana edad y pelo castaño y canoso, que llevaba recogido en un moño sujeto por un lápiz.

—No tienes por qué esperar ahí fuera, cariño. Esta parte de la casa son sólo oficinas. Pasa.

—Gra… gracias —Lucky tenía tanto frío que apenas podía hablar.

—Si no te quitas esa ropa empapada cuanto antes, vas a agarrar una pulmonía —dijo la mujer, deslizando la mirada por los vaqueros empapados de Lucky.

Lucky parpadeó con intención de eliminar los últimos restos de nieve de las pestañas y consiguió esbozar una sonrisa.

—Es… estoy bien. ¿Está el señor Hill por aquí?

—¿Cuál de los dos?

—Mike.

—Está en su despacho, ¿cómo te llamas?

Lucky vaciló antes de decir su nombre. No quería que comenzara a saberse en el pueblo que había regresado. Pero Mike ya la había visto, de modo que era imposible mantener el pretendido anonimato de su llegada.

—Lucky Caldwell.

La mujer arqueó las cejas de tal manera que casi le llegaron al cuero cabelludo.

—¿Has dicho Lucky?

Lucky apretó los dientes y asintió.

—Has crecido mucho —comentó la mujer—, no te he reconocido.

Lucky tampoco la reconocía a ella y debió de mostrarlo con su expresión, porque la otra mujer frunció el ceño.

—Soy Polly Simpson, la señora Simpson. Trabajaba en la secretaría del instituto, controlando la asistencia ¿recuerdas?

—Oh, por supuesto —contestó Lucky.

Pero aun así no recordaba el rostro de Polly Simpson. Probablemente porque no había faltado al colegio un solo día de su vida. El colegio había sido su refugio. Rara vez tenía que ir a secretaría y probablemente sólo se había cruzado con la señora Simpson por los pasillos.

—Le diré a Mike que estás aquí.

—Espere —Lucky la agarró del brazo—. ¿No podría hablar con la señora Hill?

—Si te refieres a la mujer de Josh, está fuera. Mike no se ha casado.

—¿Todavía?

La señora Simpson se echó a reír.

—Sí, todavía. ¿Quieres que lo avise?

Evidentemente, no le quedaba otra opción.

—Sí.

Tras dirigirle una mirada cargada de curiosidad, Polly se marchó. Unos segundos después, asomaba la cabeza por una de las habitaciones que había al final del pasillo y le hacía un gesto con la mano.

—Mike dice que pases.

Lucky se quitó rápidamente las botas, porque la nieve estaba comenzando a derretirse y estaba empapando la alfombra. Pero cuando vio sus pies, deseó no haber sido tan educada. Tenía un agujero en el calcetín que la hacía parecer tan miserable como todo el mundo la consideraba.

—¿Señorita Caldwell?

Lucky se enderezó.

—Ya voy.

Ignorando el agujero, además de los vaqueros empapados y su, en general, desastrado aspecto, pasó por delante del personal de oficinas intentando no fijarse en las miradas de curiosidad que le dirigían y caminar como si fuera amiga de Mike desde hacía años.

Mike tenía un despacho enorme, con un escritorio de madera, cuatro sillones de cuero, una barra en una esquina y varios cuadros de caballos colgando de las paredes.

—Lucky —se levantó al verla. La miró con fría curiosidad, pero sin detenerse en sus ojos, y no sonrió—, ¿puedo hacer algo por ti?

A Lucky la molestaba tener que pedirle un favor por pequeño que fuera. Pero a menos que quisiera terminar congelada, tenía que hacerlo.

—¿Te importaría dejarme utilizar el teléfono?

—Por supuesto que no —se interrumpió un instante y la estudió con atención.

Lucky permanecía inmóvil frente a él, obligándose a soportar el peso de su mirada.

—Estás empapada —dijo Mike—, no me digas que has venido andando hasta aquí.

Lucky no quería que supiera lo desesperada que estaba, de modo que se limitó a encogerse de hombros despreocupadamente.

—Sólo estoy a unos trescientos metros.

—Estamos en medio de una ventisca.

—Supongo que podría haber intentado sacar el coche de la nieve, pero lo más parecido que tengo a una pala es una escoba —rió, esperando provocar en Mike una sonrisa que ayudara a aliviar la tensión, pero no funcionó.

—En ese caso, creo que has hecho lo que debías —pasó por delante de ella y arrastró una silla por la alfombra hasta una mesita situada en una esquina en la que había un teléfono—. Siéntate y ponte cómoda —le dijo.

Lucky negó con la cabeza.

—No me sentaré. Estoy demasiado mojada.

Mike miró con el ceño fruncido sus pies empapados y pareció detenerse en el agujero del calcetín. Lucky encogió los dedos de los pies antes de sentarse.

—Eh, ¿tienes una guía telefónica?

Mike se asomó al pasillo y pidió que le llevaran la guía de teléfonos.

—¿Puedo ofrecerte un café?

Lucky se moría por un café caliente. Sin electricidad, no había podido preparárselo ella. Pero no pretendía estar allí tanto tiempo. Y de Mike no quería nada más que lo estrictamente necesario.

Mike abrió la boca para decir algo, pero Polly Simpson lo interrumpió al llegar en aquel momento con la guía telefónica, que, inmediatamente, le tendió a Lucky.

Mike hundió las manos en los bolsillos y se reclinó contra el marco de la puerta. Después, pareció pensárselo mejor y decidió no quedarse allí esperando.

—Voy a por un café —musitó, y se marchó.

Lucky suspiró aliviada cuando por fin se quedó a solas.

Tardó casi quince minutos en localizar a la compañía de la luz, y otros cinco en hablar con las del teléfono y el agua, pero para cuando colgó, le habían prometido que le darían de alta la luz y el servicio telefónico. No sabía exactamente cuándo. Le habían dicho que después de la tormenta, pero la tormenta podía durar un día o dos.

—¿Ya has terminado? —Mike apareció casi en el mismo instante en el que Lucky cerró la guía telefónica.

Lucky interpretó la pregunta como un reflejo de las ganas que tenía de que se marchara.

—Sí, gracias.

Se levantó y se dirigió hacia la puerta, pero sabía que era una estupidez no preguntarle a Mike si podía prestarle una pala. Sin agua ni luz, tendría que ir en algún momento al pueblo. Ya sólo le quedaban una bolsa de pipas y una botella de agua.

Maldiciéndose a sí misma por no haber ido más preparada para el duro invierno de Idaho, se detuvo a medio camino.

—Siento molestarte otra vez, ¿pero podrías prestarme una pala? Sólo la necesitaré durante un par de días.

Mike ya estaba trabajando frente al ordenador. Alzó la mirada y permaneció en silencio el tiempo suficiente como para que Lucky se arrepintiera de habérsela pedido.

—Si no te sobra ninguna, no te preocupes.

—No, no es eso, seguro que puedo encontrar una.

Se levantó, rodeó el escritorio y la instó a seguirlo por el pasillo. Cuando llegaron a la puerta de la calle, le dijo que no tardaría en volver.

Lucky se puso las botas empapadas mientras Mike desaparecía en la parte privada de la casa. Para cuando regresó, ya estaba preparada para marcharse.

—Toma —le dijo Mike, y le dio una pala enorme.

—Gracias. Te la devolveré en cuanto pueda —le contestó, y se marchó en medio de la tormenta.

Lucky pasó las siguientes horas quitando nieve en medio de una verdadera ventisca. El ejercicio la ayudaba a entrar en calor, pero tenía los dedos de los pies y de las manos congelados. Y los vaqueros no tardaron en quedar completamente rígidos por culpa del hielo. Tenía que parar cada pocos minutos para entrar en casa, quitarse las botas y meter los pies en el saco de dormir, en un esfuerzo por calentarlos.

Mientras veía cómo iba oscureciendo y descendiendo la temperatura, comenzó a plantearse la posibilidad de volver a casa de Mike. Cada vez le costaba más manejar aquella condenada pala, pero era demasiado orgullosa para pedirle otro favor. Se las arreglaría sola, como siempre. Lo único que tenía que hacer era encontrar la manera de bajar al pueblo.

La pala arañaba la grava del camino mientras la hundía en la nieve por lo que le parecía la millonésima vez. Los brazos y la espalda le dolían, ¿quién podría haberse imaginado que iba a costarle tanto despejar el camino de nieve?

Se derrumbó contra el coche e intentó respirar. Se cubrió los ojos para protegerse de los copos de nieve que revoloteaban a su alrededor y escrutó la carretera con la mirada. Le quedaban por lo menos seis metros para llegar hasta allí.

—Y yo que quería volver a casa por Navidad, ver esta vieja casa en invierno… —gruñó, suspirando por la taza de café que había rechazado y por un buen baño caliente.

Se imaginó hundiéndose en una bañera humeante y se dijo que haría exactamente eso en cuanto tuviera agua caliente.

Tras quince minutos más de fiera determinación, tiró la pala y, sin resuello, se secó la nariz con el dorso de la mano enguantada. No había progresado prácticamente nada y había oscurecido de tal manera que tenía dificultades para ver.

Se encerró en la casa y presionó el primer interruptor

que vio, rezando por que le hubieran restaurado la luz. Por hambrienta que estuviera, podría aguantar una noche más en la casa si por lo menos tenía la manera de calentarla.

Pero no ocurrió nada.

Con el ánimo por los suelos, se quitó la capucha del abrigo y fue a la cocina a registrar su mochila. Esperaba encontrar una barrita de cereales o algo así, pero sólo encontró el envoltorio de unos chicles y migajas. Para empeorar las cosas, prácticamente no le quedaba agua.

¿Qué iba a hacer? Necesitaba quitar la nieve del camino y salir de allí… Regresó al cuarto de estar y miró a través de la ventana. Quizá fuera posible conducir… y merecía la pena intentarlo.

Animada por la visión de una comida caliente y una habitación acogedora en un hotel, agarró el bolso y salió corriendo otra vez. Pero tuvo problemas para poner el motor en marcha e, incluso cuando consiguió que aquel maldito coche funcionara, no consiguió recorrer más de tres metros antes de que las ruedas comenzaran a patinar. Nada. Estaba atrapada. Por lo menos hasta el día siguiente.

Dejó caer los hombros y apoyó la cabeza en el volante. ¿Cómo se le había ocurrido regresar a Dundee en Navidad? Ella sabía mejor que nadie que no existía Santa Claus.

Mientras el viento arrojaba las ramas de los árboles y los copos de nieve contra las ventanas de la casa, Mike fijaba la mirada en el techo de su habitación. Estaba agotado y quería dormir, pero aquélla era la peor de las tormentas que había presenciado desde hacía años y por mucho que intentara olvidarse de Lucky, no podía. Continuaba imaginándosela, temblando de frío, con el dedo asomando por el agujero del calcetín, y se sentía culpable por no haber enviado a sus hombres a despejarle el camino. Si

Lucky hubiera sido cualquier otra persona, lo habría hecho en un instante. Pero Lucky era la hija de Red, y no era en absoluto tan dulce como parecía.

Recordó cómo le había sacado la lengua cuando era niña y decidió que había hecho bien. Lucky había estado viviendo del dinero de su abuelo desde que tenía diez años. Seguramente le vendría bien un poco de trabajo físico.

A no ser que no hubiera conseguido sacar el coche de allí. Quizá en aquel momento estuviera sentada en casa, helándose de frío.

Mike pensó en los cristales rotos de las ventanas y en la nieve amontonándose en el interior del cuarto de estar. Pero si Lucky hubiera necesitado algo, habría ido al rancho. Ya lo había hecho una vez, y él había sido amable con ella.

Pero no estaba completamente convencido de que volviera. De hecho, estaba seguro de que había pasado un mal rato al tener que presentarse en su casa.

Mike golpeó la almohada y dio media vuelta en la cama. Se había asegurado de que sus caballos estuvieran a salvo en los establos, cubiertos por una gruesa manta, pero había dejado que una mujer se quedara sola en una casa en la que no había ninguna fuente de calor.

Pero no era una mujer cualquiera, se repitió. Era Lucky Caldwell. Además, si tenía frío, podía encender un fuego. Un fuego la ayudaría a entrar en calor. No pensaba perder ni un minuto más de sueño por culpa de esa niña mimada que lo había sustituido ante los ojos de su abuelo. Él no era responsable de Lucky y no quería tener nada que ver con ella.

Trabajo… tenía que pensar en el trabajo. Estando Josh fuera, tenía muchas cosas que hacer. Tenía clientes a los que llamar, nóminas que firmar…

Pero la imagen de Lucky presionada contra la pared,

abriendo los ojos de par en par por culpa del miedo, cruzó su mente.

Desesperado, le dio una patada a las sábanas. Evidentemente, no importaba quién fuera Lucky. Su conciencia no iba a dejarlo descansar hasta que no se asegurara de que estaba bien.

Mike tenía un vehículo cuatro por cuatro y uno de sus hombres había dejado despejado el camino a las cinco de la tarde, pero aun así, era arriesgado conducir en medio de la tormenta. De modo que decidió que era preferible utilizar uno de los trineos a motor.

Agarrando el foco que utilizaba para controlar a los caballos, se puso el abrigo, los guantes de cuero, las botas vaqueras y el sombrero para dirigirse hacia el cobertizo. Sabía que estaría empapado y furioso para cuando regresara de nuevo a casa…

La furia de la tormenta apagaba prácticamente el sonido del motor. Las luces apenas conseguían vencer la oscuridad, pero Mike conocía el terreno. Había montado trineos desde que tenía cinco años, cuando sus abuelos vivían juntos y él solía quedarse con ellos.

Mientras se abría paso en medio de la tormenta, los copos helados golpeaban el parabrisas del trineo y le taladraban el rostro, pero no tardó mucho en encontrarse subiendo la colina que conducía a la casa de su abuelo, a la casa de Lucky, esperando que ésta se hubiera marchado. Nadie se quedaría en un lugar así en medio de una tormenta. Hasta que vio el coche a medio camino entre la casa y la carretera y comprendió que, aunque Lucky había intentado marcharse, no lo había conseguido.

No se veía luz en el interior de la casa y eso lo preocupó. En realidad, no esperaba que le hubieran restablecido la luz y el agua en medio de una tormenta, pero pensaba que Lucky tendría velas, o al menos la manera de encender un fuego.

A lo mejor se había quedado dormida y se habían apagado el fuego y las velas…

Preocupado, dejó el trineo al lado de una zona de la que parecían haber quitado la nieve recientemente. Debería haberla ayudado. Si algo le ocurría, se sentiría responsable.

Cuando bajó del trineo, la nieve le llegaba a la altura de las rodillas. Agarró el foco y se dirigió hasta el porche. Pero en aquella ocasión, cuando llegó a la puerta, la encontró cerrada.

—¿Lucky? Lucky, ¿estás ahí?

¿Dónde podía estar? Lucky le había parecido una mujer cabezota, pero seguramente no tanto como para intentar recorrer a pie los seis kilómetros que la separaban del pueblo, ¿o sí? Dios, esperaba que no. Si se le hubiera ocurrido una cosa así, en aquel momento debía de estar congelada en medio de la nieve.

Rodeó el jardín hasta llegar a la puerta trasera de la casa. También estaba cerrada, pero metiendo la mano por una de las ventanas rotas pudo abrir el cerrojo con facilidad.

En la cocina no hacía mucho más calor que fuera. Cuando había visto a Lucky, poco después de las doce, estaba empapada. ¿Habría sido suficientemente sensata como para quitarse aquella ropa? ¿Tendría algo que ponerse? Mike no sabía si había ido preparada para enfrentarse a un tiempo como aquél, pero si lo que había visto era un indicativo de algo, no podía decirse que hubiera sido muy previsora.

Iluminó la cocina con la linterna. Lucky había limpiado aquella parte de la casa, pero no la veía durmiendo allí.

—¿Lucky?

No hubo respuesta.

El corazón le latía violentamente mientras recorría el cuarto de estar, la biblioteca, el despacho. Estaban vacíos, ¡maldita fuera!

Subiendo los escalones de dos en dos, se dirigió directamente al dormitorio principal.

—¿Lucky? Soy Mike.

Nada.

—¿Lucky?

—Ve… vete.

El sonido de su voz temblorosa le produjo al mismo tiempo alivio y preocupación. Se detuvo bruscamente y miró a su alrededor, buscándola. No estaba en el dormitorio principal, pero estaba cerca, desde luego, en el piso de arriba.

—¿Estás bien?

—He dicho que te vayas.

Estaba en el segundo dormitorio. Mike caminó hacia allí a grandes zancadas, abrió la puerta y la encontró hecha un ovillo en el fondo de un saco de dormir que había colocado sobre un viejo colchón.

—¿Qué crees que estás haciendo?

—¿Qué… qué quieres decir?

Los dientes le castañeteaban de tal manera que Mike apenas la entendía, sobre todo porque le estaba hablando desde el fondo del saco de dormir.

—Aquí no tienes ninguna fuente de calor.

—Vaya… noticias nuevas.

—Deberías venir al rancho.

—¿Porque allí sería bienvenida? —finalmente asomó la cabeza.

Aunque quizá fueran imaginaciones suyas, a Mike le pareció verle los labios azules por el frío. En cualquier caso, sus ojos parecían demasiado grandes para su fino rostro, y le recordaron a Mike lo joven que era: veinticuatro años. A esa edad, él apenas había terminado la carrera.

—Porque aquí te vas a morir de frío y mi casa es la única alternativa que tienes.

—Qué… ir... ironía, ¿no crees? Tú pidiéndome que me aloje en tu casa. Pero no… no creo que tu madre aprobara que hicieras una obra de caridad conmigo.

Mike no quería que le hablara de caridad en aquel momento, cuando había ignorado las necesidades de Lucky como lo había hecho.

—Ésa es otra cuestión. Vamos.

—¿De… de qué estás hablando?

—Vas a venir conmigo a casa.

—No… no voy a ir —volvió a hundirse en el saco de dormir—. Amanecerá pronto, entonces sacaré el coche y…

—¿Como has hecho hoy?

—Hoy apenas he podido empezar —gruñó—. Es un trabajo duro.

—Algo a lo que no estás acostumbrada, estoy seguro —con el dinero que le enviaba mensualmente, no necesitaba trabajar.

—¿Qué… qué quieres decir?

—Es imposible conservar un trabajo cuando no se es capaz de permanecer en el mismo lugar más de unas cuantas semanas.

—¿Y quién eres tú para juzgarme? Tu familia y tú siempre habéis pensado que sois mucho mejores que yo, ¿verdad?

—Eso son tonterías. Tú no nos conoces ni a mí ni a mi familia. Me crucé contigo en la carretera varias veces cuando eras una niña y no nos hemos visto más. En cualquier caso, ¿vas a venir o no?

El hecho de que se hubiera acurrucado de nuevo en el saco no le hacía concebir demasiadas esperanzas. Consideró sus opciones: podía dejarla allí y enviar a alguien a despejarle el camino al día siguiente por la mañana. Pero entonces regresaría a casa sintiéndose culpable y tendría que volver. O podría llevársela con él… El problema era que no sabía de qué se arrepentiría más.

—Si quieres una comida caliente y una cama, tendrás que colaborar.

—Yo… no recuerdo haberte pedido…

—Mira, nunca vamos a ser amigos y lo sé, pero, aunque sólo sea por esta noche, olvidemos el pasado y finjamos que acabamos de conocernos, ¿de acuerdo?

—Es… es un gesto muy noble por tu parte, Mike, pero estoy segura de que sobreviviré sin tu ayuda.

Mike no estaba tan seguro. Evidentemente, Lucky no era consciente de que estaba corriendo un peligro real.

—Estás congelándote, Lucky.

—Eso es problema mío.

Sí, era cierto. Y Mike había intentado decírselo a sí mismo, pero aun así…

—¿Pretendes obligarme a hacer esto de la forma más difícil?

—¿De la forma más difícil?

Comenzó a salir de nuevo del saco, pero Mike sabía que sólo iba a continuar discutiendo, de modo que tomó una decisión. Cerró la parte superior del saco antes de que Lucky pudiera asomar la cabeza, se cargó el saco al hombro y salió con ella al pasillo.

—¿Qué estás haciendo? ¡Déjame en paz! ¡Bájame al suelo! Eres un egoísta, mimado, hijo de…

—Parece que todos los viajes que has hecho durante estos seis años no te han mejorado la personalidad —la interrumpió Mike secamente.

—Déjame en paz, Mike. Tú y toda tu familia podéis iros al… ¡ay! —Mike había comenzado a bajar las escaleras, lo que hacía que Lucky rebotara contra él con cada uno de sus pasos—, al infierno. ¡Ay! Aunque seas quien eres, no eres mejor que yo.

Intentaba pegarle, darle patadas, pero no podía hacer nada encerrada en el saco. Ni siquiera podía hablar bien en aquella postura, y, probablemente, ése era el motivo de las risas de Mike.

—No puedo respirar, ¡déjame salir de aquí!

—Estabas respirando perfectamente allí dentro antes de que yo llegara. De hecho, seguramente sigues respirando gracias a ese saco. Así que relájate.

—¡No quiero relajarme!

—Mañana por la mañana me lo agradecerás.

—¿El que me hayas secuestrado?

—No creo que darte de comer y ofrecerte una cama caliente para pasar la noche pueda ser considerado un secuestro.

¿Ofrecerle una cama caliente para pasar la noche? Cuando tenía dieciséis años, una de las veces que Lucky había ido a ver a los caballos, había descubierto a Mike besando a Lindsey Carpenter en el establo. Desde entonces, había recordado aquella escena miles de veces, pero cuando la imaginaba, era ella la mujer que gemía suavemente mientras Mike la estrechaba contra él.

Para una adolescente con una madre como Red, una adolescente que había aprendido mucho demasiado pronto, era todo un descubrimiento ver algo tan dulce y delicado entre un hombre y una mujer. El recuerdo de aquel día todavía perduraba en su memoria. Pero el hecho de que fuera Mike el que tuviera que ayudarla a entrar en calor sólo le parecía una humillación añadida. Lucky pretendía llegar al pueblo y arreglar la casa mientras buscaba tranquilamente a su padre. Un plan sencillo, si no se hubiera encontrado con la peor ventisca del siglo.

Oyó las botas de Mike sobre el porche, lo que quería decir que habían salido ya de casa.

—Esto es ridículo —gritó.

Mike la colocó en un lugar estrecho y pequeño, en algo que Lucky no era capaz de identificar.

—¿Qué es esto? ¿Adónde vamos?

—Espera.

Lucky continuó forcejeando hasta que Mike le permitió asomar la cabeza por la parte superior de la bolsa. La nieve laceró inmediatamente sus mejillas, pero por lo menos pudo darse cuenta de que estaba en un trineo a motor y de que Mike iba sentado tras ella.

—Agárrate fuerte.

—Pienso volver a mi casa.

Pero antes de que pudiera moverse, Mike la rodeó con fuerza con los brazos y le dijo al oído, con voz grave:

—¡Lucky, ya está bien!

Lucky dejó de resistirse. Temblaba y respiraba con dificultad mientras el viento azotaba su pelo. ¿Por qué estaría tomándose Mike tantas molestias? ¿Qué podía importarle a él que se quedara helada hasta morir?

—Te aseguro que vas a estar bien —le dijo Mike, más delicadamente.

Lucky sentía el latido de su propio corazón en los oídos. Mike no lo comprendía. Por supuesto que no. Estaba segura de que en toda su vida no había fantaseado con ella ni una sola vez.

—¿Y cómo puedo saberlo?

—Porque vas a venir conmigo.

Ése era precisamente el problema.

—¿Y si me niego a ir?

—Tú confía en mí.

Eran las palabras más aterradoras que había oído en su vida. Porque, intuitivamente, sabía que Mike pretendía cuidarla. Por lo menos aquella noche.

# Capítulo 4

L A QUIERO muy caliente —dijo Lucky, mientras Mike ajustaba los grifos de la bañera.

¿Caliente? Mike tuvo que esforzarse para desviar la mirada de sus piernas desnudas. Le había dicho a Lucky que fuera desnudándose mientras él le preparaba la bañera, pero la joven lo había hecho más rápidamente de lo que él esperaba. Y en aquel momento estaba frente a él, completamente desnuda y envuelta en una toalla.

Mike se aclaró la garganta y metió de nuevo la mano bajo el grifo.

—Es mejor que la temperatura de tu cuerpo vaya subiendo lentamente. Ahora el agua está tibia. En cuanto te acostumbres a ella, añádele más agua caliente, y después un poco más, hasta que te encuentres bien.

—¿Eso no se hace con la gente que tiene síntomas de congelación?

—Estás pálida y temblorosa, sólo quiero ser prudente.

—De acuerdo, de acuerdo.

Tenía tantas ganas de meterse en la bañera que parecía que iba a dejar caer la toalla antes de que Mike hubiera salido del baño. Lo cual le hizo recordar a Mike el día que, ocho años atrás, la había visto bañándose en el estanque. Lucky lo había llamado, se había desabrochado la parte superior del biquini y le había dirigido una sonrisa radiante. Llevaban años sin hablarse y en aquel momento Lucky era tan joven que Mike lo había interpretado como un acto de desafío. Pero no le importaría que Lucky intentara deslumbrarlo con un gesto como aquél siendo ya adulta. Quizá no fuera su persona favorita, pero no podía negar que se había convertido en una belleza increíble. Y el hecho de que no pareciera consciente de su atractivo la hacía mucho más seductora.

—Te dejaré una sudadera preparada para cuando salgas —le dijo.

—Gracias.

Lucky se echó a un lado para que pudiera pasar e, inmediatamente, se concentró en la bañera.

Mike se permitió mirar por encima del hombro su espalda desnuda mientras comenzaba a quitarse la toalla y salió cerrando la puerta tras él.

Lucky sintió el olor a comida, ¡a maravillosa y gloriosa comida! Y si no hubiera sido por el olor a beicon, a cebolla y a huevos, jamás habría salido de la bañera.

Tal como Mike le había prometido, encontró la sudadera en una silla del dormitorio en el que se había desnudado. Pero ponerse ropa de Mike le parecía demasiado personal, y además, le estaba demasiado grande, de modo que decidió ponerse una de las muchas capas de ropa que se había quitado antes de meterse en la bañera. Y se dijo que le vendría bien recordar que necesitaba mantenerse en guardia, que Mike no era su amigo.

—Ya estás aquí —comentó Mike cuando la vio entrar en la cocina.

Recorrió con la mirada sus pies descalzos, los vaqueros y el jersey burdeos. Si reparó en que había decidido no utilizar su ropa, no hizo ningún comentario.

—¿Tienes hambre?

Estaba famélica, pero recelaba de aquella repentina hospitalidad.

—No tenías por qué haber cocinado.

—Siéntate, ya está casi listo.

Lucky miró a su alrededor mientras se acercaba a la mesa. Se había preguntado muchas veces cómo sería esa casa. Mientras se escondía en el establo, veía a la gente entrando y saliendo de aquella casa que imaginaba rústica y acogedora y, desde luego, no la decepcionó. Si había una palabra que podía definir aquella casa era «calidad», pero no había ostentación de ningún tipo. La cocina, con su enorme alfombra, los armarios blancos y los electrodomésticos de acero, resultaba sencilla, cómoda y limpia.

—¿Y tus hermanos? —preguntó Mike mientras le servía un plato con huevos, cebolla, patatas y beicon.

—Sean se ha casado y vive en Seattle.

—¿Y Kyle?

—Kyle también se ha casado, y vive en Spokane.

—Así que los dos han acabado en Washington, ¿y qué los ha llevado hasta allí?

—No lo sé.

Mike la observó comer. La estaba poniendo tan nerviosa que Lucky apenas disfrutaba de la comida.

—¿Por qué no te fuiste con ellos? —preguntó Mike al cabo de unos segundos.

De un modo u otro, Lucky siempre se había sentido una extraña, y eso también podía aplicárselo a su relación con sus hermanos. Ambos eran varones, de edad similar, y eran hijos del mismo padre. Habían compartido la infancia, mientras ella la había pasado prácticamente sola. Por algún motivo, Lucky estaba excluida del estrecho vínculo y la comprensión que ambos hermanos compartían.

—No lo sé. Pero voy a verlos de vez en cuando.

—Parece que viajas mucho, nunca te quedas durante mucho tiempo en el mismo lugar.

—A lo mejor me gusta viajar.

Pero no era cierto. Odiaba la falta de rumbo de su vida, la temporalidad de todo lo que hacía. No encajaba en ningún lugar y no tenía nada a lo que aferrarse, ¿qué otra cosa podía hacer? Mike, a diferencia de ella, no tenía ningún motivo para abandonar Dundee. Su familia estaba allí, y también su trabajo, y sus amigos. Y tenía un hogar.

Permanecieron en silencio. Lucky alzó la mirada hacia él y lo descubrió mirándola atentamente.

—¿Qué pasa?

—No pretendía criticarte. Quería preguntarte por qué no te has instalado en ningún sitio.

—Yo… todavía soy joven —intentó encontrar alguna razón más creíble, pero le resultaba difícil.

En el fondo, el dinero de Morris era una bendición y una maldición al mismo tiempo. Como no necesitaba ganarse la vida, no tenía que conseguir ningún trabajo, ni estudiar, dos de las actividades que a los demás les servían para arraigarse a algún lugar.

—Y me gusta viajar —añadió.

—Sí, eso ya lo has comentado. ¿Y no hay ningún hombre en tu vida?

—¿A ti qué te parece?

—Que con tanto movimiento tu vida amorosa debe de ser un desastre.

—Entonces supongo que es una suerte que no esté saliendo con nadie.

Nunca había tenido una relación seria. Siempre terminaba comparando a todo el mundo con el vaquero al que había visto besando a una mujer en el establo… El mismo vaquero que en aquel momento le estaba dando de comer.

—Me sorprende.

—¿Por qué?

—Es evidente, ¿no?

A no ser que se estuviera confundiendo, le pareció ver admiración en su mirada. La misma clase de admiración que había visto en los ojos de algunos hombres cuando estaba en un pub y se volvían para observarla. Quizá a

Mike no le gustara, pero la encontraba atractiva. La chica fea y regordeta que había soñado con él durante todo esos años por fin había conseguido llamar su atención.

A Lucky comenzó a latirle violentamente el corazón al darse cuenta y dejó el tenedor en el plato. Sus ojos se encontraron y Mike le dirigió una sonrisa tan cargada de sensualidad que se le subió a la cabeza más velocidad que toda una botella de champán.

¡Oh, Dios! Mike estaba coqueteando con ella. A cierto nivel, sabía que no debería sorprenderla. Eran muchos los hombres que habían intentado seducirla. El hecho de que fuera tan distante, de que se protegiera, parecía atraerlos. A los hombres les gustaban los desafíos, pero la idea de responder a alguno de ellos siempre la había dejado fría.

Aunque ése no era el caso aquella noche.

Pero aquél era Mike Hill. Toda su familia lo odiaría por el mero hecho de que lo vieran con ella. Y un hombre con el atractivo, la inteligencia y los medios de Mike, no podía llegar a los cuarenta sin que hubieran intentado atraparlo, sobre todo en un pueblo como Dundee, en el que la vida giraba alrededor del matrimonio y los hijos. Seguramente, él tendría sus compromisos. Y ella también tenía serios problemas: en el fondo, continuaba siendo la misma niña que lo idolatraba en secreto.

De modo que tenía que andarse con cuidado. De otra manera, su ya de por sí difícil regreso al pueblo podía terminar resultando intolerable.

—Es tarde —dijo, desviando la mirada—, será mejor que me acueste.

—Muy bien. Puedes quedarte en el dormitorio en el que te has cambiado de ropa.

—Gracias. Te agradezco todo lo que has hecho por mí —sabía que sonaba poco natural, pero la formalidad le parecía la mejor manera de distanciarse de Mike.

Había entrado en calor y había comido. Se acostaría y

se olvidaría de que estaba en casa de Mike. Lo único que tenía que hacer era dormir.

Pero cuando se metió en la cama, no fue capaz de conciliar el sueño.

En cuanto Lucky se dirigió al pasillo, Mike terminó de recoger la cocina y encendió la televisión. Cuando se había obligado a levantarse de la cama, estaba destrozado, pero, curiosamente, desde que Lucky estaba en casa, se había olvidado del cansancio. Y sospechaba el motivo. Cuando se había marchado de Dundee, aquella chica no le gustaba en absoluto, pero no podía negar que se sentía atraído por la mujer que había regresado.

Atracción. Aquélla era la palabra clave, se dijo a sí mismo. Lo que sentía por ella era algo instintivo. Y en cuanto la tormenta amainara y pudiera enviarla a su casa, su vida volvería a la normalidad. Y la normalidad quería decir que al día siguiente tenía que trabajar.

Lucky oyó a Mike pasando por delante de su habitación.

Pero tenía que dormir, maldita fuera.

Apretó los ojos con fuerza, pero unos minutos después, comprendió que no tenía sentido. Continuaba imaginándose a Mike besando a Lindsey Carpenter en el establo, y pensando que aquella noche podía haberla besado a ella.

Habiendo crecido con Red, Lucky había decidido que era importante proteger su virginidad. ¿Pero de qué? ¿De los ofrecimientos de hombres desconocidos con los que no le apetecía estar? ¿No era una tontería no aprovechar la oportunidad de estar con Mike? En el futuro, quizá ni siquiera se saludaran. Probablemente, ambos se comportarían como si aquella noche nunca hubiera existido.

De modo que ¿por qué no tomar lo que realmente quería y comenzar después a fingir?

Mike oyó que se abría la puerta del dormitorio y alzó la cabeza sorprendido. Vivía solo. La mujer que cocinaba y limpiaba la casa tenía los fines de semana libres. Lo que significaba que sólo quedaba una posibilidad.

Escrutó la oscuridad y al distinguir una silueta en la puerta, tragó saliva. Estaba seguro de que era Lucky. Y al ver que no decía nada, tuvo la extraña sensación de que ya sabía lo que quería.

—¿Ocurre algo? —le preguntó.

—No —parecía insegura.

Insegura o asustada, pero Mike se recordó a sí mismo que Lucky no podía sentir ninguna de esas cosas, ni por el aspecto que tenía ni por su edad.

Mike sabía que debería echarla, pero a cada segundo le resultaba más difícil. Se recostó sobre un codo para verla mejor y el pulso se le aceleró. Lucky llevaba puesta la sudadera que le había dejado antes en el dormitorio, pero no llevaba nada debajo, salvo quizá, las bragas.

Y pensar en su ropa interior no lo ayudó precisamente a conservar la cordura.

Pero tenía que hacer algo que la hiciera salir de allí antes de que él perdiera definitivamente el control.

—¿No puedes dormir?

—No.

Rápidamente, Mike intentó dominarse y enviarla de vuelta a su habitación. Pero la sobreabundancia de testosterona que fluía de pronto por su cuerpo embarraba cualquier pensamiento. Y para colmo, toda su determinación se desvanecía en el momento en el que se imaginaba en la embarazosa situación de decirle que se fuera.

—¿Todavía tienes frío?

Lucky asintió, pero no le pidió una manta. Y tampoco se disculpó por haber entrado en su habitación. No había ningún error. Estaba haciéndole una oferta y, que el cielo lo ayudara, él no se creía capaz de rechazarla. Al contrario, deseaba estrecharla entre sus brazos y asegurarle que había interpretado correctamente sus señales.

—¿Quieres que te dé calor? —le preguntó, y levantó las sábanas.

Como había encendido al máximo la calefacción, se había acostado en calzoncillos. De modo que, si aquello no era lo que a él le había parecido, Lucky le daría inmediatamente la espalda. Pero no lo hizo. Continuó avanzando hacia él.

Cuando llegó al borde de la cama, se quitó la sudadera y la dejó caer al suelo. Después, durante algunos segundos, se limitó a permanecer frente a él, llevando encima únicamente las bragas de encaje.

Y la belleza de aquella mujer dejó a Mike sin respiración. Había pasado mucho tiempo desde la última vez que había hecho el amor, demasiado tiempo. Pero curiosamente, no había sido consciente de ello hasta entonces.

—Eres maravillosa —susurró.

Lucky negó con la cabeza, pero Mike no podía creer que hubiera alguien que no estuviera de acuerdo con él. Apreció con la mirada el cuerpo de Lucky mientras hacía un débil e inútil esfuerzo para evitarse a sí mismo aquel error. Hacía tiempo que había renunciado a las citas. Al parecer, él no era capaz de enamorarse como todo el mundo. Pero echaba de menos una vida sexual activa y, fuera o no un error, no iba a rechazar a Lucky en aquel momento, cuando la tenía frente a él prácticamente desnuda.

Durante unos instantes de absoluto pánico, Lucky estuvo a punto de abandonar la habitación. Pero el recuerdo de aquel beso que había presenciado en el establo acalló sus miedos y la impulsó a tomar lo que quería. Aquél era Mike Hill, un hombre decente. Había sido amable incluso con ella. Y quizá había sido eso lo que la había hecho sentirse como alguien que importaba. Alguien como Lindsey Carpenter, o como cualquiera de las otras mujeres de Dundee. Durante unos instantes, incluso se había sentido como si de alguna manera tuviera derecho a estar con él.

Mike la urgió a meterse en la cama, a su lado. Lucky sintió su piel desnuda contra sus senos y palpó la asombrosa dureza de sus músculos, pero fue la evidencia de su excitación la que hizo que saltaran las chispas. Era ella la que había provocado aquella reacción. La niña en la que Mike no se había fijado nunca. La adolescente que sólo había conseguido que la mirara con el ceño fruncido cuando se había quitado delante de él la parte superior del biquini.

—Yo… me gusta —dijo, antes de poder detenerse.

Creyó ver que Mike le sonreía.

—¿Antes has dicho que la querías muy caliente? —le mordisqueó el cuello—, ¿caliente, caliente?

El baño… Lucky lo recordó, aunque apenas podía pensar en medio de las sensaciones que bombardeaban su cerebro. Piel caliente. Músculos de acero, sábanas limpias y olor a hombre.

—Sí, eso es lo que dije.

Susurraba casi sin respiración, impresionada por su propia audacia. Jamás en su vida había iniciado un encuentro sexual y, sin embargo, había sido capaz de acercarse a Mike Hill.

—Entonces —Mike le acarició la mejilla con los labios—, veamos lo que podemos hacer.

Lucky volvió la cabeza, deseando que Mike le diera un beso tan lento y tan largo como el que había compartido con Lindsey en el establo. El beso que Lucky había estado esperando durante toda su vida. Pero Mike no parecía estar muy interesado en su boca. Le quitó las bragas. Su lengua y sus manos estaban operando una magia tan seductora que Lucky prácticamente se olvidó de besarlo. Pronto estuvo retorciéndose y gimiendo, ardiendo de deseo y albergando la convicción absoluta de que Mike no iba a hacerle ningún daño, tanto si aquélla fuera la primera vez para ella como si no. Deseaba terriblemente a Mike, y deseaba lo que sus dedos prometían.

Pero cuando Mike se puso el condón que sacó de la mesilla de noche e intentó responder a su entusiasmo con una poderosa embestida, aquella ilusión se hizo añicos.

Se tensó mientras intentaba digerir la impresión de aquel dolor y Mike se quedó paralizado.

—¿Qué te pasa? —le preguntó.

Lucky intentó recuperar la respiración para poder hablar, pero el deseo que había experimentado unos segundos atrás se estaba desvaneciendo y ya sólo quería llorar. Aquello no era como la escena que había visto en el establo. Aquello no significaba nada para Mike, salvo la satisfacción de un deseo físico. Lucky estaba haciendo exactamente lo mismo que había hecho su madre tantas veces. Pero ella se estaba vendiendo a cambio de nada.

—Estoy bien —consiguió decir.

—¿Lucky?

—Eh, ¿ya has terminado?

—¿Que si he terminado? —repitió Mike como si aquélla fuera la pregunta más extraña que le habían hecho en su vida.

—Si… si no has terminado no pasa nada, esperaré. No me importa esperar —al fin y al cabo, no podía culparlo a él de su propio error, puesto que había sido ella la que había decidido ir a su dormitorio.

—¿Qué te pasa, Lucky?

—Nada.

—Te he hecho daño.

—No, me gusta, de verdad.

Dios, se moría porque llegara ya el día siguiente, por poder regresar a su solitaria y destartalada casa y no volver a verlo nunca más. No entendía cómo podía haber sido tan estúpida. ¿Qué pensaba que iba a ocurrir? ¿Qué creía que podía cambiar?

De pronto, Mike soltó una maldición y retrocedió.

El desagrado que reflejaba su expresión fue para Lucky como una bofetada en pleno rostro.

—Lo siento si he hecho algo mal. Yo, no sabía que… Si no es demasiado tarde, puedes volver a intentarlo.

—Estás bromeando, ¿verdad?

Pestañeando para contener las lágrimas, Lucky intentó levantarse de la cama. Mike enterró la cabeza en la almohada mientras ella se esforzaba en liberarse de las sábanas.

—Por favor, dime que ésta no ha sido tu primera vez —le pidió Mike.

Lucky no contestó. Tenía que salir de allí. Lo había echado todo a perder y ella era la única culpable. Sabía desde el primer momento que ella no significaba nada para Mike. Pero pensaba… Ya no sabía ni lo que pensaba. Lo único que quería era vivir el sueño, aunque fuera una sola vez.

Por fin libre de las sábanas, saltó a la alfombra, pero Mike la agarró del brazo antes de que hubiera podido ir a ninguna parte.

—¿Por qué no me lo has dicho?

—Yo... no creía que importara —dijo, y salió corriendo a su habitación, se puso varias capas de ropa y se acurrucó en la cama, intentando hacerse lo más pequeña posible.

Temblaba de tal manera que tenía la sensación de que no iba a parar nunca y quería llorar. Pero las lágrimas se negaban a caer.

# Capítulo 5

MIKE gimió. Ni en un millón de años se habría podido imaginar que Lucky era virgen. Era más joven que él, demasiado joven, en realidad, pero tenía edad más que suficiente para saber lo que estaba haciendo cuando había ido a su dormitorio. Y con una madre como Red, a los diez años debía de saber más sobre sexo que la mayor parte de las chicas a los quince. Esa joven era capaz de maldecir como un marinero y se había recorrido casi todo el país. Tenía un cuerpo por el que muchas mujeres matarían. ¿Cómo era posible que una mujer así hubiera llegado hasta su edad sin tener relaciones sexuales?

¿Y por qué demonios no se lo había dicho?

Habría sido más amable con ella. Si hubiera sido consciente de la situación, se habría asegurado… No, probablemente, ni siquiera la habría tocado. Le había dado la bienvenida a su cama porque había dado por sentado que para ella no tenía ninguna importancia y pensaba que, después de todas las molestias que se había tomado, quizá se merecía una pequeña recompensa. Pero aquello… Hizo una mueca. Aquello era diferente. ¿Pero qué esperaba? Se trataba de Lucky Caldwell. Era evidente que terminaría arrepintiéndose de haber tenido algo que ver con ella.

Pasó algunos minutos enfurruñado, pero después tuvo que admitir que lo que sentía no tenía únicamente que ver con la frustración sexual. Después de aquello, ya no podía seguir creyendo que Lucky fuera igual que su madre y que, por lo tanto, se mereciera su desprecio. Además de su falta de experiencia en el sexo, le habían llamado la atención la vulnerabilidad y la dulzura que se adivinaban bajo la actitud de chica dura de Lucky. Él la había herido, la había desilusionado, y aun así, ella había continuado mostrándose generosa como compañera de cama.

El contraste entre las dos imágenes que de pronto tenía de ella lo inquietaba, pero sólo porque se estaba empeñando en ahondar en una situación que haría mejor en olvidar.

Soltó otra maldición, se levantó de la cama y pateó la sudadera que Lucky había dejado en el suelo. Aquella noche había sido tan desastrosa que lo mejor que podía hacer era olvidarse de la hora que era y ponerse a trabajar. Y no volver a pensar en Lucky.

Pero disminuyó el ritmo de sus pasos al pasar por delante de su habitación y no pudo evitar asomar la cabeza, aunque sólo fuera para asegurarse de que todo iba bien.

—¿Lucky? —le preguntó suavemente.

Lucky no respondió. La vio acurrucada bajo las sábanas, pero no la oía llorar. Seguramente se había quedado dormida. Deseando que aquello la hiciera sentirse mejor, cerró la puerta y salió a echarles un vistazo a los caballos.

Mike estaba cocinando otra vez. Llegaba hasta Lucky el olor a comida, pero no quería levantarse de la cama. No quería enfrentarse a él. Se sentía increíblemente estúpida por haber pensado que una sola noche entre sus brazos podía cambiarle la vida.

Se frotó las sienes para aliviar el dolor de cabeza mientras intentaba convencerse de que la embarazosa situación de la noche anterior no tenía ninguna importancia. Para empezar, ella nunca le había gustado a Mike, de manera que no había perdido nada. Excepto un par de bragas. Se sentía incómoda sin ropa interior, pero no iba a regresar a su dormitorio por nada del mundo.

Se levantó, se vistió e hizo la cama. La necesidad de abandonar aquel pueblo la obsesionaba. Quería alejarse para siempre de allí. Pero ya había dejado la casa de Morris vacía durante demasiado tiempo y la promesa de los nombres que aparecían en el diario de su madre la retenía. Además, podía ser una estúpida y una ingenua, pero no iba a ser también una cobarde.

Después de utilizar un dedo con pasta dentífrica para lavarse los dientes, se pasó la mano por su indómita melena, que durante la noche había alcanzado unas dimensiones casi salvajes, tomó aire y se dirigió a la cocina.

Mike no se volvió al oírla entrar. De hecho, Lucky pensaba que no la había oído hasta que la saludó.

—Buenos días.

—Buenos días —contestó Lucky.

—¿Quieres un café?

Lucky vaciló. Le resultaba extraño dejar que Mike la atendiera. Odiaba la complejidad que aquella actitud añadía a su relación, pero no tenía muchas opciones: o tomarse el café o marcharse sin haberlo tomado.

—Sí, gracias.

Mike le sirvió una taza y se la llevó a la mesa, donde la esperaban una jarra de crema y un azucarero.

—Estoy a punto de terminar de preparar el desayuno.

Lucky estaba hambrienta, pero no sabía si iba a ser capaz de retener un solo bocado en el estómago. La úlcera le ardía. No debería haber dejado de tomar la medicación durante tanto tiempo.

—Huele bien.

Mike volteó las tortitas en la sartén y se reclinó contra el mostrador. Lucky sentía su mirada fija en ella, pero se negaba a mirarlo por si aquello le daba pie a iniciar una conversación. Desgraciadamente, aquello no se lo impidió.

—Entonces, ¿vas a explicarme lo que sucedió anoche?

—No quiero hablar sobre ello.

—Deberías haberme dicho que nunca te habías acostado con nadie. Un hombre debe ser consciente de cuándo tiene que tener un cuidado especial y…

Lucky no quería oírlo.

—Si no tienes cuidado, se te van a quemar las tortitas.

—¿Cómo lo sabes si apenas miras en esta dirección?

—Las estoy oliendo.

—En este momento no me importan las tortitas. Sólo estoy intentando decirte que…

Lucky alzó la mano.

—Sé lo que estás intentando decirme. Ayer por la noche fui una estúpida, lo sé, pero eso no es problema tuyo. Y no necesito que me des ningún consejo porque no voy a tener que volver a enfrentarme a una situación parecida. Una chica sólo puede perder su virginidad una vez, ¿recuerdas?

Como no respondía, Lucky lo miró para averiguar el motivo de su silencio, y lo descubrió observándola preocupado.

—Pero no tiene por qué ser tan horrible.

—No podría haber sido nunca muy diferente. En cualquier caso, me estaba preguntado si podrías acercarme al pueblo.

—¿Qué pasa, Lucky? ¿Vas a huir otra vez?

—No sé de qué estás hablando.

—¿De qué estás escapando, Lucky?

—Vete al infierno.

—¿Eso es lo que te pasa? ¿Que tienes miedo?

Lucky intentó zafarse de él con sarcasmo.

—¿Siempre intentas psicoanalizar a tus compañeras de cama?

—Sólo cuando ocurre algo que no entiendo.

—Olvídalo —le pidió.

—¿Por qué? ¿Para que no tengas que enfrentarte a la verdad?

—¿Qué verdad? Sólo has estado unos cuantos segundos encima de mí esta noche, eso no significa que sepas nada de mí.

—No fue exactamente eso lo que ocurrió. En primer lugar, viniste tú a mi habitación. Y quizá te conozca más de lo que crees. Por lo menos sé lo que me dicen los hechos.

—¿Y qué es lo que te dicen?

—Me dicen que viajas de un lugar a otro y permaneces en él hasta que llega el momento en el que podrías comenzar a echar raíces. Supongo que lo haces porque te asusta acercarte a los demás o mantener una relación.

—Si pretendes aplicarlo a este caso, nosotros ni siquiera tenemos una relación.

—Conmigo es otra cosa.

Lucky inclinó la cabeza y arqueó una ceja con expresión desafiante.

—Creo que tienes miedo de quedarte y de que pudiéramos terminar en la cama otra vez. Y de que te guste.

Se había acerado demasiado a la verdad y Lucky no quería que lo supiera.

—No hay ningún peligro de que eso vuelva a ocurrir. No soy la persona más sensata del mundo, pero generalmente, no cometo dos veces el mismo error.

Vio tensarse un músculo en la mandíbula de Mike ante aquel insulto y pensó que iba a contestarle de una forma igualmente ofensiva, pero no lo hizo.

—No podemos ir en trineo al pueblo, pero podemos intentar sacarte de aquí en la camioneta.


Lucky agarró a Mike del brazo cuando pasaron por delante de su casa.

—Espera, ¿no vamos a parar?

—Estamos en medio de una ventisca, si paro, hay muchas posibilidades de que nos quedemos atrapados.

—Pero necesito un par de zapatos y dinero para pagar la habitación del hotel.

Los limpiaparabrisas luchaban contra la nieve y el hielo, a pesar de que Mike había hecho todo lo posible por dejar limpio el parabrisas antes de salir.

—Con mis botas tendrás los pies secos. Yo pagaré el hotel, y también podré dejarte algún dinero en efectivo.

—Pero con todas esas ventanas rotas, la casa está muy desprotegida.

—¿De verdad tienes miedo de que alguien entre a robar? No sé lo que temes perder, pero estoy seguro de que puedes permitirte el lujo de comprártelo —la miró de reojo—. Soy yo el que te manda el cheque todos los meses, ¿recuerdas?

Después de lo ocurrido la noche anterior y de la conversación que habían mantenido aquella mañana, Mike parecía querer castigar a Lucky. Por haber vuelto a Dundee, por haber destrozado su paz mental... Y si no podía encontrar ninguna solución para lo que había ocurrido, quería por lo menos hacer explícito su disgusto. Pero Lucky estaba tan distante que ni siquiera reaccionó, lo cual sólo sirvió para frustrarle todavía más.

—Lo que no quiero perder no puede ser reemplazado.

—¿Por qué no?

Lucky no contestó la pregunta, y daba la impresión de que no iba a contestarla por mucho que Mike presionara.

—Y tampoco tengo necesidad de arriesgarme a perder mi carné de identidad o las tarjetas de crédito.

Mike soltó una bocanada de aire. Rara vez tenía que esforzarse para llevarse bien con alguien, y menos con una mujer. Pero Lucky siempre había sido muy problemática.

—¿Vas a dejarme ir? —le preguntó.

—Estoy pensando en ello.

—Si no paras, saltaré —abrió la puerta de la camioneta.

Como viajaban a muy poca velocidad a causa de la nieve, Mike la creyó completamente capaz de intentarlo. Con una mueca, pisó el freno.

—Date prisa. Tengo que quedarme en medio de la carretera porque en el camino de tu casa hay demasiada nieve.

Lucky abandonó la camioneta para dirigirse hàcia la casa. A los pocos minutos, volvió a aparecer con una mochila, el bolso y un cuaderno con tapas negras.

—¿Era eso lo que querías? —preguntó Mike, mirando el cuaderno con curiosidad.

Lucky se metió el diario bajo el abrigo antes de cerrar la puerta.

—Gracias por parar —dijo en un tono con el que parecía querer dejar claro que no pensaba explicárselo.

Con un suspiro, se puso de nuevo en marcha. El trayecto era lento, aburrido, y estuvieron varios minutos sin hablar.

—¿Por qué has vuelto, Lucky? —preguntó Mike por fin,

Lucky sabía que era preferible no contestar la pregunta sinceramente. Podía no haberse criado en Dundee, pero estaba segura de que Dave Small, Eugene Thompson y Garth Holbrook tenían más amigos en el pueblo que ella. Y a mucha gente podría no gustarle que estuviera indagando en su pasado.

—Porque tengo algo que hacer.

—¿El qué?

—No es asunto tuyo.

—¿Y de mi familia?

—Ni de tu preciada familia —contestó con una risa amarga.

—¿Piensas quedarte mucho tiempo?

—No lo sé. Unas cuantas semanas —se encogió de hombros—. Varios meses, quizá.

—¿Y después volverás a marcharte?

—Y después volveré a marcharte.

La tensión de Mike pareció disminuir con la noticia, lo que no la hizo sentirse mucho mejor a Lucky.

—¿Y qué piensas hacer con la casa? ¿Vas a dejarla vacía?

—A lo mejor.

Se había prometido a sí misma venderla en cuanto hubiera localizado a su padre y olvidarse para siempre de Dundee, pero ya no estaba segura de que pudiera desprenderse de aquella casa. Esa casa representaba el único amor que había conocido. Estaba asociada a Morris y a las esperanzas y los sueños de la infancia. Ése era el motivo por el que la había conservado durante tanto tiempo.

—Sabes perfectamente que no te importa nada ni esa maldita casa ni nada que tenga que ver con Dundee. Así que ¿por qué no me la vendes?

Mike pensaba que había rechazado sus ofertas sólo para fastidiarle. Si quería ser sincera consigo misma, Lucky tenía que reconocer que sus sentimientos hacia Mike habían jugado un papel en su decisión, pero había mucho más que eso. La casa de Morris significaba mucho para ella porque nunca había tenido un verdadero hogar. Aun así, alzó la barbilla y lo miró a los ojos.

—¿Cuánto estás dispuesto a pagar?

—Ya te he ofrecido en dos ocasiones mucho más dinero del que podría ofrecerte nadie. ¿Cuánto pretendes obtener por la casa?

¿Cuál podría ser el precio de sus sueños?

—No lo sé —contestó—. Pero, de alguna manera, siempre parece que pido demasiado.


Mike no tenía ganas de conducir de vuelta hasta al rancho. Las carreteras estaban prácticamente intransitables y estaban empeorando, convirtiendo su decisión de pararse en el café de Jerry en un riesgo. Pero no le importaba. Estaba inquieto, nervioso y…

La campanilla de la puerta sonó. Mike miró hacia allí y vio entrar a Gabe en la silla de ruedas. No estaba seguro de si se alegraba o no de ver a su amigo. Decidió que no. Gabe parecía haber vuelto a ser él mismo durante la visita que le había hecho al rancho el día anterior, pero Mike no quería soportar la presión de intentar mantener su tensa relación en un momento como aquél. Todavía estaba irritado por lo que había pasado con Lucky. Aun así, lo saludó. Era imposible que no lo hubiera visto. Al fin y al cabo, era el único que estaba en la cafetería, aparte de Judy, la camarera, y Harry, el cocinero.

—¿Qué estás haciendo en el pueblo en medio de una tormenta como ésta? —le preguntó Gabe mientras se acercaba a él.

Mike apoyó el brazo en el respaldo de su reservado.

—Estaba a punto de preguntarte lo mismo.

—Ayer tuve una reunión con el alcalde que se alargó más de lo previsto. No he vuelto a casa desde entonces.

—¿Demasiada nieve?

Gabe asintió.

—Teniendo en cuenta que te compraste el terreno más alejado del pueblo que encontraste, no me sorprende —bebió un sorbo de café—. ¿Te quedaste en casa de tus padres?

—Sí, estuve hablando con mi padre de política —sonrió débilmente, como si lo hubiera disfrutado y Mike se alegró de que Gabe tuviera una relación tan estrecha con su padre.

—¿Dónde está ahora tu padre?

Gabe esbozó una mueca.

—Mi hermana Reenie y su familia se han pasado por casa y me estaban volviendo loco, así que he decidido salir a dar una vuelta.

Reenie siempre decía lo que pensaba. Probablemente habría dicho algo que Gabe no quería oír, algo que deberían haberle dicho mucho tiempo atrás.

En su estado de humor, el propio Mike parecía más inclinado a ser sincero con él.

—¿Todavía estás amueblando la casa?

—Si sigo haciendo muebles, tendré que construir una cabaña al lado de la casa.

En otra ocasión, Mike se habría limitado a asentir, a fingir que era completamente normal pasarse la vida haciendo muebles para después no hacer absolutamente nada con ellos. Pero aquel día no estaba en condiciones de representar una farsa. Echaba de menos la sinceridad que siempre había existido entre él y Gabe.

—¿Por qué acumulas tantos muebles?

Gabe pestañeó sorprendido.

—¿Qué quieres decir?

—Que cualquier otra persona los vendería —el cielo sabía además que las mecedoras de Gabe eran auténticas obras de arte.

—No necesito el dinero —se encogió de hombros.

—No es sólo cuestión de dinero.

Gabe frunció el ceño e intentó eludir la pregunta.

—¿Dónde iba a venderlos? Las personas del pueblo que están interesadas ya han venido hasta la cabaña para elegir lo que querían.

Eso no era cierto. Desde su accidente, eran muy pocos los amigos que se habían atrevido a ir hasta allí. Mike era uno de los únicos que lo visitaban de vez en cuando, y aun así, siempre tenía que buscar alguna excusa para interrumpir la soledad de Gabe.

—¿A quién estás intentando engañar? ¿A ti o a mí?

—No sé qué te pasa hoy.

—Nada. Y ya no me va a pasar nada, porque entiendo que nuestra relación ha cambiado —Mike le dio otro sorbo a su café, mirando a Gabe por encima del borde de la taza.

—¿Que ha cambiado?

—Hemos sido amigos íntimos durante la mayor parte de nuestras vidas, pero desde el accidente de coche, lo único que se me permite es sonreír, asentir y hablar del tiempo.

—Si tienes algo que decirme, dímelo.

—De acuerdo —Mike se terminó el café y se inclinó hacia delante—. Ya es hora de que empieces a hacer algo y dejes de compadecerte de ti mismo.

Gabe retrocedió en la silla.

—Dios, has estado hablando con Reenie, ¿verdad?

—No.

Mike negó con la cabeza. Reenie no era la culpable de su sinceridad, lo era Lucky. Aquella mujer sacaba lo peor de cuantos la rodeaban. Pero había sido él el que había iniciado aquella conversación y no iba a dar marcha atrás en ese momento.

—Lo que yo pienso no tiene nada que ver con Reenie. Y si tu hermana te está diciendo cosas que no te gustan, probablemente sea porque está tan cansada como yo de ver cómo te apartas de todos aquellos que te quieren.

Gabe tensó los músculos de los brazos, revelando el enfado que intentaba ocultar tras su controlada expresión.

—A no ser que sepas lo que es estar sentado en esta condenada silla de ruedas, no creo que tengas derecho ni a criticarme ni a darme consejos —gruñó.

Tras el accidente de Gabe, Mike se había sentido terriblemente culpable por tener dos piernas fuertes y en pleno funcionamiento cuando su mejor amigo no podría volver a caminar nunca más. Pero por fin se había dado cuenta de que la compasión no estaba llevando a Gabe a ninguna parte. Quizá fuera una tontería arriesgar su relación presionando demasiado, pero no podía permitir que Gabe continuara alejándose del hombre que era antes.

—Te estás hundiendo, y no soporto verlo.

Gabe curvó los labios en una mueca burlona, pero antes de que pudiera replicar, se acercó Judy por detrás.

—Vaya, mira a quién tenemos aquí —sonrió—, hacía siglos que no te veía, Gabe.

Gabe se volvió hacia ella y esbozó una tensa sonrisa.

—Hola, Judy, ¿cómo estás?

—Deberías venir más a menudo. ¿O acaso te has convertido en uno de esos locos de la salud y no te permites comer de vez en cuando una hamburguesa grasienta?

Gabe musitó algo sobre que pronto volvería a pasarse por allí, pero Mike sabía que no era cierto.

—¿Qué quieres tomar? —le preguntó Judy.

—Nada —Gabe le dirigió a Mike una mirada maliciosa—. Ocúpate de Mike, si es que te deja. Porque de pronto se ha convertido en un experto en absolutamente todo.

Judy puso los brazos en jarras y frunció el ceño mientras Gabe se alejaba.

—Vaya, ¿qué le pasa?

—Nada nuevo —contestó Mike con un suspiro.

Judy se metió la libreta en el bolsillo.

—Parece que tú tampoco tienes hoy un buen día.

Mike se frotó la barbilla. Aquélla era la noticia del año. En menos de veinticuatro horas, se había acostado con su enemiga y se había enfadado con su mejor amigo.

# Capítulo 6

LUCKY estaba sentada en la cama del motel, mirando los nombres que aparecían en el diario de su madre. Dave Small, Eugene Thompson, Garth Holbrook… Por lo poco que podía recordar, Dave Small era un hombre bajito, robusto, con una gran familia. Tenía una pizzería cerca del Honky Tonk y dos hijos mayores que ella. Ambos hijos estaban casados, o al menos lo estaban cuando Lucky había dejado Dundee. Pero no podía recordar mucho más. Se había cruzado con Dave en alguna ocasión, pero nunca había hablado con él. La única relación que había tenido con los Small había sido cuando Smalley y Jon estaba cabálgando un día por delante de su casa y habían visto el cartel que Red había colocado, apoyando la candidatura de Dave Small para concejal. Antes de marcharse, habían descubierto a Red mirándolos desde el porche y le habían gritado que su padre no necesitaba el apoyo de una prostituta. Lucky había quitado inmediatamente el cartel.

Cerró los ojos y apartó el diario. Seguramente, no guardaba ningún parentesco con los Small. En cualquier caso, podía imaginarse perfectamente el calor con el que la recibirían en la familia. Teniendo en cuenta la posición que Dave ocupaba en el pueblo, le resultaba difícil creer que estuviera dispuesto siquiera a reconocer su existencia.

Por la misma razón, no creía que tuviera mejor suerte con Garth Holbrook. Había sido elegido como senador varios años atrás. Antes de regresar al pueblo, Lucky había consultado en Internet su página web, en la que aparecían su biografía y algunas fotografías. De los tres posibles candidatos, aquél era el que representaba todo lo que a Lucky le gustaría que fuera su padre: era un hombre alto y elegante, con el pelo negro y ondulado y algunas canas en las sienes. Tenía un rostro de facciones clásicas y los ojos grises. Y parecía inteligente y honrado.

Por supuesto, un político tenía que parecer honrado, de modo que quizá todo fuera una ilusión. En Internet también había descubierto que Holbrook llevaba cuarenta años casado, lo que quería decir que ya tenía una familia cuando visitaba regularmente a Red. Según el diario de su madre, habían estado viéndose durante unos tres meses.

Lucky se levantó de la cama para ir al baño a mirarse en el espejo. ¿Se parecería a alguno de esos hombres? Recordaba vagamente a Eugene Thompson, un viejo vaquero de manos callosas y pantalones desgastados. Pero no había encontrado ninguna información sobre él en Internet y no había vuelto a verlo desde que Red se había casado con Morris. Quizá se había ido del pueblo… O había muerto.

Con un suspiro, se inclinó hacia delante para observar de cerca su reflejo. No se veía el parecido con nadie, excepto con Red. Tenía el rostro ovalado de su madre, los ojos verdes y ligeramente rasgados y los pómulos altos y marcados. Pero el pelo no lo tenía de un rojo tan encendido como el de su madre, ni tenía tanto pecho como ella…

Recordó de pronto el comentario de Mike. «Eres maravillosa», le había dicho. Inmediatamente, le restó importancia a aquel cumplido, atribuyéndolo a su excitación. Cuando se emborrachaba, a su madre siempre le gustaba dar consejos. Y su advertencia favorita era: «Un hombre es capaz de decirte cualquier cosa para que te acuestes con él, Lucky. Así que no te creas ni una sola palabra».

Pero Mike parecía sincero. Aunque a lo mejor sólo pretendía ser amable. Le gustara o no, tenía que admitir que había sido amable en muchos sentidos la noche anterior.

Pero ya estaba bien de pensar en Mike, de modo que intentó encaminar sus pensamientos en otra dirección mientras se desnudaba para darse una ducha.

El teléfono la interrumpió. Pensando que la llamaban de recepción, corrió a contestar.

—¿Diga?

—¿Lucky?

Mike. Un escalofrío le recorrió la espalda y se sintió completamente expuesta, a pesar de estar sola y encerrada en la habitación del hotel.

—¿Sí? —preguntó.

—No tienes coche.

—Lo sé.

—¿Cómo vas a volver a tu casa tras la tormenta?

—Yo… Llamaré a un taxi o haré autostop.

—¿Haces autostop muy a menudo?

—A veces, ¿por qué?

En realidad sólo lo había hecho una vez, en Kansas.

—No me parece seguro.

—Estamos en Dundee.

—Como si estamos en Timbuktu. No quiero ser responsable de que te ocurra algo.

—¿Pero cómo vas a ser tú el responsable?

—He sido yo el que te ha dejado en el hotel.

Lucky no pudo evitar una carcajada.

—¿Y? Si encontraran mi cadáver en la cuneta, se organizaría una fiesta en el pueblo. Y seguro que tú y tu familia encabezaríais el desfile.

—¿Eso es lo que piensas?

—Sé lo que sientes hacia mí.

Silencio.

—¿Entonces por qué viniste anoche a mi cama?

—Tenía frío —contestó lo primero que se le ocurrió.

Sólo después de decirlo comprendió que era cierto. Tenía frío, frío por dentro. Había sido estúpida por para pensar que Mike podría ayudarla a entrar en calor.

—¿Eso era todo?

—Sí, eso era todo —volvió a mirarse en el espejo, intentando verse con los ojos de Mike—. ¿Te importaría contestar una pregunta?

—Depende.

—¿Era verdad lo que dijiste cuando… cuando me quité la sudadera?

—¿Qué te dije?

Lucky estaba segura de que se acordaba. Pero estaba desafiándola otra vez.

—Que yo era… bueno, ya lo sabes.

—No, no lo sé, ¿por qué no me dices?

—Dijiste que era maravillosa —contestó por fin.

—Ah, sí, ahora me acuerdo —dijo Mike con la voz ligeramente ronca.

—¿Y… lo decías en serio?

—¿Quieres que sea sincero?

A Lucky se le tensó el estómago, provocando una queja de su úlcera. Por supuesto que lo decía en serio.

—Déjalo, no importa.

Se hicieron unos segundos de silencio.

—¿Me llamarás cuando tengas que volver a tu casa? —preguntó Mike por fin.

—Claro —no iba a ponerse en contacto con él, pero quería colgar cuanto antes—. Ya hablaremos.

—¿Lucky?

—¿Sí?

—Lo decía en serio —y colgó el teléfono.


Mike no sabía qué hacer. Tenía mucho trabajo en el rancho, pero todavía no le apetecía volver. Sabía que

Lucky tenía algo que ver con sus ganas de merodear por el pueblo, y también Gabe. Ambos lo habían dejado frustrado, aunque de formas muy diferentes, y él odiaba aquel sentimiento. No estaba acostumbrado a que los sentimientos negativos interfirieran en su vida diaria, porque siempre se había esforzado en ser prudente y educado, fueran cuales fueran las circunstancias. No le gustaba crear falsas expectativas, sobre todo a las mujeres. No hacía promesas que no pudiera cumplir. Nunca se había enamorado y le desagradaba pensar siquiera en una ruptura amarga.

«Si encontraran mi cadáver en la cuneta, se celebraría una fiesta en el pueblo. Y seguro que tú y tu familia encabezaríais el desfile».

El hecho de que Lucky creyera realmente que le importaba tan poco a todo el mundo lo inquietaba. Quizá hubiera estado resentido con ella durante todos aquellos años, pero ni siquiera esperaba que Lucky lo notara. Siempre había sido tan condenadamente dura que no se había parado ni un solo segundo a pensar en cómo podría sentirse.

Y de pronto se descubría considerando la posibilidad de que no fuera tan dura. Quizá aquella actitud fuera solamente una fachada. Después de lo ocurrido la noche anterior, se sentía inclinado a pensarlo. Lucky parecía haber puesto todo su corazón y su alma en el momento que habían empezado a hacer el amor. Ésa era la razón por la que él había perdido temporalmente el control.

Le ardía la sangre cuando recordaba cómo había respondido Lucky a sus caricias. Se había abandonado sin reservas, había confiado completamente en él. Y no le había dicho nunca que no... Mike interrumpió sus pensamientos al ver a la izquierda la calle en la que estaba la casa de sus padres y aminoró la velocidad para girar hacia allí. Su madre siempre le decía que tenía que ir a verlos más a menudo y decidió que aquél podía ser un buen día para hacerles una visita.

—¿Hay alguien en casa? —había entrado sin llamar.

—¿Mike? ¿Eres tú?

Oyó la voz de su madre en el sótano y bajó por la barandilla, como cuando era niño.

—¿Qué pasa?

Agachó la cabeza para entrar en el taller de costura de su madre. Allí el techo era más bajo que en ningún otro lugar de la casa.

Su madre alzó la mirada de la máquina de coser.

—Estoy haciendo un vestido de dama de honor para Melanie Jamison, la hija de la vecina.

—Oh, muy bien.

—Adoro las bodas —dijo su madre, con intención.

Mike se sentó en una de las sillas que rodeaban la mesa del taller.

—Lo sé, y no tienes hijas. Creo que esto ya lo he oído.

—Evidentemente, no lo suficiente. Ya podría tener dos nueras si mi hijo mayor se compadeciera de su pobre madre, sentara cabeza y formara una familia.

—Josh ya se está ocupando de esas cosas.

—Rebecca tiene problemas para quedarse embarazada, lo sabes. Es un milagro que haya podido tener a Brian. De hecho, es posible que no vuelvan a tener hijos.

—¿No te basta con uno?

—No. Y tú ya tienes casi cuarenta años, Mike.

—No me hagas arrepentirme de haber venido.

—No te arrepentirás porque voy a darte de comer antes de que te vayas.

—Me gustan tus tácticas.

—Utilizo las que funcionan.

—¿Dónde está papá? No me digas que ha ido a entrenar al equipo del instituto un día como hoy.

—No, se han cancelado las clases. Tenemos una gotera en el tejado y está intentando averiguar por dónde entra el agua.

—¿Crees que necesitará que le eche una mano?

La madre de Mike se inclinó sobre la máquina de coser y la puso de nuevo en marcha.

—Podrías preguntárselo tú mismo.

—¿Preguntarme qué?

Mike se volvió y vio a su padre entrar en la habitación.

—¿Has localizado la gotera?

—Sí. Y en cuanto pase la tormenta, me subiré al tejado para arreglarla.

—No te subas tú. Ya lo haré yo este fin de semana.

—¿Qué te trae por casa a esta hora del día? Y con una tormenta como ésta —preguntó su padre—. ¿Os habéis quedado sin luz en el rancho?

Su madre detuvo la máquina de coser y lo miró por encima de la montura de las gafas, esperando su respuesta. Mike se aclaró la garganta.

—No, he venido a dejar a Lucky en el pueblo porque estaba en casa del abuelo sin luz y sin agua.

—¿Has dicho Lucky? —su madre parpadeó como si acabara de decirle una locura. Su padre frunció marcadamente el ceño.

—Lucky Caldwell ha vuelto —anunció Mike.

—Estás bromeando.

—No.

—¿Pero por qué ha vuelto después de tanto tiempo?

—Supongo que porque es la propietaria de esa casa.

—Esa casa nos pertenece —replicó su madre.

Su padre se acercó a ella y comenzó a acariciarle los hombros.

—¿Sabes si piensa quedarse mucho tiempo? —le preguntó a Mike.

—No creo.

—Al menos eso es esperanzador —su padre se inclinó para dirigirle a Bárbara una sonrisa de aliento, pero su madre no cambió de expresión.

—Me gustaría que nos vendiera la casa y se fuera para siempre. Pero no lo hará. Es una persona tan mezquina y desagradable como su madre.

Mike había ido a ver a sus padres con la esperanza de reforzar sus sentimientos negativos hacia Lucky, pero no le sentaron bien las duras palabras de su madre.

—No está utilizando esa casa. Ni siquiera le gusta Dundee. En cuanto heredó, se marchó de aquí y nadie ha vuelto a saber nada de ella desde entonces.

—Se marchó de aquí cuando se graduó —le aclaró Mike—, no cuando heredó.

—Sucedió todo al mismo tiempo. El caso es que se marchó, dejando la casa completamente abandonada.

—A lo mejor no se sentía aceptada en el pueblo.

Su madre negó con la cabeza.

—El problema era que quería viajar por todo el país y pegarse la gran vida con el dinero de mi padre.

Había sido Mike el que les había hablado a sus padres de la vida nómada de Lucky, pero después de enterarse de que no se había acostado con ningún hombre, no creía que se hubiera pasado la vida de fiesta en fiesta.

—Las mensualidades que le ha dejado el abuelo no le dan para pegarse la gran vida.

—Tiene dinero más que suficiente para mantenerse —señaló su padre.

—Es cierto, pero yo le he ofrecido más de medio millón de dólares por la casa. Si realmente quisiera vivir bien, ¿no crees que la habría vendido cuanto antes?

Su madre se levantó y se acercó a él con las mejillas encendidas.

—¿Por qué la defiendes?

—No la estoy defendiendo —se encogió de hombros, como si no lo preocupara de forma particular—. Simplemente, me pregunto si no habrá alguna parte de la historia que no conozcamos.

—Fuiste su vecino durante muchos años, sabes cómo es esa chica. Josh me contó que en una ocasión se desnudó delante de ti.

—Sólo se quitó la parte de arriba del biquini y…

—¡Sólo la parte de arriba! No tenía ningún derecho a hacer una cosa así… A esa edad y ya una… mujerzuela.

A pesar de todos sus esfuerzos, Mike no fue capaz de contenerse.

—Lucky no es una mujerzuela.

—A lo mejor no estás acostumbrado a oír hablar así a tu madre —terció su padre—, pero ya sabes la reputación que tiene Lucky, Mike.

Mike sabía la reputación que tenía Lucky, de acuerdo. Él mismo había hecho ciertas suposiciones basadas en esa reputación que habían demostrado ser completamente falsas. Pero no tenía forma de explicarles a sus padres los motivos por los que sabía que estaban equivocados.

—Mirad, tampoco es mi persona favorita, ¿de acuerdo? Yo quiero quedarme con la casa del abuelo y todavía albergo la esperanza de que se vaya del pueblo y me la venda. Pero si no se va…

—¿Qué? —lo azuzó su madre.

—Tampoco podemos darle demasiada importancia al hecho de que se quede aquí. Habrá que vivir y dejar vivir…

—¿Cuándo le hemos daño a esa chica? No creo que haya cruzado nunca más de dos palabras con ella.

—Lo único que estoy intentando decir es que quizá deberíamos distender un poco la situación. En realidad, todo este desastre fue culpa de su madre.

—Lucky formó parte de todo ello —replicó Bárbara—, recuerdo perfectamente las zalamerías que le hacía a mi padre: «Papá, hace mucho frío fuera, no te olvides de ponerte el abrigo», «papá, acabo de sacarle brillo a tus botas». Estaba pendiente de cada palabra de tu abuelo y le sonreía como si pensara que era lo más valioso del universo, y todo con la esperanza de arrebatarle algún día su dinero.

—Mamá, no sabemos cuáles eran sus motivos. Sólo era una niña.

—No cuando la llevaste a los tribunales.

Mike no pudo evitar fruncir el ceño.

—Morris le dejó la casa en herencia. ¿Qué querías que hiciera? ¿Pedirnos perdón y devolvérnosla?

—¡Sí! ¿Por qué no? ¿Qué te hace pensar que tiene derecho a ella? Esa chica sólo formó parte de la vida de mi padre durante diez años. ¡Y su madre intentó matarlo!

—De eso no estamos seguros.

—Claro que estamos seguros. A lo mejor no pudimos demostrarlo, pero eso no significa que no ocurriera.

—Aunque sea cierto, Lucky no tuvo nada que ver.

—¿Quién puede saberlo?

Mike estiró el cuello. Después de lo que había pasado la noche anterior, estaba convencido de que Lucky no había tenido nada que ver con aquella sobredosis de insulina.

—Mira mamá, siento que Lucky haya vuelto, pero no tiene por qué afectarte tanto. Todo saldrá bien.

Una lágrima rodó por la mejilla de su madre.

—Yo no creo que nada vaya a salir bien —susurró—. Jamás en mi vida he odiado a nadie, pero odiaba a Red y odio a Lucky —se volvió para refugiarse en el pecho de Larry, que la envolvió en sus brazos.

—Y tienes derecho a ello, cariño —la consoló—. Has sufrido mucho por su culpa.

Mike no podía creer que hubiera hecho llorar a su madre. Ella normalmente sólo lloraba en las bodas y en los funerales. Primero había herido a Lucky, después a Gabe, y al final a su madre. Evidentemente, a lo largo de aquel día, estaba arrasando con todos cuantos se encontraba.

# Capítulo 7

MIKE salió de casa de sus padres en cuanto pudo, aunque tuvo que quedarse a comer. Durante el almuerzo, la conversación fue muy poco fluida. Mike sabía que su padre no estaba contento con la postura que había adoptado en la discusión sobre Lucky. Y cada vez que recordaba la palabra «mujerzuela», se sentía culpable por permitir que continuaran juzgándola de esa manera cuando él sabía que no era cierto.

Sacudió la cabeza mientras se dirigía a la camioneta. Teniendo en cuenta lo mucho que su relación con Lucky podía afectar a todas las personas a las que quería, lo mejor que podía hacer era mantener la boca cerrada, volver a casa y dormir un poco. Quizá después pudiera considerar todo aquel asunto con cierta perspectiva.

Pero al pasar por el hotel Timberline, en el que Lucky estaba alojada, no pudo evitar echar un vistazo a la puerta de su unidad. ¿Era una luz lo que se distinguía entre las cortinas? ¿Qué estaría haciendo? ¿Leyendo aquella libreta con las tapas negras? ¿Habría comido algo desde el desayuno?

Probablemente no. Era imposible ir a pie a cualquier parte con aquella ventisca.

¡Ése no era su problema!, se recordó. Pero cuando descubrió que la autopista que salía del pueblo estaba cerrada a causa de la tormenta, no lo sorprendió. Y aunque Lucky no fuera su problema, fue a comprar una hamburguesa con patatas fritas y se dirigió directamente al Timberline.

Cuando oyó que llamaban a la puerta, Lucky levantó la cabeza de diario de su madre y se levantó para mirar por la mirilla.

—¿Quién demonios…?

Mike otra vez. No podía creer lo que veían sus ojos. ¿Qué estaba haciendo allí? No abriría, se dijo. No estaba adecuadamente vestida. Después de la ducha, se había puesto encima una camiseta sin sujetador y los pantalones del chándal.

Pero Mike llevaba algo que podía ser comida. Y ya había visto mucho más de lo que estaba mostrando en aquel momento. De modo que al final abrió la puerta y lo miró fijamente.

—No me digas que te has quedado atrapado en el pueblo.

—Pues la verdad es que sí.

—¿Por qué no has vuelto antes a tu casa?

—Supongo que antes tenía que causar algunos problemas.

—¿Qué clase de problemas?

—Eso ahora no importa. ¿Tienes hambre?

—La verdad es que no —contestó, por encima del sonido del viento, pero su mirada la traicionó volando hacia la bolsa que llevaba Mike en la mano.

Mike sonrió.

—Una hamburguesa doble con queso y beicon.

Lucky estaba salivando sólo de olerla.

—Bueno, no me gustaría que se echara a perder —contestó, intentando parecer indiferente—. Pero déjame ir a buscar el bolso para pagártela.

El viento habría cerrado la puerta, así que le pidió a

Mike que la sujetara mientras ella iba a buscar el dinero, esperando que se quedara donde estaba. Pero en cuanto giró, Mike entró en la habitación.

Lucky se volvió al oír que la puerta se cerraba y vio a Mike sacudiéndose la nieve y el frío.

—Toma — agarró el primer billete que tenía en la cartera y se lo tendió—. Y gracias por la comida.

Ignorando el dinero, Mike le pasó la bolsa, se quitó el abrigo y se sentó en la cama.

—¿Estabas viendo el canal deportivo?

—Sí, me gustan los deportes —miró con el ceño fruncido el abrigo que Mike acababa de dejar sobre una silla.

—¿Viste el partido de la Noche del Fútbol?

—La mitad. No soportaba ver perder a Green Bay.

—¿Eres admiradora de los Packers?

En realidad le gustaba Brett Favre, pero no creía que tuviera por qué especificar. Los hombres no solían elegir a su equipo favorito basándose en el cuerpo que tenía su capitán.

—También me gustan los Raiders.

—¿Y en baloncesto?

—El equipo que más me gusta es el de los Kings, aunque el Denver Nuggets tiene muy buenos jugadores.

—¿Y el béisbol también te gusta?

—No tanto como el fútbol o el baloncesto, pero si no hay nada más en…

—¿Qué equipo te gusta?

—Los Mariners sobre todo.

Mike la miró con atención.

—¿Cómo has aprendido tanto de deportes?

—Supongo que viendo partidos.

—Desde luego, eres muy distinta a como te imaginaba —comentó Mike.

—Sí, bueno, ser mala a tiempo completo no es fácil. De vez en cuando necesito descansar y relajarme.

Ignorando su sarcasmo, Mike tomó el mando a distancia y subió el volumen de la televisión.

—Eh, ¿no tienes otro sitio adonde ir? —le preguntó Lucky.

—¿Con este tiempo?

—¿Por qué no? Estoy segura de que a tus padres les encantaría verte.

—Lo siento, acabo de venir de allí.

A Lucky le dio un vuelco el corazón al imaginarse a la familia confabulando para echarla de la casa de Morris. Vender era una cosa y verse obligada a marcharse otra muy diferente.

—Genial. ¿Les has dicho que he vuelto al pueblo?

—Por supuesto.

—¿Y qué han dicho?

—Mi madre ha empezado a llorar.

A pesar del hambre que tenía, Lucky dejó las hamburguesas encima de la mesa.

—Vaya, gracias por animarme.

—No sabía que te importara.

Lucky alzó la barbilla y lo fulminó con la mirada.

—No me importa.

El borde del sombrero ensombrecía el rostro de Mike, haciéndole difícil ver su expresión. No hizo ningún comentario más, así que Lucky tomó el dinero que Mike había rechazado, se lo guardó en el bolsillo y miró la comida de reojo. Quería comer, pero tenía que convencer a Mike de que se fuera.

—¿No piensas marcharte? —le preguntó.

Mike se quitó el sombrero y se estiró en la cama.

—La verdad es que después de lo que me hiciste anoche, estoy cansado y…

—¿Qué te hice?

—… y no tengo adonde ir, por lo menos hasta que amaine la tormenta.

—Estoy segura de que quedan habitaciones libres en el hotel.

—¿Qué te pasa, Lucky, te pongo nerviosa?

Estaban en una habitación de cuatro metros cuadrados con dos camas dobles, por supuesto que la ponía nerviosa. Pero no iba a admitirlo.

—¿Qué te hace pensar que podrías ponerme nerviosa?

—El hecho de que no dejes de estirarte la camiseta, por ejemplo.

—Es una costumbre. Lo hago aunque no esté nerviosa.

—Muy bien —Mike señaló hacia la comida con la cabeza—. Come y mira el partido. Cuando termine la tormenta, te llevaré a tu casa.

Mike se durmió a los pocos minutos, dejando a Lucky pensando malhumorada en la forma en la que había entrado en su habitación. Aquel hombre estaba cargado de dinero, ¿por qué tenía que imponerle su presencia?

Después de intentar sin éxito concentrarse en el partido, decidió que también ella necesitaba dormir. Con la televisión encendida para que amortiguara el sonido de la tormenta, se tumbó en la otra cama, se volvió de cara a la pared y se acurrucó. Pero a los pocos segundos, no pudo evitar volverse para mirar a Mike. Hacer el amor con él no había sido en absoluto como esperaba, pero en el fondo, sabía que la culpa había sido suya.

Y tenía que admitir que nunca había conocido a un hombre tan atractivo.

La despertó el silencio. El viento había cesado, la televisión estaba apagada y la habitación estaba tan oscura que no sabía si estaba Mike o no a su lado. De modo que se apoyó sobre un codo y se inclinó hacia la otra cama.

—¿Te ocurre algo? —preguntó Mike.

Lucky se sobresaltó al oír su voz. Sí, todavía estaba allí. Tan cerca que le bastaría alargar el brazo para tocarlo.

La idea de volver a acariciarlo hizo que le latiera violentamente el corazón. Inmediatamente se apartó.

—No.

—He apagado la televisión, espero que no te importe. Estabas moviéndote mucho, no parecías dormir bien.

—¿Qué hora es?

—Casi las dos.

—¿Ha terminado la tormenta?

—Creo que sí, pero todavía tardarán algún tiempo en despejar las carreteras.

—Probablemente podremos volver a casa mañana por la mañana.

—Probablemente.

De modo que no podía hacer otra cosa que dormir. Pero, por alguna extraña razón, Lucky estaba tan nerviosa que no era capaz de permanecer tumbada, así que decidió levantarse.

—¿Adónde vas? —le preguntó Mike.

—Tengo los músculos un poco tensos, creo que voy a darme una ducha.

Mike no dijo nada, Lucky se metió en baño y cerró la puerta.

Mike le oyó abrir el grifo del agua. Y la imaginó quitándose la camiseta y dejándola caer descuidadamente al suelo. Podía ver el agua deslizándose por su cabeza y por sus hombros, y rodando entre aquellos senos que había besado la noche anterior.

Su cuerpo reaccionó con fuerza y Mike interrumpió inmediatamente aquellos pensamientos. Cuando se había despertado, hacía ya casi una hora, había comprendido de pronto lo que lo había afectado tanto la noche anterior. Sentía que no le había hecho justicia a Lucky. Lucky era una mujer hermosa que había esperado durante mucho tiempo el momento de hacer el amor con un hombre. Le había ofrecido su virginidad y él había hecho el amor con ella como si no tuviera ninguna importancia. Le habría gustado poder dar marcha atrás en el tiempo y mostrarle lo que podía sentir al ser debidamente acariciada. Y era ésa también la razón por la que no había querido abandonar el pueblo. Estaba buscando una oportunidad de enmendar su error. Pero Lucky se mantenía tan distante que ni siquiera había permitido que sus dedos se rozaran cuando le había pasado la bolsa de la comida.

Aun así, tenía que haber alguna razón por la que Lucky había confiado en él en un primer momento.

Mike se levantó de la cama y decidió que lo único que podía hacer era arriesgarse como lo había hecho ella. Si Lucky lo rechazaba, no ocurriría nada. Pero en caso contrario, podrían intentar revivir de nuevo la otra noche. Quizá así dejaría de sentirse en deuda con ella y pondría fin a aquella atracción de una vez por todas.

Lucky se quedó helada cuando oyó que se abría la puerta. Estaba segura de que había echado el cerrojo. Aunque no era un cerrojo suficientemente resistente. Bastaría una moneda para abrirlo desde fuera. Y era evidente que Mike había utilizado algún truco para abrirlo, porque estaba casi segura de que lo había oído entrar al cuarto de baño. Todas sus dudas desaparecieron cuando la puerta se cerró y se apagaron las luces.

Definitivamente, Mike estaba en el cuarto de baño.

—¿Mike?

—Sí, soy yo.

Lucky se pegó a la esquina más alejada de la bañera,

aunque sabía que Mike no podía verla. Era tal la oscuridad que ninguno de ellos podía ver nada.

—Si quieres ducharte, ahora mismo salgo —Mike no
contestó—. ¿Todavía estás ahí?

—Sí.

Lucky suspiró aliviada al comprobar que no se había
movido de la puerta.

—¿Qué quieres?

—A ti.

A ella. A Lucky le subió el corazón a la garganta. Eso
era exactamente lo que sospechaba.

—Si quieres que me vaya, dímelo. Si no dices nada,
pensaré que quieres que me quede —le advirtió, como si
quisiera dejarlo todo perfectamente claro.

Lucky se mordió el labio. Su mente corría a toda velocidad. Si quería evitar que se repitiera lo de la noche anterior, tenía que decir algo, pero no se lo ocurría una sola
palabra. Y no sabía si era por lo que Mike había dicho o
porque realmente quería que se quedara. Y de pronto ya
fue demasiado tarde. Lo oyó correr la cortina de la ducha
y sintió sus manos en la cintura.

Mike no había sido tan presuntuoso como para desnu-
darse, advirtió mientras su boca se fundía con sus labios en
la oscuridad. Mike la besaba con delicadeza, como habría
besado un joven a una chica en su primera cita. Su segundo beso fue aún mejor, como el beso que había visto ella
en el establo. Era un beso real, y lo estaba viviendo ella.

Mike no volvió a decir nada después de aquello, pero
con sus caricias, con sus besos, parecía estar preguntándo-
le: «¿Quieres que volvamos a intentarlo, Lucky? Déjame
intentarlo otra vez. Confía en mí una vez más».

Lucky se dijo a sí misma que era una locura, pero
Mike estaba venciendo todas sus resistencias al demostrarle lo mucho que la deseaba. Ella apenas podía pensar
mientras Mike le mordisqueaba el labio inferior. Cuando

sus lenguas se encontraron, se extendió por su cuerpo una agradable sensación de calor. Se sentía lánguida, ardiente y palpitante al mismo tiempo.

A Mike no parecía importarle mojarse. La besó más profundamente y Lucky se reclinó contra él mientras iba olvidándose lentamente de lo que había ocurrido la noche anterior, de todo lo que había ocurrido hasta entonces… pero cuando Mike comenzó a deslizar las manos hacia sus senos lo detuvo.

—No te haré daño —musitó Mike por encima del susurro del agua.

—Creo que no deberíamos…

—Chss. Esta vez tendré mucho cuidado, lo prometo.

En aquel espacio tan reducido y oscuro, Lucky casi podía convencerse de que aquello era un sueño, uno de los muchos sueños en los que aparecía ella con Mike. Pero sus manos y sus labios eran mucho más dulces de lo que nunca había imaginado.

En algún momento, se desprendió de la ropa; Lucky no sabía exactamente cuándo porque su mente parecía estar flotando, no funcionaba correctamente. El sonido de un papel al rasgarse le indicó que Mike había ido preparado, así que no tuvo que preocuparse cuando Mike la levantó y, con mucho más cuidado que la noche anterior, se deslizó dentro de ella.

—¿Estás bien? —le preguntó en un susurro.

—Sí, estoy bien —en realidad, no había sido más feliz en toda su vida.

Mike comenzó a moverse, lenta, pausadamente al principio, para que Lucky pudiera disfrutar de todas y cada una de aquellas sensaciones exquisitas. Después, todo pareció girar y la velocidad fue aumentando y aumentando hasta que al final, Lucky se estremeció contra él.

—Eso es —la animó Mike—, eso era lo que quería.

Lucky continuó aferrada a él cuando Mike la dejó en

el suelo; se sentía tan débil que temía resbalarse en la bañera. Aquella experiencia había superado todas sus expectativas, pero Mike no había terminado todavía. Tras dejarle unos segundos para recuperarse, le dijo:

—Vamos, otra vez.

—No, ahora te toca a ti.

Pero Mike la ignoró y volvió a besarla y a acariciarla. En aquella ocasión, sólo necesitó unos segundos para que el cuerpo entero de Lucky se tensara y ella gritara su nombre, arrastrada por un placer que la derretía por completo.

—¿Te ha gustado? —musitó Mike, presionando la frente contra ella e intentando recuperar la respiración.

—Sí, me ha gustado.

—Entonces vamos a hacerlo otra vez.

—¿Y tú?

—Chss…

Mike le mordisqueó el labio inferior y ella ya no protestó. Mike la sostenía contra él como si temiera que desapareciera en el caso de que la soltara. Lucky tenía la impresión de que le estaba entregando algo de sí mismo que hasta entonces nunca había dado. No estaba segura de lo que era, pero iba más allá de lo puramente físico.

—Ya basta —dijo con voz ronca. Estaba tan sensible que ya no podía soportar ni un segundo más.

Mike dejó que el agua continuara cayendo sobre ellos durante un par de minutos. Recorrió después con el dedo una gota de agua que descendía por el cuello de Lucky hasta sus senos y comenzó a moverse otra vez. Pero aquella vez le tocaba disfrutar a él y Lucky sabía que jamás en su vida volvería a sentirse tan poderosa como en aquel momento. Le rodeó las caderas con las piernas y lo atrajo hacia ella, instándolo a hundirse más profundamente en su interior. Mike gimió con absoluto abandono.

# Capítulo 8

INCLUSO antes de abrir los ojos a la mañana siguiente, Mike sintió la sonrisa en su rostro. Todos sus músculos se quejaron cuando intentó moverse, pero no le importó. No era un dolor desagradable y sabía que ya no tendría que preocuparse por sus sentimientos hacia Lucky.

Lucky… Se obligó a abrir los ojos y miró a su alrededor. La tormenta había terminado y estaba hambriento. Esas dos cosas las sabía. Lo que no sabía era dónde estaba Lucky. No la veía en el cuarto de baño. Y tampoco podía ver ninguna de sus cosas.

Se sentó. Se había ido. No sabía ni adónde ni cómo, pero estaba seguro de que no volvería.

Mejor así, se dijo. Le habría gustado hacer el amor con ella una vez más. Era tan cálida, sincera y desinhibida en su respuesta que la encontraba casi embriagadora. Pero no le habría gustado que lo vieran en el pueblo con ella. Era mejor dejar las cosas tal y como estaban. Se sentía satisfecho y esperaba que Lucky también lo estuviera. Y la vida podía continuar.

Pero veinte minutos después, mientras estaba desayunando en el café de Jerry, no pudo evitar sentirse engañado por la rápida desaparición de Lucky. Y no pudo dejar de admitir que se había ido demasiado pronto.

Lucky se aclaró la garganta para llamar la atención del hombre que estaba sentado en la oficina del taller.

El hombre giró en la silla y alzó la mirada hacia ella. Tenía un teléfono en la mano y un niño de aproximadamente un año en el regazo.

—Ahora mismo te atiendo —le dijo.

Lucky asintió. Él, pacientemente, orientó la mano del niño hacia el papel que tenía encima de la mesa.

—No puedo. Tengo el remolque fuera. He enviado a Chase a sacar el coche de Helen Dobbs de la cuneta hace unos minutos... ¿Quién sabe? —se echó a reír—. Parece que ha girado directamente hacia allí. Te llamaré cuando vuelva —colgó el teléfono y dejó al niño en el suelo.

—¿Puedo ayudarte en algo? —le preguntó a Lucky, mientras se desabrochaba la cazadora de cuero.

Lucky sonrió un poco avergonzada por aparecer de pronto de la nada y con una petición tan inusual. Pero en Dundee no había ningún taxi.

—Qué niño tan guapo, ¿es tuyo?

—Sí, se llama Troy. Y hoy ha venido a ayudarme a trabajar porque su madre tenía náuseas.

—Parece que se conoce bien el taller.

Troy ya había abierto uno de los cajones del escritorio y acababa de sacar una bolsa con pipas de girasol.

—Pipas, pipas, papá. ¿Troy come pipas?

—Ahora no, a tu madre no le gustó que te diera pipas la última vez. Se tragó las cáscaras —le explicó a Lucky.

Metió las pipas en un archivador que contenía ya un buen número de objetos estratégicamente colocados para impedir que los alcanzara el pequeño.

—Es una suerte tener un negocio propio, de esa forma puedes compartir las tareas con tu esposa.

Observó a Troy, que caminaba torpemente por el despacho buscando otra distracción.

—Me gusta tener a Troy conmigo.

—No te robaré mucho tiempo —dijo Lucky—. Sólo

quería saber si sabes de alguien que pueda llevarme a la carretera de White Rock.

—¿Se te ha estropeado el coche o algo parecido?

Lucky le explicó que se había quedado atrapada en medio de la tormenta y que habían tenido que llevarla al pueblo porque no tenía ni comida, ni agua ni electricidad en su casa.

—Pero... el único lugar habitado en esa carretera es el rancho High Hill.

El rancho de Mike. Pero Lucky no iba a pensar en Mike. La noche anterior había sido demasiado intensa como para intentar siquiera catalogarla emocionalmente. Se había sentido más cerca de Mike que de nadie en su vida y atesoraría lo ocurrido para siempre en su recuerdo, pero la noche había terminado y tenía que volver a la realidad.

—Voy a la casa de al lado, es mía.

—Entonces supongo que tú eres la hija de Red Caldwell.

Al parecer, era tal su reputación que hasta un completo desconocido había oído hablar de ella.

—Sí, bueno, no sé qué te habrán dicho sobre mí, pero no me dedico a tontear con el diablo, ni a recitar encantamientos ni nada parecido.

—Es una pena —replicó él con una sonrisa irónica—. Me gusta la gente mala. Al fin y al cabo, yo siempre lo he sido —le tendió la mano—. Me llamo Booker Robinson.

Por la forma de tratar a su hijo e, imaginaba, a su esposa, Lucky dudaba que Booker fuera ni la mitad de malo de lo que decía. Aun así, agradeció sus esfuerzos por hacerla sentirse cómoda.

—¿Y dónde estabas hace seis años? Creo que podría haber llegado a soportar este pueblo si te hubiera conocido.

Booker impidió que su hijo se metiera en la papelera.

—Creo que acababa de salir de prisión.

—¿En serio?

—Hice algunas tonterías cuando era joven. Afortunadamente, he tenido tiempo de aprender qué cosas son realmente importantes en la vida.

—¿Y por qué te has establecido en Dundee?

—Mi abuela vivía aquí y… —miró a su alrededor—, de alguna manera, es como mi hogar.

Quizá algún día Lucky también encontrara el suyo.

Con un rápido movimiento, Booker levantó a Troy en brazos y tomó unas llaves.

—Déjame decirle a Delbert que me voy. Te llevaré yo mismo.

—No, todavía no puedo volver a casa, antes tengo que hacer unas llamadas y comprar algo.

—Así que vas a ir a Finley's.

—Sí.

—Eso está a varias manzanas de aquí.

—No importa. Sólo he parado por aquí porque tu taller es uno de los pocos negocios que he visto abiertos hoy y no quería arriesgarme a que cerraras.

—De acuerdo. Bueno, dices que tienes que hacer unas llamadas. ¿Por qué no utilizas mi teléfono mientras hablo con Delbert? Después, de camino a tu casa, pararemos en Finley's.

Lucky reconoció a Delbert Dibbs en cuanto lo vio a través de la ventana que daba al taller. La sorprendió encontrarlo trabajando allí. En realidad, la habría sorprendido verlo trabajar en cualquier parte. Era dos años mayor que ella y tenía algunas discapacidades psíquicas que siempre le habían impedido hacer una vida normal. Solía dedicarse a pasear por el pueblo, flaco como un gato callejero.

En aquel momento estaba cubierto de grasa, pero parecía feliz mientras corría hacia la puerta con un enorme rottweiler pisándole los talones.

—A Bruiser y a mí nos gusta vigilar el taller. Y si quieres, también podemos cuidar a Troy.

Troy aplaudió entusiasmado y alargó los brazos hacia Delbert.

—Delbert, Delbert, aúpa.

Delbert miró sus manos con el ceño fruncido.

—Lo siento, Troy, estoy demasiado sucio, pero esta noche jugaremos con los bloques, ¿quieres?

—Me llevaré a Troy conmigo —dijo Booker mientras Troy fijaba su atención en el perro.

Delbert pareció reparar en aquel momento en Lucky, que permanecía detrás de Booker con el teléfono en la mano.

—Eh, ¿no nos conocemos?

Lucky sonrió y, como todavía no había marcado ningún número, desconectó el teléfono.

—Sí, antes vivía aquí. Parece que te van las cosas bien.

—Trabajo para Booker —dijo con orgullo—, cambio el aceite y, y… y las ruedas.

—Un trabajo muy bonito.

—Y éste es mi perro, Bruiser. Es grande, pero no tengas miedo, no te hará daño.

—Es un perro muy bonito.

—Es el mejor perro del mundo.

—Apuesto a que sí.

—¿Te ha dicho Booker que va a tener un bebé?

Lucky miró a Booker, que en aquel momento estaba ocupado guardando los juguetes de su hijo en la bolsa de los pañales.

—Mi mujer y yo estamos esperando otro hijo —le explicó Booker.

—Está enferma por culpa del bebé —intervino Delbert—, pero el bebé vendrá dentro de veintiocho semanas y tres días y entonces se pondrá bien otra vez.

—Sí, por esas fechas debería nacer la niña —le aclaró Booker—. Aunque eso nunca se sabe a ciencia cierta.

—¿Es niña?

—Están completamente seguros de que es una niña —contestó Booker con una sonrisa. Agarró la bolsa de los pañales y comenzó a dirigirse hacia el garaje—. Voy a organizar un poco las cosas que quiero que haga Delbert mientras estamos fuera. Avísame cuando estés preparada.

—De acuerdo.

Lucky se despidió de Delbert y de su perro antes de llamar a la compañía de la luz.

Finley's no había cambiado prácticamente nada durante aquellos seis años. Aquel pequeño negocio familiar había añadido una sección de comida más saludable en la que Lucky encontró leche de almendras, cereales y todo tipo de exquisiteces. Pero todo continuaba igual. Y, desgraciadamente, Marge Finley continuaba trabajando tras la caja registradora. Marge nunca había sido demasiado amable con Lucky. Era una de esas personas que habían elegido entre la primera familia de Morris y la segunda y siempre había tenido claro hacia quién iban dirigidas sus lealtades.

Booker se acordó de que necesitaba pasta de dientes. De modo que agarró a Troy en brazos y se dirigió a buscarla mientras Lucky iba a pagar sus compras.

Pero en el momento en el que dejó sus compras sobre la cinta transportadora, Marge abandonó la caja registradora para ir a colocar unas cajas de cereales que se habían caído al pasillo. Lucky sospechaba que estaba intentando dejarle claro que ella no era una prioridad.

Al final apareció Booker por una esquina.

—¿Dónde está Marge?

Lucky señaló con la cabeza hacia la cajera, que continuaba ordenando las cajas.

—¿Y sabe que tenemos que irnos?

—Probablemente no —dijo Lucky. No quería explicarle que Marge la había dejado esperando intencionadamente.

—¡Eh, Marge, creo que ya estamos listos!

—Ahora mismo voy, Booker —se levantó, tarea nada fácil con el peso que había ganado desde que Lucky se había marchado—. ¿Cómo está Kate? —le preguntó a Booker.

—Mejor, creo. La he llamado antes de salir del taller y me ha dicho que esta mañana había conseguido echarse una siesta.

—Tiene que comer galletas saladas. Es el único remedio contra las náuseas.

—Le llevaré un poco de sopa en cuanto deje a Lucky en su casa.

Marge apretó los labios ante la mención de Lucky, pero no hizo ningún comentario.

Lucky pagó sus compras después de que Booker hubiera pagado las suyas. Metieron las bolsas de ambos en un carrito y se dirigieron hacia la puerta justo en el momento en el que un hombre alto, de pelo oscuro y canas en las sienes entraba en la tienda.

—Buenos días, Booker.

Booker hizo un gesto con la cabeza y continuó caminando, pero Lucky se detuvo a media zancada. Era Garth Holbrook. Lo reconoció por la fotografía que había visto en la página web. Tragó saliva mientras la invadía un repentino y penetrante anhelo. Había intentado prepararse para lo que iba a encontrarse. Sabía que, incluso en el caso de que localizara a su padre, él podría no estar dispuesto a aceptarla. Pero ver a un Garth Holbrook tan atractivo y confiado en sí mismo le hizo desear tener alguna relación con él. Aquel hombre era todo lo que su madre no había sido; tenía dignidad, emanaba respeto. Y Lucky estaba convencida de que era muy estable emocionalmente.

Brooker siguió el curso de su mirada.

—¿Conoces al senador Holbrook?

—No, personalmente no —contestó Lucky—. Pero lo he reconocido, eso es todo.

—Es un buen tipo.

—¿Lo conoces?

—Ha venido alguna vez al taller. La semana pasada trajo el coche de su esposa.

La mención de la esposa de Holbrook no la ayudó a Lucky a aliviar la extraña sensación que tenía en el estómago. Incluso en el caso de que Holbrook aceptara hacerse la prueba de paternidad, no creía que fuera bien recibida por su esposa.

—¿Cómo es la señora Holbrook?

—¿Celeste? Muy amable, también —sonrió con cariño—. Siempre está organizando actividades benéficas. Últimamente está recaudando fondos para comprar juguetes en Navidad para los niños desfavorecidos. Envía mantas a Ucrania, dirige la asociación de Amigos de la Biblioteca… Y estoy seguro de que hace muchas más cosas que ni siquiera sabemos.

Celeste parecía una santa, ¿pero sería suficientemente santa como para aceptarla?

—¿Conoces a un hombre llamado Eugene Thompson?

—Nunca he oído hablar de él.

—¿Y a Dave Small?

—Todo el mundo lo conoce.

—¿Y te gusta?

—No especialmente.

—¿Por qué no?

—Es un hombre arrogante, un engreído.

—¿Y sigue metido en política?

—Sí.

Booker presionó el botón del llavero que abría la furgoneta. Instaló a Troy en el asiento de atrás, donde dejó también Lucky sus compras.

—Quiere optar al cargo de senador —continuó explicándole—. Podría incluso querer presentarse para alcalde cuando el padre de Rebecca se retire. Afortunadamente, Rebecca dice que no cree que su padre se retire pronto. Odiaría ver a Dave acumulando más poder del que ya tiene.

—¿Quién es Rebecca? —preguntó Lucky mientras Booker ponía el coche en marcha.

—¿No te acuerdas de Rebecca? Era una chica alta, salvaje, única —sonrió como si ése fuera el mejor cumplido que pudiera hacérsele a una mujer—. Se casó con Josh Hill hace tres años. Y ahora tienen un bebé de tres meses.

—¿Dónde viven? —por lo que Lucky había visto, no vivían en la casa del rancho.

—Se están construyendo una casa a varias hectáreas de la de Mike, más cerca del lago.

—Ya veo.

—¿Y por qué me has preguntado por Dave Small y por ese otro tipo… Eugene has dicho?

—Simple curiosidad.

Booker la miró con expresión escéptica.

—Los conocí hace tiempo y quería saber si continuaban por aquí.

Aunque no era cierto, no era una mentira de las más grandes, y le permitía continuar haciendo preguntas.

—¿Y la familia de Dave sigue viviendo en el pueblo?

—Por supuesto —Booker se adentró en una calle que acababan de limpiar—. Los Small nunca se irán de aquí. Creen que este pueblo les pertenece.

—En ese caso, entre los Small y los Caldwell, el pueblo debe de seguir abarrotado.

—No estás dispuesta a olvidar el pasado, ¿verdad?

A Lucky no la sorprendió que Booker estuviera al corriente de toda la historia. Su madre llevaba ya cuatro años muerta, pero, probablemente, la gente de Dundee todavía no había dejado de hablar de ella.

—Son los Caldwell los que todavía no me han perdonado.

—Por lo que tengo entendido, tanto Morris como tu madre han muerto, de modo que ya no sé qué motivos puede haber de pelea.

—El resentimiento puede prolongarse durante décadas.

—Pero no tiene por qué. Los Caldwell son buena gente. Especialmente Mike y Josh.

Lucky recordó a Mike acercándose a ella en medio de la oscuridad y la humedad del baño. Recordó la cortina de la ducha deslizándose por la barra… Y sintió el mismo vértigo que había experimentado cuando la había acariciado.

—Si tú lo dices —contestó, no quería seguir hablando ni de Mike ni de su familia.

Condujeron durante algunos kilómetros en silencio. Después, Troy comenzó a impacientarse y Booker le pidió a Lucky que le diera una galleta. Cuando estaba metiendo la mano en la bolsa para buscarla, de pronto Booker le preguntó:

—¿Dónde has estado durante estos seis años, Lucky?

—En ningún lugar en particular. He viajado mucho.

—¿Y por que has vuelto?

—He venido para arreglar la casa.

—¿Y cómo te sientes al volver?

Lucky apoyó el codo en el saliente de la ventanilla y volvió la cabeza cuando estaban pasando por el restaurante Arctic Flyer. Inmediatamente le vino un recuerdo a la cabeza. Estaba en el instituto y había ido al partido de fútbol del viernes por la noche para escapar de casa. Morris estaba fuera de la ciudad y su madre buscando nuevas distracciones.

Para no volver a casa, Lucky había estado merodeando por el pueblo hasta más tarde de lo habitual y había terminado en el Arctic Flyer, donde estaban parte de los jugadores del equipo de fútbol junto a algunas animadoras.

«Eh, ¿por qué no vamos al asiento de atrás de mi coche y me ayudas a celebrar nuestra victoria, Lucky?», le había gritado Mitch Hudson. Mitch estaba físicamente más desarrollado que otros chicos de su edad y, en aquel momento, parecía estar borracho.

«Dios mío, Mitch, no la toques. Podrías agarrar cualquier enfermedad», había dicho una de las animadoras que, casi seguro, tenía mucha más experiencia en el sexo que Lucky, provocando las carcajadas de todos los demás.

Lucky consideró la pregunta de Booker. ¿Cómo se sentía al volver? No tan bien como se había sentido al marcharse. Pero Booker le caía demasiado bien como para decírselo.

—Bien, supongo. De todas formas, no pienso quedarme mucho tiempo.

# Capítulo 9

CUANDO pasó por delante de la casa de su abuelo después del desayuno, Mike no podía decir si Lucky había vuelto o no. Tampoco sabía si tenía luz y agua, pero lo dudaba, puesto que la casa estaba a oscuras.

Pronto le conectarían ambos suministros, decidió, y pasó la tarde en su despacho, dedicado a hacer llamadas para la campaña del padre de Gabe y a intentar convencerse de que Lucky podría arreglárselas sola.

Pero hasta el momento no parecía haber sido muy capaz de cuidar de sí misma y, a medida que iba cayendo la noche, Mike comenzó a imaginarse lo peor. Seguro que no se le había ocurrido comprar comida. Y si necesitaba cualquier cosa, ni siquiera tenía teléfono para llamar.

Se había prometido a sí mismo no volver a tener ningún contacto con Lucky, pero había otras maneras de averiguar lo que estaba pasando en su casa.

Rob Strickland contestó inmediatamente a su llamada cuando se puso en contacto con la compañía de teléfonos. Mike había crecido con Rob y reconoció su voz inmediatamente. Estuvieron hablando de la esposa de Rob y de sus cuatro hijos, y después Mike desvió la conversación hacia el verdadero propósito de su llamada.

—¿Podrías decirme si en el número doscientos quince de la carretera White Rock tiene dada de alta la línea telefónica?

—¿No era ésa la casa de tu abuelo?

—Sí.

—Ahora lo compruebo —Rob lo tuvo algunos minutos al teléfono—. No, todavía no, y parece que no van a hacerlo pronto. Está dado el aviso, pero Eloise Greenwalt me ha dicho que en cuanto se ha enterado de quién había solicitado el servicio, ha dejado esa solicitud para el final.

—¿Que Eloise Greenwalt ha dicho qué?

—Que ha dejado esa solicitud para el final —dijo Rob, riendo—. Lucky Caldwell puede haberse quedado con la casa de tu abuelo y un buen puñado de su dinero, pero nadie le va hacer las cosas fáciles. Apuesto a que no durará en el pueblo ni un mes.

Mike apretó con fuerza el auricular.

—Pero está viviendo sola en esa casa.

—¿Y?

—Hace un frío terrible. Necesita ciertos servicios.

Mike advirtió que a Rob parecía extrañarle que no le hubiera hecho gracia la rencorosa jugarreta de Eloise.

—¿Quieres que le conectemos el teléfono? Caramba, Mike, ¿qué te pasa? Ya es muy tarde y no creo que se vaya a morir por no tener teléfono.

—Tú asegúrate de que le conecten la línea lo antes posible, ¿de acuerdo? —le dijo—. Y dile a Eloise que…

¿Decirle qué? ¿Que no tenía derecho a tomar una decisión de ese tipo? Habría apostado cualquier cosa a que ni siquiera conocía a Lucky, pero si él intervenía para defenderla, lo único que conseguiría sería sembrar más resentimiento contra ella, como le había ocurrido con su madre esa misma mañana, y todo el mundo acabaría tratándola mucho peor.

De modo que apretó los dientes e hizo todo lo posible para dominarse.

—Dile a Eloise que no hace falta que se desquite con Lucky. Mi familia y yo ya nos encargaremos de ella.

Mike colgó, pensando en todas las personas de la compañía eléctrica y de la compañía del agua a las que conocía. Volvió a descolgar el teléfono y fue hablando con todo el mundo hasta conseguir arrancarles la promesa de que Lucky tendría agua y luz esa misma noche.

Lucky apenas se lo podía creer cuando la luz se encendió. A las seis de la tarde, ya había decidido que aquel día no tendría luz y se había resignado a pasar otra noche en una casa helada. Gracias a Booker, que había insistido en quedarse hasta terminar de cubrir las ventanas rotas con plástico, ya no había tantas corrientes de aire en la casa. Lucky no estaba cómoda del todo, pero tenía agua, comida, velas, un fuego y el saco de dormir.

Y acababa de prepararse la cama en el suelo del cuarto de estar cuando las luces se encendieron.

—¡Aleluya! —gritó, y corrió al piso de arriba para encender la calefacción.

La caldera tardó varios minutos en calentar el aire de las tuberías y unos cuantos más en subir la temperatura de toda la casa, pero por lo menos tenía agua y luz.

Descolgó el teléfono para ver si también allí le esperaba una sorpresa, pero no tenía tono. Evidentemente, tendría que esperar un poco más.

Regresó de nuevo a su improvisada cama y decidió dormir. Todavía era pronto, pero hacía demasiado frío para hacer cualquier otra cosa y estaba agotada porque la noche anterior apenas había dormido. Después de que Mike y ella hubieran hecho el amor hasta quedar prácticamente exhaustos, Mike se había quedado dormido casi inmediatamente. Pero Lucky no quería desperdiciar ni uno sólo de los minutos que iba a pasar junto a él. Quizá hacer el amor con ella no significara nada para Mike, pero Lucky le había dado todo lo que tenía, le había entregado todo lo que era. Estando a su lado, le parecía una pérdida de tiempo dormir, de modo que había continuado despierta, estudiando su perfil, sintiendo el calor de su cuerpo y oyéndolo respirar.

Pero una vez había conocido todo lo que se estaba perdiendo, se sentía más sola incluso que antes. Y mientras estuviera en aquella casa, en aquel pueblo, no podría dejar de pensar en Morris y en lo injustamente que su madre lo había tratado. Se arrepentía de haber desperdiciado la oportunidad de presentarle sus últimos respetos, aunque sabía que había hecho bien en no regresar a Dundee al enterarse de su muerte; no le habría gustado convertir el funeral de Morris en un campo de batalla. Ella quería que todo fuera tranquilo, que Morris recibiera el panegírico que merecía. De modo que, mientras se celebraba su funeral, había estado en una iglesia, en Texas, suplicándole a Dios que cuidara de él por todo lo que había hecho por ella.

Decididamente, el invierno era especialmente duro en Dundee, se dijo. Pero las pocas horas de felicidad de las que había disfrutado en los brazos de Mike hacían que todo mereciera la pena. No se molestó en discutírselo. Por primera vez desde que podía recordar, había tomado exactamente lo que quería. Durante algunas horas, se había sentido satisfecha. Había sido la chica a la que Mike había besado en el establo; había disfrutado de la atención de Mike en exclusiva. Y después de aquello, le tocaba hacer lo mismo que al final había hecho con Morris: alejarse para siempre de él.

Bárbara Hill apagó los faros del coche y fue avanzando lentamente hacia la antigua casa victoriana antes de detenerse en la cuneta. Mike le había dicho que Lucky había vuelto, pero ella todavía no se lo podía creer. Después de todo lo que habían pasado, no le parecía justo.

Pero el Mustang azul que había quedado atrapado en

medio de la nieve y la luz de las ventanas indicaban que había alguien dentro. Y, por supuesto, tenía que ser Lucky. Al fin y al cabo, el propio Mike la había visto.

Y saber que Lucky había vuelto a vivir en la casa en la que ella había crecido le hacía revivir todos los sentimientos negativos que había experimentado durante los últimos años de vida de su padre. Todavía podía ver a Red revoloteando en la cafetería, haciendo ostentación del enorme diamante que Morris le había regalado mientras Bárbara intentaba desayunar con una madre con el corazón destrozado. Todavía podía oír a Red repitiendo delante de todo el mundo lo mucho que Morris la quería a ella y a sus hijos y hablando de la felicidad que por fin había encontrado a su lado. Red le había contado a todo el mundo que estaban pensando en adoptar un bebé. ¡Un bebé! ¡Cuando Morris tenía casi ochenta años! Era tan absurdo que Bárbara ni siquiera había sabido cómo responder. Ella siempre había admirado a su padre. Había sido un astuto hombre de negocios en los tiempos en los que uno podía confiar en la palabra de un hombre. Pero al parecer, se había convertido en una persona diferente cuando Red lo había atrapado. Se había teñido el pelo de un chabacano color castaño, llevaba camisas no menos vulgares, había decorado la casa con colores estridentes y Red lo besaba y lo abrazaba delante de todo el mundo. ¿Cómo era posible que no se hubiera dado cuenta de que estaba haciendo el ridículo?

Y después habían llegado las infidelidades, las mentiras, la codicia, y el intento de asesinarlo con una sobredosis de insulina.

Dolida por aquellos recuerdos, Bárbara apoyó la frente en el volante. Ya no podía mirar siquiera hacia la casa. Morris esperaba que su familia les diera la bienvenida a Red y a sus hijos con los brazos abiertos. Durante algún tiempo, Bárbara lo había intentado. Aunque sufría terriblemente por su madre, que se sentía triste y perdida sin Morris, viviendo en un pequeño adosado. Y aunque la reputación de Red fuera funesta y ella supiera que sólo andaba detrás del dinero de su padre. A pesar de todo, Bárbara y su hermana Cori habían ido a cenar con Morris y con Red en una ocasión. Pero aquella noche había sido la peor de su vida. Red hacía continua ostentación del control que tenía sobre Morris, lo hacía parecer un estúpido. Y no mucho tiempo después, Bunk, su hermano, les había contado que había intentado seducirlo.

Bárbara era consciente de que Red debía de tener un serio problema de autoestima para necesitar aquel constante reconocimiento de su sensualidad, pero le resultaba difícil ser comprensiva después de los estragos que aquella mujer había causado en la vida de las personas a las que Bárbara más quería durante tantos años. Como Red tenía unos ataques de celos terribles cada vez que Morris se ponía en contacto con su familia, éste había dejado de relacionarse con ellos. Su padre había permitido que una mujer como Red lo distanciara de la gente que realmente lo quería. ¿Cómo podía haber hecho algo así? Aquella traición le dolía tan profundamente que Bárbara sólo fue capaz de golpear el volante con el puño. ¡Maldito fuera! ¡Y malditos fueran Red y sus codiciosos e interesados hijos!

Y, al cabo de los años, Lucky había vuelto… para vivir en la casa que Bárbara había habitado durante su infancia y convertirse en un recuerdo constante de todo aquello.

El teléfono despertó a Mike cuando estaba en medio de un profundo sueño. Alzó la cabeza y advirtió que eran ya casi las doce y se había quedado dormido en el estudio. Otro timbrazo quebró el silencio de la noche y le hizo descolgar rápidamente el teléfono.

—¿Diga?

—¿Mike?

Josh. Mike se frotó los ojos.

—Sí, soy yo, ¿qué tal las vacaciones?

—Pues estamos descubriendo que no es fácil viajar con un niño.

Mike se echó a reír al oír a su hermano tan malhumorado.

—Deberías haber dejado a Brian con mamá. Lo echa terriblemente de menos.

—Rebecca no me habría dejado. Además, Brian todavía está mamando.

—Por supuesto, lo había olvidado.

—Hablando de mamá… —Mike advirtió el cambio que se había producido en el tono de su hermano—, me ha comentado que Lucky Caldwell ha vuelto.

Evidentemente, las noticias corrían muy rápido.

—Sí, es cierto.

—¿Y qué pretende?

—Por lo que yo sé, arreglar la casa.

—¿Y por qué ahora?

—¿Cómo voy a saberlo?

—Mamá me ha dicho que la llevaste el otro día al pueblo, ¿no hablaste con ella

—No hablamos mucho.

—¿Pero te ha dicho si piensa vender la casa cuando termine de arreglarla?

—Sí, es posible que la venda.

—¿A nosotros?

—Quizá, pero no ha prometido nada.

—No, supongo que no —contestó Josh—. Dice mamá que lo que le gusta es estar en una posición de poder, saber que tiene algo que nosotros queremos.

A pesar de sí mismo, Mike se sintió en la necesidad de defender a Lucky.

—Supongo que eso era cierto en el caso de Red, pero creo que Lucky no es así, Josh.

—Quizá no. Pero mamá quiere que vayamos a verla e intentemos convencerla de que nos venda la casa antes de arreglarla. Dice que no puede pasar las Navidad sabiendo que la hija de Red está en esa casa.

—Faltan menos de tres semanas para Navidad.

—Lo sé y para serte sincero, preferiría olvidarme de que Lucky ha vuelto al pueblo. El abuelo le dejó la casa en herencia y no se puede hacer nada al respecto, pero mamá no lo ve así.

—Josh…

—¿Qué?

—No quiero que vayas a verla.

—¿Por qué?

—Tú déjala en paz, ¿de acuerdo?

—¿Por qué? —repitió Josh.

—Porque te lo digo yo.

Las palabras de Mike provocaron un largo silencio.

—¿Qué está pasando por ahí? —preguntó por fin Mike.

—Nada.

—Mentira, te conozco demasiado bien.

Mike apoyó la cabeza en la frente.

—¿Dónde está Rebecca?

—En la otra habitación, viendo la televisión y dando de mamar al bebé, ¿por qué?

—Porque voy a contarte algo que quiero que quede entre nosotros.

—¿Y qué es? —Josh parecía vacilante.

—Ayer por la noche me acosté con Lucky.

—No te creo.

—Es verdad.

Josh soltó un juramento.

—¿Pero en qué demonios estabas pensando?

—Yo… sencillamente, ocurrió, ¿de acuerdo?

—¿Estabas borracho? Porque espero que por lo menos estuvieras borracho, Mike. Al menos eso podría ser una excusa.

—No estaba borracho.

—¿Pero no es muy joven? ¿No tiene unos veinte años? Y si no recuerdo mal, no era muy atractiva.

—Tiene veinticuatro años.

—¡Y tú tienes casi cuarenta!

—Baja la voz, que te va a oír Rebecca. No me estás ayudando nada.

Josh suspiró pesadamente.

—Lo estoy intentando. Me estoy concentrando en la diferencia de edad y en su aspecto porque, tal como yo lo veo, eso es lo que menos tiene que preocuparte. Espera a que Lucky comience a hablar. La noticia de que te has acostado con ella se extenderá como la pólvora y ya puedes imaginarte cómo se sentirá mamá.

—Lo que ha ocurrido entre Lucky y yo no tiene nada que ver con mamá —gruñó Mike.

—Pero ella se lo tomará como una traición personal, lo sabes, ¿verdad?

Mike se levantó de su escritorio y comenzó a caminar.

—Lucky no va a decírselo a nadie.

—¿Cómo lo sabes?

No lo sabía. Sabía que ninguno de ellos había planeado lo que había pasado, pero no podía estar seguro de que Lucky no fuera a intentar aprovecharse de la situación.

En cualquier caso, no tardaría mucho en averiguarlo.

Faltando solamente tres semanas para Navidad, Lucky sabía que tendría que emplearse a fondo si pretendía haber hecho algún progreso en la casa para entonces. Primero tenía que arreglar las ventanas. Después, pedir un crédito para financiar las obras, que le costarían por lo menos treinta mil dólares. Y luego tendría que alquilar muebles, pedir un presupuesto para la rehabilitación y conseguir un albañil.

En cuanto pudo sacar el coche de la nieve condujo hasta el banco. Afortunadamente, no tuvo ningún problema para conseguir el crédito. Al día siguiente ya se lo habían aprobado. Aquélla fue la primera llamada que recibió después de que le hubieran instalado el teléfono.

No tuvo ninguna dificultad para que fueran a arreglarle las ventanas ni para alquilar los muebles, pero no le resultó tan fácil encontrar un albañil. En invierno no había muchas obras en Idaho, de modo que tampoco había mucha gente que se dedicara a hacer ese trabajo.

Para finales de la semana, había conseguido ponerse en contacto con un hombre llamado Frederick Sharp, que al parecer estaba dispuesto a comenzar las obras el diecisiete de diciembre, pero se negaba a continuar trabajando después del veinte porque su familia iba a ir a verlo al pueblo.

—Eso quiere decir que sólo podrá trabajar durante cuatro días —dijo Lucky, incapaz de disimular su desilusión el sábado por la mañana, cuando quedó con él en la cafetería.

Frederick le entregó una copia del contrato que acababan de firmar y se metió otra en el bolsillo de la camisa.

—Puedo volver a empezar el dos de enero.

¡El dos de enero! A ese paso no iban a terminar nunca. Y después de la noche que había compartido con Mike, Lucky necesitaba acelerar sus planes todo lo posible.

—¿Y no puede trabajar hasta el veintidós? La Navidad es el veinticuatro.

—Lo siento, pero mi esposa me mataría. ¡Viene mi familia! —dejó un billete de cinco dólares encima de la mesa para pagar los cafés y se levantó como si no hubiera nada más que decir.

—De acuerdo —Lucky le estrechó la mano para sellar el trato.

Cruzaron la calle para ir a elegir la pintura. Pero no llevaban más de cinco minutos en la ferretería cuando Lucky oyó una voz detrás de unas estanterías.

—Así que ahora estás pensando en arreglar todo el tejado.

Era Mike. Lucky reconoció inmediatamente aquella voz que le había susurrado y seducido bajo la ducha.

—Ese tejado tiene más de veinte años —contestó un hombre mayor.

—Pero es invierno —insistió Mike—. Nadie arregla el tejado en invierno, a no ser que esté loco o no tenga más remedio.

—Tengo dos semanas de vacaciones y me gustaría hacerlo entonces. Si el tiempo lo permite, claro.

—Hazle caso a Mike, papá, no tienes por qué arriesgarte —contestó otra voz.

Tenía que ser Josh, decidió Lucky. Josh, Mike y su padre. Cuando estaba en el instituto, Lucky hacía todo lo posible por evitar al padre de Josh y de Mike. Al igual que todo el mundo, ella también tenía asignaturas de educación física, pero había elegido danza para evitar tener que ver a Coach Hill a diario.

—¿Ocurre algo?

Lucky se sobresaltó cuando el señor Sharp le dio un golpecito en el codo. Hasta entonces, había estado hablándole de los diferentes tipos de pintura, pero Lucky no lo estaba atendiendo.

—No, nada —contestó, bajando la voz.

—¿Por qué me hablas tan bajo?

—No estoy hablando bajo —pero lo estaba haciendo y no pretendía subir la voz.

—¿Entonces la prefieres mate?

Lucky asintió. En aquel momento habría elegido cualquier cosa con tal de que el señor Sharp cerrara el pico durante unos minutos.

Pero en vez de callarse y quedarse donde estaba, el señor Sharp tomó dos botes de pintura de color crema y se dirigió directamente hacia la caja, esperando, obviamente, que Lucky lo siguiera para pagar la pintura.

—¿No necesita nada más? —le preguntó Lucky, elevando ligeramente la voz para que pudiera oírla a aquella distancia.

—No, ya te he dicho que tengo todo lo demás.

—Ah, de acuerdo.

—Y a las diez tengo que ir a ver a Bedderman para entregarle un presupuesto, así que será mejor que nos demos prisa.

Lucky se había olvidado de su otra cita.

—Por supuesto, bueno, yo…

Antes de que Lucky hubiera podido terminar la frase, Josh y su padre doblaron la esquina y estuvieron a punto de chocar con el albañil. Mientras los demás intentaban evitar la colisión, Lucky se inclinó sobre una lata de barniz y comenzó a examinar la etiqueta, por si todavía había alguna posibilidad de que Josh y su padre pasaran por delante de ella sin verla.

—¿Lucky? —la llamó el señor Sharp con impaciencia.

A Lucky se le hizo un nudo en el estómago al sentir la atención de los tres hombres sobre ella, pero aun así, desvió la mirada.

—Yo pagaré la pintura y me la llevaré a casa. Déjela en la caja.

—De acuerdo. Nos veremos la semana que viene. Josh, Coach —los saludó el señor Sharp al pasar.

Cuando éste se fue, Lucky se quedó sola en el pasillo

con el hermano y el padre de Mike. Tomó aire y se irguió. Podía estar deseando esconderse en una esquina para que Coach Hill y su hijo no la vieran, pero jamás permitiría que la vieran acobardarse.

Coach Hill se quedó paralizado cuando la reconoció.

—Lucky.

Lucky asintió con recelo. Justo en aquel momento, apareció Mike con unas herramientas en la mano. En cuanto la vio, frunció el ceño.

—Quizá sea una suerte que nos hayamos encontrado —dijo Coach.

Fueron unas palabras amables. Los Caldwell siempre tenían mucho cuidado de no perder el control. Pero Lucky se estremeció al advertir la frialdad de su mirada.

—A lo mejor te apetece venir a comer con nosotros. Tenemos algunos asuntos que discutir —continuó.

—No, no tenemos nada que discutir —replicó Mike.

Su padre lo miró sombrío.

—Sí, claro que sí.

—¿Qué clase de asuntos? —preguntó Lucky.

—Nos gustaría comprarte tu casa.

—Eso ya lo sé. Y me lo estoy pensando.

—Nos gustaría comprártela cuanto antes. Hoy mismo.

Lucky sacudió la cabeza.

—Todavía no estoy preparada para venderla.

—¿Y cuando lo estarás?

—A lo mejor dentro de unos meses.

—Antes quieres asegurarte de estropearnos a todos la Navidad, ¿verdad?

—Maldita sea papá, vamos —Mike intentó empujar a su padre en otra dirección, pero Coach permaneció donde estaba.

—Véndenos la casa y así habrá terminado todo —le dijo a Lucky—. Nadie quiere verte por el pueblo. La gente ni siquiera quiere hablar contigo.

El dolor y el enfado fluyeron en el interior de Lucky, que estuvo a punto a decirle que su propio hijo había hecho algo más que hablar con ella. Estaba harta de su arrogancia, de su desprecio. Quería hacerle daño, herirlo como la estaba hiriendo a ella. Pero cuando miró a Mike, supo que jamás lo haría, incluso en el caso de que él sintiera lo mismo que su padre. Lo quería demasiado.

—No recuerdo haber pedido la aprobación de nadie —contestó. Pero su voz no sonaba en absoluto tan beligerante como le habría gustado.

Aterrada al darse cuenta de que estaba a punto de llorar, entrecerró los ojos y los fulminó con la mirada.

—Tiene derecho a vivir donde quiera —dijo Mike.

—Mike tiene razón, papá —terció Josh—. Déjala en paz, ¿de acuerdo? Ya compraremos la pintura más tarde.

Coach Hill se puso rojo como la grana. Por primera vez, Lucky veía una grieta en el frío desdén con el que la trataba aquella familia.

Cuando se fueron, Lucky se apoyó temblorosa en una de las estanterías. Ya había oído todo eso antes, se dijo a sí misma. Tenía la piel dura. No podían hacerle daño.

Pero había algo que le dolía, que le dolía tan profundamente que apenas podía respirar. Y era darse cuenta de que, a pesar de lo que había pasado entre ellos, tampoco Mike la quería. La noche que habían compartido en el hotel no había sido más real que todas las veces que había soñado que la besaba como había besado a Lindsey Carpenter.

Mike se aferraba al volante como si alguien fuera a arrancárselo de las manos. No podía recordar la última vez que había estado tan enfadado, o tan frustrado. ¿Qué podía haber hecho para que el incidente de la ferretería hubiera sido diferente? Nada. Había intentado hacer callar a su padre y sacarlo cuanto antes de allí, pero no había funcionado.

—Estás furioso —dijo Josh, que iba sentado a su lado.

Mike no contestó. No quería hablar con nadie. No tenía ganas de hablar sobre Lucky con él. Eran demasiados los sentimientos contradictorios que batallaban en su interior.

—Por lo menos ahora ya te has dado cuenta de que es tan dura como dicen papá y mamá.

—¿Dura? —repitió Mike.

—Sí, ¿no has visto cómo nos ha mirado?

Mike miró a su hermano con expresión de incredulidad.

—Papá la ha atacado. Ella podía haberse puesto a su nivel hablándole sobre mí, pero no lo ha hecho.

—Lo único que estoy diciendo es que no parecía muy afectada. Ha sido un episodio desagradable, pero nada serio. No le importa lo que podamos pensar de ella.

Mike rió sin humor. O Josh era un iluso o estaba intentando que se sintiera mejor. Y si pretendía que se sintiera mejor, no estaba funcionando. Mike había herido a Lucky y lo sabía. Y ella ni siquiera había intentado defenderse.

—Déjalo —le dijo a Josh.

—Mike…

—¿Qué?

—Es una mujer adulta. Lo superará.

—Lo sé —contestó para cerrarle la boca a su hermano.

Pero no podía aceptar tan débil consuelo. Lucky no tenía tantos años como él. Y no tenía a nadie de su parte.

# Capítulo 10

AQUELLA noche, Mike intentó olvidar el incidente de la ferretería llamando a Gabe. De pronto, tratar con su amigo le parecía mucho más fácil y Mike necesitaba resolver al menos alguno de sus problemas. Pero Gabe no contestó y, a los tres pitidos, saltó su contestador automático.

—Contesta, Gabe —dijo Mike. Estaba casi seguro de que Gabe estaba en casa. Rara vez salía y ya era tarde—. Tenemos que hablar de negocios. Te he organizado algunas reuniones. Llámame —dijo, y colgó el teléfono.

Tenso y frustrado, se levantó de la silla y comenzó a caminar por el despacho. Quería meterse en la cama y olvidarse de todo lo que había ocurrido aquel día. Pero cuando llegó a su habitación, no fue capaz de pensar en nada, salvo en las bragas de encaje que había guardado en el cajón de la ropa interior para que el ama de llaves no las encontrara.

Recordó a Lucky frente a él, prácticamente desnuda. Era una imagen bellísima, que inmediatamente provocó una reacción física en su entrepierna. Pero aquel recuerdo fue seguido por el recuerdo del dolor que había visto en su rostro en la ferretería.

Durante toda la tarde, había estado luchando contra el impulso de ir a disculparse a su casa intentando recordar sus pecados. Lucky los había despreciado durante todos aquellos años, se había negado a venderle la casa y la había dejado abandonada durante tanto tiempo que casi se estaba cayendo. Le había robado el amor de Morris y ni siquiera había ido a su funeral. Y se había dedicado a viajar como si… como si…

Como si estuviera perdida.

Mike se hundió en la cama, descolgó el teléfono inalámbrico y llamó a información. Habría preferido ir a verla personalmente, pero no estaba seguro de que pudiera confiar en sí mismo. Porque el deseo que pensaba mitigar acostándose con ella en el hotel todavía perduraba.

Lucky saltó de la cama al oír el teléfono. Excepto la casa de mudanzas que le había llevado los muebles que había alquilado y el banco, no la había llamado nadie desde que le habían conectado la línea telefónica. Tenía conocidos por toda América, pero ninguno al que considerara cercano, excepto, quizá, sus hermanos. Sabía que tendría noticias suyas por Navidad, pero ni siquiera les había enviado todavía su número de teléfono.

Bajó el volumen de la televisión con el mando a distancia y se inclinó hacia el teléfono, que estaba en el suelo porque no tenía ningún otro lugar donde ponerlo. Había alquilado los muebles básicos, una cama y una cómoda para uno de los dormitorios del piso de arriba, un sofá, un televisor y varias lámparas para el cuarto de estar y algunos electrodomésticos de cocina. No quería tener que mover muchos muebles cuando pintaran y de esa forma tendría también menos cosas que devolver cuando se fueran.

—¿Diga? —preguntó vacilante.

—¿Lucky?

—¿Sí?

—Soy Mike.

Lucky se acurrucó dentro de la manta que la cubría.

—¿Qué puedo hacer por ti, Mike?

Entonces recordó las palabras de su padre: «Márchate de aquí…». Haciendo una mueca de dolor, se aferró con fuerza a la manta. Los Hill no tenían por qué preocuparse. Se marcharía en cuanto localizara a su padre, terminara de arreglar la casa y averiguara en qué banco de alimentos o delegación de la Cruz Roja podían necesitarla.

Mike se aclaró la garganta.

—Llamaba para ver…

—¿Si he hecho las maletas como tu padre ha sugerido?

—No —contestó Mike con un suspiro—. Siento lo de esta mañana, Lucky.

Lucky se maldecía. Si no se hubiera acostado con Mike, si no sintiera lo que sentía por él, aquella mañana podría haberse defendido, en vez de haber permanecido frente a ellos como un pasmarote soportando su desprecio.

—No hay nada que sentir, ya sé que en este pueblo no soy apreciada. Lo que ha dicho tu padre no me sorprende.

—Yo no habría permitido…

—Gracias por llamar —y le colgó.

No podía seguir hablando con Mike. Encariñarse con él la obligaría a aceptar que no era tan indiferente a la gente del pueblo como creía. Y tenía que serlo si no quería que la echaran antes de que ella hubiera decidido marcharse.

Una semana después, Mike observaba a Josh, a Brian y a Rebecca preguntándose por qué estaba tan tenso últimamente. Desde que Lucky se había mudado a su casa, no dormía bien por las noches. Pero el trabajo iba bien. Ya tenían más yeguas esperando a ser apareadas que en ninguna otra temporada. Y normalmente disfrutaba cenando en casa de sus padres.

—¿Quieres otro refresco? —le preguntó su madre.

Mike negó con la cabeza.

—Apenas has dicho una sola palabra desde que has llegado —comentó Josh.

—Estoy cansado —pero en realidad estaba preocupado porque al pasar por delante de casa de Lucky no había visto su coche.

—¿Mike?

Mike pestañeó y miró a su madre.

—¿Qué?

—¿Qué te parece mi árbol?

Mike miró el árbol de Navidad.

—Es bonito.

—Tú has puesto uno en la oficina, ¿verdad?

Pero sólo porque ella había llamado para recordárselo.

—Sí, mamá.

—¿Y lo has decorado con las bolas azules y plateadas que te envié el año pasado?

No se acordaba de lo que el ama de llaves había puesto en el árbol. Le había encargado a ella la tarea y no había vuelto a verlo desde entonces.

—Creo que sí.

Rebecca, que estaba meciendo a Brian para que se durmiera, sonrió en respuesta.

—Ese tipo de cosas no deberías preguntárselas ni a Mike ni a Josh —dijo riendo—. Nori Stein podría haber puesto un cactus y ni siquiera se habrían dado cuenta.

—¿Y qué pensáis regalarles a los empleados por Navidad? —le preguntó entonces Bárbara a Josh.

—Un pavo —miró a Mike buscando confirmación.

—Sí, parece que el año pasado les gustó.

Su madre se ajustó el delantal.

—¿Os gustaría que les preparara dulce de leche?

A Bárbara le encantaba ocuparse de los detalles que sus hijos descuidaban. Mike normalmente se lo agradecía. Pero de pronto, las latas de dulce de leche le parecían algo que carecía de importancia. Quizá fuera porque estaba teniendo dificultades para concentrarse en la rutina diaria.

—Sería magnífico —dijo con todo el entusiasmo que pudo.

—Mañana las prepararé —satisfecha, Bárbara se levantó para retirarle a Josh un plato vacío.

—Y una cosa más —se volvió desde la puerta de la cocina—. Los Bagley están pasando un mal momento, Bart está enfermo, Lo último que hemos oído decir es que ni siquiera han puesto el árbol de Navidad. Así que vuestro padre y yo hemos estado pensando en dejarles unos regalos en el porche la víspera de Navidad. Y he pensado que quizá os apeteciera ayudar.

Mike movía la pierna nervioso. Lamentaba la situación de los Bagley, pero no podía recordar cuándo le había importado menos todo lo que ocurría alrededor.

—Claro. Yo daré quinientos dólares.

Josh y Rebecca también querían aportar algo y Rebecca se ofreció además para ayudar a comprar los regalos.

Considerando cumplidas sus obligaciones familiares, Mike se levantó.

—Vuelvo al rancho. Tengo un montón de papeleo pendiente en mi escritorio.

—Pero si ni siquiera hemos tomado el postre —Rebecca arqueó las cejas sorprendida—. ¿Tienes algún asunto urgente que resolver?

—No, sólo papeleo, montones de papeleo.

—¿Pero qué te pasa últimamente? —le preguntó su madre, que lo alcanzó antes de que hubiera comenzado a dirigirse hacia la puerta.

—¿Qué quieres decir?

—Te comportas de manera extraña.

—Mike siempre se ha comportado de manera extraña —respondió Josh, intentando ayudarlo, pero su madre ignoró su comentario.

—Últimamente estás distante, preocupado.

—Imaginaciones tuyas, estoy bien. Hasta otro día —salió a la fría noche y tomó aire.

Pero la sensación de libertad no duró mucho. Josh salió tras él y lo detuvo cuando Mike estaba dando marcha atrás en la camioneta para salir a la calle.

Mike bajó la ventanilla y esperó a que llegara su hermano.

—¿Qué te pasa? —preguntó Josh, apoyándose contra la puerta.

—Nada.

—Esto no tiene nada que ver con Lucky, ¿verdad?

—Por supuesto que no.

—Entiendo que te sientas atraído hacia ella. Reconozco que ha cambiado mucho. Pero no estás saliendo con ella, ¿verdad?

—No, no estoy saliendo con ella. Ni siquiera me siento atraído hacia ella —respondió Mike.

Josh lo estudió con atención antes de asentir.

—De acuerdo, me fiaré de ti —y, tras golpear la camioneta a modo de despedida, se alejó de allí.

Mike maldijo mientras conducía. No le gustaba mentir a su hermano, pero aquel día había tenido que hacerlo. Se sentía extremadamente atraído por Lucky, y cuanto más intentaba ignorarlo, más intensa era la atracción.


Lucky se movió en el coche para poder ver mejor la casa de Dave Small.

La puerta de la casa se abrió y salió una niña rubia seguida por un cachorro que ladraba tras ella. Dave debía de andar por los sesenta años, de modo que Lucky imaginó que sería otra de sus nietas.

Vio a una mujer a través de la ventana de la cocina. Lucky entrecerró los ojos intentando averiguar si era la misma persona a la que había visto llegar con cinco niños en una furgoneta cuarenta minutos antes, o si sería su esposa. Lucky sentía tanta curiosidad por Liz Small como por el propio Dave. Pero la mujer de la cocina estaba demasiado lejos para que pudiera distinguirla con claridad. Estuvo a punto de acercarse un poco más, pero justo en ese momento, pasó un coche negro a su lado y giró hacia el camino de la casa.

Dave había llegado por fin a la reunión familiar, comprendió Lucky cuando vio salir a un hombre del interior del vehículo. Las canas habían aclarado su pelo, pero reconoció inmediatamente aquel cuerpo compacto que había visto tantas veces en el pueblo cuando era niña.

Dave buscó en el asiento de atrás, sacó un maletín y un abrigo y saludó a la niña rubia que corrió a abrazarse a su pierna. Parecía que acabara de llegar de una larga jornada de trabajo, pero Lucky no podía creer que hubiera estado trabajando en la oficina un sábado por la tarde. A lo mejor había ido a una recepción o algo parecido.

Dave levantó a la niña en brazos. Cuando estaban entrando en la casa, la pequeña señaló al cachorro y Dave esperó a que el perro los alcanzara para cerrar la puerta.

Quizá Booker estuviera equivocado sobre Dave. Parecía un hombre de familia, y parecía apreciar a sus nietos.

Lucky tomó aire y puso el coche en marcha. Estaba oscureciendo y aquella noche ya no iba a ver nada más. Pero no le apetecía volver a su casa vacía. Por lo menos, allí en el pueblo podía admirar las luces de Navidad y las figuras de Santa Claus que adornaban tantos jardines.

Quizá pudiera pasarse otra vez por casa de Garth Holbrook, pero había estado antes y la casa estaba completamente a oscuras. No había encontrado un solo dato sobre Eugene Thompson. Y estaba preguntándose cómo podría localizarlo cuando algo golpeó la ventanilla del coche.

Sobresaltada por aquel sonido inesperado, se volvió y vio a Jon Small en la acera de enfrente.

—¿Quién es usted y qué está haciendo aquí? —le preguntó.

Lucky bajó la ventanilla del coche y contestó.

—Sólo estaba mirando las luces de Navidad.

—Megan me ha dicho que lleva ahí un buen rato.

—Estaba viendo jugar a los niños —abrió los ojos de par en par—. ¿Los he molestado?

—No, la verdad es que no. Pero a Megan la preocupaba que quisiera llevarse a algún niño —elevó los ojos al cielo—. Como si alguna vez hubiera habido un secuestrador en Dundee. Ve demasiada televisión.

—No soy una secuestradora de niños —dijo Lucky, riendo—. La verdad es que antes vivía aquí —estaba segura de que no la había reconocido—. Soy Lucky Caldwell.

Recordando el encuentro que habían tenido años atrás, Lucky se preparó para una respuesta desagradable, y la sorprendió que Jon se limitara a decirle:

—Estás muy guapa, Lucky.

—Gracias.

—¿Estás casada?

—No, pero si la memoria no me falla, tú sí.

—No, ya no. Mi mujer se fue del pueblo.

—Lo siento. Tenéis hijos, ¿verdad?

—Sí, cuatro. Y la batalla por la custodia no ha sido nada fácil —hundió las manos en los bolsillos para protegerse del frío. La temperatura estaba bajando rápidamente desde que se había puesto el sol—. Escucha, ya sé que soy algo mayor que tú, pero si tienes un rato libre, podríamos ir juntos al cine.

—No estoy casada, pero estoy comprometida —replicó inmediatamete.

Jon Small sacudió la cabeza.

—Las mejores siempre son de otro.

—Estoy segura de que aparecerá a alguien. Bueno, ahora tengo que irme a casa, hace mucho frío.

—Llámame si cambias de opinión.

Lucky asintió y se despidió con un gesto antes de irse. Pero sabía que jamás lo llamaría. Pasó por delante de casa de Garth. Continuaba vacía, de modo que se acercó a la cafetería y se pasó una hora tomándose un chocolate caliente y leyendo el periódico. Faltaba menos de una semana para Navidad y todavía no les había comprado los regalos a sus sobrinos; tenía que hacerlo pronto, pero no parecía capaz de contagiarse del espíritu navideño. Normalmente, pasaba esa fiesta en algún comedor para gente sin hogar, pero en Dundee no había comedores de ese tipo. Había sido una locura volver al pueblo, sobre todo en esas fechas. ¿En qué demonios estaba pensando?

Estaba pensando en aquella Navidad de años atrás, cuando había ido a vivir a aquella casa que le parecía un castillo y había encontrado tantos regalos debajo del árbol.

Al final, Lucky pagó la cuenta, tomó el bolso y las llaves y regresó a su casa. No eran ni las ocho, pero imaginó que podía ver la televisión durante un par de horas antes de irse a la cama. El señor Sharp llegaría a las seis de la mañana para terminar de pintar el piso de abajo, de modo que pensaba acostarse temprano.

Pero en cuanto entró en casa, notó algo diferente. Olía a pino, un olor que hasta entonces no había percibido. ¿Qué estaba pasando?

Una forma amorfa y oscura la sobresaltó.

—¿Hay alguien? —preguntó, intentando mantener la voz firme.

No obtuvo respuesta. Encendió el interruptor y se quedó boquiabierta. Allí, en medio del comedor, había un árbol de Navidad que, por su intensa fragancia, parecía recién cortado. En el suelo, a su lado, una caja de cartón que contenía unas tiras de lucecitas y los más increíbles adornos navideños que había visto en su vida.

¿Pero quién podía haber comprado todo aquello? ¿Y cómo habían conseguido entrar en su casa?

# Capítulo 11

LUCKY se sentó en el suelo para meter los adornos en la caja. Tenía que haber sido el señor Sharp, decidió. Le había comentado que no tenía árbol de Navidad y él era el único que tenía llave de la casa. Pero cuando Lucky llamó minutos después, se mostró sinceramente sorprendido.

—¿Gracias por el árbol de Navidad?

—El que está en mi cuarto de estar.

—No sabía que tenías un árbol de Navidad. Me comentaste que este año no ibas a molestarte en ponerlo.

—Y no lo he puesto yo. Pero alguien lo ha hecho, y pensaba en usted, el único que tiene la llave de mi casa.

—He dejado la llave encima de la puerta. No quería perderla —contestó el señor Harper.

—¿Y por qué no me lo ha dicho?

—No se me ha ocurrido. Tengo la costumbre de dejar la llave escondida en las casas en las que trabajo.

Pero dejar la llave encima de la puerta difícilmente era esconderla.

—Eso significa que puede entrar cualquiera.

—¿Te han robado? —parecía algo avergonzado.

—No. Todavía no he subido al piso de arriba, pero no creo que ningún ladrón se haya entretenido en ponerme un árbol de Navidad.

—Necesitas alegrarte. Habrá sido Santa Claus.

Santa Claus, sí, pensó Lucky mientras ponía fin a la llamada. Miró fijamente el árbol. Era alto, frondoso, con una forma perfecta. Un árbol como ése podía valer más de ochenta dólares. Y tampoco los adornos eran baratos. Quienquiera que le hubiera enviado aquel regalo no había escatimado en el precio. Y el caos de bolas, luces y guirnaldas sugería que no tenía la menor idea de decoración.

Era un hombre, imaginó Lucky. Un hombre para el que el dinero no tenía importancia. Se mordió el labio pensativa. Aparte del señor Sharp, y a juzgar por su aparición de la primera noche, Mike era la única persona que podía haberse pasado por allí.

Descolgó el teléfono, llamó a información y marcó a continuación el número de Mike.

—Alguien ha puesto un árbol de Navidad en mi casa.

Evidentemente, reconoció su voz, porque no le pidió que se identificara.

—¿Y quién supones que puede haber sido?

—No estoy segura, pero creo que tiene que haber sido alguien que viva cerca de aquí. Tú, por ejemplo.

—¿Y por qué iba a ser yo?

—No hay nadie más que viva cerca de aquí.

—Josh y Rebecca, por ejemplo. O cualquiera de las personas que trabajan en el rancho.

—¿Esperas que me crea que han podido ser Josh o Rebecca?

—No espero que te creas nada. Sólo estoy diciendo que podrían haber sido ellos.

—Y también podrías haber sido tú.

—Creo que comentaste que sería el primero en organizar una desfile en el caso de que te fueras de la ciudad.

¿Se estaba burlando de ella? No parecía estar hablando en serio.

—Y lo harías, porque eso significaría que te habría vendido la casa.

—¿Entonces por qué iba a tomarme la molestia de comprarte un árbol de Navidad?

Aquélla era una pregunta que Lucky no era capaz de

contestar. Permaneció en silencio, pensando que quizá se había equivocado.

—Supongo que no lo harías. Siento haberte molestado.

—¿Lucky? —preguntó Mike antes de que colgara.

—¿Sí?

—Sólo queda una semana para Navidad. ¿Cuándo ibas a comprarte el árbol?

—No pensaba comprármelo.

—¿Por qué no?

Lucky cerró los ojos y se frotó las sienes. Había decidido dejar la casa todo lo vacía que le fuera posible para recordarse que no iba a quedarse por allí mucho tiempo.

—A lo mejor porque no quería asustar a tu familia al parecer que estaba intentando acomodarme en la casa.

—Lucky, a nadie lo molestaría que disfrutaras de una feliz Navidad.

Lucky podía haberle recordado que a sus padres los molestaría que disfrutara de cualquier cosa, pero no quería hablar de lo que había pasado en la ferretería. Estaba demasiado ocupada pensando en lo mucho que le gustaba oír a Mike pronunciando su nombre. Eso indicaba que por fin la trataba como a una adulta y había dejado de ignorarla como cuando era pequeña.

—¿Entonces vas a pasar las fiestas aquí, en el pueblo? —preguntó Mike.

No añadió «sola», pero lo estaba insinuando, y la humillación de no tener a nadie, ni un amigo, ni un familiar con el que compartir aquellas fechas, hería profundamente el orgullo de Lucky.

—Por supuesto que no. ¿Por qué iba a quedarme? —mintió—. Mis hermanos me han invitado a pasar la Navidad con ellos en Washington. Me iré a finales de semana.

—Buena idea.

Creyó percibir alivio. Sin duda alguna, estaba pensando ya en la buena noticia que le iba a dar a su madre.

—Supongo que tu estarás muy ocupado con toda la familia.

—Mi madre se empeña en preparar un banquete cada Nochebuena.

—¿Irá toda tu familia?

—Sí, ése es el día que nos damos los regalos.

Lucky imaginó a su enorme familia, reunida en torno a la mesa, riendo, hablando.

—Pero el día de Navidad sólo nos reunimos mis padres, mi hermano, Rebecca y Brian y yo. Y yo normalmente trabajo, lo creas o no.

Así que el día de Navidad quizá estuviera en casa. Tendría que tenerlo en cuenta si no iba a Washington.

—¿Ya has hecho las compras? —le preguntó.

—La mayor parte.

Le gustaba imaginarse a Mike intentando encontrar regalos para sus familiares y amigos.

—Bueno, espero que disfrutes de unas felices fiestas —le dijo Lucky, y se dispuso a colgar.

—¿Lucky?

—¿Qué? —contestó ella tras un leve silencio.

—La noche del hotel fue...

Lucky sintió la punzada de la desilusión al anticipar sus palabras.

—Déjalo, ya sé lo que vas a decir.

—¿Y qué crees que voy a decir?

—Que fue un error y ahora te arrepientes de lo ocurrido. Yo también me arrepiento, por supuesto, pero lo hecho, hecho está.

Se hizo un tenso silencio. Lucky contuvo la respiración expectante.

—No era eso lo que iba a decir —contestó Mike por fin.

Lucky se frotó nerviosa una ceja.

—¿Qué ibas a decir entonces?

—Siento que te arrepientas. Porque, en lo que a mí concierne, fue una noche inolvidable.

Lucky se quedó sin habla quizá por primera vez en su vida, pero Mike no esperó a que se recuperara. Colgó el teléfono dejándola totalmente anonadada.

—¿Quién era?

Mike alzó la mirada hacia su hermano, que acababa de entrar en su despacho. No quería decirle a Josh que había estado hablando con Lucky, de modo que eludió la pregunta de su hermano haciéndole otra.

—¿Qué estás haciendo aquí?

—He venido a ver cómo andan las cosas.

—¿Cómo se ha quedado mamá después de que me fuera?

—Bien.

—¿Y dónde está Rebecca?

Josh se acercó a la ventana y miró el establo.

—Se ha llevado a Brian a casa.

—¿Y por qué no te has ido con ella?

—Tenía que venir a por unos documentos. Hackett me está volviendo loco. Primero dice que quiere comprar a Hezacharger, después que no. No estoy seguro de que podamos llegar a un acuerdo, y es me hace vacilar a la hora de aventurarme a comprar a Mira's Love.

—La temporada se nos está dando muy bien —dijo Mike.

—Aun así, si tenemos que quedarnos con Hezacharger, a lo mejor no deberíamos hacer nuevas adquisiciones.

Mike se encogió de hombros. Normalmente era un tema que lo apasionaba. Pensaba que Mira's Love era uno de los mejores sementales que había visto nunca y no quería dejar pasar la oportunidad de comprarlo, pero aquel día no conseguía concentrarse en los negocios.

—¿Dónde has estado? —le preguntó Josh, apoyándose contra la pared.

—¿A qué te refieres?

—¿Adónde has ido al salir de casa de papá y mamá?

—¿Eso importa?

Josh no contestó inmediatamente.

—Gabriel Holbrook ha estado intentando localizarte.

—¿Has hablado con Gabe?

—Como no contestaba nadie aquí, me ha llamado a casa de papá y mamá.

—Debía de estar fuera.

Odiaba lo rápidamente que había salido aquella mentira de sus labios. Josh y él siempre habían sido sinceros el uno con el otro. Pero su hermano no iba comprender que hubiera pasado la tarde haciendo lo que había hecho. Ni siquiera él lo comprendía.

—Gabe está muy emocionado con la candidatura de su padre, ¿verdad?

Mike alzó la mirada, una vez desviada la conversación hacia un terreno más seguro.

—Me ha comentado que acaba de recibir un donativo de cincuenta mil dólares —continuó Josh.

—Eso es magnífico.

—Pobre Gabe. Me alegro de que por fin se esté ilusionando por algo. Si no hubiera sido por ese maldito accidente de coche, ahora mismo sería uno de los mejores futbolistas del estado.

—Por lo menos está vivo.

Josh parpadeó sorprendido.

—El hecho de que ya no pueda volver a correr no significa que su vida haya terminado —añadió Mike.

—Vaya, parece que hoy no estamos muy sensibles.

—Ser sensible es una cosa. Hacerlo sentirse inútil porque no puede cumplir nuestros sueños es otra.

—¿Y no crees que ésos eran también sus sueños?

Mike sabía que su hermano tenía razón, pero también que las expectativas de los demás habían empeorado la situación.

—Siempre puede buscar nuevos objetivos.

—Y supongo que tú ya le has comentado a él lo que piensas.

—¿Por qué dices eso?

—Hoy lo he encontrado muy distante, y supongo que eso lo explica.

—Por si no lo has notado, ha estado muy distante desde el accidente.

—¿Estás seguro de que tienes que ser tan duro con él?

Mike fulminó a su hermano con la mirada.

—Quiero recuperar a mi mejor amigo.

Josh sacudió la cabeza.

—De verdad, Mike, no sé qué te pasa.

Mike no respondió. No podía explicarlo. Su vida había transcurrido tranquilamente durante cuarenta años. Y desde que Lucky había regresado, todo lo irritaba y nada de lo que hasta entonces lo llenaba le satisfacía.

—El martes a las diez tendremos una reunión en el rancho —le estaba diciendo Josh.

—Yo creía que era a la una.

—Gabe me ha dicho que su padre no puede venir después de las doce, así que hemos cambiado la hora. Uno de nosotros debería avisar a Conner Armstrong.

—Yo lo llamaré.

—Estupendo.

Josh se metió las manos en los bolsillos y se dirigió hacia la puerta, pero antes de irse, vaciló, como si se le hubiera ocurrido algo.

—Me he encontrado con Jon Small cuando he ido a echar gasolina. Me ha estado haciendo preguntas.

—¿Sobre qué?

—Sobre Lucky.

Mike lo miró con los ojos entrecerrados.

—¿Qué clase de preguntas?

—Quería saber cuándo había vuelto, si la habíamos visto, si nos habíamos fijado en lo guapa que estaba...

Mike no sabía adónde quería llegar su hermano con todo aquello.

—¿Qué me estás queriendo decir?

—Me ha comentado algo que me ha parecido extraño. Por lo visto, Lucky se ha pasado la tarde en el coche, en frente de su casa.

Mike se irguió en la silla.

—¿Y qué estaba haciendo?

—Mirar la casa. En cualquier caso, ha estado allí tanto tiempo que han empezado a temer que pudiera ser un secuestrador o algo parecido, así que Jon ha salido para enfrentarse a ella.

—¿Y Lucky le ha explicado qué estaba haciendo allí?

—Le ha dicho que estaba mirando las luces de Navidad.

Por lo que Mike sabía, Lucky no tenía ninguna relación con los Small. No entendía qué podía estar haciendo allí, pero no quería avivar las sospechas que reflejaba el rostro de Josh.

—¿Y? A lo mejor le gustan las luces de Navidad.

—Hacía un frío terrible. ¿Por qué va a querer una chica pasarse toda una tarde vigilando una casa? No puede ser por las luces, Mike.

—No sé, ¿por qué no se lo preguntas a ella? —dijo Mike, intentando cambiar de tema lo antes posible.

Pero no lo consiguió. Josh arqueó una ceja y dijo:

—Fernando me ha dicho que te ha estado ayudando a llevar un árbol de Navidad a su casa hace un par de horas, de modo que supongo que tú la verás antes que yo.

# Capítulo 12

MIKE se apoyó en la barandilla del porche mientras esperaba a que Lucky le abriera la puerta. Podía haber llamado. Seguramente, debería haberla llamado. Pero Lucky no era la persona más receptiva del mundo y quería verle la cara cuando le preguntara por lo que había estado haciendo en casa de los Small.

—¿Puedo pasar? —le preguntó en cuanto le abrió la puerta.

Lucky, vestida con unos vaqueros y un jersey negro, vaciló un instante, pero al final le abrió la puerta de par en par.

La fragancia de su perfume evocaba las imágenes de la sedosa piel de Lucky bajo sus labios. Mike contrajo los músculos mientras intentaba resistirse a aquella reacción instintiva de su cuerpo.

—¿Quieres sentarte? —le preguntó Lucky.

La casa estaba limpísima. Olía a abrillantador para muebles y a pintura, pero, excepto por el árbol de Navidad, la entrada al menos estaba vacía.

—¿Dónde?

Lucky frunció el ceño, como si no esperara que aceptara la invitación, pero señaló hacia la zona de la cocina.

—¿Por qué no has decorado el árbol? Según mi madre, a las mujeres les encanta hacer ese tipo de cosas.

—¿Por eso me lo has traído?

Mike se acercó a la ventana.

—Dime algo que quiero saber y quizá conteste a tu pregunta —respondió Mike.

Sus ojos se encontraron y Mike no pudo evitar pensar en lo difícil que resultaba erigir de nuevo las barreras que ya habían derrumbado.

—¿Qué quieres saber? —le preguntó Lucky.

—Tengo curiosidad por saber por qué has estado hoy en casa de los Small.

—¿Cómo sabes que he estado allí?

—Jon se lo ha comentado a Josh.

Lucky esbozó una mueca.

—Las noticias vuelan.

—Estamos en Dundee, ¿recuerdas?

—¿Cómo olvidarlo? ¿Quieres una copa de vino?

—No, gracias —la relajación producida por el alcohol podía conducirlo a una situación que en realidad deseaba. Pero las cosas ya se habían complicado más que suficiente.

Lucky se sentó en el sofá y encogió las piernas.

—Bueno, ¿y a qué ha venido lo del árbol?

Mike se volvió hacia ella y fijó la mirada inmediatamente en sus labios. Quizá no pudiera volver a tocarla, pero mirar no podía hacerle ningún daño.

—Todavía no me has dicho lo que quiero saber.

—¿Es que no se puede pasear por una calle para ver las luces de Navidad?

—Jon ha dicho que has estado allí toda la tarde.

—Sólo una hora o dos.

—¿Por qué?

—Quería ver a alguien.

Los celos que sintió lo sorprendieron. Él no era un hombre celoso.

—No a Jon.

—No —contestó Lucky, echándose a reír.

—¿Entonces a quién?

—¿Fuiste tú el que compró el árbol?

Mike se acercó para sentarse en el brazo del sofá.

—¿Y si fui yo?

—Me gustaría saber por qué lo hiciste.

—Supongo que porque no tienes árbol.

—¿Y?

—Y no me gustaba que no lo tuvieras.

Se miraron a los ojos. A los labios de Lucky asomó una provocativa sonrisa.

—Si yo no fuera la hija de Red, ¿te gustaría pasar más tiempo conmigo, Mike?

—Sí.

Lucky abrió los ojos de par en par ante la rapidez de su respuesta.

—Y también me ayudaría que tuvieras diez años más —añadió Mike.

—¿Te molesta mi edad?

—Soy demasiado viejo… para pasar el tiempo contigo.

—¿Y quién ha dicho eso? Los dos somos personas adultas.

En aquel momento, Mike se alegró de haber rechazado el vino.

—¿A quién querías ver en casa de los Small?

—A Dave.

—¿Por qué?

—No lo había vuelto a ver desde que me fui.

—¿Y qué se supone que significa eso?

—Me preguntaba en qué clase de persona se habría convertido —apoyó la barbilla en las rodillas—. ¿A ti te gusta Dave?

—No tengo mucha relación con él.

—Estás eludiendo la pregunta.

—De acuerdo, no me gusta particularmente, ¿y a ti?

—No lo sé —se mordió el labio y cambió el rumbo de

la conversación—. ¿Has estado enamorado alguna vez, Mike?

—¿Qué tiene eso que ver con Dave?

—Nada.

No se disculpó por la pregunta, tampoco se retractó, y Mike se descubrió a sí mismo pensando en las mujeres con las que había salido y con las que se había acostado.

—Creo que no.

—¿Ni siquiera de Lindsey Carpenter?

—Puede que de ella sí, pero nuestra relación no duró mucho y no recuerdo haber sufrido demasiado cuando me dejó.

—Yo siempre creí que estabas enamorado de ella.

—¿Por qué?

—Por tu forma de besarla.

—¿Me viste besar a Lindsey?

—Cuando tenía dieciséis años.

—¿Estás diciendo que me espiabas?

—No, pero me gustaba ir a vuestra casa, ver a los caballos y mirar a los vaqueros mientras trabajaban —bajó la voz para añadir más suavemente—: y saber que tú estabas.

Aquella admisión le provocaba a Mike un deseo de protegerla que sabía sería preferible no sentir.

—¿Por qué querías ver a Dave? —le preguntó, intentando volver a un terreno seguro.

Lucky estiró las piernas y agarró un cojín.

—¿Puedo confiar en que no se lo dirás a nadie?

—Claro.

Lucky renunció al cojín y comenzó a retorcerse el pelo hasta hacerse un moño.

—Dave se acostó con mi madre hace veinticinco años.

Mike intentaba no fijarse en cómo se elevaban los senos de Lucky mientras ella se movía y en concentrarse en cambio en el alivio que le había producido su respuesta.

En realidad no lo sorprendía la noticia. Eran muchas las personas que se habían acostado con Red. Quizá Dave intentara mostrarse como el parangón de la virtud, pero Mike sabía que era capaz de hacer cualquier cosa.

—¿Y ése es el motivo por el que te interesa?

—Podría ser mi padre.

Mike tardó algunos segundos en digerir aquella información. ¿Su padre? Él siempre había dado por sentado que Lucky no tenía padre. Jamás en su vida se le había ocurrido pensar que pudiera ser una persona conocida, alguien que estuviera casado en el momento en el que ella había sido concebida. Pero si pensaba en ello, tenía sentido. Red se había acostado con un buen número de hombres, y no todos ellos solteros.

—¿Y se lo has dicho?

—No.

—¿Piensas decírselo?

Lucky se levantó y se sirvió una copa de vino.

—No lo sé. A lo mejor. Todavía no lo he decidido. Esto lo he averiguado hace sólo unos meses.

—Y ése es el motivo por el que has vuelto.

—¿Lo ves? No he venido para torturaros ni a ti ni a tu familia.

—¿Y por eso me has contado lo de Dave? ¿Para intentar tranquilizarme?

—¿Estabas nervioso?

No, no estaba nervioso. Pero de alguna manera, indagar en los secretos del pasado nunca le había parecido un pasatiempo seguro.

—No exactamente, ¿cómo te has enterado de lo de Dave?

—Por el diario de mi madre.

Mike recordó entonces el cuaderno con tapas de cuero que la había visto guardar bajo el abrigo durante la tormenta. De pronto, comprendió lo que era y los motivos

por los que Lucky había considerado tan importante lle-
várselo consigo.

—Ten cuidado, Lucky. No se lo cuentes a nadie. Dave
es demasiado ambicioso.

—Sé cuidar de mí misma.

—Tiene mucha familia en el pueblo.

—Y tú también. Y a pesar de todo, he sobrevivido.

—El hecho de que hayas podido enfrentarte a mi familia no quiere decir que seas capaz de enfrentarte a cualquiera cosa.

—Dime una cosa, Mike, ¿si pudieras pedir un regalo
por Navidad, qué pedirías? ¿Un nuevo semental?

Mike no podía contestar esa pregunta sin revelar demasiado de sí mismo. Porque lo único que parecía apete-
cerle esa Navidad era pasar otra noche con ella.

—No lo sé, ¿y tú?

—A mí me basta con mi árbol.

Mike sonrió. Y le encantó la sonrisa que le devolvió
Lucky.

—¿Me ayudarás a decorarlo?

Mike se dijo que sería un estúpido si se quedaba un
solo segundo más. Probablemente, ni siquiera debería haber ido a verla. Pero ayudarla a decorar el árbol le parecía
bastante inofensivo. ¿Qué importancia podía tener que se
quedara una hora o dos con ella?

Mike maldijo al ver que una de las tiras de luces que
había colocado en las ramas más altas no se encendía, lo
que quería decir que tendría que volver a colocarla otra
vez, pero cuando Lucky soltó una carcajada, se volvió hacia ella riendo también.

—¿Y se supone que esto tenía que ser divertido? —
gruñó.

Lucky se estaba divirtiendo. Al principio, Mike estaba un poco cohibido, pero a medida que habían ido pasando los minutos y habían ido hablando de todo, desde la situación del rancho hasta los rodeos, parecía haberse relajado.

—¿También quieres poner en el árbol las bolas plateadas? —le preguntó.

Lucky no tuvo corazón para decirle que no pegaban nada.

—Claro —contestó. Y terminaron poniendo en el árbol todo lo que había en la caja.

El ángel que lo encumbraba tenía un hermoso rostro de porcelana y movía lentamente sus diminutas alas.

Una hora después, estaban los dos sentados en el suelo, admirando el fruto de sus esfuerzos.

—¿Tienes hambre? —le preguntó de pronto Lucky.

Mike miró el reloj.

—¿Qué tienes de comer?

—Podría hacer pasta.

—Claro, ¿por qué no? —la siguió a la cocina y estuvo hablando con ella mientras cocinaba.

Cuando ya estuvo la cena preparada, Lucky encendió un par de velas y las colocó en la mesa. Mike se negó a probar el vino por segunda vez, pero tomó dos platos de pasta. Mientras cenaban, Lucky le habló de los muchos lugares que había visitado y de algunas de las personas que había conocido. La conversación continuó en aquel tono ligero hasta que Lucky se levantó para llevar los platos al fregadero.

—¿Por qué no le dijiste nada a mi padre sobre nosotros el día de la ferretería, Lucky? —le preguntó Mike.

—¿Por qué iba a tener que decirle nada?

—Porque así podrías haberle demostrado que no eres lo que la gente piensa.

—¿Y qué es lo que piensa la gente?

—Que eres exactamente como tu madre.

—¿Y crees que diciéndole que me había acostado contigo lo habría hecho cambiar de opinión?

—Yo sé que eras virgen.

—¿Y? Siempre podrías haberlo negado.

—No lo habría hecho.

El silencio se iba alargando entre ellos y los recuerdos de lo ocurrido en el hotel iban haciéndose más vívidos en la mente de Lucky. Esa misma tarde, Mike le había dicho que aquella noche había sido inolvidable. Lucky se preguntaba si también él estaría acordándose de lo ocurrido.

—La gente de aquí se llevaría una gran desilusión si supiera que te has acostado conmigo.

—Quizá. Pero supongo que sabes que jamás lo negaría, ¿verdad?

—Jamás te utilizaría para reforzar mi propia credibilidad —abrió el grifo del agua caliente—. Y además, no deberías ni haberlo sugerido. ¿Qué ocurriría si aceptara tu sugerencia?

—No lo harás.

—¿Cómo lo sabes?

—Porque en ese caso, ya lo habrías hecho.

Se miraron a los ojos. Y Lucky sintió el palpitar de la emoción y el deseo. Jamás haría nada que pudiera comprometerlo. Pero no lo dijo. Ya se sentía demasiado vulnerable y expuesta y temía que Mike comenzara a sospechar que lo quería.

—Gracias por ayudarme a decorar el árbol —dijo, intentando disimular lo que sentía.

Mike, comprendiendo la indirecta, se levantó y se puso el sombrero.

Lucky quería que se quedara. Y sospechaba que también a él le apetecía. Pero sabía también, por el cuidado con el que había decidido aquel encuentro, que ya había elegido a su familia. Ella jamás habría esperado otra cosa. De hecho, incluso admiraba su lealtad.

—La cena estaba excelente —dijo Mike.

—Te la has ganado.

Se acercaron a la puerta principal. Lucky encendió la luz del porche, pero Mike la apagó. Después, la estrechó contra él y le rozó los labios antes de marcharse.

Al parecer, había decidido no hacerse más concesiones.

Durante los dos días siguientes, Lucky hizo sus compras de Navidad. También el señor Sharp hizo notables progresos en la casa. Lucky se decía a sí misma que todo estaba yendo perfectamente, pero no era completamente cierto. No había vuelto a tener noticias de Mike desde que habían decorado juntos el árbol. Y encontraba dificultades para acercarse a cualquiera de los tres hombres que podían ser su padre. Le estaba resultando tan difícil que comenzó a considerar la idea de llamar a Garth Holbrook a su despacho. Por lo que había oído decir de él, parecía un hombre decente. Quizá incluso estuviera dispuesto a hacerse la prueba de paternidad. Lucky imaginó todos los escenarios posibles antes de descolgar el teléfono.

Lo peor que podía decirle era «no», se recordó a sí misma. Y un «no» no tendría un gran impacto en su vida. Lucky nunca había tenido padre, de modo que nada cambiaría. Si él se negaba, intentaría acercarse a Dave Small, y si tampoco él lo aceptaba, haría lo posible para localizar a Eugene Thompson. Aun así, el corazón le latía a toda velocidad mientras marcaba el teléfono de Holbrook y esperaba a que su secretaria la atendiera.

Al final, una voz melodiosa le contestó:

—Despacho del senador Holbrook.

Lucky apenas podía respirar.

—¿Está el senador?

—Sí, pero está atendiendo otra llamada. ¿Quiere dejarle algún mensaje?

—¿Podría esperar a que terminara, por favor? —preguntó Lucky, aferrándose con fuerza al teléfono.

—Por supuesto, ¿cómo se llama?

—Lucky Caldwell.

—¿Podría decirme cuál es el motivo de su llamada?

—Es una llamada… personal.

El silencio de la secretaria le indicó que no le había gustado su respuesta.

—¿El senador la conoce?

No. Y si Garth relacionaba el nombre con el de su madre, era posible que ni siquiera aceptara la llamada.

—Dígale que es importante.

—Un momento.

Lucky paseó nerviosa por la habitación mientras iban pasando los minutos. Cuando llevaba casi diez y empezaba a pensar que se habían olvidado de ella, su secretaria volvió a atenderla.

—Lo siento, señorita Caldwell, pero el senador me ha pedido que le diga que llega tarde a una cita y tendrá que llamar más tarde.

Se estaban deshaciendo de ella, estaba segura. Se dejó caer en el sofá, desilusionada.

—No se preocupe, no hay problema —dijo, pero colgó sabiendo que no volvería a tener noticias del senador.

Aparcado bajo el edificio en el que estaba su despacho, Garth Holbrook permanecía en su coche, con la mirada fija en el mensaje arrugado que apretaba en la mano. Después de veinticinco años, cuando había empezado a creer que podía olvidar, la hija de Red se ponía en contacto con él. ¿Pero por qué? ¿Qué podía querer?

Lucky sabía de su relación con su madre. ¿De qué

otro asunto podía querer hablar con él? Y por lo que había oído decir de ella, era una cazafortunas de primer orden, como lo había sido su madre. Probablemente iba a hacerlo pagar por su silencio, si no quería que le arruinara su carrera. Pero a Garth Holbrook no lo preocupaba tanto su carrera como su familia.

Apretando el mensaje en el puño, Garth pensó en Gabe e hizo una mueca. Desde el accidente, Garth era la única persona con la que Gabe se abría. Si Lucky le contaba a alguien lo que probablemente sabía, destrozaría la relación que tenía con su hijo. Gabe podría incluso encerrarse más en sí mismo. ¿Y Reenie? Reenie llegaría a la conclusión de que no conocía a su propio padre y lo odiaría.

Y por buenas razones. Su tórrida aventura con Red había durado casi dos meses. Había traicionado una y otra vez a su familia a cambio de unas migajas de ese apasionado sexo que su esposa aborrecía.

El pánico se aferró a su pecho y lo obligó a aflojarse el cinturón de seguridad, que amenazaba con ahogarlo. No podía, no podía avergonzar a Celeste, explicándoles a sus hijos lo insatisfactoria que había sido su relación con su madre a nivel sexual.

¿Pero entonces qué? ¿Qué podía hacer?

Dejó caer la cabeza entre las manos y suspiró pesadamente. Tenía que llamar a Lucky antes de que intentara ponerse en contacto con él o empezara a contar lo que sabía. Por el bien de Reenie y de Gabe, tenía que actuar rápidamente.

# Capítulo 13

LUCKY tenía la cabeza y parte superior del cuerpo metida en el armario que había al lado de la cocina cuando sonó el teléfono. Como el señor Sharp había dejado de trabajar por las fiestas, ella había empezado a limpiar.

—¿Diga? —contestó a la quinta llamada.

—¿Señorita Caldwell?

Lucky contuvo la respiración. No reconocía aquella voz, pero era una voz grave, de un hombre mayor. Estaba segura de que era la voz del senador.

—¿Sí?

—Soy Garth Holbrook.

Dios, tenía razón. Y aquel hombre podía ser su padre. De las tres posibilidades, aquélla era la que más la atraía. ¿Pero qué podía decirle?

—¿Señorita Caldwell? ¿Está usted ahí?

—Sí, estoy aquí.

—He recibido su mensaje.

—Senador Holbrook, ¿sabe quién soy?

—Sí.

—Bueno, pues en primer lugar quiero asegurarle que no pretendo causarle problemas ni a usted ni a nadie.

—Por supuesto que no.

El sarcasmo que reflejaba su voz hizo que Lucky intentara explicarse rápidamente.

—Encontré su nombre en un diario que escribió mi madre hace veinticinco años y…

—¿Tenía un diario?

—Sí.

Garth maldijo suavemente y Lucky hizo un gesto de dolor. ¿A qué hombre le gustaría que le recordaran que había sido infiel? Y los políticos, además, eran especialmente vulnerables.

—¿Cuánto quiere?

—¿Perdón?

—¿Cuánto dinero quiere por ese diario?

—Ese diario no está en venta.

—¿Entonces por qué me ha llamado?

Lucky reunió valor.

—Esperaba que… que quizá estuviera dispuesto a hacerse la prueba de paternidad —apretó los ojos mientras esperaba una respuesta.

—Tiene que estar de broma. Cree que hay alguna posibilidad de que… No, no es posible.

—En realidad, usted estaba con mi madre cuando fui concebida y…

—Escucha, yo no soy tu padre. Es posible que fuera un estúpido, pero no fui tan irresponsable como para dejarla embarazada.

—Ella le dijo que estaba tomando la píldora, ¿verdad?

El miedo se clavaba en lo más profundo del alma de Holbrook, Lucky podía sentirlo a través del teléfono. Casi podía oírlo.

—¿Es que no tienes bastante con el dinero de Morris? ¿Ahora tienes que venir a por el mío?

—Yo…

—Dime cuánto quieres y déjame en paz. ¿Cien mil? ¿Dos cientos mil?

Lucky no pudo responder directamente. A pesar de todo lo que se había dicho a sí misma durante los meses anteriores, seguramente esperaba una respuesta mejor, porque el desprecio y la ira de Holbrook la estaban destrozando.

—No quiero su dinero —dijo suavemente, y colgó.

La música del Honky Tonk rebasaba sus puertas cada vez que alguien las abría. Lucky permanecía en las sombras del porche, preguntándose si habría hecho bien en ir hasta allí. El Honky Tonk era un local muy frecuentado en el que podía encontrarse con cualquiera, y ése era el motivo por el que lo había evitado hasta entonces. Pero sabía que no era sensato quedarse sola en casa después de su decepcionante conversación con Garth Holbrook. Llevaba demasiado tiempo aislada. Necesitaba estar rodeada de gente, aunque esa gente fuera de Dundee y no le tuvieran un especial afecto.

—¿No quieres entrar, damita? —le preguntó un hombre con un sombrero vaquero de color marrón, y sostuvo la puerta abierta con expresión expectante.

Lucky sonrió sin ganas mientras emergía por fin de las profundas oscuridades del porche.

—Gracias —tomó aire antes de dar un paso al interior de la ruidosa taberna.

Alguien sentado en una de las mesas saludó al hombre que le estaba sosteniendo la puerta. Éste se llevó la mano al sombrero y Lucky aprovechó para ir a toda velocidad hacia la barra, donde pensaba fundirse entre la multitud y disfrutar del calor y la energía de aquel lugar. Pero no había terminado de sentarse cuando Jon Small le palmeó el hombro.

—Eh, estaba deseando verte otra vez, ¿cómo va todo?

—Bien, ¿tú cómo estás?

—Mi ex mujer me ha denunciado por no pasarle la pensión de los niños, pero aparte de eso…

—Siento que tu divorcio esté siendo tan difícil.

El semblante de Small se oscureció.

—Jamás lo habría pensado de Leah. Ella siempre ha sido tan… tan poca cosa. Ni siquiera era capaz de decidir dónde podíamos salir a cenar —sacudió la cabeza—. Pero supongo que la gente cambia, ¿verdad?

Lucky no hizo ningún comentario. No conocía a Leah y en aquel momento el camarero se estaba acercando a ella.

—¿Quiere tomar algo?

Pidió una copa de vino, pero en cuanto el camarero se retiró a servírsela, Small la invitó a bailar.

A Lucky no le apetecía salir delante de tanta gente. Ansiaba el anonimato del que había disfrutado en otros muchos lugares, pero Small ya le estaba tirando de la mano.

—Vamos, eres la chica más guapa del pueblo y me vendría bien un poco de distracción.

Su manera de arrastrar las palabras le indicó a Lucky que estaba borracho y temió llevarle la contraria. No quería que le montara una escena. De modo que le permitió llevarla hasta la pista y le rodeó el cuello con los brazos.

—¿Te ha gustado volver al pueblo? —le preguntó Small.

—Sí, ha sido magnífico —mintió.

—No hay otro lugar como Dundee.

—No, supongo que no.

—En este pueblo se puede respirar, ser uno mismo.

—Quizá si el padre de uno se llama Dave Small —contestó Lucky en un susurro.

—Sí, supongo que no viene mal que mi padre sea una celebridad local.

—¿Lo admiras mucho? —preguntó Lucky, esperando de pronto que Garth Holbrook no fuera su padre.

—Supongo que sí. Ha sido un hombre muy estricto, pero el tiempo lo ha suavizado.

—La verdad es que no lo conozco.

—Está aquí esta noche, si quieres puedo presentártelo.

Lucky pensó que antes debería darse tiempo para asimilar el rechazo del senador, pero no se encontraba una oportunidad de hablar con Dave Small todos los días. Y tampoco iba a mencionar directamente el diario de su madre. Después de lo de aquella mañana, había renunciado a cualquier forma de aproximación directa. Se limitaría a intercambiar unas cuantas palabras con él, a ver cómo era Dave…

—De acuerdo.

Apenas hablaron durante el resto del baile, pero cuando terminó la canción, Jon la condujo hacia la mesa en la que estaba sentado su padre. Los otros dos hombres que minutos antes lo acompañaban acababan de levantarse para ir a jugar al billar. Jon señaló una de las sillas vacías, indicándole a Lucky que se sentara.

—¿A quién tenemos aquí? —preguntó Dave cuando Lucky se sentó.

—Lucky Caldwell —dijo Jon—, quiere conocerte.

Dave tensó la sonrisa en cuanto oyó su nombre.

—Tú debes de ser la hija de Red.

Lucky advirtió la condescendencia que reflejaba su voz, pero se negó a bajar la mirada.

—Sí, soy la hija de Red.

—Me comentaron que habías vuelto.

—¿Quién?

—No lo recuerdo. Pero estoy obligado a enterarme de todo lo que pasa en el pueblo.

Lucky no podía comprender de qué manera podía afectar su llegada a la vida del pueblo; estaba comprendiendo rápidamente los motivos por los que Booker Robinson había definido a aquel hombre como arrogante.

El misterioso Eugene Thompson le parecía de pronto el mejor candidato para padre.

—¿Acaso mi estancia en el pueblo es un motivo de preocupación pública? —preguntó.

Dave bebió un sorbo de tequila.

—Supongo que al menos es un motivo de preocupación para los Hill.

—¿Usted es amigo suyo?

—Hablamos de vez en cuando —se inclinó hacia ella—. Y tengo que decirte que yo tampoco entiendo para qué demonios has venido.

Por fin Jon pareció advertir que la conversación de su padre con Lucky no estaba siendo en absoluto amistosa y dejó de sonreír como un estúpido.

—Bueno, voy a invitarte a una copa —le dijo a Lucky agarrándola del codo.

Lucky le apartó bruscamente la mano.

—Tengo todo el derecho del mundo a volver. Soy propietaria de una casa.

—Una casa que deberías devolverles —Dave bebió otro trago.

—Supongo que Morris quería que yo me quedara esa casa. En caso contrario no me la habría dejado.

Dave se echó a reír.

—Sí, desde luego tu madre era una mujer inteligente, ¿verdad? Sabía cómo aprovecharse de la situación.

—Y usted lo sabe mejor que nadie —dijo Lucky, bajando la voz—, al fin y al cabo, la visitaba muy a menudo.

Cuando Dave palideció, Jon comprendió que se había perdido algo importante y se inclinó hacia delante.

—¿Qué has dicho? —le preguntó a Lucky, mirándola con curiosidad.

—No tienes ni idea de lo que estás diciendo —replicó Dave furioso—. Y no quiero volver a oírte decir nunca nada parecido. Y pienso negarlo hasta el día de mi muerte.

Lucky se levantó y se acercó a él para susurrarle algo al oído. No pensaba utilizar el diario de su madre como arma, pero no podía resistir la tentación de poner a Dave Small en su lugar.

—Niéguelo todo lo que quiera. Tengo pruebas.

Estaba tan enfadada que podía sentir la sangre rugiendo por sus venas. Quería salir cuanto antes de allí, regresar a casa, hacer las maletas y marcharse para siempre. Pero se negaba a permitir que un hipócrita como Dave Small la echara del pueblo. Y sabía que, después de haber estado dando tumbos de un lugar a otro, no se sentiría mucho mejor en ninguna otra parte.

Podía sentir la mirada de odio de Dave en la espalda, mientras se sentaba en la barra fingiendo indiferencia y comenzaba a tomarse el vino. Miró varias veces por encima del hombro para devolverle desafiante la mirada, para hacerle saber que no estaba asustada, pero en las dos ocasiones, su mirada se cruzó con la de Jon. Éste había intentado seguirla cuando había abandonado la mesa, pero su padre le había ordenado que se quedara donde estaba.

—¿Puedo servirle algo más? —le preguntó el camarero.

Lucky no era una mujer que bebiera, pero aquella noche iba a hacerlo. No podía salir de allí antes que los Small y necesitaba tener las manos ocupadas. Especialmente cuando se dio cuenta de que Mike Hill estaba al lado de la mesa de billar. No sabía cuándo había llegado, pero estaba segura de que la había visto. Y cada vez que levantaba la mirada, veía sus ojos en el espejo de la barra.

Menuda noche, pensó, deseando haberse quedado en casa. Pidió otro bourbon y cuando un joven vaquero se acercó para invitarla a bailar, decidió fingir que se lo estaba pasando como nunca.

Era Mike el encargado de entretener a los clientes del rancho cuando éstos tenían que quedarse en el pueblo.

Desde que Josh se había casado, Mike tenía más tiempo libre que su hermano y, normalmente, disfrutaba sacando a sus clientes a tomar algo al Honky Tonk. Pero aquella noche no estaba de humor para jugar al billar. Ni siquiera estaba de humor para hablar. Se le habían quitado las ganas desde que había visto a Lucky.

Dejó que su mirada vagara de nuevo por la pista de baile, donde Lucky estaba bailando con un atractivo vaquero que debía de tener por lo menos diez años menos que él... Y deseó que no lo molestara verlos bailar tan pegados.

—¿Por qué estás tan callado? —le preguntó Gabe, mirándolo con recelo.

Mike desvió la mirada de Lucky. Gabe no había vuelto a hacer ningún comentario sobre el incidente de la cafetería, pero continuaba habiendo mucha tensión entre ellos. Mike sospechaba que aquella noche había aceptado acompañarlo únicamente porque sus invitados eran un padre y un hijo propietarios de una gran cantidad de tierra y de mucho más dinero, lo que los convertía en blancos perfectos para la obtención de fondos para la campaña de su padre.

—Estoy un poco cansado —contestó Mike, y se sentía viejo, añadió para sí.

No dejaba de mirar a Lucky moverse en los brazos de aquel joven que, involuntariamente, le recordaba los quince años de diferencia entre Lucky y él; una década y media.

—¿Crees que contribuirán a la campaña? —le preguntó a Gabe, señalando con la mirada a sus invitados, que estaban jugando al billar con Vern Pruit y Cliff Peterson.

Gabe se encogió de hombros.

—Han dicho que les gustaría conocer a mi padre mañana por la mañana. Supongo que lo averiguaremos entonces.

—Me parece justo —Mike volvió a mirar hacia la pista de baile y vio a Lucky comenzando a bailar de nuevo con su pareja.

Maldita fuera. Lo odiaba.

—¿Mike?

—¿Qué?

—La pelirroja a la que estás mirando es Lucky Caldwell. Lo sabes, ¿verdad?

—Sí, lo sé. He coincidido con ella en un par de ocasiones.

—¿Y por qué parece fascinarte tanto?

—No me fascina en absoluto.

Los ojos de Gabe resplandecían por primera vez desde hacía meses, pero a Mike le costaba considerar su expresión como una victoria sobre la silla de ruedas cuando su amigo se estaba divirtiendo a sus expensas.

—Es muy atractiva, ¿no te parece?

—Es muy joven.

—No te he preguntado por su edad.

—Pero la edad importa, ¿no crees?

—Lo que yo creo es que estás evitando la verdadera cuestión.

—¿Que es?

—Que en realidad no puedes tener ninguna relación con ella. Tu familia te dejaría de hablar.

Mike se preguntaba qué diría Gabe si supiera la verdad. Él ya había tenido con Lucky la relación más íntima posible. Y Lucky podría haberlo proclamado a los cuatro vientos. Pero no lo había hecho. Se lo había guardado para sí y se había comportado como si nunca hubiera ocurrido. Mike todavía no había conseguido comprender qué la había llevado a su cama. ¿Por qué habría estado esperando durante todos esos años para acostarse con él?

—Tengo casi cuarenta años. No voy a dejar que mi familia me diga lo que tengo que hacer.

—Un hombre nunca deja de pertenecer a su familia, Mike. Especialmente en un lugar como éste. Cuando te ocurre algo como esto —apretó la mandíbula mientras señalaba la silla de ruedas—, te das cuenta de que casi todo son espejismos: la fama, el dinero, el éxito. Te das cuenta de que lo verdaderamente importante es la familia y todo lo que la rodea.

Mike se frotó el cuello, sintiéndose culpable por no haber guardado las distancias con Lucky cuando sabía el daño que su relación con ella podía hacerle a todas las personas a las que quería. Pero como no capituló inmediatamente, Gabe giró la silla hacia él y le dijo en voz baja:

—Si llegas a tener algo con Lucky, terminarás dividiendo a este pueblo. Créeme, Mike, por atractiva que sea Lucky, no merece la pena. Mira lo que le pasó a tu abuelo. Se enamoró ciegamente e hizo sufrir muchísimo a tu familia. Y si Morris estuviera aquí, estoy seguro de que me daría la razón.

—Morris quería a Lucky.

—Estoy seguro. Pero Lucky no es mujer para ti.

—¿Y si todo el mundo estuviera equivocado con ella?

—¿En qué sentido?

—Todo el mundo cree que es una mujer… materialista, interesada, que intenta aprovecharse de todo el mundo.

—¿Como su madre? —Gabe volvió a separarse de él y bebió un sorbo de cerveza.

—Exactamente, como su madre.

—Hace seis años, Lucky se marchó de aquí con un buen porcentaje de tu herencia. Así que me pregunto de dónde habrá sacado la gente esa idea.

Mike arqueó las cejas ante el sarcasmo de su amigo.

—En cualquier caso, he sobrevivido.

—No gracias a ella.

—Hablas como toda mi familia.

—Estoy haciendo de abogado del diablo. Antes solías

estar de acuerdo con ellos en todo lo relativo a Red y a sus hijos. Me pregunto por qué habrás cambiado de pronto de opinión.

—Estoy empezando a ver las cosas de manera diferente, eso es todo.

—¿Estás diciéndome que Lucky es una joven dulce e inocente?

—No dulce, precisamente. Está enfadada, y resentida.

—Qué agradable.

—¿Te sentirías tú de otra manera si estuvieras en su lugar? Se ha sentido rechazada durante la mayor parte de su vida. A lo mejor ha tenido que ponerse a la defensiva para poder sobrevivir.

—¿Así que ahora la admiras?

Mike no sabía cómo describir lo que sentía por ella. Había continuado diciéndose que no sentía nada, o, por lo menos, que no sentía nada realmente profundo. Lucky era muy distinta de las otras mujeres a las que había conocido. Era difícil de conocer, de alcanzar; unas veces se mostraba beligerante, otras distante. Desde luego, había mujeres mucho menos complicadas que ella. Pero pensó en la noche en la que la había ayudado a decorar el árbol, Lucky lo necesitaba y él quería estar a su lado.

Dios, ¿en qué estaba pensando? Debía de estar borracho.

Se levantó de la mesa y se acercó al billar antes de que se le ocurriera hacer alguna tontería.

# Capítulo 14

LUCKY se inclinó sobre el lavabo para que el cuarto de baño dejara de dar vueltas y se lavó la cara con agua fría. Estaba un poco mareada. No estaba acostumbrada a beber y, probablemente, al día siguiente tendría resaca, pero por lo menos ya no estaba fingiendo que lo pasaba bien. La rabia y el dolor parecían estar cediendo; ya casi ni siquiera recordaba por qué estaba tan enfadada. ¿Quién era Dave Small para hacerla sentirse tan insignificante? No lo necesitaba, no necesitaba a nadie. Ni siquiera a Alex Riley, el vaquero que había estado bailando con ella toda la noche y que la estaba esperando en la barra para jugar a los dardos.

Se inclinó hacia el espejo. Así estaba mejor. Distante, indiferente. Era la única manera de soportar Dundee. Ella era tan dura como toda la gente del pueblo. Más dura, incluso, por todo lo que había tenido que pasar.

—¿Lo ves? —le dijo a su reflejo—. Es muy fácil.

Se tambaleó y estuvo a punto de chocar con la puerta al salir.

—Huy...

Rió ante su propia torpeza, pero su sonrisa desapareció cuando un hombre la empujó en un pasillo a oscuras y le hizo apoyarse contra la pared en la que estaba el teléfono.

—¡Ay! —se quejó—. ¿Qué…?

—¿Qué clase de prueba? —quienquiera que fuera, olía a alcohol y a sudor.

Lucky pestañeó e intentó distinguir su rostro. No podía ver sus facciones, pero a juzgar por su tamaño, tenía que ser Smalley Small.

—¿Qué? —preguntó confundida.

—Mi padre quiere saber qué pruebas tienes.

—¿Y ha enviado a su hijo para averiguar los detalles sucios? ¿No le importa la opinión que puedas tener sobre él?

—Me importa un bledo que se acostara con tu madre. ¿Crees que para nosotros es algo nuevo? La vida privada de un hombre es cosa suya.

—Pero siendo tu padre una figura pública, las reglas cambian ligeramente.

Lucky intentó apartarse, pero él la sujetó con fuerza.

—Mi padre tiene una reputación intachable y va a seguir teniéndola. El hecho de que se acostara con Red no significa nada. Diablos, todo el mundo se acostó con ella, incluso mi hermano. Una prostituta es una prostituta.

Al recordar la entrada que figuraba en el diario como «Noche de Graduación» y en la que aparecían los nombres de Jon y de Smalley, la bilis le subió a la garganta. Lucky sabía que ella no era como su madre, pero al parecer, en aquel momento eso no tenía ninguna importancia.

—Déjame en paz, idiota.

Smalley la agarró del pelo y le golpeó la cabeza con fuerza contra la cabina telefónica.

—Si crees que voy a permitir que la hija de una prostituta arruine la carrera de mi padre, estás muy equivocada, cariño.

A Lucky se le doblaban las rodillas, apenas veía y lo oía desde la distancia.

—Así que procura mantener la boca cerrada si no quieres que se acabe tu suerte.

Y sin más, la soltó y dejó que cayera desmayada hasta el suelo.


Lucky sentía cómo iba alejándose de ella la música del Honky Tonk, además de su calor, dejándola fría, temblorosa y sin comprender por qué de pronto se sentía ligera.

Abrió los ojos y vio que ya no estaba en el Honky Tonk. Alguien estaba cruzando con ella el porche. Alguien que no era otro que Mike Hill.

¿Cuándo había ido a buscarla? ¿Qué había pasado?

Haciendo una mueca ante el dolor que parecía seguir a cada uno de sus pasos, se retorció para que la soltara.

—Estate quieta si no quieres que te deje en el suelo —le dijo malhumorado.

Lucky se quedó quieta, pero no porque quisiera obedecerlo. Se había dado cuenta inmediatamente de que no tenía fuerza suficiente para mantenerse en pie y no quería caerse al suelo delante de él. Las estrellas giraban a su alrededor y las náuseas subían y bajaban por su estómago como si fueran grandes olas.

—¿Qué ha pasado?

—Nada importante —respondió Mike—. Has bebido demasiado, te has desmayado y te has dado un golpe en la cabeza. Has ido al cuarto de baño y tardabas mucho en salir. Cuando he ido a averiguar por qué, he estado a punto de tropezar contigo.

Mike caminaba demasiado rápido.

—¿Me he desmayado?

—¿Te sorprende?

—Teniendo en cuenta que no me había desmayado en toda mi vida, sí.

—Eso suele pasar cuando se bebe demasiado.

—Yo nunca bebo demasiado.

—Esta noche, sí.

Lucky pensó en ello durante unos segundos.

—¿Pero se supone que tengo que tener resaca estando todavía borracha?

—No creo que el alcohol te siente bien.

—Me estaba sentando muy bien hasta que… —de pronto recordó a Smalley sobre ella, apretándole con fuerza el brazo.

—¿Hasta qué? —la instó Mike mientras se acercaban a su coche.

—No importa. Déjame en el suelo, estoy bien. Tengo el coche cerca. Puedo ir sola a mi casa.

Mike la apoyó contra su coche mientras él buscaba las llaves, pero no la soltó.

—¿Mike?

—No puedes conducir —sacó las llaves.

—Entonces déjame aquí. Me tomaré un par de cafés y me sentaré un rato hasta que se me pase. E intentaré evitar a Smalley, y a Jon, y a su padre.

El interior del coche olía a aftershave y a cuero. Lucky tenía ganas de cerrar los ojos y reclinarse contra el asiento. Pero recordaba vívidamente lo que había sucedido la última vez que había permitido que Mike cuidara de ella.

—Si no tienes cuidado, podrán verte conmigo —le advirtió mientras Mike le abrochaba el cinturón—. Y eso es algo que no queremos. Podrían pensar que te gusto.

Mike hizo una mueca ante su sarcasmo.

—No eres muy agradable cuando estás bebida.

—Eso sí que tiene gracia. No creo que el hecho de que sea agradable o no suponga ninguna diferencia —dijo, pero la cabeza le dolía demasiado para echarse a reír.

Mike vaciló, como si quisiera decir algo. Lucky alzó la mirada expectante hacia él a pesar del dolor, pero Mike se limitó a apretar los dientes y a cerrar de un portazo.

—¿Y mi coche? —preguntó Lucky cuando Mike se sentó tras el volante.

—¿Qué pasa con tu coche?

—No puedo dejarlo ahí. Pensarán que me he ido a dormir a cualquier parte. A nadie se le ocurrirá pensar que me he ido contigo, pero creerán que estoy en casa de alguien.

—Y teniendo en cuenta lo que ya piensan de ti, ¿de verdad te importa?

—Por supuesto que me importa.

—¿Por qué? Antes parecías deleitarte en tu mala reputación.

—Sólo dejo que la gente crea lo que quiere creer —gruñó—. El hecho de que sus creencias no tengan ningún fundamento sólo me hace pensar que son idiotas.

Mike puso el coche en marcha.

—¿Entonces te ríes de nosotros?

—¿Reírme? —preguntó con incredulidad—. Jamás me he reído.

La seriedad de su propia respuesta hizo pensar a Lucky que quizá estuviera revelando demasiado de sí misma.

—Creo que será mejor que termine esta conversación cuando esté sobria.

—¿Por eso has esperado tanto tiempo?

—¿Por eso he esperado a qué?

—Has conservado tu virginidad durante veinticuatro años para así poder reírte de todo el mundo.

Lucky había conservado la virginidad para demostrarse que no era igual que su madre. Pero no podía explicarle eso a Mike. Era una cuestión tan compleja que ni siquiera ella estaba segura de entenderla. Sencillamente, para ella había sido necesario esperar. Hasta que apareciera el hombre adecuado, le susurró la voz de su conciencia, pero inmediatamente bloqueó aquel pensamiento.

—Quizá —contestó.

—¿Y ésa es la razón por la que viniste a mi habitación? ¿Para demostrarme lo idiota que había sido?

—No.

—¿Entonces por qué?

El alcohol que había bebido estaba empezando a hacer su trabajo otra vez. A pesar del incidente con Smalley, una relajante serenidad se extendía por su cuerpo. Estaba cansada, quería dormir. Pero lo mejor de aquel estado de euforia era que no tenía que pensar en Garth Holbrook, ni en Dave Small, ni en los Caldwell, ni siquiera en la Navidad.

—¿Lucky?

—¿Qué? —musitó ella, luchando para mantener los ojos abiertos.

—Dime por qué viniste a mi habitación la noche de la tormenta.

Lucky recordó una vez más el momento en el que Mike había besado a Lindsey Carpenter en el establo.

—¿Por qué viniste a mi habitación? —insistió Mike con delicadeza.

Lucky se volvió por fin hacia él y dejó que una sonrisa cargada de nostalgia curvara sus labios.

—Porque llevaba años soñando con hacer el amor contigo. No habría sido lo mismo con ningún otro.

La sorpresa iluminó el rostro de Mike.

Dios, ¿de verdad había dicho eso en voz alta?

—No quería decir eso —se precipitó a añadir—. Deja de acosarme, estoy borracha y no sé lo que digo. Siempre os he odiado a ti, a tu familia y a todos los habitantes de este pueblo. Voy a marcharme cuanto antes y lo que ocurrió esa noche no tiene ninguna importancia. Sencillamente esperé, ¿de acuerdo? Y no sé por qué. Así que no pienses ninguna otra cosa.

Mike frunció el ceño, pero no dijo lo que estaba pensando y en cuanto llegó al camino de casa de Lucky, ésta se dispuso a salir del coche a toda velocidad.

—Espera un segundo.

—¿Qué pasa?

—No le habrás dicho a Dave lo del diario.

Lucky no contestó inmediatamente.

—¿Lucky?

—No —al menos no le había contado todo.

—Estupendo. Déjame las llaves. Mañana por la mañana le diré a Fernando que vaya a retirar tu coche.

Lucky metió la mano en el bolso, sacó las llaves y corrió después hacia la casa.

Mike deseaba seguir a Lucky al interior. Sólo la voz de Gabe recordándole que dividiría al pueblo si se involucraba sentimentalmente con ella evitó que saliera de detrás del volante. Gabe tenía razón. La familia era lo más importante.

Pero Lucky también estaba empezando a importarle. Tanto que no se lo había pensado dos veces a la hora de dejar que fuera él el que llevara a sus clientes a casa. Cuando la había encontrado tirada en aquel pasillo mugriento, había pensado que estaba herida. La había visto hablando antes con Dave Small y se preguntaba si le habría hablado del diario. El corazón había comenzado a latirle violentamente en el pecho y tenía la garganta tan cerrada que apenas podía tragar. Cuando se había dado cuenta de que sólo estaba bebida, el alivio había sido enorme. Pero no podía dejarla allí. Tenía miedo de que condujera en ese estado y tampoco se atrevía a dejarla con el vaquero con el que había estado bailando toda la noche.

Sintió de nuevo el cosquilleo de los celos.

No debería haberla ayudado durante la tormenta; y tampoco debería haber ido a ese motel, ni llevarle a casa un estúpido árbol de Navidad. De alguna manera, aquella mujer había acabado con la paz de su corazón y maldito fuera si supiera cómo iba a recuperarla.

«Llevaba años soñando con hacer el amor contigo».

Había pasado algo intenso y poderoso entre ellos cuando Lucky lo había admitido. Ella lo había mirado como si la sorprendiera que hubieran salido aquellas palabras de sus labios y Mike había podido ver hasta su alma en sus ojos. Pero antes de que hubiera podido reaccionar, Lucky había vuelto a escudarse tras la indiferencia y había comenzado a negar vehementemente lo que tan claramente había dicho. Pero Mike estaba comenzando a comprender. La dureza de sus palabras, su actitud beligerante… en realidad, todo ello escondía una vulnerabilidad que no quería revelar ante nadie.

Lucky no era lo que la familia de Mike creía. Pero él sabía que ya se habían forjado una opinión sobre ella y jamás la verían de manera diferente. Diablos, probablemente la odiarían aunque él les demostrara que era una santa.

Con un suspiro, Mike apagó el motor. Comenzaba a sospechar que Lucky era una mujer profundamente leal y generosa. Cada vez estaba más convencido de ello.

Lucky se despertó con un terrible dolor de cabeza y una desagradable sorpresa en el porche. Alguien había clavado un letrero en el que decía *Lárgate, hija de perra* sobre un montón de excrementos de perro, justo delante de la puerta de su casa. Estaba segura de que había sido uno de los Small, pero los sentimientos negativos que expresaban le hicieron más daño del habitual. Quizá fuera porque sólo faltaban tres días para Navidad, un tiempo que se suponía había que dedicar a querer a los demás. Y Lucky sabía que los Small no eran los únicos que querían que se fuera. Nadie la quería en el pueblo, ni siquiera Mike.

Arrugando la nariz, retiró los excrementos y estuvo pensando a continuación en qué iba a hacer durante el largo día que tenía por delante. Había pensado en pasar aquel día buscando a su padre, pero después de cómo la habían tratado Garth Holbrook y Dave Small, casi se alegraba de no haber localizado a Eugene Thompson.

Consideró seriamente la posibilidad de volar a Washington, pero cuando había llamado a sus hermanos, éstos le habían musitado la misma invitación forzada de todos los años. Podía ir a verlos, sí, pero estando los dos casados, no quería inmiscuirse en la paz y la tranquilidad de sus fiestas. Aun así, le gustaría ver a sus sobrinos otra vez…

Descolgó el teléfono y marcó el número de Sean.

—¿Quién es? —le contestó una vocecilla.

Lucky se echó a reír.

—Soy tía Lucky, ¿quién eres?

—Trisha.

Era su sobrina de cinco años.

—Hola, Trisha. Vaya voz, parece que has crecido mucho.

—Siempre estoy creciendo.

—Estoy segura. ¿Ya estás preparada para la Navidad?

—Sí. Ayer estuve con Santa Claus.

—¿Y le dijiste lo que querías?

Escuchó la lista de regalos elegidos por su sobrina.

—¿Has recibido mi regalo? —le preguntó Lucky.

—Papá lo ha puesto debajo del árbol. Dice que no puedo abrirlo hasta Navidad, pero yo le he dicho que a ti no te importaría. ¿Puedo abrirlo ya, tía Lucky? ¿Puedo, por favor?

—Veremos si puedo convencer a tu padre, ¿de acuerdo? ¿Está por ahí?

Trisha llamó a su padre y dejó caer el teléfono.

—¿Lucky?

—Hola, Sean.

—¿Cómo estás?

La respuesta, por supuesto, tenía que ser «bien». Él no quería oír otra cosa.

—Bien, ¿y tú?

—Genial.

Sean podía estar sufriendo una depresión o haberse quedado sin trabajo y su respuesta continuaría siendo la misma.

—Me alegro, ¿vas a tener vacaciones esta Navidad?

—Me he tomado cinco días de vacaciones para estar con los niños. ¿Qué tal van las cosas por Dundee? ¿Ya has terminado de arreglar la casa?

—Todavía no. El albañil dice que tendrá para otras dos semanas por lo menos.

—¿Y has decidido venderla?

Lucky pensó en Mike. Por mucho que Morris quisiera que se quedara ella con aquella casa, sabía que no podía conservarla indefinidamente.

—Sí, probablemente.

—Estupendo.

Sean podría haber añadido que, al fin y al cabo, ella no tenía nada que hacer en Dundee, pero sabía que prefería reprimir cualquier comentario que pudiera considerarse como una incursión en un tema que prefería evitar.

—¿Ya has puesto el árbol de Navidad?

Con el teléfono inalámbrico, Lucky se acercó al cuarto de estar para contemplar el árbol; el mejor regalo que había recibido Lucky desde su regreso al pueblo.

—Sí, y es perfecto.

—Entonces… —su hermano se aclaró la garganta—, ¿vas a venir o qué?

Su falta de entusiasmo ayudó a Lucky a tomar una decisión. Después de lo que había vivido en Dundee, no quería sumarse a la celebración navideña de su hermano si realmente no era bien recibida.

—No, la verdad es que llamaba para decirte que voy a pasar la Navidad con unas amigas.

—En Dundee no hay ningún comedor para personas sin recursos en el que puedas ayudar.

—No me refería a esa clase de amigas.

—¿De verdad?

—De verdad, acabo de conocer a una mujer divorciada y a su compañera de piso hace unos días.

—Parece un plan perfecto.

—Sí, estoy encantada. ¿Tú pasarás las fiestas con la familia de Kyle?

—Sí, ése es el plan.

—Bueno, pasadlo muy bien y feliz Navidad.

—Lo haremos. Y te echaremos de menos.

A su modo, probablemente la echaran de menos. Lucky era su hermana pequeña y jamás había puesto en duda que la quisieran. Sencillamente, le habría gustado que tuvieran más cosas en común.

—Yo también os echaré de menos —estaba a punto de colgar cuando se acordó de la petición de su sobrina—. Oh, deja que los niños abran ya los regalos que les he enviado, ¿quieres? Como no voy a ir, no tiene sentido retrasarlo.

—De acuerdo, ¿has recibido mi tarjeta?

—No, todavía no.

—Pues ya está en camino.

—De acuerdo. Feliz Navidad —y colgó el teléfono.

Por lo menos ya tenía algo que hacer, se dijo. Iría a comprar comida suficiente para no tener que volver a salir mientras fingía que estaba pasando varios días fueras. En realidad, no creía que nadie le prestara demasiada atención. Los Small ya habían dejado claro lo que pensaban y Mike estaría demasiado ocupado con su propia familia como para fijarse en lo que hacía su vecina. Pero tenía que estar preparada por si acaso. No quería que Mike supiera que iba a pasar sola la Navidad.

# Capítulo 15

HAS DEJADO que Fernando saliera antes de su hora? Mike, que estaba frente a la fotocopiadora, se volvió hacia Josh cuando éste entró en su despacho.

—Me ha parecido justo. Esta noche es Nochebuena y les he dado el día libre a todos los empleados de la oficina.

—¿Quieres que me quede para darles de comer a los caballos?

—Ya lo haré yo.

—¿Cuándo vas a ir a casa de mamá y papá?

—Hemos quedado a las cinco, ¿no?

—Rebecca quiere pasarse un poco antes para ayudar y si tú te haces cargo de los caballos, supongo que iré con ella.

—Buena idea.

Estaba deseando poder pasar unas cuantas horas solo, que dedicaría a ordenar su escritorio. Pero en cuanto se fue Josh, sonó el teléfono. Mike agarró el teléfono de la mesa de Polly.

—¿Diga?

—Me alegro de encontrarte —era Garth Holbrook.

Mike también reconoció su voz inmediatamente.

—¿Qué tal está, senador?

—Bien, ¿y tú?

—Ocupado, como siempre. ¿Qué puedo hacer por usted?

—Quería saber si conoces bien a tu vecina.

—¿A mi vecina? —Mike había dado por sentado que llamaba para hablar de la campaña.

—¿No está viviendo Lucky Caldwell en al casa de tu abuelo?

—Ella es la propietaria de la casa.

—Sí, lo recuerdo. Se quedó con una buena parte de tu herencia.

—Sí, supongo que podría decirse así.

—Por lo que tengo entendido, llevas años queriendo comprarle esa casa.

¿Adónde querría ir a parar?

—Sí, es cierto.

—¿Hay alguna posibilidad de que esté dispuesta a vender la casa y se marche?

—Creo que todavía no está dispuesta a vender. Hasta el momento, ha rechazado todas las ofertas que le he hecho.

—¿Y qué ocurriría si yo aportara unos cuantos miles de dólares para que fuera imposible rechazar tu oferta?

Mike alzó la cabeza sorprendido.

—¿Que usted qué?

—Me gustaría convencer a Gabe para que se olvidara de esa cabaña en la que está viviendo y se fuera a vivir a tu lado durante unos cuantos años. No he logrado que venga a vivir al pueblo. Desde que tuvo ese accidente, prefiere la soledad y los espacios abiertos, pero yo me sentiría mucho mejor si supiera que al menos te tiene a ti cerca.

Así que esa llamada tenía que ver con Gabe. Sí, aquello tenía sentido. Gabe estaba socializando algo más, pero sólo en lo relativo a la consecución de fondos para la campaña de su padre. Mike pensaba que todavía se mostraba demasiado distante como para que pudiera decirse que estaba bien y era evidente que Garth estaba de acuerdo con él.

—Me encantaría tener a Gabe de vecino, pero no estoy seguro de que él esté dispuesto. ¿Ha hablado con él?

—Todavía no. He pensado que antes deberías comprar la casa. Ya sabes lo cabezota que puede llegar a ser.

—Sí, lo sé —Mike se frotó la barbilla.

—¿Entonces llamarás a Lucky?

—Ahora mismo no puedo llamarla, creo que está fuera del pueblo.

En realidad, lo sabía. Al ver que el coche de Lucky había desaparecido, había experimentado un enorme alivio. Ya no tendría que preocuparse de que pasara la Navidad sola, ni de que su madre o algún miembro de su familia se encontrara con ella y le dijera algo desagradable. Mejor todavía, podía olvidarse de la tentación de protagonizar el próximo escándalo del pueblo. El hecho de que Lucky hubiera reconocido sus sentimientos a pesar de que luego hubiera intentado decir lo contrario había hecho que le resultaran las cosas mucho más difíciles.

—¿Adónde ha ido? —preguntó Holbrook.

—Me comentó que iba a pasar la Navidad con sus hermanos en Washington.

—Bueno, a ver qué puedes hacer cuando vuelva.

Mike estiró los músculos del cuello mientras se imaginaba a sí mismo haciéndole a Lucky una nueva oferta.

—¿Tiene mucha prisa, senador? Porque quizá sea más fácil convencerla cuando haya arreglado la casa.

—Preferiría no esperar.

—¿Está muy preocupado por Gabe?

Se produjo una larga pausa.

—Sí, estoy muy preocupado. Y esa solución sería la mejor para todo el mundo. Por lo que he oído decir, Lucky es una verdadera fuente de problemas.

—Para serle sincero, no creo que lo sea tanto como todo el mundo pretende —contestó Mike.

—Hablé con tu tía Cori el otro día. Me dijo que Lucky manipulaba a Morris.

—En aquella época, Lucky era sólo una niña. Creo que más que manipuladora, era una niña necesitada.

—Todo el mundo está de acuerdo con tu tía.

—Quizá —Mike pensó en lo difícil que resultaba acercarse verdaderamente a Lucky y en cómo se negaba ella a refutar la opinión que todo el mundo tenía sobre ella, desafiando a los demás incluso a pensar lo peor—. Pero realmente no la conocen.

—¿Y tú sí?

Mike comprendió que se estaba mostrando demasiado compasivo, pero estaba cansado de todos aquellos chismes y de que nadie estuviera dispuesto a ver la situación desde la perspectiva de Lucky.

—Sé que es una chica orgullosa y muy independiente —y vulnerable, a pesar de que fingía que nada la afectaba—. También es muy sensible, aunque intenta no parecerlo.

—Le tienes simpatía.

Era una afirmación, no una pregunta. Una afirmación que le habría gustado negar. Pero se negaba a sumarse a los ataques a Lucky.

—Soy su vecino, senador, así que es normal que ahora tenga más contacto con ella.

El senador suspiró pesadamente.

—¿Ocurre algo, senador?

—No —se produjo un nuevo silencio—. Sencillamente, intenta ver qué puedes conseguir.

—De acuerdo.

Después de colgar el teléfono, Mike se sentó en una esquina de la mesa con la mirada perdida, preguntándose por qué la llamada del senador no le había provocado un mayor entusiasmo. Él siempre había querido aquella casa. Y pensaba que era mejor para Gabe estar cerca del pueblo. Y quería que Lucky se marchara, ¿no? Debería estar dando saltos de alegría después de aquella propuesta. Pero entonces, ¿por qué era tan reacio a presionarla?

Con un juramento, se levantó y se dirigió a su despacho. Jamás había sido capaz de preocuparse por mujeres que le habrían convenido. Y de pronto, estaba preocupado por una mujer que no le convenía en absoluto.

La víspera de Navidad, cayó una ligera nevada. Lucky permanecía asomada a las ventanas de la casa mientras el sol comenzaba a ocultarse, contemplando la caída perezosa de los copos como si su belleza fuera la única razón de su existencia. Se había imaginado deprimida y triste en su soledad, pero se sentía extrañamente tranquila. Quizá no se llevara bien con los habitantes de Dundee, pero su paisaje no tenía nada contra ella…

Miró hacia el rancho de Mike. Su propiedad había sido como un paraíso para ella en el que defenderse de los gritos de su madre y sus constantes demandas. Todavía podía oír el relinchar de los caballos, o sentir la caricia de sus hocicos contra la palma de la mano mientras les ofrecía manzanas y zanahorias. Incluso para el sonido de las voces de los vaqueros guardaba un recuerdo cariñoso en su memoria, a pesar de que siempre los oía a una larga distancia.

Todas las cosas buenas de la vida las había disfrutado a distancia. Excepto el tiempo que había vivido con Morris y la noche que había pasado en los brazos de Mike.

Apoyó un hombro contra el marco de la ventana, cerró los ojos e imaginó sus manos acariciándola otra vez. Descendiendo lentamente sobre su piel mojada bajo el agua de la ducha. Sus labios moviéndose sobre los suyos, animándola a entregarse sin reservas. Y ella….

Abrió los ojos para mirar el rancho. Mike olía como la

escena que tenía ante ella, a nieve, a tierra, al aire de las montañas… Y sabía como el chocolate con menta.

Sonó la alarma del horno y cruzó la cocina para sacar la tarta de calabaza. No tenía un interés especial en comer. Últimamente no tenía demasiado apetito. Pero se había pasado el día cocinando porque no tenía otra cosa que hacer y porque le gustaba que la casa oliera a comida. El olor del clavo y la canela le recordaba que aquella tranquila y hermosa noche era Nochebuena.

Después de dejar la tarta sobre el mostrador para que se enfriara, se sirvió una taza de zumo de manzana caliente y se dirigió al cuarto de estar. No había podido encender las luces del árbol desde hacía un par de días por miedo a que Mike pudiera verlas y supiera que estaba en casa.

Enchufó las luces y se envolvió en una manta blanca. Después, se sentó sobre la alfombra que había comprado y contempló el árbol. Aquél había sido el regalo de Mike. La belleza y la tranquilidad de aquella noche eran otro regalo. Y también las tarjetas navideñas que le habían enviado sus hermanos y que la esperaban sobre el mostrador de la cocina para ser abiertas al día siguiente.

Se preguntó por un instante por la noche navideña que estaría celebrando Garth Holbrook, e imaginó a Dave Small reunido con su familia. Seguramente había sido una estúpida al acercarse a ellos… pero continuaba deseando saber quién era su padre.

Lucky consideró la posibilidad de cambiar el zumo de manzana por una copa de vino para celebrar la fiesta más importante del año. Pero los ojos se le estaban cerrando y no podía moverse.


—¿Quieres más ponche, Mike?

Mike se volvió después de echar un tronco a la chimenea y vio a su tía Cori sosteniendo una jarra de ponche casero.

—No, gracias.

—¿No está suficientemente fuerte? —bromeó su tía.

—Está perfecto, pero ya no me entra más.

Su tío Bunk se palmeó la barriga.

—Ha sido una cena increíble.

—Es una suerte que la Navidad sólo se celebre una vez al año —contestó su esposa.

Mike sonrió mientras se sentaba en el sofá. Sus dos tíos y sus esposas, sus primos Blake y Mandy, su tía Cori y su padre fueron tomando asiento poco a poco. El resto de sus tíos y el marido de la tía Cori estaban en la otra habitación, jugando con la PlayStation que había llevado uno de sus primos más pequeños.

—Espero haber escrito suficientes títulos de películas —dijo su madre mientras llevaba el cuenco de cristal que utilizaban todos los años para jugar a las películas.

—A mi me parecen más que suficientes.

—Siempre podríamos jugar al Pictionary —sugirió su madre con dulzura.

El padre de Mike odiaba el Pictionary incluso más que jugar a las películas.

—No, con las películas es suficiente.

Bárbara soltó una carcajada.

—Ya me lo imaginaba. Pero no importa, de todas formas ganaremos las mujeres, ¿verdad, chicas?

Josh bajó su vaso de ponche.

—Creo que este año deberíamos hacer equipos mixtos —dijo, mientras acunaba a su hijo—. Estoy cansado de perder.

Rebecca miró a su marido arqueando una ceja con expresión traviesa.

—Lo siento, cariño, vamos en busca del récord.

Un brillo desafiante iluminó la mirada de Josh. Josh y

Rebecca se amaban apasionadamente, pero ambos eran de lo más competitivo.

—Podríamos probar el pastel antes de empezar —sugirió la madre de Mike.

Toda la habitación gimió al unísono.

—Estamos demasiado llenos —protestó tía Cori.

—De acuerdo —la madre de Mike se sentó en el brazo del sofá en el que estaba sentado su marido—, ¿quién empieza?

Estuvieron jugando durante más de una hora y no pararon hasta que todo el mundo estuvo llorando de risa al ver la imitación que hacía Rebecca de un samurai.

Mientras las mujeres se deleitaban con la última copa de vino, Mike se dirigió a la cocina para servirse, pero tía Aunt lo agarró del brazo antes de que hubiera podido dar un par de pasos.

—Eh, Mike, ¿cómo va tu vida amorosa últimamente?

—Bastante mal. He estado demasiado ocupado para tener citas.

—Eso no es lo que me han dicho. Ayer mismo Sparky Douglas me preguntó por qué te habías quedado hace dos semanas en el hotel Timerline, cuando tienes tanta familia en el pueblo —le dio un codazo—. Le dije que sólo se me ocurría una razón.

Mike tosió para intentar disimular su sorpresa.

—Las carreteras estaban cortadas por culpa de la tormenta y dio la casualidad de que conocía a alguien que estaba de paso por la ciudad.

—¿A alguien?

—Alguien de McCall —mintió.

—Oh, ¿esa mujer con la que estuviste saliendo?

Mike asintió.

—Tu madre y yo seguimos esperando a que te cases.

—Quizá algún día —intentó escapar, pero su tía continuaba agarrándolo del brazo.

—Sparky me comentó que Lucky Caldwell se había quedado en el hotel esa misma noche, ¿lo sabías?

Mike no pudo evitar mirar a su hermano de soslayo.

—La verdad es que sí. La llevé yo al pueblo. Se había quedado atrapada en casa sin agua ni luz.

—Sí, ya lo sé, tu madre me llamó ese día —sacudió la cabeza—. Es una pena que Lucky haya vuelto.

—Creo que ahora está fuera del pueblo.

Mike mantenía la voz baja, no quería que los demás miembros de la familia los oyeran hablar de Lucky y se sumaran a la conversación.

—Sí, debe de estar fuera del pueblo —intervino su tío Bunk, que a pesar de los intentos de Mike los estaba oyendo—. Hace un par de días que nadie la ve.

Mike ahogó un gemido cuando su madre se unió a la conversación.

—¿Alguien ha dicho que Lucky se ha ido?

—Va a pasar fuera la Navidad —contestó Mike. Lo irritaba el alivio que había percibido en la voz de su madre.

—¿Y por qué crees que está fuera? —preguntó Rebecca mientra iba a por su hijo, que se había despertado y estaba pidiendo comida.

—Tiene familia por la zona de Washington.

Rebecca se sentó con Brian en brazos y comenzó a darle de mamar.

—¿Y cómo habrá ido al aeropuerto?

Mike hundió las manos en los bolsillos, intentando no mostrar ningún interés.

—Supongo que habrá ido en coche.

—Imposible. Tiene el coche aparcado detrás de la casa.

Mike parpadeó mientras intentaba asimilar aquella información.

—¿Dónde has dicho que tiene el coche?

—Detrás de su casa, lo hemos visto esta mañana, cuando hemos ido a montar, ¿verdad, Josh?

Josh frunció el ceño, como si él prefiriera no decir nada.

—¿Josh? —repitió Rebecca.

Josh asintió a regañadientes.

Su madre sacudió la cabeza.

—Sabía que era demasiado bueno para ser verdad.

Mike intentó aparentar indiferencia, pero no pudo evitar fruncir el ceño.

—A lo mejor la ha llevado alguien —dijo.

—Quizá —añadió Josh, pero Mike estaba muy lejos de estar convencido.

Y empezaba a comprender que la única razón por la que Lucky había escondido su coche era que quería que la gente pensara que no estaba allí. No quería que nadie supiera que iba a pasar sola la Navidad.


En cuanto supo que Lucky estaba en su casa, Mike comenzó a ponerse nervioso. Lucky siempre fingía ser tan dura… ¿por qué no habría sido capaz de admitir que no tenía ningún plan para Navidad? En ese caso podría…

¿Qué?, se preguntó a sí mismo. ¿Haberle hecho compañía? No, imposible. No podría haber hecho nada por ella.

Se pasó una mano por el pelo mientras intentaba ignorar que había dejado de disfrutar de la fiesta. Pero al cabo de otros treinta minutos, la sensación comenzó a ser claustrofóbica.

Musitando que no se encontraba bien, se disculpó por marcharse tan pronto y se dirigió hacia la puerta. Pero su madre lo interceptó antes de que la hubiera alcanzado.

—Mike, ¿es cierto lo que ha dicho tu padre? Me ha comentado que no te encuentras bien, ¿qué te pasa?

—Creo que estoy agarrando algo —musitó.

—Pero si te vas ahora a casa, no podrás abrir los regalos con nosotros.

—Si quieres, vendré mañana por la mañana a abrir el mío.

Su madre le puso la mano en la frente. Mike odiaba que lo tratara como si todavía fuera un niño, pero se alegró de haberlo soportado cuando el veredicto fue que tenía fiebre.

—Será mejor que descanses si no quieres pasar el resto de las fiestas enfermo —le dijo.

Mike salió de casa intentando convencerse a sí mismo de que ignoraría los extraños sentimientos que lo invadían e iría directamente al rancho, pero en el fondo sabía que no iba a volver a su casa.

Iba a ir a casa de Lucky.


A Lucky la despertó un ruido. Contuvo la respiración esperando a que se repitiera. Un segundo después, oyó una llamada a la puerta.

Alguien estaba llamando a su puerta, ¿pero quién? ¿Quién podía haberse dejado caer por su casa la víspera de Navidad a las diez de la noche?

Fuera quien fuera, no pensaba abrir. Para empezar, se suponía que no estaba en casa. Y además, tenía miedo de que hubiera vuelto Smalley.

Agachada para que no la vieran, fue sigilosamente hasta la pared que estaba al lado de la puerta. Las palmas le sudaban mientras esperaba a que su visitante se fuera, pero éste no parecía tener intención de marcharse. Otra llamada a la puerta, en aquella ocasión más intensa, y llegó hasta ella una voz:

—Lucky, soy Mike.

Lucky se tapó la boca con la mano. Habría preferido

que fuera Smalley. ¿Por qué no estaba Mike con su familia? ¿Habría vuelto a casa antes de tiempo y habría visto las luces del árbol?

—Sé que estás ahí y no voy a marcharme hasta que te vea, así que deberías abrir la puerta.

Evidentemente, no tenía sentido seguir fingiendo. Con un suspiro, Lucky abrió la puerta. Odiaba parecer patética, y más aún ante Mike o ante su familia, pero aquella noche iba a ser imposible evitarlo. ¿Cuántas otras personas pasaban solas la Navidad? Probablemente no muchas, por lo menos no en Dundee.

Abrió la puerta y forzó una sonrisa.

—¿Necesitas un huevo o un poco de azúcar?

Mike no respondió. Permanecía en el porche, con los pulgares en los bolsillos.

—¿Ocurre algo? —preguntó Lucky.

—¿Por qué me dijiste que ibas a pasar las fiestas fuera?

—Porque era cierto. Pero en el último momento decidí que sería más agradable…

—¿Qué? —la urgió Mike cuando vio que no parecía capaz de encontrar las palabras adecuadas.

—Ya sabes, pasar la Navidad en casa.

—Sola.

—Claro, ¿por qué no? —contestó Lucky, alzando la barbilla con expresión desafiante.

Mike dio un paso hacia ella.

—En realidad en ningún momento tenías pensado ir a Washington, ¿verdad?

Lucky dejó escapar una bocanada de aire entre los dientes y se reclinó contra el marco de la puerta.

—¿Qué quieres de mí, Mike? ¿Quieres oírme decir que no tengo ningún lugar adonde ir? ¿Que no estoy tan unida a mis hermanos como lo estás tú a tu familia? De acuerdo, es cierto, pero no me importa.

—Tonterías.

—¿Qué se supone que significa eso?

—Significa que tú eres tan humana como todos los demás.

Los ojos de Mike resplandecían en la oscuridad, haciéndola sentirse como si pudiera verle el alma. Intentando reunir el poco orgullo que le quedaba, Lucky señaló hacia la camioneta de Mike con la cabeza.

—De acuerdo, soy humana. Y ahora será mejor que te vayas antes de que alguien pueda verte por aquí. Es posible que no se crean que sólo has venido para regodearte viéndome pasar sola la Navidad.

—No he venido aquí para regodearme de nada.

—¿Entonces por qué has venido?

Mike se quedó mirándola fijamente durante varios segundos.

—Porque me apetecía venir.

Sus ojos se encontraron.

—Dentro de un par de meses ya no estaré por aquí — no estaba segura de por qué necesitaba recordárselo.

Mike dio un paso hacia ella, acortando los pocos centímetros que los separaban.

—En ese caso, quizá debamos dejar de perder el tiempo.

A Lucky le dio un vuelco el corazón al reconocer la promesa que encerraba su voz.

—Mike…

Mike se pasó la mano por la barbilla, inclinó la cabeza y la silenció con un beso. Lucky cerró los ojos ante aquel dulce y delicado contacto.

—He venido para quedarme a pasar la noche contigo.

Lucky contuvo la respiración, pero abrió los ojos y dijo lo que sabía era mejor para ambos.

—Deberías irte a casa.

Mike debió de reconocer la falta de convicción de su voz, porque la abrazó.

—Si me fuera a casa, terminaría volviendo.

Lucky curvó sus labios en una seductora sonrisa.

—¿Y si no te dejara volver?

—Te lo suplicaría —replicó Mike, cubriendo su cuello de besos.

—No, no eres capaz.

—Vendría de rodillas —respondió Mike sin dejar de besarla—. ¿Aun así serías capaz de rechazarme?

—Si supiera que es lo mejor para mí, lo haría.

Mike posó la mano posesivamente sobre su trasero.

—Ya nos preocuparemos más tarde de lo que es mejor para ambos.

La poca cordura que a Lucky le quedaba reconocía la brevedad de lo que le estaba proponiendo y le aconsejaba que le pidiera que se marchara. ¿Qué sentido tenía enamorarse más profundamente de un hombre al que no podía tener?

Pero era Navidad. Una noche mágica en la que podía ocurrir cualquier cosa.

Le quitó el sombrero a Mike, le pasó la mano por el pelo y deslizó la lengua entre sus labios para darle un apasionado beso, un beso con el que quería expresar todo lo que no era capaz de decir.

—Interpreto esto como un «sí» —respondió Mike con una sonrisa traviesa.

La levantó en brazos, la estrechó contra su pecho y cerró la puerta de una patada.

—¿Y qué me dices de la camioneta? —le preguntó Lucky.

—No lo sé. Pregúntamelo cuando sea capaz de pensar otra vez.

# Capítulo 16

POR QUÉ no tienes más relación con tus hermanos? Lucky se apartó con desgana de los brazos de Mike. La habitación estaba fría, porque así le gustaba dormir, acurrucada bajo un edredón y un par de mantas. Pero su cama nunca había sido tan cálida ni acogedora como en aquel momento, estando Mike allí.

—Aprecio a mis hermanos, pero... —vaciló un instante, mientras buscaba la manera de explicar diplomáticamente la situación—, se entienden mejor entre ellos.

—¿Qué es lo que no entienden de ti? —Mike le acarició la melena con delicadeza.

—¿Tú no me encuentras terriblemente complicada? —bromeó intentando eludir la pregunta, pero no funcionó.

—Sí, eres terriblemente complicada. Nunca he conocido a nadie como tú. Serías capaz de cortarte la nariz si con ello pudieras salvar tu precioso orgullo, algo que no encuentro demasiado práctico. Pero ahora ya lo sé. Lo que no comprendo es por qué tus hermanos no cuidan de ti.

—Es tarde, ¿no estás cansado?

—¿No quieres hablar de este tema?

—No. Tú tampoco quieres hablar de tu familia.

Mike deslizó las manos por su espalda.

—Es posible, pero no comprendo por qué Sean y Kyle te han dejado sola en Navidad.

—Yo les he dicho que iba a cenar con unas amigas. No quería ir a Washington. Y si quieres hablar, podemos hablar de cualquier otra cosa.

—¿De cualquier otra cosa?

—Sí.

—¿Como el tiempo? Podemos hablar del tiempo, ¿de acuerdo? Ah, o de cómo progresan los arreglos de la casa. ¿Te parece un tema suficientemente superficial?

Lucky lo apartó y se sentó.

—¿Qué te pasa?

—Sólo necesito comprender algunas cosas.

—¿Qué cosas? —preguntó Lucky, fulminándolo con la mirada.

—Quiero saber por qué has conservado esta vieja casa, por ejemplo. Y quiero saber lo que has hecho durante estos seis años que has estado fuera, y qué piensas hacer durante los seis siguientes. Y quiero saber por qué nunca te has acostado con ningún otro hombre.

Vaya, aquello era más de lo que esperaba. El pánico crecía dentro de ella. Estaba enamorada de Mike, lo sabía. Siempre lo había sabido a algún nivel, probablemente porque había estado enamorada de él desde que podía recordar. Pero él le estaba pidiendo demasiado. Para sobrevivir, Lucky necesitaba conservar para sí lo más frágil de sí misma, sus pensamientos, sus sentimientos y los recuerdos.

—Esta noche ha sido divertida, pero creo que deberías marcharte.

Mike no se movió.

—No eres capaz de dominar la situación, ¿eh?

El desafío de su tono la provocaba, pero no contestó. Las lágrimas comenzaron a nublarle la visión. ¿Por qué no podía aceptar lo que habían compartido y marcharse?

—Me gustaría oírte lo que sentías por Morris —le pidió suavemente—, saber por qué no fuiste a su funeral.

Al oír mencionar a Morris, una silenciosa lágrima se deslizó por su mejilla. Maldiciendo su propia debilidad, rezó para que Mike no la viera. Pero entonces él alargó la mano y se la secó.

—Vamos, Lucky —la animó—, ábrete a mí.

Lucky se esforzaba en mantenerse firme, pero los sentimientos la desbordaban. Y Mike la estaba estrechando contra él, besándole la sien… y haciendo mucho más difícil contener todo lo que guardaba en su interior.

—No pasa nada —susurró Mike mientras las lágrimas de Lucky empapaban su pecho—, estamos solos tú y yo.

Lucky escuchó los latidos de su corazón. Podía acostarse con Mike porque hacer el amor con él era la expresión física de lo que siempre había sentido. Hablar del pasado, de sentimientos que la herían, era mucho más difícil. Mike estaba esperando, dejando que la fuerza de su expectación la convenciera… Y al final Lucky se decidió. Si Mike quería saber la horrible verdad, se la contaría. De modo que tomó aire, y comenzó a hablar.

—Recuerdo el sonido de la cama de mi madre golpeando la pared. Lo odiaba. Ponía la televisión tan alta para sofocarlo que se podía oír en toda la casa.

—¿Cuando tu madre estaba con mi abuelo?

Lucky rió con amargura.

—No, creo que para entonces Morris era impotente. Por lo menos eso fue lo que me dijo mi madre en una de nuestras discusiones.

Mike se puso rígido.

—Sabía que no le había sido fiel, ¿pero me estás diciendo que Red se acostaba con otros hombres aquí mismo, en casa de mi padre?

Lucky asintió, extrañamente satisfecha de que sus palabras lo hirieran tanto como le dolía a ella.

—Un día, estaba mi madre en la habitación y la televisión atronando, cuando sonó el teléfono. Era Morris. «Soy Morris», me dijo, «¿cómo está mi niña? ¿Ya has hecho los deberes? ¿Sabes dónde está tu madre?».

Se interrumpió, pero Mike no dijo nada.

—Mentí. Le dije que había ido a la peluquería.

—Si sabías lo que estaba haciendo tu madre, ¿por qué no intentaste impedirlo? ¿Por qué no le dijiste a Morris la verdad?

—No podía. Estaba aterrada. Si Morris lo averiguaba… —se le quebró la voz, pero se obligó a continuar— nos abandonaría.

Pasaron algunos segundos en silencio.

—¿Temías que os echara a la calle o el tener que volver a vuestra antigua vida?

—Temía perder a la única persona que verdaderamente me ha querido —estaba desnudando su alma y lo sabía.

—Tú querías a Morris.

Lucky no respondió.

—¿Por qué no volviste cuando murió?

—Porque no quería ver a mi madre. Y sabía que mi presencia podía afectar a tu familia. No quería convertir el funeral de Morris en un circo.

Mike la tomó por la barbilla y le hizo alzar el rostro hacia él.

—¿Quiénes eran los hombres con los que se acostaba? ¿Los conozco?

—Eso no pienso decírtelo.

—Probablemente algunos de ellos sean amigos míos.

—Quizá no amigos, pero desde luego, sí conocidos.

Cuando Mike soltó una maldición, Lucky se irguió y se pasó la mano con impaciencia por las mejillas húmedas.

—Tú querías saberlo —le dijo en tono acusador, y comenzó a levantarse—. Te ayudaré a buscar tu ropa.

Mike la agarró del brazo.

—Lucky, ven aquí.

—No.

—Sí, vamos a dormir un rato.

—No es necesario. Por favor, no te sientas en la obligación de quedarte —lo último que quería de Mike Hill era su compasión.

—No lo estoy haciendo por ti —deslizó un dedo por su brazo—, lo hago por mí.

Mike respiraba profundamente, disfrutando del olor a limpio de la melena de Lucky. El sol iluminaba el suelo del dormitorio, haciéndolo consciente de que tenía que levantarse e ir a ver a los caballos. Pero era Navidad y no quería dejar a Lucky todavía.

Deslizó la mano por su vientre desnudo hasta alcanzar sus senos y se inclinó sobre ella para verla abrir los ojos.

—¿Ya es de día? —preguntó Lucky, parpadeando.

—Sí.

—No me puedo creer que estés todavía aquí.

Y tampoco él había planeado quedarse toda la noche.

—¿Qué te pasa? —preguntó Lucky, alzando la mirada hacia él.

Mike estaba mirando con el ceño fruncido unas marcas rojizas que tenía Lucky en el cuello, probablemente producto de sus besos. Pero no pudo evitar admirar al mismo tiempo su hermoso pelo.

—No has movido la camioneta —le dijo Lucky, apoyando la barbilla entre las manos y bajando la mirada hacia él.

Riendo, Mike acarició las puntas de su pelo.

—Me has tenido muy ocupado…

—Si te pillan, no me eches a mí la culpa —Lucky le dirigió una sonrisa traviesa.

—Pero la culpa ha sido tuya. No me quedaban fuerzas para marcharme. Para un tipo viejo como yo, es agotador mantener el ritmo de una jovencita.

—¿De una jovencita?

—Perdón, de una mujer.

—Un viejo, una jovencita, ¿adónde quieres llegar?

—Tengo casi cuarenta años, Lucky.

—¡Oh! No es posible —Lucky fingió sorpresa y se cubrió con la sábana hasta la barbilla—. Deberías habérmelo dicho antes. Lo de anoche no habría sucedido nunca si hubieras sabido lo viejo que eres —bromeó.

Mike también se sentó en la cama.

—Lo que estoy diciendo es que quince años son muchos.

—Lo que pretendes decir es que quince años son demasiados.

¿Pero realmente importaba lo que estaba diciendo? Había muchos más obstáculos entre ellos que la edad. Mike recordó la oferta del senador Holbrook y se frotó los ojos.

—Son demasiados.

La expresión de Lucky se transformó en una de disgusto. Sacudió la cabeza.

—Será mejor que te vayas antes de que pueda darse cuenta de que estás en mi casa.

Una vez más, Lucky estaba erigiendo aquella barrera que la distanciaba de todo el mundo, él incluido. Después de aquella noche, Mike necesitaba hacerle entender que lo que habían compartido no podía durar. Sería injusto, cruel quizá, no hacerlo. Pero no esperaba que Lucky se distanciara tan absolutamente de él.

—Lucky…

—Mike, sé que estás intentando hacerme comprender la situación.

Lucky había llegado hasta donde él estaba intentando llevarla, y aun así, era él el único que parecía tener problemas para asimilarlo.

—Lo de anoche ha sido increíble, no quiero que te confundas.

Lucky encogió sus hombros desnudos.

—No, no me estoy confundiendo. Pero anoche era Nochebuena.

—¿Y eso qué significa?

—Que era una noche para la fantasía.

Habían compartido momentos muy íntimos, momentos de pura realidad, pero era evidente que Lucky no estaba dispuesta a reconocerlo. Mike estuvo a punto de decirlo, pero se dio cuenta de que sería absurdo. Era evidente que él estaba más confundido que ella. En vez de explicar todas las razones por las que sería una locura tener una verdadera relación entre ellos, lo que de verdad le apetecía era besarla hasta que Lucky deslizara los brazos por su cuello y lo atrajera apasionadamente hacia ella.

¿Qué demonios le estaba ocurriendo? Él siempre había conservado la cabeza fría con las mujeres. Pero mantener la cabeza era mucho más fácil cuando su corazón no mostraba demasiado interés.

Un momento. Su corazón no tenía nada que ver con aquello, se dijo con firmeza, y se levantó para buscar su ropa. Lucky era joven y atractiva, y aquello lo confundía. Despertaba su pasión y sus instintos de protección, eso era todo. De modo que le plantearía la oferta del senador, no entonces, pero sí pronto. De momento, regresaría a su casa e intentaría ver las cosas con cierta perspectiva. Pero unos golpes en la puerta lo sorprendieron antes de que hubiera podido ponerse los pantalones.

El color desapareció del rostro de Lucky cuando volvieron a llamar.

—¿Qué hago?

Mike comenzó a vestirse rápidamente.

—¿Quién crees que puede ser?

—No tengo ni idea. La única persona que viene a casa es el señor Sharp, y no pensaba regresar hasta después de las fiestas.

Mike se subió la cremallera del pantalón sin molestarse en abrochárselo, tenía demasiada prisa en abotonarse la camisa.

—A lo mejor se va si no abro —dijo Lucky, pero otra llamada le indicó que no era muy probable.

—Vete a abrir.

—¿Y tu camioneta?

—Tengo varias, di que te la he prestado.

—De acuerdo.

Estaba segura de que nadie se tragaría aquella excusa, pero no se le ocurría otra mejor para explicar el hecho de que estuviera allí la camioneta de Mike. Desde luego, no quería que nadie se enterara de que se habían acostado. Mike siempre había sido un hombre respetado y admirado en Dundee. No quería dejar el pueblo sabiendo que eso había cambiado.

De modo que tomó la bata, se la ató y salió corriendo del dormitorio.

—Ya voy —dijo cuando estaba cerca de la puerta.

Quienquiera que fuera, dejó de llamar.

Lucky apartó las cortinas y vio la espalda de un hombre de la altura de Mike. Cuando se volvió, se dio cuenta de que era su hermano, Josh.

—Oh, no —miró preocupada hacia atrás, preguntándose si debería advertir a Mike antes de abrir la puerta.

—Maldita sea, Lucky, sé que estás ahí. Abre.

Probablemente, Josh había visto que Mike no estaba en el rancho. Y estando allí su camioneta, Lucky comprendía que no tenía sentido mentir.

Asegurándose de tener la bata bien cerrada, abrió la puerta.

—¿Dónde está? —le preguntó Josh con dureza.

Lucky se tensó ante la frialdad de su tono, pero antes de que hubiera podido contestar, oyó crujir las escaleras. Mike bajó completamente vestido y contestó por ella.

—Aquí, ¿qué quieres?

—¿Qué demonios estás haciendo?

Mike frunció el ceño sombrío.

—Métete en tus asuntos, hermanito.

—Esto es asunto mío. Estamos en Navidad, no creo que sea el mejor momento para correr este tipo de… —miró a Lucky con desprecio— riesgos. ¿Qué pretendes hacer? ¿Organizar una Navidad memorable que destroce a la familia?

—Sal de aquí antes de que digas algo que me enfade —respondió Mike—. No tienes ningún derecho a meterte en esto.

—¿Que no tengo ningún derecho? —Josh flexionó las manos, como si la respuesta de Mike lo hubiera irritado hasta un punto que no era capaz de expresar con palabras—. Has elegido a la hija de Red por encima de tu propia familia, has preferido una aventura barata con…

—¡Josh! Te estoy advirtiendo que tengas cuidado con lo que dices.

Lucky sentía la poderosa fuerza de dos voluntades enfrentadas y, temiendo que comenzaran a pegarse, se interpuso entre ellos.

Mike la quitó de en medio y Josh pareció tener que hacer un esfuerzo considerable para apartar su mirada de ella.

—Ayer le dijiste a mamá que te encontrabas mal —acusó a Mike.

—¿Y también tienes algo que decir al respecto?

—Nada, salvo que mamá viene en este momento hacia aquí.

Lucky contuvo la respiración y Mike se puso blanco como el papel.

—¿Qué?

—Acaba de llamarme para ver cómo estabas. Estaba preocupada porque no contestabas el teléfono y ha decidido venir a traerte el regalo que te dejaste en casa cuando decidiste marcharte… —volvió a mirar a Lucky— nada más enterarte de que tu vecina estaba sola.

Mike no respondió. Lucky tuvo la sensación de que ni siquiera estaba prestando atención. Parecía preocupado buscando algo.

Josh lo miró arqueando una ceja.

—Si estás buscando tu sombrero, está fuera, lo cual dice mucho más sobre lo que ha pasado esta noche de lo que me apetece saber.

Lucky se puso roja como la grana, pero Mike actuó como si las palabras de Josh no lo molestaran lo más mínimo.

—Lo agarraré cuando salga —dijo, y se volvió hacia Lucky—. Tengo que marcharme.

Lucky retrocedió para que Mike no se sintiera en la obligación de darle un beso de despedida ni nada parecido. Inclinó la cabeza a modo de saludo y le dijo:

—Que disfrutes del resto de tus fiestas.

Mike vaciló. Miró hacia el árbol y Lucky se sintió terriblemente incómoda al darse cuenta de que parecía estar notando que no había ningún regalo debajo. Pero, casi inmediatamente, Mike salió de casa a grandes zancadas y Lucky rezó para que llegara al rancho antes que su madre.


Mike se negaba a mirar a Josh mientras salían. No tuvo ninguna dificultad para localizar su sombrero. Sacó después las llaves del bolsillo y ya casi se había montado en la camioneta cuando Josh le dijo:

—¿Con una sola vez no tenías bastante?

Mike no contestó, pero sabía que su hermano se refería a la noche que había pasado con Lucky en el hotel.

—¿Qué te está pasando, Mike? —lo presionó Josh.

Mike dejó el sombrero en el asiento de pasajeros.

—Nada.

—¿No eres capaz de dejar de verla?

Mike frunció el ceño. Claro que era capaz de dejar de verla. Además, Holbrook y él estaban planeando hacerle una oferta a Lucky que no iba a poder rechazar. En menos de una semana, estaría haciendo las maletas. Después se iría y no le quedaría más remedio que dejar de verla.

Desgraciadamente, iba a ser necesaria una medida tan drástica para sacarla de su cabeza y de su corazón.

—Lo tengo todo bajo control —contestó lacónico.

—El que hayas dejado el sombrero en la nieve y la camioneta en la puerta de su casa no me hace albergar muchas esperanzas al respecto. Si tienes que verla, ¿por qué no has tomado algún tipo de precaución?

—Salgamos de aquí —gruñó Mike.

No quería explicarle que no podía verla a escondidas, fingir. Respetaba demasiado a Lucky para tratarla como si fuera una prostituta con la que no quería que lo vieran.


Bárbara cargaba con los presentes de Mike mientras caminaba hasta su puerta. Mike rara vez enfermaba y cuando lo hacía, no solía comentarlo siquiera. En eso era como su padre, soportaba los inconvenientes en silencio. Por eso estaba tan preocupada por aquel repentino malestar que lo había obligado a abandonar la fiesta de Navidad.

—Mike, soy mamá —lo llamó. Pensaba que estaría en la cama, pero Mike fue a abrirle completamente vestido y con mucho mejor aspecto del que esperaba—. Vaya, estás levantado.

—Sí, feliz Navidad —le dio un beso en la mejilla, tomó los regalos y los dejó en el sofá—. ¿Dónde está papá?

—Estaba hablando por teléfono con su hermano y he preferido dejarlo disfrutando con el resto de la familia.

¿Por qué no has contestado cuando te he llamado esta mañana?

Mike se aclaró la garganta.

—Debía de estar fuera con los caballos.

—¿Y ahora te encuentras mejor?

—Sí, estoy bien.

—Vaya, es un alivio. Toma, abre tus regalos. Estoy deseando ver lo que te han comprado tu hermano y tu padre. A mí me encanta mi coche nuevo, por cierto, pero no deberíais haber gastado tanto dinero.

Mike tomó uno de los regalos y le quitó el papel. Cuando levantó la tapa de la caja, alzó la mirada sorprendido.

—¿Unas botas nuevas?

—Creo que son perfectas para ti.

—Nunca había tenido unas botas tan bonitas.

—Pruébatelas.

—Me quedan muy bien.

Bárbara sonrió con orgullo mientras lo veía cruzar la habitación. Le resultaba difícil creer que su hijo mayor tuviera ya cerca de cuarenta años. Qué gran hijo había sido. La gratitud la invadía. Había temido que aquélla fuera una Navidad difícil a causa de la presencia de Lucky en el pueblo, pero al final no la había afectado en absoluto. ¿Cómo iba a pasarlo mal teniendo unos hijos tan maravillosos?

Se acercó a abrazar a su hijo.

—Te quiero, ¿lo sabes? Estoy muy orgullosa de ti.

—Gracias, mamá —contestó, pero cuando se apartó de ella, Bárbara vio la angustia que reflejaban sus ojos.

—¿Estás seguro de que te encuentras bien? —le preguntó.

Mike frunció el ceño y bajó la mirada hacia sus botas.

—Sí, estoy seguro.

# Capítulo 17

LUCKY pasó las horas siguientes limpiando la casa y pensando preocupada en la madre de Mike. El día anterior ya había pasado la aspiradora y quitado el polvo antes de ponerse a cocinar, así que la casa no estaba sucia. Pero aquel tipo de labores la ayudaban a mantenerse ocupada durante un día que el todo el mundo pasaba con la familia.

Abrió las tarjetas de sus hermanos. En una de ellas encontró un cheque por valor de cincuenta dólares y en otra un vale para un regalo de unos grandes almacenes. Sonrió al ver las fotos de sus sobrinos y lo guardó todo en la cartera. Su hermano Kyle la llamó a media mañana.

Cansada de tanto limpiar, Lucky pasó el resto del día bostezando, sin tener nada que hacer.

Después de ver la televisión durante una hora, decidió ir a ver a los caballos de Mike. No había regresado al establo todavía y, en aquel momento en particular, los caballos a los que había adorado podían ser una cura para su soledad.

De modo que se puso el abrigo y las botas y agarró unas manzanas antes de dirigirse hacia la puerta.

Tomó el camino más largo para llegar hasta allí, porque ya no quería trepar la cerca como cuando era joven. A pesar del frío, para cuando llegó al establo, ya había entrado en calor.

Mientras se sacudía la nieve de los pantalones, podía oír a los caballos y sentir el olor del heno y del estiércol.

Se detuvo en la entrada del establo y escuchó atentamente los sonidos de su interior. Quería disfrutar de la soledad y el consuelo que siempre había encontrado allí y no le apetecía encontrarse con ninguno de los trabajadores del rancho.

Cuando advirtió que no se oía nada ni remotamente humano, asomó la cabeza en el interior del establo y descubrió que no había cambiado en absoluto. La paja fresca llenaba los pesebres y los caballos rumiaban tranquilamente, todos ellos cubiertos de mantas. Mantas... Sonrió. Suponía que unos caballos tan caros merecían aquellos cuidados.

Lucky reconoció inmediatamente a un semental negro. Aquel caballo era la última adquisición el año que ella había abandonado el pueblo. Y si no recordaba mal, se llamaba Medianoche.

—¿Todavía andas por aquí? —le susurró, acercándole la mano.

El caballo inclinó la cabeza y bufó receloso de aquella presencia desconocida. Cuando Lucky intentó acariciarlo, comenzó a hacer cabriolas y a sacudir la cola. Pero Lucky consiguió que se acercara a ella gracias a un pedazo de manzana.

—Eso es —ronroneó—, eres precioso, ¿verdad?

Tras un nuevo pedazo de manzana, el semental le dejó incluso palmearle el hocico.

—¿Lo ves? No se lo digas a nadie, pero no soy tan mala como la gente piensa.

—¿Entonces tu verdadera naturaleza es una especie de secreto?

La sonrisa de Lucky se desvaneció. Creía que no había nadie en el rancho, por eso se había relajado tanto. Se volvió lentamente y vio a Josh en la entrada.

—Oh —Lucky guardó las manzanas en el bolsillo del abrigo y comenzó a caminar hacia la otra puerta para no tener que pasar por delante de él—. Lo siento, no sabía que estabas aquí. Yo... —señaló a Medianoche con la cabeza—. Es un caballo precioso, felicidades.

Dio media vuelta, deseando escapar para no tener que enfrentarse al desprecio de Josh, pero éste la detuvo con un inesperado comentario:

—No sabía que te gustaban los caballos.

Su tono conciliador le hizo aminorar el ritmo de sus pasos.

—Eh, sí, me gustan. Y, por supuesto, vosotros tenéis los mejores.

—La calidad es muy importante cuando uno se dedica a la cría de caballos.

—Exactamente.

—¿Esperabas ver a Mike?

—No, he venido a saludar a unos viejos amigos. Solía venir muchas veces al establo —rió—. Afortunadamente, nadie se dio cuenta.

—No me importa que vengas a ver a los caballos.

—Siempre y cuando me mantenga lejos de tu hermano, supongo.

—Eso es complicado, Lucky. Y es probable que mis razones tengan muy poco que ver con lo que piensas.

Lucky lo dudaba. Josh no creía que fuera suficientemente buena para su hermano y todo el pueblo estaría de acuerdo con él.

—Bueno, ya te he dicho que no he venido a ver a Mike. Y lo de anoche no volverá a ocurrir. Voy a irme pronto del pueblo.

—¿Cuándo?

Evidentemente, más tarde de lo que a él le hubiera gustado.

—Cuando haya terminado de arreglar la casa.

—¿Y qué piensas hacer después con ella?

—Mike me comentó que quería comprarla.

Josh se quitó los guantes y los sacudió contra el muslo.

—¿Así que vas a vendérsela?

Lucky asintió.

—¿Por qué?

—¿Perdón?

—¿Por qué al final te has decidido a vendérsela?

Lucky se encogió despreocupadamente de hombros.

—No sé. No tiene sentido dejar la casa vacía después de las molestias que me he tomado para arreglarla.

—No me parece una respuesta muy convincente. Me parece más bien una excusa. En realidad la casa ha estado vacía durante años, por eso ha habido que hacer tantas reparaciones.

—Las cosas cambian.

—Quieres a Mike, ¿verdad? Es eso lo que ha cambiado.

Lucky ignoró la suavidad de sus palabras. Sabía que la vida resultaba siempre mucho más fácil cuando uno tenía sus cartas bien guardadas.

—¿Al final todo ha salido bien con tu madre? —preguntó en cambio.

—Sí.

—Estupendo —contestó aliviada, y se volvió para marcharse.

—Entiendo lo que Mike ve en ti. Eres atractiva, joven, brillante. No eres en absoluto como pensábamos, pero...

Lucky tomó aire.

—¿Pero?

—Pero tienes que darte cuenta de que una relación entre Mike y tú no funcionaría, Lucky. Yo podría aceptarlo, pero no el resto de mi familia. Mike podría llegar a optar por ti durante algún tiempo, pero al final la situación acabaría con él, acabaría con los dos.

—No hay ningún peligro de que se decida por mí. Y yo jamás se lo pediría.

Josh arqueó las cejas sorprendido.

—¿Tanto lo quieres?

Lucky frunció el ceño. No le gustaba revelar sus sentimientos, pero sabía que era inútil decir que no quería a Mike.

—Tú cuídalo cuando me vaya, ¿de acuerdo?

Josh sacudió una de las botas antes de alzar la mirada hacia ella.

—Lo siento, no pretendía hacerte daño.

—Lo sé.

—Pareces distraído, papá, ¿qué te pasa?

Garth Holbrook pestañeó y miró a su hijo, que estaba sentado en su silla de ruedas, cerca del árbol de Navidad.

—Nada. Sólo estoy preocupado por la campaña —dudaba de que Gabe lo creyera, ¿pero qué otra cosa podía decir?

—Garth, ¿quieres una copa de vino?

Celeste permanecía en la puerta de la cocina. Su esposa era muy hermosa. Garth siempre había admirado su pelo oscuro y sus ojos azules, rasgos que Gabe había heredado. Y el deseo más íntimo de Garth era poder llegar con ella a un nivel de relación que fuera más allá de la cordialidad que siempre habían compartido.

—Sí, Celeste, muchas gracias.

Celeste lo miró de manera extraña y Garth se dio cuenta de que la había tratado con una formalidad que no era habitual entre ellos. Le sonrió para compensar.

Celeste asintió aparentemente satisfecha y fue a buscar el vino. Ella creía que cocinar, limpiar escrupulosamente, esperarlo, sonreír ante las cámaras y ayudar en diferentes obras de caridad, eran las labores propias de la mujer de un político. Tomando como referente aquella definición, Garth no podía reprocharle nada. Pero siempre había habido algo que había echado de menos en ella, algo que Red le había proporcionado durante un tiempo.

Mientras bajaba la mirada hacia los regalos de Navidad, se descubrió de pronto preguntándose por los regalos que recibiría Lucky Caldwell. Mike le había comentado que iba a pasar las fiestas fuera del pueblo, eso quería decir que tenía una buena relación con sus hermanos, que tenía algún lugar adonde ir.

Y, por lo tanto, no lo necesitaba. Y no tenía ningún derecho a volver allí a destrozarle la vida.

Pero Garth no podía negar cierta curiosidad. ¿Realmente sería su hija? Tenía que admitir que era posible que Red lo hubiera engañado y no estuviera tomando la píldora. Cuando estaba con ella, Garth ni siquiera era capaz de pensar con claridad. Si había estado dispuesto a creer que él era alguien especial para Red, más allá de sus regalos y su dinero, podía haber creído cualquier cosa.

El teléfono sonó en aquel momento y Garth contuvo la respiración. Siempre temía que fuera Lucky, presionándolo, pero la verdad era que no había vuelto a ponerse en contacto con él desde que le había pedido que se hiciera la prueba de la paternidad. Y aquella ocasión tampoco era ella. Oyó a Celeste felicitándole a su hermana la Navidad.

—¿Crees que seremos capaces de conseguir cuatrocientos mil dólares?

La campaña otra vez. Últimamente, Gabe sólo hablaba de eso, pero por lo menos hablaba de algo. Garth intentó concentrarse en la conversación.

—¿Al ritmo que vas? Por supuesto que sí. Jamás he tenido a nadie mejor trabajando para mí. De hecho, creo que deberías presentarte a senador dentro de unos años.

Una mueca contorsionó el atractivo rostro de Gabe y Garth supo que le desagradaba tanto aquella idea como todas las propuestas que hasta entonces le había hecho pensando en su futuro. Al parecer, Gabe pensaba que no tenía ningún futuro por el que preocuparse.

—¿Y cuatrocientos mil dólares serán suficientes para nuestro objetivo?

Si Lucky decía una sola palabra sobre el diario de su madre, ninguna cantidad de dinero sería suficiente. Pero aun así, Garth asintió y sonrió.

—Claro que sí. Butch Boyle ya lleva demasiado tiempo en ese puesto. Ya es hora de que vaya haciendo las maletas —Garth rió sin humor. Estaba empezando a hablar como un político incluso en casa.

—¿Estás seguro de que no te pasa nada? —le preguntó Gabe preocupado.

—Claro que no.

—Desde hace una semana, estás raro.

Reenie entró en aquel momento en la habitación con Isabella, la más pequeña de sus hijos, que tenía la cara llena de caramelo.

—A la abuela no le va a gustar que manches la alfombra con esa piruleta —la regañó su madre.

Pero la niña continuó palmeando alegremente con sus manos pringosas.

Desgraciadamente, Reenie no estaba tan pendiente de su hija como en un principio parecía.

—A lo mejor papá no tendría que preocuparse tanto si tú dejaras de compadecerte, Gabe.

Gabe tensó los músculos furioso, pero Reenie desapareció antes de que hubiera podido contestarle.

Garth sabía que su hija tenía razón, Gabe necesitaba superar lo ocurrido, pero no creía que le estuviera haciendo a su hermano ningún bien. Además, participar en la campaña lo estaba ayudando a progresar mucho más que todas las críticas de Reenie.

Gabe sacudió la cabeza y comenzó a alejarse hacia la puerta, dispuesto a marcharse a aquella maldita cabaña en la que se había encerrado durante semanas y semanas. Pero en aquella ocasión, Garth decidió impedírselo.

—Quédate conmigo, ¿quieres, Gabe? Esta Navidad es importante para mí.

La evidente confusión de Gabe lo hizo sentirse peor. Su hijo no necesitaba más motivos de preocupación. Pero al menos había conseguido detenerlo. Tras mirar a su padre durante algunos segundos, al final asintió.

—Claro, me quedaré, haré todo lo que necesites.

Lo que él necesitaba, pensó Garth, era una oportunidad para cambiar el pasado.


Mike frunció el ceño cuando vio a Josh entrar en casa y dejarse caer en un sillón, al otro lado de la mesita del café.

—Hoy es Navidad, ¿por qué no estás con tu familia? —le preguntó Mike, agarrando su cerveza y desviando la mirada del partido de fútbol en el que había estado intentando concentrarse durante la última hora.

—He pensado que estando enfermo, podrías necesitar compañía —contestó Josh con una sonrisa, en un obvio intento de animarlo.

—No necesito ninguna niñera, Josh. No voy a volver con Lucky.

—No vengo a hacer de niñera, pero no quería dejarte solo.

—Vivo solo —Mike bebió un largo sorbo de cerveza.

Josh permaneció en silencio hasta que estuvo seguro de que contaba con toda la atención de su hermano.

—Deja de comportarte como si no pasara nada. Sé que te está resultando muy difícil renunciar a ella. Pero piensa en ello, es mejor que os separéis ahora, antes de que alguien pueda sufrir realmente. A la larga, esa relación no puede ir a ninguna parte, ¿no te das cuenta?

En eso Josh tenía razón. Las relaciones de Mike nunca terminaban en nada. No parecía capaz de querer a nadie tan profundamente como los demás y siempre había procurado no hacer daño a las mujeres con las que salía.

Pero Lucky no parecía encajar en la misma categoría que las otras mujeres. De alguna manera, conseguía penetrar todas sus defensas, lo hacía olvidarse de todos los demás… Recordó sus lágrimas cayendo sobre su pecho y la furia sobrecogedora que lo había invadido al oírla narrar los sufrimientos de su infancia. ¿Desde cuándo había comenzado a sentir las cosas con aquella intensidad?

—No, no creo que pueda llevarnos a ninguna parte —dijo, repentinamente decidido a ser el de antes.

—Y, en cualquier caso, es demasiado joven para ti.

Mike le dirigió una mirada de advertencia.

—Creo que deberías dejarlo mientras todavía estés a tiempo.

Riendo, Josh le tiró un posavasos.

—Ahí está el hombre con el que he crecido. Habías llegado a preocuparme. Nunca te había visto tan melancólico por culpa de una mujer.

—No estoy melancólico —Mike le tiró de nuevo el posavasos—. ¿No tienes ningún lugar adonde ir?

—Ahora sí que sé que estás bien —Josh se levantó y se dirigió hacia la puerta—. ¿Estás seguro de que no quieres cenar con Rebecca y conmigo?

—¿Estás de broma? Rebecca no sabe cocinar.

—Pero lo intenta.

Mike consiguió por fin dirigirle una sonrisa a su hermano.

—Y está progresando, pero esta noche no tengo hambre.

—Le diré que todavía estás enfermo.

—Buena idea —contestó Mike.

Entonces se cerró la puerta y Mike volvió a quedarse a solas con sus recuerdos.

Lucky se alegraba de que por fin se estuviera poniendo el sol. Aquel día de Navidad había sido el más largo de toda su vida. Sabía que la semana siguiente, que formaba también parte de las vacaciones, pasaría también lentamente, pero por lo menos estarían las tiendas abiertas. Podía olvidarse de Mike saliendo a tomar algo, yendo a la peluquería o comprando en la ferretería el material que necesitaba para comenzar a empapelar la casa. Incluso enfrentarse a Marge en el supermercado le parecía preferible a estar allí encerrada.

Afortunadamente, aquella noche estaba cansada. Sólo eran las ocho, pero, sonrió con pesar, gracias a Mike y a su apetito insaciable, apenas había dormido unas cuantas horas. Si se iba a la cama, quizá pudiera olvidarse de todo lo que había pasado y, durante unas horas al menos, no sentir nada. Especialmente, no quería pensar en la conversación que había mantenido con Josh aquella tarde porque se había dado cuenta de que el hermano de Mike tenía razón: una relación con ella le costaría a Mike mucho más de lo que ella había querido nunca verlo perder. Especialmente cuando Mike disfrutaba del tipo de familia con el que ella siempre había soñado.

Se metió en la cama con un par de sudaderas, esperando que las capas de ropa la ayudaran a olvidar el calor de su cuerpo. Pero resultaron ser un pobre sustituto y a los cinco minutos de meterse en la cama, ya estaba levantándose para cambiar las sábanas. No podía olvidar el olor de Mike cuando había quedado tan claramente impregnado en las sábanas y en la almohada. Necesitaba volver a hacer suya aquella habitación.

Pero los recuerdos no se lo permitían, de modo que

se llevó el colchón a la que había sido la habitación de su madre, donde estaba segura de que podría recordar perfectamente quién era ella y los motivos por los que Mike Hill estaba completamente fuera de su alcance.

Después de preparar de nuevo la cama, se quedó dormida. Pero algo la despertó mucho antes de que llegara la mañana. Miró el despertador: eran las once de la noche.

Sí, algo la había despertado, ¿pero qué? Un momento, ya lo sabía. Había oído algo en las escaleras. Había alguien en casa.

Se le pusieron los pelos de punta, pero tomó aire y se obligó a tranquilizarse. Tenía que ser Mike.

—¿Hola? —llamó.

No obtuvo respuesta, pero cuando se sentó, vio una luz bajo la rendija de la puerta.

—¿Quién anda ahí? —gritó otra vez.

—Está en el dormitorio.

—Ya la he oído, idiota.

No reconoció inmediatamente aquellas voces, pero le hicieron sentir escalofríos. De pronto, la puerta se abrió de par en par, antes de que Lucky hubiera tenido tiempo de levantarse de la cama.

Gritó e intentó huir, pero los dos hombres la alcanzaron antes de que pudiera escapar. Agarrándole las manos, Jon Small se sentó a horcajadas sobre ella mientras Smalley se asomaba por encima del hombro de su hermano blandiendo un bate de béisbol.

—¿Dónde está? —le exigió Jon.

Respirando pesadamente, Lucky se esforzaba en mantener la calma. Eran los Small. No creía que fueran a hacerle ningún daño serio, pero el recuerdo de Smalley golpeándole la cabeza contra la cabina telefónica le hacía difícil desviar la mirada del bate de béisbol. Intentó hablar, pero tenía la garganta tan seca que apenas podía pronunciar palabra.

—¿Qué estáis haciendo aquí?

—Tienes algo que andamos buscando.

Jon apestaba alcohol. Los Small eran estúpidos, pero no eran realmente peligrosos. Ambos tenían trabajo, pertenecían a una familia respetable. Tenían demasiadas cosas que perder.

—Dejadme en paz —dijo, intentando imprimir más convicción a su voz—. Estáis borrachos.

—Dame la prueba de la que le hablaste a tu padre y no tendrás nada de lo que preocuparte —le dijo Jon.

Lucky pensó en el diario de su madre. Había llegado a la conclusión de que realmente no tenía ningún valor. No podía localizar a Eugene Thompson, pero estaba segura de que tampoco él querría saber nada de ella. La información que contenía aquel diario había resultado ser otra fuente de desilusión. Pero podía arruinar la vida de personas como Garth Holbrook si no caía en buenas manos.

—Iros al infierno.

Jon la miró sorprendido. Se volvió hacia Smalley, que soltó una maldición y golpeó el colchón con el bate.

—¿Quieres repetir eso otra vez? —preguntó Smalley en tono amenazador.

La luz que se filtraba por la puerta le mostraba a Lucky la expresión decidida de Smalley, pero aun así, no quería ceder. Cuando su madre vivía, ella era demasiado joven para enfrentarse a los acontecimientos. Pero ya había crecido y podía resistir todo lo que aguantaran sus entrañas. La gente de Dundee no iba a obligarla a retroceder ni un centímetro más.

—Iros al infierno —repitió.

Jon la agarró con fuerza de la muñeca.

—¿Y ahora qué? —le preguntó a su hermano.

Lucky se estremeció cuando Jon volvió a golpear el colchón.

—¿Dónde está?

—¿Y qué es? Probablemente podríamos encontrarlo si supiéramos lo que estamos buscando.

Lucky los fulminó con la mirada y se negó a decir una sola palabra. Aquel desafío le estaba dando fuerza, se sentía extrañamente liberada a pesar de su miedo. No iban a vencerla. No se lo permitiría. En lo más profundo de su ser, sabía que no podía. La mujer en la que se había convertido desaparecería si lo hiciera.

—¿Smalley? —dijo Jon.

Jon parecía dubitativo, pero Smalley no se mostraba en absoluto arrepentido.

—Desnúdala.

Lucky los miró aterrorizada.

—¿Qué… qué vas a hacer?

Smalley se echó a reír.

—Danos esas pruebas que tienes contra mi padre y no tendrás que averiguarlo.

—Yo… podría ser vuestra hermana —dijo con la voz atragantada.

Jon hizo una mueca, como si hasta aquel momento no se hubiera dado cuenta de lo que eso podía significar, pero Smalley soltó una carcajada.

—Por lo menos eres más guapa que la que tenemos.

Lucky deseaba rendirse, pero no podría seguir viviendo consigo misma si cedía. No podía sacrificar su dignidad cuando era lo único que le quedaba.

—No me importa lo que hagáis —contestó—. No voy a daros nada.

# Capítulo 18

A MIKE lo despertó el sonido de un motor en la carretera. Cada vez que pensaba que estaba a punto de alejarse, volvía a romper el silencio de la noche.

Al final se levantó. Seguramente eran un grupo de borrachos, decidió. Y si no los detenía, podían terminar teniendo un accidente.

Maldiciendo porque acababa de dormirse, se puso los vaqueros y una camiseta y fue a por su abrigo. Después agarró un rifle y salió, pero la carretera estaba vacía.

Caminó hasta el final del camino y miró a ambos lados. Nada. Permaneció allí durante unos cuantos minutos, pero al no oír nada decidió volver. Sin embargo, antes de que hubiera llegado a su casa, el inconfundible sonido de un motor en la distancia lo hizo detenerse.

Mike corrió entonces hacia su camioneta, la sacó hasta la carretera y se sentó en el parachoques mientras esperaba. La camioneta, porque a juzgar por la altura de los faros tenía que ser una camioneta, estaba cada vez más cerca. Cuando llegó a la zona del rancho, Mike lanzó dos disparos al aire para asegurarse de que lo oyeran.

Al principio, pensó que quienquiera que fuera tras el volante no pararía. Iba a apartarse de la carretera cuando la camioneta se detuvo y Smalley asomó la cabeza.

—¿Qué quieres, Hill?

Mike vio a Jon sentado en el asiento de pasajeros.

—¿Qué hacéis por aquí?

—Divertirnos un poco —Smalley miró a su hermano

de reojo, buscando confirmación, pero Jon no parecía estar divirtiéndose demasiado.

—Es tarde, ¿por qué no volvéis a casa?

—¿Te hemos despertado?

—No estaría aquí si no me hubierais despertado.

—De acuerdo, claro —dijo Smalley, pero antes de que hubieran arrancado, Mike oyó que alguien decía su nombre, con voz temblorosa.

Desconcertado, posó la mano en el hombro de Smalley y miró en el remolque de la camioneta. Y allí encontró a Lucky, maniatada y prácticamente desnuda. Sólo llevaba puestos el sujetador y las bragas.

—¿Lucky? —dejó el rifle a un lado para quitarse el abrigo.

Smalley salió entonces de la camioneta.

—Eh, déjala donde está.

A Mike le latía violentamente el corazón en el pecho.

—¿Qué demonios está pasando aquí?

—Ésta es una cuestión entre nosotros y Lucky —dijo Smalley—. Ella sabe lo que tiene que hacer para salir de aquí, ¿verdad, Lucky?

—Iros al infierno —musitó Lucky, estaba destrozada.

Smalley se echó a reír y sacudió la cabeza.

—¿Has visto lo cabezota que es? Pero bueno, acabamos de empezar. Seguro que cambia de opinión cuando hayamos acabado.

—Esto va a acabar inmediatamente —dijo Mike, envolviéndola con su abrigo y desatándola a toda velocidad.

Smalley frunció el ceño.

—Eh, espera, Mike, esto no es asunto tuyo.

—Ahora lo es.

Mike oyó gruñir a Smalley, que intentó detenerlo, pero le dirigió una mirada tan letal que retrocedió.

—Sabréis de mí cuando la haya puesto a salvo.

—No hace falta que te hagas ahora el bueno —dijo

Smalley—. Todo el mundo sabe que te gusta tan poco como a nosotros.

Mike apretó los dientes. Era obvio que Lucky no había seguido su consejo y no había sido capaz de mantener la boca cerrada acerca de su posible relación con Dave. A Mike no se le ocurría ninguna otra explicación que justificara lo que estaba pasando.

—¿Qué piensas conseguir con esto, Smalley? —le preguntó, mientras se peleaba frustrado con los nudos—. ¿Dónde está su ropa?

—¿Y yo qué demonios sé? A mí lo único que me interesaba era desnudarla.

Dijo Smalley sin aliento, riendo de su propia broma.

Mike no sabía lo que estaba a punto de hacer; de hecho, no lo supo hasta que su puño chocó contra el rostro de Smalley. Pero ese momento fue inmensamente satisfactorio. Sobre todo cuando vio que Smalley se tambaleaba, caía hacia atrás y después lo miraba parpadeando como un estúpido desde la cuneta.

—Si vuelves a tocarla otra vez, terminarás necesitando muletas, ¿me has entendido? —le dijo Mike.

Golpeó el parabrisas trasero para asegurarse de que Jon también le estaba prestando atención.

—¿Me has entendido? —repitió.

Jon abandonó la camioneta y se acercó a su hermano.

—Caramba, Mike, ¿qué te ha pasado? Parece que le has roto la nariz a Smalley.

A juzgar por la cantidad de sangre, Mike pensó que Jon podía tener razón. Y esperaba habérsela roto. Una nariz rota era lo menos que se merecía después de cómo había tratado a Lucky.

—Eso no será lo único que os destroce si os vuelvo a ver mirar a Lucky otra vez —al final, consiguió deshacer los nudos y sacar a Lucky de la camioneta.

Smalley se levantó con la ayuda de Jon.

—No puedo creer que me hayas hecho esto —se quejó—. No puedo creer que me hayas roto la cara por culpa de una, de una…

—No lo digas —le advirtió Mike, pero Smalley no fue capaz de contenerse.

—Mujerzuela —terminó, y Mike volvió a darle un puñetazo.

—¡Mike! —Jon intentó impedir que su hermano cayera al suelo, pero no lo consiguió y terminó tumbado sobre el asfalto con él.

La furia y la adrenalina corrían por las venas de Mike, pero se frotó los dedos e ignoró a los hermanos Small para dirigirse delicadamente a Lucky. Tenía que llevarla a casa antes de que terminara agarrando una neumonía.

—Vamos, Lucky. Apóyate en mí, yo te ayudaré.

Lucky temblaba tan violentamente que apenas podía sujetarse el abrigo, pero al final consiguió hacer lo que Mike le pedía.

—Lucky te robó esa condenada herencia —dijo Jon—. Está viviendo en la casa de tu abuelo… Y te enfrentas a nosotros sólo porque estamos intentando convencerla de que…

Su hermano emitió un sonido de queja o de advertencia, Mike no estaba seguro, y Jon pareció más prudente a la hora de decir sus siguientes palabras.

—De que se vaya del pueblo.

Mike estrechó a Lucky contra su pecho.

—A partir de ahora, cualquiera que se meta con Lucky tendrá que vérselas conmigo.

Smalley se sentó y se secó la sangre que continuaba saliéndole por la nariz.

—A la gente del pueblo no le va a gustar esto, Mike.

La voz de Smalley contenía una clara amenaza, lo que hizo que Mike se volviera para advertirle:

—Estoy al tanto de lo de tu padre y Red, Smalley, y

como vuelvas a provocar más problemas, no seré el único.

Mike se apoyó contra el mostrador de la cocina. Todavía estaba demasiado enfadado para poder sentarse.

Lucky bebía una taza de café sentada a la mesa, como había hecho cuatro semanas atrás, al poco de llegar al pueblo. La diferencia era que en aquella segunda ocasión, Mike se alegraba inmensamente de poder estar allí. Porque, ¿qué habría pasado si no se hubiera despertado?

Al pensar en la crueldad con la que la habían tratado, apretó la barbilla y cerró la mano en un puño.

—Dime exactamente lo que ha pasado.

Lucky se quedó mirando la taza durante tanto tiempo que Mike pensó que no iba a responder. Al final, la joven alzó los ojos hacia él. Iba muy abrigada, con un par de sudaderas de Mike, unas zapatillas y una bata, lo que significaba que todavía estaba intentando regular la temperatura de su cuerpo. Pero su pelo, tupido y rizado, aquel pelo que Mike adoraba acariciar, caía por su espalda como una cascada de olas y su piel resplandecía. Parecía estar bien, pero aun así, Mike continuaba recordándola atada, prácticamente desnuda y con la piel azulada a causa del frío.

—Querían que les diera el diario de mi madre.

—¿Les habías hablado del diario? —al darse cuenta de que estaba gritando, bajó la voz—. Maldita sea, Lucky, deberías haberte imaginado que a Dave no le haría ninguna gracia. Te advertí que podía ser peligroso.

—No le dije lo del diario exactamente. Lo único que le comenté fue que sabía que había estado con mi madre y tenía pruebas —alzó la barbilla y lo miró como si quisiera decirle que no continuara presionándola.

Mike admiraba su determinación, especialmente después de todo lo que había pasado.

—¿Cuándo?

—En el Honky Tonk, la noche que me llevaste a mi casa, Dave me dejó muy claro que no le había hecho ninguna gracia que hubiera vuelto. Y yo le contesté que no me importaba.

—Estoy esperando oír la parte en la que le dijiste que tenías suficiente información sobre su pasado como para arruinar su reputación y, posiblemente, su carrera.

—Supongo que eso fue cuando insultó a mi madre.

¿Insultar a su madre? Todo el mundo insultaba a la madre de Lucky. Si la situación hubiera sido menos dramática, Mike se habría echado a reír.

—Aquella noche, Smalley me acorraló en el cuarto de baño, fue cuando tú me encontraste en el pasillo y pensaste que estaba bebida.

—¿Y no lo estabas?

—Sí, más o menos, pero no fue ése el motivo por el que estaba tumbada en el pasillo.

—¿Esa noche también te pegó?

—Un poco.

—¿Y por qué no me lo dijiste? —ya casi estaba gritando otra vez. Tomó aire y continuó con más calma—. Si me lo hubieras dicho, los habría detenido inmediatamente. Podrías haber muerto congelada, Lucky. ¿Qué habría pasado si yo no hubiera salido?

—Estoy segura de que no esperaban verte por aquí. En cualquier caso, si hubieran pensado que podía importarte lo que me pasara, probablemente me habrían llevado a cualquier otra parte y no habrían pasado por aquí.

—Eso demuestra lo estúpidos que son. No dejaré que vuelvan a tratar a nadie de ese modo, y mucho menos a... —«y mucho menos a ti», había estado a punto de decir.

Pero todavía no estaba preparado para admitir que no había sido únicamente la crueldad de los Small la que lo había irritado. Al hacerle daño a Lucky, de alguna manera, le habían hecho daño a él. Intentó convencerse de que eso era solamente porque Lucky era su vecina, pero sabía que había algo más. Se habría enfadado fuera quien fuera la persona de la que hubieran abusado los Small, pero sabía que no hasta ese punto.

—Y mucho menos, a una mujer —terminó rápidamente, y se volvió para servirse un café y evitar que Lucky pudiera leer la verdad en su rostro.

—Bueno, no han conseguido lo que querían y eso es lo más importante.

Sonrió, como si sus palabras encerraran un significado secreto, pero Mike continuaba sin comprender por qué no les había dado aquello que podría haberlos detenido.

—¿Por qué no les entregaste ese maldito diario y acabaste con todo de una vez por todas?

—No podía —suspiró—. No quiero seguir hablando de esto, Mike. Ya no tiene ninguna importancia —apartó su taza de café—. Me iré mañana a primera hora.

Por la resolución que reflejaba su voz, Mike comprendió que estaba hablando de abandonar el pueblo. Intentó tomar aire, pero no pudo. Todavía no había superado el impacto de sus palabras.

—Aún no has terminado de arreglar la casa —dijo.

Se suponía que aquel debía de ser el momento de darle un enorme abrazo y hacer exactamente lo que había prometido que iba a hacer. Por fin podrían encontrar una casa para Gabe. Pero la verdad era que Mike no era capaz de imaginarse a nadie, ni siquiera a su mejor amigo, viviendo en la casa de Lucky.

La casa de Lucky… ¿Desde cuándo había dejado de pensar que aquélla era la casa de su abuelo?

—Si quieres continuar con las reparaciones, puedes hacerlo después de que hayamos firmado un contrato.

Mike tragó saliva.

—Pero todavía no te he hecho ninguna oferta.

—Házmela ahora.

—Todavía no estoy preparado.

La idea de que Lucky se fuera de allí con todas sus cosas en su Mustang de color azul lo hacía sentirse vacío.

—Entonces envíamela por correo.

—¿Vas a dejar que esos matones te echen del pueblo?

Esperaba desafiarla a luchar. El cielo sabía que no había muchas mujeres que tuvieran tanta fuerza como ella. Pero Lucky no parecía dispuesta a presentar batalla, lo que le hizo temer que ya estaba completamente decidida.

Lucky sacudió a cabeza.

—No son sólo Jon y Smalley. Es tu familia, y todo el pueblo y…

—¿Y? —como si eso no fuera ya más que suficiente.

Pero Mike tenía que seguir hablando, tenía que conseguir que se quedara en Dundee al menos hasta que él hubiera averiguado cómo se sentía y lo que debería hacer.

Lucky no contestó inmediatamente. Cruzó la cocina y se detuvo ante él. Estaba tan cerca que Mike pensó que iba a rodearle el cuello con los brazos. Lucky no lo tocó, pero él estaba deseando acariciarla, desatarle la bata y buscar la piel cremosa que se escondía bajo aquellas capas de ropa para asegurarse de que Lucky estaba bien.

Las palabras de Lucky lo habían dejado petrificado. Siempre había sabido que terminaría yéndose. Contaba con ello para que su vida volviera a la normalidad, pero…

—Estoy enamorada de ti, Mike —dijo Lucky con total honestidad—, tan enamorada que ni siquiera voy a pedirte que me quieras.

Mike contuvo la respiración. Siempre había hecho todo lo posible para evitar ese tipo de declaraciones. El «te quiero», siempre lo situaba en una posición incómoda. Generalmente respondía con un educado «gracias», y después procedía a distanciarse de la persona en cuestión, porque nunca había sentido nada tan fuerte hacia una mujer como para responsabilizarse de su futura felicidad o arriesgar la suya. Pero no sabía qué sentir en aquel momento, salvo que no quería decir ni «gracias» ni «adiós».

—¿Y si yo no quiero que te vayas?

Lucky le sonrió con tristeza.

—Me marcharé de todas maneras.

Mike permanecía en la ventana del cuarto de invitados, en la habitación en la que Lucky estaba durmiendo, mirando la luna. Maldito Smalley. Si Jon y él no le hubieran hecho daño a Lucky aquella noche, probablemente se habría quedado en Dundee durante un mes o dos. Y, de alguna manera, eso le parecía infinitamente mejor que tener que despedirse de ella al día siguiente.

Lucky se estiró en la cama y Mike la miró preguntándose si podría sentir su presencia y su inquietud. No quería que se fuera de Dundee. Ni siquiera quería que se fuera de casa. Pero no podía pedirle que se quedara. No cuando había sido incapaz de comprometerse, o cuando su decisión podía afectar a la felicidad de tanta gente.

Se frotó los ojos. Durante aquellas últimas semanas en Dundee, Lucky ya había tenido que sufrir bastante. Para ella, sería mucho mejor marcharse y, con el tiempo, enamorarse de alguien que no estuviera relacionado con su pasado y que tuviera una familia que pudiera quererla y acogerla como se merecía. Era mejor que no se asentara en un pueblo cargado de prejuicios y hostilidad hacia ella.

Pero sus palabras, «estoy enamorada de ti», continuaban repitiéndose una y otra vez en su cerebro. Mike deseaba protegerla, deseaba poder decirle a todo el mundo, incluida su propia familia, que si intentaban volver a hacerle daño, tendrían que enfrentarse antes a él.

Pero temía ser él el único que terminara haciéndole daño al final.

Lucky volvió a moverse y Mike comprendió que tenía dificultades para dormir. Se dijo a sí mismo que debería salir de la habitación antes de que lo descubriera. Pero si aquélla iba a ser la última noche que pasaran juntos, no quería pasarla solo en su dormitorio.

De manera que se acercó a ella, se sentó en el borde de la cama y le apartó el pelo de la cara. Un segundo después, Lucky lo miraba parpadeando.

—Hola —le dijo Mike.

—¿Qué pasa? —susurró ella.

Mike no podía decírselo. No quería hablar. Lo único que quería era sentirla, tocarla una vez más.

Bajó la boca hasta sus labios y la besó con delicadeza. Y supo que Lucky comprendía lo que buscaba cuando sintió sus dedos desabrochándole lentamente los botones de la camisa.

Una hora después, mientras el sueño la arrastraba, Lucky supo que había pasado algo importante. Lo había sentido en las caricias de Mike e imaginaba que él también había comprendido que había habido algo diferente, porque estaba mucho más serio. Pero cuando abrió los ojos a la mañana siguiente, Lucky también supo que lo ocurrido la noche anterior no había cambiado nada. Ella había regresado a Dundee con la infantil esperanza de encontrar un padre. Pero en cambio, había perdido su corazón.

Dio media vuelta en la cama para buscarlo. Quería hablar con él de los detalles de la venta de la casa, pero Mike se había ido.

Se sentó en la cama, y entonces oyó voces procedentes del otro extremo de la casa. El estómago se le tensó al pensar que podían ser los padres de Mike.

Se levantó y caminó sigilosa hasta la puerta.

—Los muy idiotas —era la voz de Mike—. ¿Cómo es

posible que hayan dado parte a la policía después de lo que le hicieron a Lucky?

—Porque Dave está furioso. Smalley tenía la cara destrozada, Mike.

Lucky no podía identificar la segunda voz. Intentó mirar abriendo la puerta ligeramente, pero sólo veía las piernas de Mike, que estaba sentado a la mesa de la cocina.

—No me importa. Desnudaron a Lucky y la dejaron helándose en la parte trasera de la camioneta. Cuando pienso en ello, lamento no haberle roto todos los huesos.

—Ten cuidado —respondió la otra persona—. La violencia no va a llevarnos a ninguna parte. ¿Tiene Lucky alguna marca de lo ocurrido?

—¿Alguna marca? —repitió Mike.

—Moretones, arañazos, ese tipo de cosas.

—Sí, supongo que sí, pero ése no es el problema, Orton. La cuestión es que podía haberse agarrado una neumonía o algo peor.

Mike había llamado Orton a su interlocutor. Lucky intentó localizarlo y al final se dio cuenta de que tenía que ser el oficial Orton. Lo había visto en una ocasión, cuando se había pasado por el instituto en una campaña antidrogas. Su presencia en el rancho, ¿indicaría que Smalley y Jon habían ido a la policía?

—Ellos dicen que no pretendían hacerle daño a nadie y tú no tienes ninguna prueba de que se lo hayan hecho.

—Así que uno puede ir a casa de una mujer, secuestrarla y desnudarla sólo para divertirse.

—Ellos dicen que no la secuestraron, que fue voluntariamente con ellos y que fue idea suya lo de que la ataran. Por lo visto, le gustan ese tipo de prácticas.

—¡Eso es una tontería! —Mike dio un puñetazo en la mesa y se levantó.

—Vamos, Mike, ya sabes cómo era su madre, lo que se decía de ella. Todo el mundo lo sabe.

Lucky cerró los ojos y apoyó la frente contra la pared. Siempre había que volver a Red. Pero eso no era lo peor; lo peor era que estando allí, involucrando a Mike en lo ocurrido, lo estaba hundiendo con ella.

—No puedo creer que hayan dicho una cosa así —repitió Mike—. ¿Acaso no les importa lo que puedan decir sus esposas?

—Jon ya no está casado.

—Y la esposa de Smalley está tan acobardada que él puede decir lo que le apetezca —añadió Mike.

—Lucky es una mujer atractiva. Jon y Smalley buscaban un poco de diversión y ella se subió al carro encantada. Es bastante creíble.

Mike maldijo varias veces. Lucky abrió los ojos y vio entonces a Orton que se levantaba para tranquilizarlo.

—Cálmate, estás exagerando.

—No estoy exagerando. Smalley miente, Lucky nunca haría una cosa así.

—¿Cómo lo sabes?

Se produjo un largo silencio.

—¿Mike?

—Porque yo soy el único hombre con el que se ha acostado.

Lucky ahogó un gemido. En el otro extremo del pasillo, el anuncio de Mike había dado paso a un extraño silencio.

Al final, Orton pareció salir de su asombro.

—Mike, no hace falta que te diga que Lucky no es una mujer muy querida en el pueblo. ¿Estás seguro de que quieres denunciar a los Small sólo porque os estáis acostando con la misma mujer?

—No nos estamos acostando con la misma mujer. Lucky no fue con ellos voluntariamente.

Orton no parecía muy convencido, pero no tenía ganas de discutir.

—Vuestras familias son de las más respetadas de la zona. Hasta ahora, nunca había habido ningún problema entre ellas y no creo que tenga ningún sentido que empiece a haberlo ahora.

—Yo no soy el que está causando problemas, Orton.

—Por lo que tu madre le ha contado a mi mujer sobre Lucky, creo que tus padres preferirían que no tuvieras ningún contacto con ella. Tu familia sufrió mucho a causa de Morris. No les hagas revivir ese duro pasado.

—No puedo hacer nada para cambiar lo que sucedió anoche.

—Puedes pedirle una disculpa a Smalley.

—Y un cuerno. Y Smalley haría bien en no acercarse a Lucky a partir de ahora.

—Si te denuncia, podrías tener problemas —le advirtió Orton—. Y dice que piensa hacerlo. Jon será su testigo.

—Que lo intenten, porque en ese caso, Lucky y yo también los denunciaremos.

Lucky estuvo a punto de gemir en voz alta. «¿Lucky y yo?».

—Te estoy diciendo que esto puede ser un desastre, Mike. ¿De verdad quieres llevar las cosas tan lejos?

—Las llevaré todo lo lejos que sea necesario.

Lucky se mordió el labio. Quería detener a Mike. Ella iba a abandonar el pueblo y no pensaba volver. Y no le importaba que la gente de Dundee la creyera una especie de pervertida que se había marchado voluntariamente con los Small siempre y cuando, de esa manera, pudiera salvar la reputación de Mike.

—Podrías haberme llamado —le dijo Orton—. No tenías por qué pegar a Smalley.

—Sí, podía —contestó Mike con tono de cansancio y resignación.

# Capítulo 19

CUANDO Orton se marchó, Mike se volvió y encontró a Lucky en la puerta de la cocina.

—Hemos tenido visita —le dijo.

—Sí, ya lo he oído.

Mike se apoyó contra el mostrador y hundió las manos en los bolsillos, preguntándose cómo era capaz de enfrentarse Lucky a aquellos ultrajes.

—¿Y qué tienes que decir?

—No me acostaría con ninguno de los Small aunque fueran los únicos dos hombres sobre la tierra.

Eso Mike ya lo sabía.

—Smalley está corriendo un gran riesgo.

—¿Por qué dices eso?

—Ayer me dijiste que no habían conseguido lo que habían ido a buscar.

—No, no se llevaron el diario.

—En ese caso, podemos enseñarle el diario a todo el mundo, que es precisamente lo que él pretendía evitar.

Lucky se ajustó el cinturón de la bata.

—En realidad, no podemos.

—¿Por qué no?

—Porque en ese diario se nombra a otros dos hombres que podían ser mi padre.

Más problemas. Mike los sentía acercarse.

—¿Quién?

—Un hombre llamado Eugene Thompson.

—Nunca he oído hablar de él.

—Pero estoy segura de que conocerás al siguiente de la lista, Garth Holbrook.

Mike se quedó boquiabierto. Estaba preparado para cualquier cosa, ¿pero el senador Holbrook? Holbrook era un buen ciudadano, un buen legislador y un hombre de familia, y además el mejor amigo de su padre.

—Tiene que haber un error.

—No, su aventura con mi madre duró dos meses, no hay ningún error.

—Pero… —de pronto, Mike comprendió la llamada que le había hecho Holbrook el día de Navidad.

No era sólo su hijo el que lo preocupaba.

—Gabe idolatra a su padre. Esto lo destrozará.

Destrozaría a todo el mundo, pensó Mike. Holbrook había engañado a su esposa, a toda su familia. ¡Gabe y Reenie podían tener una hermana! Se sentirían heridos, enfadados, traicionados. Aquel escándalo acabaría con el matrimonio y con la carrera política de Garth. No le extrañaba que Lucky quisiera marcharse del pueblo.

—Hay que quemar ya ese diario —le dijo a Lucky.

Lucky no discutió. Pero cuando llegaron a la casa, descubrieron que había sido registrada. Y el diario había desaparecido.


Lucky permanecía junto a Mike fuera de la caravana en la que Jon estaba viviendo; evidentemente, el divorcio le había dejado sin algo más que su esposa. A Lucky le resultaba difícil creer que sólo unas horas antes estuviera pensando en abandonar ese mismo día el pueblo. Si no hubiera sido por la desaparición del diario, ya estaría en ese momento de camino. Pero sabiendo que aquella prueba sobre su pasado había caído en malas manos, tenía la terrible sensación de que estaba a punto de desatarse un infierno.

Jon asomó por fin la cabeza por la puerta.

—¿Qué queréis?

—Hablar con Dave —dijo Mike.

—No está aquí.

—Acabamos de hablar con tu madre y nos ha dicho que sí.

Jon sacudió la cabeza disgustado, dejó la puerta entreabierta y fue a buscar a su padre.

—No sé cómo tienes valor para aparecer por aquí.

El sutil cambio que advirtió Lucky en Mike le indicó que lo consideraba un adversario más peligroso que sus hijos.

—Hemos venido a buscar el diario —dijo Mike.

Evidentemente, Dave estaba demasiado ocupado fulminando a Lucky con la mirada como para prestar atención a las palabras de Mike, porque parecieron pillarlo completamente por sorpresa.

—¿Qué has dicho?

—Danos el diario.

—No sé de qué demonios estás hablando. ¿Qué diario? ¿Ésa era la prueba que Lucky tenía sobre mí?

Lucky miró a Mike confundida. Dave parecía sincero.

—¿Jon y Smalley no volvieron anoche a mi casa? —preguntó.

Dave apretó la mandíbula con enfado.

—Jon y Smalley fueron directamente al hospital de Boise. Y, por si acaso todavía no te has enterado, después fueron a la policía.

—No creo que sea un movimiento muy inteligente si pretenden que tengamos la boca cerrada.

—Supongo que no vais a callaros de ninguna de las maneras, así que creo que es mejor que haga todo lo que esté en mi mano.

—Vamos —le dijo Mike a Lucky, y se apartó.

Lucky permaneció donde estaba. Casi podía ver los engranajes de la mente de Mike funcionando, intentando averiguar cuál era la mejor manera de posicionarse a la luz de aquella información.

—Espero que no sea mi padre —le dijo Lucky—, porque me avergonzaría tener que decirlo —lo recorrió de la cabeza a los pies con la mirada y salió con Mike.

—Si tú no tienes el diario y tampoco lo tenemos nosotros, ¿entonces quién lo tiene? —gritó Dave tras ella.

Lucky no contestó.

—¿Qué pensáis hacer? ¿Mike y tú vais a mantener la boca cerrada? ¿Podemos contar por lo menos con eso?

—Sólo si retira la denuncia —respondió Lucky antes de montarse con Mike en la camioneta.

Cuando Lucky y Mike llegaron a casa del senador Holbrook, Mike casi tuvo que obligarse a llamar a la puerta. No le apetecía enfrentarse a Garth después de lo que sabía. Y todavía era peor tener que encontrarse con Celeste y fingir que no pasaba nada. Pero Lucky había dicho que el senador era la única persona a la que le había hablado del diario. Lo que quería decir que, o bien lo tenía él, o por lo menos tenía derecho a saber que se había perdido.

—Hola, Mike.

Mike ahogó un gemido cuando Celeste abrió la puerta.

—Hola, Celeste, ¿cómo estás?

—Muy bien —miró a Lucky con curiosidad—, ¿no me presentas a tu amiga?

—Celeste, Lucky Caldwell.

—Es un placer conocerte, Lucky.

Mike sabía que Celeste tenía que haber reconocido el nombre, pero sus modales impecables no le permitían expresar su sorpresa.

—¿Estáis disfrutando de las fiestas?

—Sí, por supuesto, ¿y vosotros?

—Claro que sí, es maravilloso tener a Garth en casa.

—Apuesto a que sí —y esperaba que continuara siéndolo, aunque su felicidad dependía de un diario desaparecido—. ¿Entonces está el senador en casa?

—Sí, pasa, por favor, iré a buscarlo.

Mike miró a Lucky. Ésta parecía más nerviosa que cuando habían ido a casa de Dave. Le apretó cariñosamente el hombro para tranquilizarla justo en el momento en el que el senador llegaba desde la parte de atrás de la casa.

—Hola, Mike —su tono era receloso, su expresión vigilante. Miró a Lucky un instante, pero no la saludó—, ¿qué puedo hacer por ti?

Celeste había acompañado a su marido, así que Mike eligió cuidadosamente sus palabras.

—Me gustaría hablar sobre la recaudación de fondos, si tiene un momento.

Los ojos de Garth volaron de nuevo hacia Lucky mientras le decía a su esposa:

—Celeste, ¿tendrías la amabilidad de servirnos un zumo de manzana?

—Por supuesto, querido.

—Gracias.

Cuando Celeste se marchó, el senador los acompañó hasta su despacho. Una vez allí, se reclinó contra la puerta de caoba, esperando a que Mike hablara.

—¿Lo tiene usted? —le preguntó Mike.

—Me temo que no sé de lo que estás hablando.

—El diario de mi madre —dijo Lucky.

—Alguien ha entrado en su casa esta noche y se lo ha llevado.

—Siento enterarme de su desaparición —dijo el senador, pero no parecía en absoluto afectado por la noticia, lo cual le indicó a Mike todo lo que necesitaba saber.

—Queríamos avisarlo, por si acaso —dijo Mike y, decepcionado por la actitud de Garth, añadió—: Por el bien de Gabe.

Durante un instante, Holbrook no dijo nada. Pero al final, comentó:

—Mike, yo…

El sonido de los tacones de Celeste por el pasillo lo interrumpió.

—No importa —Holbrook se apartó de la puerta—, gracias por la visita.

Mike asintió y le hizo un gesto a Lucky para que lo siguiera.

Holbrook pareció olvidarse de su papel de anfitrión y ni siquiera los acompañó, pero inmediatamente se encontraron con Celeste por el pasillo, que llevaba una bandeja con las tazas y el zumo.

—¡Oh! ¿Ya os vais?

Mike le dirigió la más amable de sus sonrisas.

—Sólo teníamos que hacerle unas preguntas rápidas.

—¿No vais a quedaros a tomar un zumo de manzana?

—Quizá en otro momento —contestó Mike—. Ahora disfrutadlo Garth y tú, no hace falta que nos acompañes.

—Bueno, gracias por haber venido.

Mike asintió y Celeste desvió la mirada hacia Lucky.

—Te has convertido en una mujer muy atractiva.

—Gracias.

Lucky parecía tener dificultades para sostenerle la mirada y Mike lo comprendía. No era fácil aceptar la amabilidad de Celeste cuando se guardaba tan terrible secreto. Mike pensó que, de alguna manera, podía comprender la deslealtad de Lucky hacia Morris cuando era una niña.

—Disfrutad de las fiestas —les deseó Celeste y los despidió con una sonrisa.

Mike insistió en ayudar a Lucky a ordenar la casa. Lucky sabía que debería marcharse. Con Orton de por medio, la desaparición del diario y la visita a los Holbrook, lo único que iban a conseguir estando juntos era buscarse problemas. Pero Mike no había comentado nada de marcharse y Lucky no quería ser la que sacara el tema cuando en realidad lo único que deseaba era estar a su lado.

—¿Crees que el senador se avergüenza de que tú lo sepas? —le preguntó mientras servía el pavo con puré de patatas y judías verdes.

Mike estaba sentado en el sofá del cuarto de estar, observándola.

—Algo tiene que sentir, pero no sé si será vergüenza.

—No te ha pedido que no se lo digas a Gabe.

—Sabe que Gabe es la última persona a la que se lo diría.

—Sí, supongo que eso está claro —metió uno de los platos en el microondas.

—¿Por qué le hablaste a Holbrook de ese diario?

Lucky desvió la mirada para que Mike no pudiera darse cuenta de lo decepcionante que había sido su conversación con Holbrook.

—Quería que se hiciera la prueba de paternidad y me ofreció doscientos mil dólares a cambio de que me fuera.

Mike tardó algunos segundos en responder.

—Lo siento —dijo por fin.

—No pasa nada.

Pero Mike estaba empezando a conocerla. Se levantó, se acercó a ella, le rodeó la cintura con los brazos y la estrechó contra su pecho.

—Soy consciente de que lo que voy a decirte no cambia nada, Lucky, pero quiero que sepas que es él el que más tiene que perder —dijo, besándole el cuello.

—Parece que demasiado. Por lo visto, todo el que se relaciona conmigo tiene mucho que perder, ¿no te parece?

—No es justo para ninguno de nosotros lo que tu madre hizo.

Lucky posó las manos en sus brazos, deleitándose en la sólida fuerza de Mike, en el calor de su consuelo.

—No era tan mala, ¿sabes?

Había pronunciado aquellas palabras en voz tan baja que no estaba segura de haberlas dicho hasta que Mike respondió:

—Cuéntame algo bueno de ella.

Lucky se apoyó en su pecho y cerró los ojos, buscando algún recuerdo feliz.

—Para empezar, nos mantuvo juntos a mis hermanos y a mí. Y, de vez en cuando, me traía a casa algún regalo inesperado… Y el día de mi cumpleaños siempre era una gran fiesta. Me dejaba ponerme todos sus vestidos y sus joyas, y no le importaba que comiera toda la tarta que quisiera. Jamás me hizo sentirme mal por ser incapaz de seguir una dieta… —se le hizo un nudo en la garganta—. Ella me consideraba muy guapa. Estaba orgullosa de mí, a pesar de que era una niña fea y gorda.

—No me gusta oírte hablar mal de ti —le dijo Mike, abrazándola con cariño—. A lo mejor tu madre vio lo mismo que he podido ver yo al final.

—¿Que es...? —le preguntó Lucky.

—La belleza de tu corazón.

El nudo que tenía Lucky en la garganta pareció crecer. Intentó sonreír mientras Mike le alzaba el rostro con un dedo.

—Es posible que tu madre no fuera perfecta —susurró—, pero te quería. Y yo puedo perdonarla por eso.

Había dicho algo muy profundo, algo que le había llegado a Lucky hasta el alma. Le acarició la mejilla con la palma de la mano y lo miró a los ojos.

—¿De verdad, Mike?

Mike asintió.

—Si puedes perdonarla, quizá también yo pueda.

—Merece la pena intentarlo.

Lucky hundió la mano en su pelo y le besó. Sintió la respuesta de su cuerpo y a ella misma se le aceleró el pulso, pero el teléfono los interrumpió.

Con desgana, se secó los ojos y alargó la mano hacia el teléfono inalámbrico que estaba en el mostrador.

—Lucky, soy Josh, ¿está Mike allí?

Lucky no sabía si mentir o no. Mike la miró con curiosidad y ella le tendió entonces el teléfono.

—Es tu hermano.

Mike suspiró molesto antes de llevarse el auricular al oído. Pero su expresión, de pronto cambió.

—¿Qué? Estás de broma… ¿Estás seguro? ¿Cuándo? ¿Qué te hace pensar que es ella? De acuerdo, voy para allá.

Lucky contuvo la respiración, esperando la llegada de malas noticias.

—En el pueblo todo el mundo sabe que estamos juntos. Al parecer, en la peluquería alguien se lo ha contado a mi madre. Estaba muy afectada cuando se ha ido así que Rebecca ha llamado a mi padre para decirle que fuera a su encuentro, pero mi padre no la ha encontrado.

—¿Y dónde crees que está?

—No tengo la menor idea, pero todo el mundo la está buscando y yo también quiero ayudar.

—Por supuesto —Lucky le puso el sombrero que había dejado sobre el mostrador—. Ten cuidado.

Mike la besó, le prometió que la llamaría en cuanto encontrara a su madre y se marchó corriendo. Lucky pensó que iba a tener que esperar mucho tiempo para enterarse de lo que había pasado. Pero quince minutos después, llamaron a la puerta de su casa.

# Capítulo 20

LUCKY abrió la puerta y se encontró a Bárbara Hill en el porche.

—Oh, hola… —la saludó Lucky muy tensa.

—¿Es cierto? —le preguntó Bárbara sin preámbulo.

Lucky sabía que Bárbara le estaba preguntando por su relación con Mike, pero no sabía qué contestar. ¿Era cierto que estaba enamorada de Mike? Sí, desde hacía años. ¿Y era cierto que estaban saliendo juntos desde que había vuelto? También. Pero Lucky no esperaba nada permanente de aquella relación. No, no podía pedirle a Mike que se opusiera a toda su familia, a todo Dundee. Y sabía que él nunca se marcharía de allí.

—No —contestó. Si no tenían futuro, lo demás no importaba.

—¿No te estás acostando con mi hijo?

Lucky tomó aire. Quería que el sufrimiento cesara de una vez por todas, pero no podía negar la naturaleza sexual de su relación con Mike cuando éste ya la había admitido delante de Orton.

—Hemos estado juntos algunas veces.

Bárbara cerró los ojos, tan evidentemente dolida por aquella traición que Lucky sólo pudo compadecerla.

—¿Y él te quiere?

—No —mintió. Seguro que la quería, pero sabía que a su madre le dolería oírlo—. Yo estoy enamorada de él desde que era una niña, pero no tiene por qué preocuparse. Hoy mismo me marcharé del pueblo y no volveré.

Aquella rendición dejó a Bárbara sin respuesta.

—Gracias —contestó rápidamente, y se marchó.

Mientras la veía marcharse, Lucky consiguió sonreír con tristeza. Tenía una promesa que cumplir y cuanto antes lo hiciera, mejor.

Lucky se negaba a pensar mientras hacía las maletas, y se negó a mirar hacia el rancho de Mike mientras cargaba el Mustang. Dejó la llave encima de la puerta para que el señor Sharp pudiera encontrarla y se marchó. Una vez estuviera la casa arreglada, Mike podría comprarla. Sabía que no podría hablar directamente con él durante algún tiempo sin hundirse. Pero tenía la esperanza de que las siguientes semanas le dieran la oportunidad de recuperarse antes de tener que enfrentarse de nuevo con el pasado.

El viento que entraba por las ventanillas del coche mientras conducía estaba a punto de congelarla a pesar del gorro, la bufanda y el abrigo, pero no subió las ventanillas. El frío la sumía en una especie de entumecimiento que era infinitamente preferible a sentir el vacío de su corazón.

Por un instante, se preguntó por lo que iba a hacer. Pero era una decisión demasiado importante para tomarla en aquel momento, cuando su cerebro parecía estar actuando con un piloto automático. De momento, se quedaría en cualquier motel de carretera en cuanto estuviera cansada de conducir.

Bárbara Hill vio la camioneta de Mike por el espejo retrovisor justo después de salir del aparcamiento de Finley. No veía claramente su rostro, pero estaba segura de que no estaba contento. Se preguntó si habría hablado con Lucky y ésta le habría hablado a su vez de su visita. Esperaba que no. En el caso de que Lucky cumpliera su promesa y se marchara para no volver, ella estaría dispuesta a olvidarse hasta de que había regresado.

A Bárbara no le gustaba nada imaginarse a Mike con la hija de Red, pero su hijo era un hombre soltero y tenía casi cuarenta años. No había que darle ninguna importancia al hecho de que hubiera tenido una aventura con una chica como Lucky. De hecho, si hubiera sido más discreto, ella ni siquiera se habría enterado.

Mike la siguió hasta su casa, donde encontraron aparcada la camioneta de Josh. En cuanto entró en el camino de su casa, Bárbara apagó el motor.

—¿Dónde estabas? —le preguntó Mike mientras caminaba hacia ella.

Su madre señaló las bolsas de la compra.

—¿Puedes ayudarme?

—Lo haré en cuanto me contestes.

—Cuando estaba en la peluquería, Sheila Holley me ha comentado que habías tenido una pelea con los Small, así que he pasado por la comisaría y he estado hablando con Orton. Ya sabes que su mujer es amiga mía, cantamos juntas en el coro de la iglesia.

Mike la miró como si quisiera leerle el pensamiento.

—¿Por que no llamaste? Estábamos muy preocupados.

—¿Y por qué? Estoy bien, y supongo que te alegrarás de saber que Dave ha retirado la denuncia.

Mike no parecía particularmente contento, pero la ayudó a bajar las bolsas del coche.

—Estupendo. Ahora yo tampoco tendré que denunciarlos. Porque fueron ellos los culpables de todo.

Bárbara era consciente de que, probablemente, Mike esperaba que le preguntara por su versión de la historia, pero ya sabía que Lucky había jugado un papel importante en lo ocurrido y no le apetecía hablar con Mike sobre ello.

—Lo único bueno de todo esto es que ha terminado bien —dijo, y comenzó a caminar hacia la casa.

—¿Que todo ha terminado bien?

Bárbara sonrió y consiguió esbozar una sonrisa mientras la tensión, el pánico, que presionaba su pecho, iba cediendo lentamente. Todo iba a salir bien. Lucky podía ser muchas cosas, pero sabía que había sido sincera cuando había dicho que se iría. Muy pronto, el mundo de Bárbara podría volver a la normalidad.

—¿No estás de acuerdo?

—Mamá, ha llegado la hora de que hablemos.

—No quiero saber nada más, Mike. Ya he oído suficiente por hoy.

—¿Eso es todo lo que tienes que decirme?

—Exacto. Y ahora, vamos a comer.


—¿Quieres más patatas, Mike?

Mike contestó sacudiendo la cabeza a la pregunta de su hermano. Josh le había ofrecido patatas en dos ocasiones. Y también Rebecca, justo antes de levantarse de la mesa para acostar a Brian. Mike se lo habría señalado a su hermano si no hubiera sido porque sabía que Josh estaba intentando compensar el silencio de su padre, que apenas había hablado con Mike en toda la tarde.

—¿Y un poco de ensalada?

—Tengo ensalada más que suficiente, Josh, gracias.

—¿Qué planes tenéis para Año Nuevo, chicos? —preguntó Bárbara, con fingida alegría.

—Me gustaría llevar a Rebecca a cenar a Boise —dijo Josh—. ¿Alguien se ofrece como niñera?

—Por supuesto —Bárbara se sirvió otra copa de vino. Mike advirtió que estaba bebiendo y comiendo mucho más de lo normal—. ¿Y tú, Mike?

—No tengo planes.

—Apuesto a que Mary Thronton está libre. Podéis ir a cenar con Josh y con Rebecca.

Si Mike necesitaba alguna prueba de que su madre estaba rara, aquella sugerencia se lo confirmó, porque Mary era una antigua novia de Josh.

—Quizá —musitó.

Bárbara se terminó el vino y comenzó a recoger la mesa. Mike se levantó para ayudarla, pero en cuanto su mujer desapareció en la cocina, Larry le dirigió a su hijo una mirada glacial.

—¿Lucky? —dijo entre dientes—. ¿Lucky, Mike?

—No empieces, papá. Tú no la conoces.

—Ni quiero conocerla.

—Quizá deberíamos esperar algunos días para abordar el tema —terció Josh.

—Después de todo lo que ha hecho tu madre por ti, ¿cómo has podido hacerle tanto daño?

—Yo no pretendía hacer sufrir a nadie. Y, desde luego, tampoco montar un escándalo.

—Perdona que me resulte difícil creerte. Te has acostado con ella, ¿verdad? ¿En qué estabas pensando? ¿Tienes idea de la cantidad de hombres con los qué habrá estado?

—Sé exactamente el número de hombres con los que ha estado, papá. Sólo ha estado con uno, yo.

—Supongo que no te lo creerás de verdad.

—Ella no es como tú piensas —intervino Josh.

Larry fulminó a Josh con la mirada y se volvió hacia Mike.

—¿De qué lado estás?

Josh arqueó las cejas. Nunca le habían pedido que eligiera entre su padre y su hermano y Mike no quería que tuviera que hacerlo en ese momento.

—No te metas en esto, Josh.

—Creo que deberíamos dejarlo ya —contestó Josh—. Nadie es perfecto y Lucky me dijo que pensaba irse del pueblo dentro de un mes o dos. Así que no hay nada de lo que preocuparse.

—¿Entonces tú no ves nada malo en lo que ha hecho Mike? —preguntó Larry.

Josh frunció el ceño.

—Mike la quiere, papá.

Su padre tiró la servilleta sobre la mesa y abandonó la habitación. A los pocos segundos, llegó Bárbara.

—¿Qué ha pasado? ¿Dónde está vuestro padre?

—Supongo que no se siente cómodo conmigo —replicó Mike. Se levantó y se dirigió hacia la puerta.

De camino a casa, Mike vio la camioneta de Gabe en la puerta del Honky Tonk y decidió parar. Necesitaba una cerveza y tiempo para pensar. Y después de lo que había averiguado sobre Garth, también necesitaba volver a ponerse en contacto con su mejor amigo, asegurarse de que Gabe estaba bien, o al menos todo lo bien que había estado después del accidente.

—¿Qué tal? —le preguntó Mike cuando se acercó a su mesa.

Gabe le sonrió con pesar.

—Con los rumores que corren por el pueblo, seguramente mucho mejor que tú.

—Así que ya has oído hablar de Lucky y de mí.

—Todo el mundo ha oído hablar de vosotros. Orton puede ser policía, pero también un chismoso.

—Tenía que decírselo —contestó Mike mientras le hacía un gesto al camarero para que le llevara una cerveza.

—¿Por qué?

—Porque Jon y Smalley estaban diciendo estupideces sobre ella.

—Así que tú acudiste a su rescate.

—Me limité a decir la verdad.

—Es una pena que no siguieras mi consejo. Deberías haberte alejado de ella.

—Me temo que tu consejo llegó un poco tarde.

—¿Y qué dice tu familia de la situación?

—¿A ti que te parece?

—Estoy seguro de que no están muy contentos.

—Mi madre la ignora, mi padre está hecho una furia, y Josh intenta hacer de intermediario.

—¿Y Lucky?

Mike se frotó la cara. Le había dicho que la llamaría en cuanto localizara a su madre, pero no había podido llamarla desde casa de sus padres. La situación era demasiado tensa. Podía llamarla en aquel momento, pero no quería sentir la ansiedad que experimentaba cada vez que la oía.

—Todo esto es muy injusto para Lucky —dijo.

Gabe le dio otro sorbo a su cerveza.

—A mi madre le ha gustado.

—A mi madre le gusta todo el mundo.

—Me ha comentado que habíais estado en casa, ¿qué querías?

—He conocido a alguien de Pocatello que podría estar dispuesto a donar fondos para la campaña —mintió e intentó cambiar de tema—. Por cierto, Gabe, ¿qué haces en el pueblo tan tarde?

Gabe jugueteó con las cerillas que había en el cenicero.

—Intentando decidir si me voy a casa o no.

—¿Por qué no vas a ir? —le preguntó Mike—. A ti te encanta la soledad de la cabaña.

—No sé —Gabe suspiró—. Sé que a mi padre le ocurre algo. Dice que está bien, pero me hace comentarios que no son propios de él.

—¿Como por ejemplo?

—Como lo orgulloso que ha estado siempre de mí —Gabe fijó la mirada en su cerveza y sacudió la cabeza—. A mi padre le encantaba verme jugar al fútbol. No se perdía un solo partido.

—Todavía está orgulloso de ti, Gabe.

—Sí, claro —continuó—. Y un día, cuando menos me lo esperaba, me dijo que Reenie y yo somos lo mejor que le ha pasado en su vida. Y que quería que supiera, si algo llegara a suceder, que siempre me ha querido.

—Garth siempre ha sido un buen padre, ¿verdad?

—El mejor, no sé a qué viene ahora esa inseguridad. He pensado que a lo mejor había tenido problemas con mi madre, pero ella sigue tan entregada a él como siempre.

—¿Y él?

Gabe se encogió de hombros.

—Él la trata bien. Nunca lo he oído decir nada malo sobre ella.

—Sea lo que sea, seguro que se le pasará —dijo Mike.

A esas alturas, seguramente ya habría destruido el diario de Red. Mike y Lucky eran las únicas personas que estaban al tanto del terrible secreto de Garth y jamás dirían una sola palabra. Probablemente, Garth estaba nervioso por todo lo ocurrido, pero en cuanto se tranquilizara, volvería a ser el de antes.

—Eso espero —dijo Gabe.

—¿Has pensado en lo que te dije en la cafetería?

—Dios, ¿vas a volver a sacar el tema otra vez?

Mike se terminó la cerveza.

—Es probable que no fuera muy amable contigo, pero a veces ése es el papel que le corresponde a un amigo.

Gabe lo miró durante varios segundos y asintió.

—Entonces, supongo que eso te convierte en el gran amigo que eres.

Mike no estaba seguro de qué pensar mientras conducía hacia su casa una hora después. Gabe y él habían pasado mucho tiempo juntos, hablando sobre la manera de comenzar a montar un negocio de muebles hechos a mano. El creciente entusiasmo de Gabe había animado a Mike.

Quizá Gabe podría llevar adelante algunas de sus ideas, pero Mike no sabía qué hacer con su propia situación.

Quizá debería dejar de ver a Lucky durante un par de días e intentar averiguar lo que sentía realmente por ella. Y aquello le pareció lo mejor, al menos hasta que pasó por delante de su casa y no vio su coche fuera. Entonces, no pudo evitar girar hacia allí.

¿Dónde podía estar? No la había visto en el Honky Tonk y la gasolinera no abría hasta tan tarde.

La ansiedad tenía sus músculos en tensión mientras aparcaba. Después de lo que había pasado con los Small, se descubrió a sí mismo imaginando lo peor.

Subió a toda velocidad los escalones de la entrada y llamó tres veces al timbre.

—¿Lucky? Soy yo…

La casa estaba a oscuras y en completo silencio.

—¿Lucky?

Buscó la llave encima de la puerta, la abrió y miró a su alrededor. Subió al segundo piso. Los muebles todavía estaban allí, pero habían desaparecido todos los objetos personales de Lucky, además de las maletas.

Con el corazón latiéndole frenéticamente, bajó a la cocina, esperando que le hubiera dejado alguna nota. Buscó por todas partes. Nada. La cocina y el cuarto de estar estaban tan vacíos como el resto de la casa.

Mike no se lo podía creer. Tenía que encontrarla… Pero hasta que ella no le diera una dirección a la que pudiera enviarle el cheque mensual, ni siquiera tenía manera de localizarla.

Caminó lentamente hasta el cuarto de estar y fijó la mirada en el árbol de Navidad que habían decorado juntos. Los adornos todavía estaban allí, pero el ángel que lo encumbraba había desaparecido.

# Capítulo 21

GARTH permanecía en el estudio mientras Celeste dormía, con la mirada fija en el diario de Red. Durante las últimas dos semanas, había intentado romperlo al menos cien veces. Lo aterrorizaba que el ama de llaves o Celeste pudieran encontrarlo mientras limpiaban. Pero no había sido capaz de quemarlo, como en un principio pretendía... Recordó a Lucky en esa misma habitación y suspiró. Desde que aquella chica había vuelto, había oído todo tipo de comentarios despectivos sobre ella. Comentarios que había utilizado para justificar sus propios sentimientos y su conducta. Pero él no era una persona que se mostrara habitualmente de acuerdo con los rumores. Y el hecho de que Mike Hill la apoyara indicaba algo.

Mike... Garth sacudió la cabeza. ¿Cómo era posible que el mejor amigo de Gabe se hubiera visto involucrado en uno de los mayores escándalos que había sacudido Dundee desde hacía años? Cuando el verdadero escándalo, el escándalo que debería haber salido a la luz, no lo había hecho.

Volvió a hojear el diario, buscando su nombre, las fechas de sus visitas a Red, los regalos que le había hecho. ¿Cómo podía haber sido tan débil? Las anotaciones de Red sobre sus comidas, sus películas o sus vinos favoritos lo hacían parecer todo completamente impersonal; era como si se acostara con tantos hombres que tuviera problemas para recordarlos.

Cerró el diario bruscamente y volvió a guardarlo en

un cajón. El hecho de que no lo hubiera destruido lo llevaba a preguntarse si, parte de él al menos, no estaría deseando que Celeste lo encontrara. Entonces ya no tendría nada que esconder.

Una suave llamada a la puerta interrumpió sus pensamientos. Cerró con llave el cajón en el que había dejado el diario y colocó un montón de cartas frente a él para fingir que había estado revisando la correspondencia.

—Pasa.

Celeste abrió la puerta y entró vestida con un camisón de franela.

—Has vuelto a quedarte a trabajar hasta tarde.

—Sí, siempre tengo algo que hacer.

—Pero todavía no han empezado las sesiones de la próxima legislatura, ¿no puedes intentar relajarte un poco?

—Estoy bien, Celeste.

—Ya nunca te acuestas conmigo.

—Prefiero utilizar la habitación de invitados, así no te molesto.

—¿Estás saliendo con alguna otra mujer? —le preguntó de pronto.

Garth la miró boquiabierto.

—¿Perdón?

—¿Estás enamorado de otra mujer, Garth?

—No, claro que no.

—Me alegro —Celeste sonrió, evidentemente aliviada—. Eres un buen hombre, Garth.

¿Un buen hombre? Un buen hombre no mentía y asumía la responsabilidad de sus actos.

—Buenas noches —Celeste se dirigió hacia la puerta.

Garth elevó el rostro hacia el cielo y luchó contra el pánico que lo atenazaba. Sabía que tenía que decir la verdad, que no tenía otra opción si quería continuar respetándose a sí mismo.

—Hay algo que deberías saber, Celeste.

Vio la sombra del miedo en la expresión de su esposa cuando se volvió hacia él.

—¿Qué ocurre?

—Tuve una aventura, una vez, hace veinticinco años.

—Eso es mucho tiempo —contestó Celeste con evidente alivio—. ¿Y ella significaba algo para ti?

—No. Estaba confundido y cometí un terrible error del que he estado arrepintiéndome desde entonces. Pero nunca me había atrevido a hablarte de ello. Debería habértelo dicho hace mucho tiempo.

Celeste cruzó la habitación, le rodeó el cuello con los brazos y lo atrajo hacia ella.

—No pasa nada, Garth, no siempre somos como queremos ser.

Garth tuvo la impresión de que estaba reconociendo en ese momento sus propios errores, además de los suyos, y la quiso todavía más. Celeste lo sabía, sabía que había aspectos de su matrimonio que para él eran decepcionantes y asumía su responsabilidad en ello.

Qué gran persona. Era una mujer a la que, definitivamente, tenía que admirar.

Estuvo a punto de hablarle de Lucky, pero se contuvo. No quería tener que enfrentarse a algo que quizá ni siquiera fuera un problema. Antes de decirle nada, tenía que averiguar si realmente era su hija.

—Gracias, Celeste —musitó.

—Te quiero, Garth.

—Yo también te quiero.


Mike entró en el despacho de su hermano.

—Ya han pasado dos semanas.

Josh dejó el bolígrafo en la mesa, colocó los brazos detrás de la cabeza y estiró las piernas.

—¿Se puede saber de qué demonios estás hablando?

—Ya sabes de lo que estoy hablando. No he sabido nada de ella. ¿Se ha puesto en contacto contigo?

—¿Ella?

—Lucky. Y si se ha puesto en contacto contigo, quiero que me lo digas inmediatamente, ¿de acuerdo?

—Eh, tranquilo, tranquilo. Jamás te ocultaría algo así. Si Lucky hubiera llamado, te lo habría dicho, pero no ha llamado.

Mike comenzó a caminar nervioso por el despacho. No había dormido bien ni una sola noche desde que Lucky se había marchado.

—Pero a estas alturas tiene que haberse quedado sin dinero —le dijo—. Su cheque mensual está esperando en mi despacho y no puedo enviárselo porque no tengo ninguna dirección.

—Probablemente esté bien. Consiguió un préstamo para arreglar la casa, ¿recuerdas? Seguramente estará viviendo de ese dinero.

—Fred Sharp me ha dicho que le dejó un cheque en un sobre. A él ya le ha pagado todo lo que le debía.

—A lo mejor pidió más dinero del que le ha pagado a él.

—Según Byron Reese, no pidió mucho más.

—¿Byron Reese te ha dado ese tipo de información?

—Vamos, estamos en Dundee, aquí la intimidad no cuenta. ¿De qué estará viviendo?

—No lo sé —dijo Josh encogiéndose de hombros—. Desde que Lucky desapareció, estás cada día peor, pero no puedo ayudarte. Se fue sin dejar ninguna dirección.

Mike había intentando localizarla en Boise, pero en ningún hotel de la zona sabían nada de ella. Incluso había conducido hasta allí y había estado buscándola por las calles. Sabía que era un vano esfuerzo, pero era preferible a continuar sentado en Dundee sin hacer nada.

—¿Qué quieres que haga en el caso de que llame?

—Retenerla al teléfono y pasarme la llamada. O intentar localizar el número desde el que llama.

—¿Y si sólo llama para intentar vender la casa?

—Si Lucky quiere vender la casa, tendrá que tratar directamente conmigo.

—Siempre puede llegar a un acuerdo con Fred Winston y vendérsela a cualquier otro.

A Mike no le gustaba nada que Lucky pudiera hacer algo que no fuera volver. Pero estaba convencido de que a la larga terminaría poniéndose en contacto con él para venderle la casa. A pesar de lo que él en un principio pensaba, Lucky quería aquella casa tanto como él. Y además, lo quería a él.

—Llamará —dijo, intentando conservar la esperanza.

¿Aquello era Phoenix? Porque en ese caso, no estaba en la mejor parte de la ciudad. Lucky miraba a través de la ventana el aparcamiento del hotel, en el que apenas había coches. A juzgar por el parque de caravanas que había en la calle de enfrente y las piedras claras que había debajo de la ventana, no estaba en Oregón. Había estado ya en Oregón, y en Utah, y en California. No podía recordar ningún otro estado. Los paisajes se fundían en su mente. Las señales de la carretera dejaban de tener sentido cuando uno no tenía adónde ir. Lucky se había limitado a conducir con la música del coche a todo volumen, a parar para tomar café y a seguir conduciendo hasta encontrar un hotel. Apenas podía recordar nada de las tres semanas anteriores, salvo el dolor que sentía cada vez que se despertaba y comprendía que no volvería a ver nunca más a Mike.

Cerró las cortinas para olvidarse de aquel día gris y se tumbó en la cama. Inmediatamente poblaron su mente las imágenes de Mike acariciándola, besándola, cuidándola.

Cada vez que cerraba los ojos veía su rostro, sentía el calor de su piel contra la suya…

Tiempo de marcharse. Obligándose a levantarse de la cama para que el dolor no la inmovilizara, comenzó a guardar sus cosas en la mochila. No podía continuar allí ni un día más. Ni siquiera podía quedarse el tiempo suficiente para comenzar a trabajar como voluntaria. Tenía que continuar moviéndose, conduciendo… intentando olvidar.

Quizá en Nuevo México consiguiera sentirse como en casa.

Aunque, realmente, lo dudaba.


—¿Dónde está Mike? —preguntó Bárbara, dirigiéndole a Josh una mirada escrutadora en cuanto éste, su esposa y Brian entraron en casa.

—Me ha dicho que no va a venir a comer.

Durante las últimas semanas, Mike no se había presentado a ninguna de las comidas que celebraban los domingos en familia. Bárbara había intentado disimular su desilusión, pero aquel día no fue capaz de dominarse.

—¿Otra vez? Hace semanas que no viene.

—Está muy ocupado. Comienza la temporada de cría y…

—La temporada de cría nunca ha supuesto ningún obstáculo.

—Si quieres saber la verdad, mamá, estoy un poco preocupado por él.

—¿Por qué?

—Está triste.

—¿Triste? Mike siempre ha sido un hombre feliz.

—Bueno, pues ahora está triste. Creo que está enamorado de Lucky.

Bárbara se llevó la mano al pecho. Imaginaba que

Josh diría algo de Lucky. Había estado hablando de la hija de Red desde que ésta había abandonado la ciudad. Decía que Mike no era el mismo, que estaba enamorado de esa chica, pero Bárbara no lo creía. Estaba segura de que Mike se olvidaría de ella en cuestión de semanas.

—«Amor» es una palabra muy fuerte, Josh.

—Lo sé, pero así es —replicó—. No creo que Mike se dé cuenta, pero es incapaz de pensar en ninguna otra cosa. Estoy seguro de que en parte, ésa es una de las razones por las que no ha venido. Está esperando que Lucky lo llame y no quiere perderse esa llamada.

—Tonterías. Está así porque todavía está enfadado con tu padre, ¿verdad, Larry? Todavía no lo ha perdonado.

—No estoy tan seguro de que sea eso —respondió Josh.

Bárbara recordó entonces lo que le había dicho Lucky en la puerta de su casa: «No, Mike no me quiere». La conversación con Lucky había estado aguijoneándola desde hacía unos cuantos días, al igual que la expresión enamorada que había visto en sus ojos. Pero no podía pensar en ello. Lucky se había ido para siempre. Mike nunca se había enamorado y mucho menos de la hija de Red. Y si Lucky lo quería tanto como le había dicho, pues mala suerte.

Se ató con fuerza el delantal y por fin consiguió esbozar una sonrisa.

—Ya la olvidará —insistió—. Venga, vamos a comer antes de que se enfríe la comida.

# Capítulo 22

EL TELÉFONO sonó.

Arrancándose a sí mismo del sueño, Mike alargó el brazo hacia él. Lucky. A esa hora tenía que ser ella. Por fin había llamado.

—¿Diga? —dijo con entusiasmo.

—¿Mike?

Era su madre. Mike se dejó caer contra la almohada y se aclaró la garganta, intentando evitar que su voz reflejara su desilusión.

—Hola, mamá, ¿ocurre algo?

—No, pero estaba levantada dando vueltas por la casa y se me ha ocurrido llamarte. ¿Te he despertado?

—No, sólo estaba dormitando, ¿qué pasa?

—Te hemos echado de menos en la cena.

Así que estaba enfadada porque no había ido a la cena.

—Tenía mucho trabajo —contestó vagamente.

—¿Todavía estás enfadado con tu padre?

Mike no sabía si tenía derecho a estar enfadado. Teniendo en cuenta lo que él mismo había pensado de Lucky en el pasado, no podía culparlo por su reacción.

—No, papá me llamó y ya hablé con él. ¿Qué tal está?

—Intentando olvidar el pasado.

—Estupendo.

—Creo que es algo que todos deberíamos hacer.

—Sí, probablemente sea lo mejor.

—¿Seguro que estás bien?

—Seguro. Sólo un poco ocupado.

Se hizo un tenso silencio al otro lado del teléfono.

—Bueno, será mejor que te vayas a la cama.

—Josh cree que estás enamorado de Lucky —dio de pronto su madre—, ¿es posible, Mike?

Mike abrió la boca para negarlo. Pero no pudo. Porque sabía que era verdad.

—Eso es lo de menos. Lucky ya se ha ido.

—¿Entonces no te ha llamado?

—Ni una sola vez.

—Si se pusiera en contacto contigo, ¿qué le dirías?

Mike vaciló. Sabía que su madre no querría oír la verdad, pero él ya había intentado evitársela. En aquella ocasión, fue incapaz de reprimir tres palabras:

—Vuelve a casa.

—¿Qué?

Mike no contestó.

—¿Me estás diciendo que esa chica podría convertirse en mi nuera algún día?

En realidad, hasta entonces Mike había estado tan ocupado intentando minimizar lo que sentía que nunca se había permitido imaginarse algo permanente. La imaginó sonriéndole mientras él deslizaba una alianza en su dedo y sintió una oleada irreprimible de orgullo y deseo.

—¿Y bien? —lo presionó su madre.

—No sé. No parece que estemos hechos el uno para el otro, excepto…

—¿Excepto? —repitió su madre con un hilo de voz.

Mike recordó a Lucky y su mirada de «no te necesito», y su manera de rechazar a los demás antes de que pudieran rechazarla a ella, y no pudo evitar una sonrisa.

—Excepto para lo único que importa.


Mike repasó con un bolígrafo el número que había anotado unos minutos antes. Según Rob Strickland, de la compañía telefónica, Lucky sólo había hecho dos llamadas a Washington mientras estaba en Dundee, ambas al mismo número. Lo cual quería decir que era el teléfono de uno de sus hermanos. Lucky le había comentado que no estaban muy unidos, pero habían pasado más de tres semanas desde que se había ido y seguramente ellos sabrían cómo ponerse en contacto con ella.

—¿Diga?

Habían pasado muchos años desde la última vez que había hablado con alguno de ellos, de modo que Mike no reconoció la voz.

—¿Sean?

—Soy Kenny.

—Soy Mike Hill.

El silencio que se hizo al otro lado de la línea fue ensordecedor, pero Mike no esperaba otra cosa.

—¿Qué puedo hacer por ti, Mike?

—Estoy buscando a Lucky.

—¿A Lucky?

—Sí, a tu hermana.

—¿No está viviendo al lado de tu casa? —la confusión de Kenny parecía sincera, lo que aumentó la preocupación de Mike. ¿Le habría pasado algo a Lucky?

—Se fue hace casi un mes, ¿no has sabido nada de ella?

—No, ¿ha habido algún problema?

Mike no había sido capaz de quitarle las manos de encima, lo que, definitivamente, había terminado siendo un problema.

—No que yo sepa. Es sólo que… —¿qué podía decirle? ¿Que sabía que su hermana era demasiado joven para él, pero no podía vivir sin ella?— me comentó que estaba dispuesta a vender la casa y quería ponerme en contacto con ella.

—¿Cuánto piensas ofrecerle?

—Tú llámame cuando sepas algo de ella, ¿de acuerdo?

A Kenny no le gustó aquella respuesta.

—Quizá sí o quizá no —dijo, y colgó el teléfono.

Mike frunció el ceño y dejó el auricular en su lugar. Evidentemente, a la familia de Lucky él no le gustaba más de lo que a su familia le gustaba ella.


A Lucky le latía con tanta fuerza el corazón que apenas podía oír nada. Fijaba la mirada en la prueba de embarazo sabiendo que muy pronto tendría una respuesta y mientras esperaba, se decía que debía rezar para que el resultado fuera negativo. No esperaba encontrarse con aquella clase de complicación. No tenía un hogar, ni siquiera una dirección a la que acudir y, desde luego, no quería criar a su hijo en los refugios para gente sin techo en los que trabajaba como voluntaria. No tenía ni familia ni amigos que la apoyaran… Y aun así, llevar en sus entrañas un hijo de Mike le hacía experimentar una extraña sensación de anhelo. Si estaba embarazada, tendría el hijo. Y lo cuidaría y querría con todo su corazón.

Miró el reloj. Habían pasado ya cincuenta segundos. Sólo faltaban diez para conocer el resultado.

Aparecieron de pronto las letras digitales. Apenas eran visibles al principio, pero poco a poco fueran haciéndose más oscuras, más nítidas. Lucky esperaba encontrarse con la respuesta negativa, por eso parpadeó varias veces al ver el resultado. Acercó el indicador a la luz. El resultado de la prueba estaba claro: estaba embarazada.


—Mike, soy el senador Holbrook.

Mike se volvió para apartarse de Josh, que estaba frente a él, en la mesa de la sala de reuniones, revisando un folleto nuevo.

—Hola, senador, ¿qué puedo hacer por usted?

—¿Es verdad que Lucky se ha ido del pueblo?

—Sí.

—¿Podías darme su número de teléfono, por favor?

—Me temo que no lo tengo.

—¿Y conoces a alguien que lo tenga?

—No.

—¿Su familia, sus hermanos?

—Ya he hablado con ellos y no ha habido suerte.

—Entonces no sabes adónde ha ido.

Mike había contratado a un detective privado para que la localizara, pero no quería decirlo delante de Josh. Mike no había vuelto a tener noticias de sus padres desde que había admitido lo que sentía por Lucky.

Holbrook parecía no saber cómo actuar.

—¿Quiere que le diga algo en el caso de que consiga ponerme en contacto con ella? —le preguntó Mike.

—Sí, por favor. Dile que estoy dispuesto a hacerme la prueba —y colgó el teléfono.

Mike se quedó mirando fijamente el aparato. ¿La prueba? ¿La prueba de la paternidad?

—¿Qué quería Holbrook? —le preguntó Josh.

Mike intentó inventar una mentira, pero nada, excepto la verdad, acudía a sus labios.

—Quiere lo mismo que yo —admitió.

—¿El qué?

—Encontrar a Lucky.


Los Ángeles era un lugar tan bueno como cualquier otro para empezar una nueva vida, decidió Lucky mientras paseaba por una casa que estaba en venta. El tiempo era agradable, y también las playas que tenía a sólo una manzana de distancia. Le gustaba sentarse a ver las olas rompiendo en la arena. Incluso le gustaba aquello de lo que la mayor parte de la gente se quejaba: los miles de kilómetros de cemento y las calles abarrotadas de gente. Probablemente porque no había nada en Los Ángeles que le recordara a las montañas del norte de Boise, en las que vivía aquel vaquero que le había robado el corazón.

—¿Qué le parece? —la agente de la inmobiliaria miró con impaciencia el reloj—. Como ya le he dicho, no se encuentran este tipo de casas a menudo. Si le interesa, tendrá que decidirse rápidamente.

Lucky se apartó de la ventana y de las risas y las voces que llegaban desde fuera. Aquella casa, recién pintada y con los suelos de madera, tenía más de cuarenta años y sólo contaba con dos dormitorios pequeños y un cuarto de baño. Pero las vistas y el barrio la convertían en un lugar especial. Lucky sabía que debería alquilar un apartamento antes de decidirse a quedarse en aquella ciudad para estar segura de que realmente le gustaba. Pero aquella vez quería echar raíces. Por su hijo. Su futuro hijo podría creer sin padre, pero Lucky estaba decidida a darle mucho más que lo que su madre había sido capaz de ofrecerle: estabilidad y una alta consideración de sí mismo. Y para ello tenía que empezar con un hogar estable.

—Me la quedo. Tendré que esperar a vender antes la casa que tengo en Idaho, pero no es ningún problema. Tengo un comprador que la quiere y tiene el dinero para ello. No tardaré más de un par de semanas en cerrar la venta.

—Oh, estupendo. Entonces, será mejor que empecemos a hacer los papeles.

Lucky suspiró y asintió. Estaba haciendo lo que debía, se dijo. Conseguiría un trabajo y se convertiría en la clase de madre que ella nunca había tenido.

Pero no tenía valor para llamar a Mike. No se atrevía a oír su voz. De modo que llamaría a Josh.

# Capítulo 23

MIKE, por fin he tenido noticias de ella.
Mike se levantó de un salto cuando Josh entró en su despacho.

—¿Cuándo?

—Ahora mismo.

Mike miró con ansiedad los botones de su teléfono.

—¿Por qué línea?

—Eh… ya no está al teléfono.

—¿Y por qué no? Te dije que quería hablar con ella. ¿Has conseguido su número? ¿Tengo alguna forma de localizarla?

—Tengo un número de fax. Eso es lo único que me ha dado.

—¿Un número de fax?

—Me ha pedido que le hagamos una oferta por la casa. Le he dicho que tenía que hablar contigo, me ha contestado que le enviáramos una oferta por fax y me ha colgado.

—¿Y eso ha sido todo?

—Bueno, también me ha pedido que intentáramos hacer las cosas rápidamente.

Mike volvió a sentarse en su silla.

—¿Y por qué tanta prisa?

—No me lo ha dicho. Supongo que necesitará el dinero.

Por supuesto que lo necesitaba. Debería haber llamado mucho antes.

—¿Le has dicho que el senador Holbrook está intentando localizarla?

—No, ella ha sido todo eficacia, ha ido directamente al punto que le interesaba, y yo estaba demasiado ocupado intentando alargar la conversación para que pudieras hablar con ella —se interrumpió un instante—. De todas formas, ¿qué quiere el senador de Lucky? Nunca me lo has dicho.

—No puedo decírtelo.

Mike pensó que Josh iba a presionarlo, pero no lo hizo.

—¿Y bien?

—¿Y bien qué?

—¿No vas a enviarle una oferta?

Lucky... ¿Qué querría Lucky?, se preguntó. ¿Sería más feliz sin él? ¿Ése era el mensaje que estaba intentando enviar?

Esperaba que no.

—Sí, le enviaré una oferta por fax —dijo Mike por fin.

—¿Cuánto vas a ofrecerle?

Teniendo en cuenta lo que podía llegar a perder, tenía que jugarse el todo por el todo.

Lucky estaba sentada en la oficina de la inmobiliaria, esperando el fax de Josh. Le había pedido que respondiera rápido y estaba bastante segura de que lo haría. Los hermanos Hill llevaban demasiado tiempo esperando a quedarse con la casa de Morris como para no enviarle una respuesta.

Priscilla, la agente que estaba atendiéndola, la miró por el rabillo del ojo mientras hablaba por teléfono y sonrió. Lucky sabía que era una sonrisa de cortesía, un reflejo automático, y era una pena. Porque le habría gustado tener una verdadera amiga en aquel momento. Le sudaban las palmas de las manos y le resultaba difícil respirar. Por fin estaba tomando las riendas de su futuro, viviendo su propia vida. Estaba despidiéndose de Dundee y de Mike Hill para siempre.

Esperando calmar los nervios del estómago, hizo un esfuerzo para alejar la sensación de pérdida y arrepentimiento que aquella despedida generaba, además de las terribles preguntas que la perseguían desde que se había enterado de que estaba embarazada. ¿Debería decírselo a Mike? Y si debía decírselo, ¿cuándo hacerlo exactamente? ¿Y cómo?

Imaginó a la familia y a los amigos de Hill. Todo el mundo lo admiraba. Seguramente, si supiera lo del bebé, Mike se sentiría más obligado a elegir entre ella y su familia.

No, de momento no debía decírselo, decidió. Quizá no debiera decírselo nunca. Mike tenía todo lo que necesitaba, todo lo que quería. Y ella sólo tenía a aquel niño.

Cuando empezó a salir el papel del fax, la aprensión le tensaba cada uno de los nervios. Cuando Josh le había preguntado cuánto quería por la casa, ella le había pedido únicamente el dinero que necesitaba para poder comprar la casa de la playa. Ella no iba detrás del dinero de Mike. Quería lo menos posible. Pero tenía la obligación de ofrecerle al bebé un buen comienzo y eso significaba que necesitaban un techo decente bajo el que vivir. Además, había establecido un precio tan bajo confiando en que, si Mike no compraba, cualquier otro estaría dispuesto a quedarse con la casa. No tenía tiempo para dedicarse a especular.

Lucky fijó la mirada en el fax hasta que la luz se apagó y dejó de sacar papel. Estuvo a punto de levantarse para recogerlo ella misma, pero estaba en una agencia y, durante los treinta minutos anteriores, habían llegado varios faxes. No tenía ninguna garantía de que aquél fuera el suyo.

Esperó a que Priscilla colgara el teléfono e hiciera los honores, pero con cada segundo, aumentaba su ansiedad. Aunque Mike y su familia habían estado durante años detrás de aquella casa, temía que no quisieran apoyarla cuando realmente lo necesitaba..

Priscilla puso punto por fin a la conversación y colgó el teléfono.

—Creo que ha llegado el fax que estamos esperando —le advirtió Lucky.

—Sí, aquí hay algo —Priscilla cruzó la habitación y revisó el fax que había llegado.

Pero frunció el ceño mientras regresaba caminando lentamente hacia Lucky.

—¿Ocurre algo?

—No estoy segura de que sea esto.

A Lucky se le cayó el corazón a los pies. Así que no le enviaban lo que necesitaba. A lo mejor Mike y Josh no se habían puesto de acuerdo en lo que estaban dispuestos a pagar. Quizá…

—Supongo que, al fin y al cabo, es una oferta —dijo Priscilla mientras ordenaba los papeles—, aunque no es exactamente el tipo de oferta que estábamos esperando.

—¿Para quién es?

—Para ti —le tendió el fax y la miró apoyando las manos en las caderas.

Lucky fijó la mirada en el fax. Procedía del rancho, sí. Pero no era de Josh, era de Mike. El mensaje de la primera página decía *Ésta es mi mejor oferta*.

¿Su mejor oferta? ¿Qué quería decir? ¿Que no estaba dispuesto a negociar?

Lucky apartó aquella hoja y leyó la segunda página. En ese momento comprendió por qué a Priscilla le había costado entender lo que estaba viendo. También Lucky tardó algunos segundos en comprenderlo, pero al final comprendió que aquello era la fotografía de una sortija. Una sortija con un diamante.

¿Por qué le habría enviado Mike algo así?

Buscó en la hoja siguiente, y entonces lo comprendió: *No quiero la casa, te quiero a ti, cásate conmigo.*

Lucky no se lo podía creer. Alzó la mirada asombrada y vio a Priscilla, una mujer dura y profesional, sonriendo como una adolescente de trece años.

—Estoy soltera, de modo que no soy ninguna experta en ese campo, pero por el tamaño del diamante, creo que la oferta no está nada mal.

Lucky no era capaz de pronunciar palabra. ¿Mike quería que se casara con él? ¿Que fuera la señora de Mike Hill? ¿Que viviera con él, que durmieran juntos y…? ¡Su bebé! Sintió que el pecho se le encogía. Podrían criar juntos a su bebé.

¿Pero qué diría su familia? ¿Y qué dirían en el pueblo? Y con la importancia que le daba Mike a su diferencia de edad… ¿Podrían quererse lo bastante como para superar todo eso?

—Hay una hoja más —Priscilla la ayudó a secarla.

Tenía el aspecto de un contrato. En la primera línea decía: *Oferta*, y en la siguiente: *Todo lo que tengo, todo lo que soy.* La firma y la fecha que cerraban el texto le daban al contrato un aspecto muy oficial.

De pronto Lucky comprendió por qué decía Mike que aquélla era una oferta inmejorable. Él no tenía nada más que entregarle.

Priscilla sonreía de oreja a oreja.

—Vaya, si tú no aceptas esta oferta, creo que lo haré yo.

A Lucky se le llenaron los ojos de lágrimas, pero intentó reír.

—Como agente que soy, me toca a mí responder —

Priscilla inclinó la cabeza y arqueó una ceja con expresión traviesa—. ¿Qué debo contestar?

Mike permanecía al lado del fax, esperando con el corazón palpitando a toda velocidad. ¿Aceptaría? En una ocasión, le había dicho que lo amaba, pero en el caso de Lucky, no estaba seguro de que el amor fuera suficiente. Había sufrido mucho en Dundee. Quizá ya no pudiera soportar más sufrimiento. Quizá el amor que sentía hacia él no era suficiente para que se decidiera a instalarse definitivamente en aquel lugar.

—Creo que nunca te había visto tan nervioso —comentó Josh.

Mike no respondió. Desde que Josh había nacido, prácticamente lo había compartido todo con su hermano. Suponía que eso significaba que era normal que lo hubiera hecho partícipe también de aquel momento, puesto que era uno de los más espeluznantes de su vida. Pero estaba demasiado preocupado pensando en cómo iba a manejar su desilusión en el caso de que Lucky le dijera que no. Jamás se había encontrado en una situación parecida.

—Sé que te quiere —dijo Josh, como si estuviera intentando convencerse también él—. Me lo dijo el día que estuve hablando con ella en el establo. Ni siquiera se molestó en negarlo. Ella…

Mike lo interrumpió para que se callara. Ya estaba suficientemente nervioso como para tener que sumar a la suya la ansiedad de su hermano.

—Si de verdad estás tan seguro de que va a decirte que sí, deja ya de moverte, que vas a hacer un agujero en la alfombra.

—La verdad es que yo no me preocuparía tanto porque pudiera decirte que no. Si dice que sí, la situación va a ser mucho peor.

Mike se pasó la mano por el pelo.

—¿Lo dices por papá y por mamá?

—Y por el tío Bunk, y por la tía Cori, y por todos los demás —Josh se encogió de hombros, dio media vuelta y siguió caminando—. Bueno, de esa forma a lo mejor me convierto en el favorito de la familia durante algún tiempo.

—Eres el pequeño de la familia. Siempre has sido el preferido.

—Entonces esto servirá para consolidar mi posición —dijo Josh, mirando el reloj.

—¿Cuánto tiempo ha pasado?

—Quince minutos.

—A mí me parece que mucho más.

—Lo sé. La espera me está matando. Cualquiera diría que soy yo el que ha hecho la proposición.

Mike se echó a reír, pero se interrumpió en el momento en el que el fax comenzó a cobrar vida.

—Aquí está.

Josh se acercó a él. Ambos observaron el papel mientras iba saliendo de la máquina, pero al final fue Mike el que retiró lo que Lucky había enviado.

La primera página indicaba que estaba enviando el fax desde una agencia inmobiliaria de Los Ángeles, pero la información ya no era ninguna sorpresa para ellos. Habían localizado antes el código y el número de fax y sabían que Lucky estaba al sur de California. Mike no estaba seguro de que estuviera dispuesta a volver desde aquella parte del mundo. Los Ángeles estaba muy lejos de Dundee.

Miró a Josh antes de pasar a la segunda página. En ella aparecía un recorte de una revista. Era la fotografía de... ¿un bebé?

—¿Qué es eso? —preguntó Josh confundido.

—Un bebé, creo —contestó Mike.

—¿Pero qué significa?

Mike no tenía ni idea. No había nada escrito bajo la fotografía. Buscó en la última hoja, pero en ella sólo había una pregunta: *¿Sigue en pie la oferta?*

Mike miró a su hermano a los ojos.

—No entiendo nada —dijo Josh—. ¿Eso qué puede ser?

Mike no se lo podía imaginar. Él... De pronto, comenzó a comprender lo que Lucky estaba intentando decirle. Se le cayó el fax al suelo. El impacto de la noticia lo había dejado sin fuerzas. Un bebé... un bebé... ¡Su bebé!

—Vaya —dijo y tuvo que apoyarse en la mesa para no caerse.

Josh miró de nuevo la fotografía que Mike acababa de dejar caer.

—No estará diciendo que...

—Creo que sí —contestó Mike.

Tomó aire para intentar vencer la sensación de mareo. Había estado a punto de perder a Lucky y a su hijo. Si Lucky no se hubiera puesto en contacto con Josh para venderle la casa... El enfado comenzaba a bullir en su interior.

—¿Estás bien? —le preguntó Josh.

—¿Cómo ha podido marcharse sin decírmelo? —gritó—. ¿Cómo fue capaz de irse sin despedirse siquiera? Y se supone que no pensaba decírmelo nunca. Por el amor de Dios, si te ha llamado a ti. ¿Y yo? ¿No pensaba hablar conmigo?

Josh lo miraba avergonzado, pero Mike tardó algunos segundos en darse cuenta de que su hermano sabía más de lo que estaba diciendo.

—¿Qué pasa? —le dijo entonces—. ¿Lo sabías? ¿La amenazaste para que se fuera o algo parecido?

—Yo jamás haría algo así —contestó ofendido—. Pero...

—Cuéntamelo todo —le dijo Mike sombrío—, ahora.

Josh agarró la fotografía del bebé y bajó la mirada hacia ella.

—De acuerdo. ¿Te acuerdas del día que no encontrábamos a mamá?

—Sí.

—¿Y de que yo estaba en casa cuando llegaste con ella?

—Sí.

—Pues bien, yo había dejado de buscarla porque…

—¿Porque…?

—En ese momento ya sabía que estaba bien. Nos habíamos encontrado en la carretera cuando ella salía de casa de Lucky.

—¿Y ella te contó si había hablado con Lucky?

—No me dijo nada, lo cual ya es bastante significativo. Me comentó que quería pasarse por Finley's para comprar algo para la cena, así que yo me fui a casa a decírselo a papá.

Mike dejó caer la cabeza entre las manos. Se había preguntado muchas veces por los motivos de la repentina marcha de Lucky, y de pronto los sabía. Desgraciadamente, aquello no auguraba nada bueno para sus futuras relaciones con la familia.

Pero esperaba que su madre entrara en razón algún día. En cuanto tuviera oportunidad de conocer a Lucky, le gustaría. Además, Lucky y él escondían un as debajo de la manga. Iban a tener un hijo, y su madre nunca sería capaz de rechazar a un nieto.

—Envíale a Lucky otro fax —le dijo.

—¿Y qué quieres que le diga? —preguntó Josh.

—Dile que quiero cerrar el trato inmediatamente.

# Epílogo

EL TIMBRE de la puerta sonó el miércoles a las diez de la mañana, sorprendiendo a Lucky. Las dos semanas que habían seguido al nacimiento del bebé habían sido un torbellino de emociones y actividad. Habían ido a verlos sus hermanos, y también los amigos y la familia de Mike, y el propio Mike pasaba mucho tiempo en casa. Pero durante los dos días anteriores, el ritmo parecía haberse hecho más lento. Aunque Mike aparecía todos los días a la hora de comer, y normalmente prolongaba el almuerzo porque no soportaba la idea de marcharse, trabajaba por las mañanas y durante la mayoría de las tardes, de modo que Lucky tenía el privilegio de pasar bastantes horas a solas con su hija.

El timbre volvió a sonar. Lucky corrió las cortinas y vio al senador Holbrook en el porche. Durante los meses anteriores, la había llamado en algunas ocasiones para preguntarle qué tal se encontraba. Incluso se había ofrecido a hacerse la prueba de paternidad. Pero había habido tantos cambios positivos en su vida, que Lucky había rechazado la idea. En el fondo, le habría gustado saber la verdad, pero comprendía que Mike estaba preocupado por la posible reacción de Gabe. Ella no quería causarles problemas ni a Gabe, ni a Reenie ni a nadie. Mike y ella eran muy felices juntos. La úlcera contra la que había estado luchando durante más de un año antes de regresar a Dundee había desaparecido. Y tenía mucho más de lo que nunca se había atrevido a soñar.

—Buenos días —le dijo con una sonrisa mientras le abría la puerta.

—Espero no llegar en mal momento.

—No, de hecho, agradezco la compañía. Sabrina ha estado durmiendo durante toda la mañana.

Lo invitó a pasar y el senador se sentó en un sofá antiguo que Lucky y Mike habían comprado en una subasta en Boise.

—Has hecho grandes cambios en la casa —dijo mirando a su alrededor—. Está preciosa.

Lucky experimentó un momento de orgullo cuando se sentó frente a él. Cuando Mike y ella habían ido a vivir a aquella antigua casa victoriana, lo habían considerado como un símbolo de paz que podía unir a ambas familias. Y había sido una buena opción. Lucky por fin se sentía como si perteneciera a algún lugar.

—Gracias, todavía no tengo la capacidad de Celeste para llenar la casa de pinturas y obras de arte, pero lo estoy intentando.

—Estoy seguro que de ella podría ayudarte si te apetece salir algún día de compras con mi mujer.

—Me encantaría.

—A lo mejor podemos salir un día los tres a comer y después ir de compras.

Lucky vaciló un instante. No sabía cómo responder. ¿Los tres?

—Senador…

—Por favor, llámame Garth.

—Garth, entiendo que respondieras como lo hiciste en el pasado. Por favor, no te quedes con la sensación de que me debes algo.

El senador desvió la mirada hacia Sabrina, que dormía en su moisés, y Lucky recordó entonces el día que se había encontrado con Garth durante una de sus primeras salidas al pueblo tras el nacimiento de su hija. El senador la había parado para ver al bebé y parecía conmovido por aquel encuentro.

—Creo que Mike ha hecho lo que debía —dijo el senador, sorprendiéndola al cambiar tan repentinamente de tema.

—¿A qué te refieres?

—Le ha dejado claro a todo el pueblo lo mucho que te quiere y te respeta y no ha dejado que el pasado interfiera de ninguna manera en el futuro.

Lucky le sonrió. El comportamiento de Mike había conseguido mucho más que neutralizar los rumores y los resentimientos. Si alguien se volvía o musitaba algo en su presencia, Mike la rodeaba con el brazo y la miraba con orgullo. Incluso su madre había empezado a ser más amable con ella, sobre todo desde que había nacido el bebé.

—A veces me cuesta creer que me haya casado con él —admitió Lucky—. He estado enamorada de Mike desde que tenía dieciséis años.

—Al principio no lo comprendía, pero estoy empezando a darme cuenta de que es él el afortunado.

—Gracias.

Garth abrió la boca para decir algo más, pero el llanto de Sabrina se lo impidió. Lucky se excusó y se llevó a su hija a la cocina. Cuando volvió, Garth parecía incapaz de dejar de mirar a la niña.

—¿Quieres tenerla en brazos? —le preguntó Lucky.

Garth asintió y Lucky le colocó el bebé en brazos.

—Es preciosa.

Lucky sonrió.

—Mike la adora.

Garth no respondió inmediatamente. Continuaba mirando a la niña, que parecía igualmente encantada con él. A final, alzó la mirada.

—Lucky, quiero hacerme la prueba de paternidad.

—¿Qué?

—Quiero formar parte de tu vida y de la vida de tu hija.

—¿Pero qué dirán Gabe y Reenie? —preguntó Lucky.

—Ya se lo he dicho a Celeste. Con su apoyo, mis hijos podrán asumir la noticia. Ella no para de decirme que los subestimo y que si quiero llegar a conocerte, debería hacerlo. Y creo que tiene razón. Celeste incluso dice que podría venirles bien tenerte como hermana.

Lucky jamás había esperado oír aquellas palabras de los labios de Garth Holbrook.

—Nunca me he sentido tan halagada —contestó—. Pero todavía estás pendiente de las elecciones, ¿verdad? Un escándalo podría costarte la carrera política.

—Es posible, pero... —le dio un beso a Sabrina—. Para mí hay cosas más importantes que un escaño en el Congreso.

Lucky posó entonces la mano en su brazo.

—Ojalá seas realmente mi padre —susurró, y lo decía de todo corazón.

# BUSCANDO SU LUGAR

## BRENDA NOVAK

# Prólogo

*La Casa de la Maternidad*
*Enchantment, Nuevo México*
*Junio de 1993*

Lydia Kane tenía una mirada amable e inteligente. Hope Tanner la miró a los ojos mientras otro dolor la atravesaba. Las contracciones eran cada vez más frecuentes y mucho más fuertes. Aquello no se parecía a nada que hubiera sentido antes. Y acababa de cumplir los diecisiete años.

—Eso es —le dijo Lydia—. Lo estás haciendo muy bien. Relájate y respira.

—Quiero empujar —pidió Hope entre jadeos.

—Todavía no —le dijo Lydia con firmeza—. No has terminado de dilatar, y no quiero que te desgarres.

Hope pensó que Dios la estaba castigando. Se había escapado de casa y se había negado a aceptar la voluntad del Señor, según su padre. Aquello era el precio que tenía que pagar.

Estaba agotada, pero no quería quejarse. No deseaba hacer nada que irritara a la única persona que la había ayudado durante el embarazo. Lydia era decidida y fuerte, y Hope la admiraba y la temía. Aquella mujer era la propietaria de La Casa de la Maternidad y debía de tener unos sesenta años, pero no era una abuelita dulce y tierna. Lydia tenía los ojos y el pelo grises y hablaba con firmeza. Parecía saberlo todo sobre el mundo y conseguía que los demás se doblegaran a su voluntad. Tomaba el mando como el padre de Hope, lo cual era un hecho asombroso. Ella nunca habría pensado que una mujer podía tener tanto poder.

—¿Todo va bien? —preguntó Hope, débil, temblorosa y exhausta.

—Sí, perfectamente.

Mientras la mujer se incorporaba, Hope se fijó en el colgante que siempre llevaba en el cuello, una madre con un niño en brazos. Ella deseaba lo que simbolizaba aquel colgante, el amor y el cuidado de un hijo. Sin embargo, sabía que nunca podría experimentar ese goce. No con aquella hija, en cualquier caso.

—Ya no puede tardar mucho —le aseguró Lydia, mirando la hora—. Te llevaría al hospital si tuviera la más mínima preocupación. Esto está siendo muy difícil para ti, lo sé, pero el latido del corazón del bebé es fuerte y rítmico, y estás progresando. A veces, los primeros partos son muy largos.

Lydia había sido matrona durante más de treinta años y sabía lo que decía. Hope confiaba en ella. Eran los hombres los que siempre le habían fallado... Sintió otra contracción y reprimió un gemido de agonía. Apretó los puños y los dientes. No sabía cuánto tiempo más podría aguantar.

Excepto por la suave música de fondo, el lugar estaba en silencio. Parker Reynolds, el administrador, y las otras matronas que trabajaban en la clínica se habían marchado ya. Lydia y ella eran las únicas que quedaban allí. La habitación estaba preparada para ser acogedora, con velas aromáticas, luz suave y música relajante. No se parecía en nada a su casa, donde Hope compartía habitación con tres hermanos y hermanas. Si había velas, era porque les habían cortado la electricidad por no pagar la factura. Y la única música que les habían permitido escuchar había sido música clásica o himnos religiosos.

—Buena chica —le dijo Lydia, pasándole un paño fresco por la frente y acariciándola mientras Hope reprimía las ganas de empujar.

En aquel momento, a Hope ya no le importaba causarse daño físico, pero no quería disgustar a Lydia. La ecografía que le habían hecho indicaba que iba a tener una niña, y Lydia le había prometido que iría a una buena familia. Tendría unos padres que la adorarían, que le darían un buen hogar y que la enviarían al colegio y a la universidad. Le pagarían una boda por amor y se sentiría bien por ser mujer. Y además, nunca sabría nada de lo que había dejado atrás.

Hope quería un refugio para su hija, y no le importaba lo que le ocurriera a ella misma. Le haría a la niña el único regalo que podía darle: la salvaría de los Brethren.


—No hay trato —dijo Lydia, cuando entró en su despacho con el bebé de Hope en los brazos.

Parker Reynolds estuvo a punto de ahogarse al oírlo. Se volvió hacia su suegro, el congresista John Barlow, que estaba esperando con él, antes de mirar al bebé.

—¿Ha ocurrido algo? ¿Está bien Hope?

—La madre y el bebé están bien, pero... —los miró a los dos—. Es un niño.

Un niño... A Parker se le aceleró el pulso. Un niño lo cambiaba todo.

—¿Lo sabe Hope?

—No se lo he dicho todavía...

—¡Perfecto! —interrumpió el congresista—. Le preocupaba cómo resultaría todo si Parker y Vanessa adoptaban al bebé de Hope justo después de que la chica diera a luz. Ahora, ellos no tendrán que mudarse, y usted no tendrá que contratar a un nuevo administrador. Nadie relacionará las cosas.

Apesadumbrado, Parker se metió las manos en los bolsillos y miró por la ventana. Después de dos abortos, su mujer no había podido quedarse embarazada de nuevo. Su salud se había deteriorado y ya no podían tener hijos. Vanessa estaba enferma y tan deprimida que no podía salir de la cama ni en sus mejores días. Decía que tener un bebé la ayudaría a sobrevivir. Él lo creía. Pero la salud de Vanessa era también el obstáculo para adoptar a un niño. Las agencias de adopción no trabajarían con ellos. Aquella era su única oportunidad.

—El sexo del bebé fue decisivo para que Hope quisiera cederlo en adopción —explicó Lydia.

—No me importa —replicó John—. No puede mantener a un niño ni a una niña. Es una chica de diecisiete años que se ha escapado de su casa, por Dios. ¿Qué puede ofrecerle a su hijo?

Parker notó que su determinación se debilitaba. Dos semanas antes, cuando él le había mencionado a su suegro aquella posibilidad, todo parecía muy sencillo. Vanessa quería un hijo. El bebé de Hope necesitaba una familia. Lydia precisaba el dinero para mantener la clínica abierta. Sin embargo, ya no parecía fácil.

—Hope tiene derecho a saberlo para tomar la decisión —dijo Parker.

—¡Y un cuerno! —replicó John—. No tiene derecho a nada. Tú mismo me dijiste que la señora Kane la ha mantenido durante los dos últimos meses.

—Yo no tenía interés en sacar nada de esto cuando la acogí —dijo Lydia.

—No estoy aquí para hablar sobre la pureza de sus intenciones. Simplemente, tiene usted que mantener el trato. Yo ya le he pagado.

—Está bien. Le devolveré el dinero —dijo Lydia, agarrando con más fuerza al bebé.

—¿Cuándo?

Parker sabía que aquella pregunta no era fácil de responder. Durante los seis meses anteriores, la clínica había estado a punto de cerrar varias veces. El dinero ya se había gastado en pagar las nóminas y en material para el centro.

—En cuanto pueda —respondió ella secamente.

—No quiero el dinero, sino el bebé que nos prometió.

—Esta clínica es mi vida —dijo Lydia, abatida—. He luchado por ella más de treinta años. Pero esto ha ido demasiado lejos. Lo que vamos a hacer está en contra de todos mis principios.

—Ya lo ha hecho, señora Kane. Lo hizo cuando aceptó mi dinero. No va a hacerle daño a la madre del niño. Le ha dicho que va a dar a su bebé en adopción, y eso es lo que va a hacer. Es posible que no sea a través de una agencia legal, pero ¿qué importa en realidad? Usted...

—¿Que no importa? —lo interrumpió Lydia—. Lo que estamos haciendo es ilegal, congresista. Usted, precisamente, debería saberlo.

—La legalidad no es lo que estamos tratando aquí. Lo importante es que el niño va a ir a una buena familia, y usted lo sabe.

Lydia se quedó mirando al bebé durante un largo instante antes de hablar de nuevo.

—Su hija está enferma. Y, aunque odio decir esto, y aunque ustedes no quieran oírlo, puede que no se recupere. Por eso no puede adoptar por los medios convencionales.

—¿Cree que no lo sé? —bramó John Barlow—. Por eso no voy a decirle que finalmente no ha podido adoptar a este niño.

Parker había estado escuchando toda la conversación sin saber si estaba de acuerdo con John o con Lydia. Sólo sabía que su mujer quería un hijo, y él quería dárselo. Sin embargo, ahora que el bebé había llegado, estaba disgustado porque no tenía ningún derecho legal ni de sangre para reclamarlo. Y también estaba muy molesto por tener que mentirle a Hope. Había algo frágil e inocente en aquella chica. Su preciosa cara se iluminaba cada vez que recibía la más pequeña de las amabilidades. Aunque una parte de él confiaba en que aquel bebé ayudaría a que su mujer se recuperara, otra parte se sentía miserable por aprovecharse de la desesperación y de la confianza de una chica vulnerable. Además, conocía a Lydia de toda la vida, y ella lo había contratado nada más salir de la universidad. Tampoco quería aprovecharse de su desesperación por salvar la clínica.

—¿Qué importa adónde vaya el bebé, siempre y cuando tenga los mejores cuidados? —le preguntó

John a Lydia—. Si no lo adoptamos nosotros, no hay ninguna garantía de que vaya a un sitio mejor. Al menos, así sabe que Parker y Vanessa querrán al bebé como si fuera suyo.

—Aun así, esto es vender a un bebé —dijo Lydia.

—Entonces, devuélvame el dinero algún día, pero deje que Vanessa tenga el bebé.

Alejándose de la ventana, Parker rompió finalmente su silencio. Entendía el dolor de Lydia y se sentía responsable, pero ya habían llegado demasiado lejos como para dar marcha atrás.

—Lydia, sabes que le daré a este niño todo lo que tengo. Y él podría salvar a Vanessa.

Ella lo miró fijamente durante unos segundos y cruzó lentamente la sala.

—Entonces, será mejor que te lo lleves a casa —dijo ella—. Y no quiero volver a hablar de esto nunca más. En lo que a mí respecta, nunca ha ocurrido —salió del despacho, dejando a Parker con su hijo en los brazos por primera vez.

# 1

*Diez años después*

Hope Tanner iba conduciendo por las calles del último lugar donde querría estar: en Superior, Utah. Algunos lugares de aquel pueblo le traían recuerdos agradables, como la escuela elemental donde le habían permitido estudiar durante dos años. Pero la mayoría de los recuerdos eran amargos. Pasó frente a la casa de reuniones, donde ella y sus veintinueve hermanos tenían que sentarse en los bancos de madera durante horas, los domingos, para escuchar el sermón sagrado de los Brethren, cantando alabanzas a la poligamia y la vida comunal. Vio la panadería de la tía Thelma, que había hecho las tartas de cada una de las bodas de su padre, y el viejo establo donde...

Hope cerró los ojos. No quería recordar aquello por nada del mundo.

Hacía once años que se había escapado de Superior. Había sido difícil, pero había salido adelante. Había estudiado y había conseguido el título de enfermera. Vivía en una casa de alquiler en St. George, a tres horas de Superior. Y nunca habría vuelto allí de no haber sido por sus hermanas.

Cuando llegó al parque, detuvo el coche. Aún no era mediodía, y la mayoría de los miembros de la Iglesia Apostólica de la Eternidad estaban en misa. Pero pronto el parque se llenaría de niños y mujeres, y posiblemente de algunos hombres. Los demás se quedarían en el vestíbulo de la iglesia, decidiendo la hija de quién se convertiría en la siguiente esposa de un viejo. Era el día de la Madre y, después del rito, todos se reunían para comer al aire libre. Si tenía suerte, vería a sus hermanas, e incluso hablaría con alguna antes de que su padre y el resto de los Brethren saliera de la iglesia.

«Date la vuelta y vete a casa», le gritaba su mente mientras esperaba junto al parque. «¿Qué estás haciendo? Has pasado once años recuperándote de lo que ocurrió en este lugar»

Pero Hope no se permitiría el lujo de marcharse. Quizá Charity, Faith, Sarah o LaRee quisieran irse de allí. Y quizá ella pudiera ayudarlas.

Enseguida vio a un grupo de mujeres y niños caminado por la calle con cestas y recipientes. Entraron al parque y los niños echaron a correr rápidamente, mientras las mujeres disponían la comida en las mesas del merendero. Llevaban vestidos sencillos hasta los pies, hechos por ellas mismas, y mangas hasta las muñecas, y tenían el pelo recogido y la cara sin maquillar.

Los Brethren no aceptaban ninguna muestra de vanidad y se oponían a las influencias modernas. No veían la televisión y no recibían educación. Por lo tanto, muy pocas de aquellas mujeres habían terminado el instituto. Vivían recluidas, con funciones perfectamente delimitadas. Los hombres trabajaban y le daban a la iglesia todo el dinero que ganaban. Ellos eran los que ordenaban y disponían, y podían casarse cuantas veces quisieran. Las mujeres eran relegadas a la cocina, a la limpieza y a la crianza de los hijos.

Hope era una de las que se había rebelado. No había podido vivir de acuerdo con esos principios. Para su familia, su alma estaba perdida. Hope no sabía si iba a ir al infierno, pero sí sabía que ya había estado allí.

Se acercó, entre los árboles, mientras empezaba a reconocer a algunas de las mujeres. Raylynn Pugh Tanner, la más joven de las esposas de su padre, al menos cuando Hope vivía allí, estaba tan sencilla como siempre. Llevaba un vestido muy suelto, y Hope pensó que quizá estuviera embarazada, o que acababa de tener un hijo. Le estaba explicando a una niña lo que tenía que hacer.

—No pongas los postres en esa mesa, Melanie —le decía—. ¿No ves que aún no hemos puesto el mantel?

¿Melanie? Era la única hija de Raylynn y de su padre, casi un bebé, cuando ella se había marchado. ¿Cuántos hijos más habría tenido su padre? ¿Con cuántas mujeres más se habría casado?

Lo último que Hope sabía era que tenía seis esposas, de las que Marianne, la madre de Hope, hacía el número cuatro.

Raylynn, la sexta, nunca se había llevado bien con Hope. Desde el principio, había sido autoritaria y demasiado directa, y se había hecho con el mando de la casa de Marianne, al menos cuando Jedidiah, el padre de Hope, no estaba por allí.

Sin embargo, Hope olvidó todo aquello cuando por fin localizó a su madre. Marianne apareció con un vestido que Hope creyó reconocer, seguida de dos niñas, de doce y catorce años más o menos. Hope se dio cuenta de que eran sus hermanas pequeñas.

Habían crecido mucho. No las habría reconocido si no hubieran estado con su madre. Incluso Marianne había cambiado. Estaba muy delgada y tenía el pelo completamente gris. Parecía tener veinte años más.

Hope sintió culpabilidad por haber abandonado a su madre. Ella siempre había sido un apoyo para Marianne, y su única confidente.

De todos los lugares del mundo, su familia tenía que haber sido de allí, pensó Hope mientras veía a sus hermanas poner la comida en una de las mesas.

De repente, Hope sintió el fuerte impulso de cumplir su propósito. Volvió al coche por las flores que había cortado de su jardín para su madre. Tenía que hablar con ella antes de que llegara su padre. Y, aun así, su madre creía que uno de los mandamientos de Dios era someterse a la voluntad del marido, y por tanto, era difícil que escuchara algo que no viniera de él o del púlpito de la iglesia. Respiró hondo y caminó con decisión hacia la zona donde se habían sentado.

La hermana Raylynn fue la primera que la vio, y durante un interminable momento, Hope sintió el mismo miedo y la misma confusión que once años antes.

Pero entonces vio a Charity, cinco años menor que ella, con un bebé apoyado en la cadera y un pequeñín agarrado a su falda, y a Faith, de dieciocho años, embarazada.

Raylynn dijo algo y la señaló. Su madre dejó de limpiarle la boca al bebé de Charity y todas se volvieron a mirarla, alarmadas o sorprendidas, Hope no supo muy bien cómo. Notó una opresión en la garganta.

—Hope, ¿eres tú? —dijo su madre, con la voz temblorosa.

—Sí, soy yo —le dijo, ofreciéndole el ramo de flores—. Feliz día, mamá.

Su madre se puso una mano en la mejilla huesuda y extendió la otra para tomar el ramo o para acariciarle la mejilla a Hope. Sin embargo, Raylynn las interrumpió.

—Bien, ya viene —dijo—. No te preocupes, Marianne. No tendrás que enfrentarte a esto tú sola. Jed ya está aquí.

Su madre dejó caer la mano, y Hope miró hacia su padre con el miedo atenazándole el estómago, mientras él entraba en el parque. Tenía el ceño fruncido, como de costumbre, pero su expresión se endureció aún más cuando una niña pequeña corrió hacia él y le anunció alegremente:

—¡Se llama Hope, papá! ¡Lo he oído! ¿A que es muy guapa? ¿Verdad, papá?

Su padre pasó por delante de la niña sin responder. Era alto e imponente, aunque había perdido mucho pelo. Sin embargo, su cara no había envejecido.

—¿Qué es esto? ¿Qué está ocurriendo aquí? —gritó mientras corría hacia ellas. Junto a él se acercaban sus dos hermanos, Rulon, aún más alto que su padre, que tenía ocho mujeres, y Arvin, el hombre al que ella había rechazado como marido. Tenía cincuenta y seis años, uno más que su padre, y aún así, Hope habría sido su décima esposa.

Quería marcharse, pero no lo hizo. Charity estaba frente a ella, demacrada y cansada a los veintitrés años. ¿Con quién la habría casado su padre?

—Hope ha vuelto —dijo su madre, en tono conciliador, cuando Jed llegó junto a ellas.

Su padre la observó, y ella supo que estaba fijándose en cómo había cambiado, sobre todo en la forma de vestir. Llevaba una blusa de seda blanca y unos pantalones cortos de color marrón. Iba vestida como una gentil, como una extraña, y se le veían las piernas. Pero Hope disfrutaba de la libertad de tomar sus propias decisiones y de la alegría de tener una educación y de trabajar. Vivía en un mundo en el que los hombres y las mujeres eran iguales. Podía hablar y ser escuchada.

Aquello era lo que quería para sus hermanas. Una oportunidad para que supieran lo que ella sabía, que había otras personas en el mundo que creían cosas diferentes a las que creía su padre. Quería darles la oportunidad de que consiguieran más de la vida.

—Padre —murmuró Hope, pero el viejo resentimiento volvió y la palabra le supo amarga. Si no hubiera sido por su traición, si no hubiera sido porque él le había dado prioridad a los intereses y a la lascivia de Arvin antes que a la felicidad de su hija, quizá ella no habría hecho lo que hizo en el granero.

—Hay que ser sinvergüenza para aparecer aquí en el día dedicado a las madres, cuando tú eres culpable exactamente de lo contrario —le soltó su padre.

—Yo nunca he sido irrespetuosa con mi madre —y miró significativamente a Arvin—. Habría sido toda una deshonra para mí serlo.

—¡Desobedeciste la ley de Dios! —gritó Arvin.

—¿La ley de Dios? ¿O la vuestra? —replicó ella.

—Eso es pecado —le dijo su padre—. No permitiré que le hables así a Arvin. Siempre te ha querido y ha sido bueno contigo, pero tú te comportaste mal con él.

Por un instante, Hope recordó las caricias de su tío cuando era una niña. Sus dedos largos y fríos la habían rozado a la menor oportunidad, y casi no había podido esperar a que ella pudiera tener hijos para pedirle la mano a su padre.

—No tenía derecho a presionarme después de haber rechazado su proposición. Yo sólo tenía dieciséis años —dijo ella.

Su padre sacudió una mano, despreciativo.

—Tu madre tenía quince años cuando se casó conmigo.

—Eso no importa. Yo habría sido muy desgraciada.

—¡Que el Cielo no permita que yo haga nada que desagrade a semejante princesa! —bramó su padre—. ¡Dios te castigará por tu orgullo, Hope!

—Dios ya no necesita castigarme. Vosotros ya habéis hecho suficiente.

—Hope, no digas esas cosas —le rogó su madre.

Pero ella sentía tanta ira que no pudo contenerse.

—Lo que habéis hecho en el nombre de la religión es peor que cualquier cosa que yo haya podido hacer —le dijo a su padre—. Usáis el nombre de Dios para manipular y oprimir, para sentiros más grandes de lo que sois en realidad.

Su padre apretó los puños como si fuera a golpearla. La había pegado algunas veces, pero Hope sabía que no iba a pegarla delante de otras personas. Si la agredía, ella presentaría una denuncia ante la policía, y la Iglesia Apostólica de la Eternidad no quería tener nada que ver con aquello. Al fin y al cabo, la poligamia era una práctica ilegal, y se habían dado algunos casos en los que los polígamos habían ido a la cárcel.

Sin embargo, el murmullo de la multitud que los rodeaba le dijo a Hope que las cosas habían llegado demasiado lejos. Ella había ido allí con la intención de ser diplomática, de asegurarse de que su familia estaba bien y de comprobar si podía hacer algo por sus hermanas. En vez de aquello, había menospreciado a la iglesia y a su padre. No había podido evitarlo. Estaba viendo cómo vivían con una mirada nueva, y se daba cuenta de que casi nada había cambiado.

—Tengo que pedirte que te marches —le dijo su padre.

Hope miró a Faith y a Charity.

—¿Alguna quiere venir conmigo?

Sus hermanas miraron al suelo. Su madre abrió la boca como si quisiera decir algo, pero después volvió a cerrarla.

—Está bien, me voy —dijo Hope. Sin embargo, Faith la tomó por el brazo.

—Es el día de la Madre —dijo, mirando a su padre mientras la sujetaba—. ¿No se puede quedar Hope durante una o dos horas?

—Hace mucho tiempo que no la vemos —añadió su madre—. Además, no piensa lo que dice. Yo lo sé.

—¿Y por qué tiene que marcharse? —Faith fue más allá—. Ya sabes la historia de la Biblia sobre el hijo pródigo. Esto debería ser una ocasión alegre. Aunque no esté pensando en quedarse mucho. Al menos, podríamos...

—Tú mantente al margen de esto, señorita. No dejaré que te envenene a ti también —dijo Arvin, y el tono posesivo y autoritario de su voz le dijo a Hope que Faith era algo más que su sobrina. ¿Sería hijo de Arvin el bebé que Faith llevaba en el vientre?

Aquella idea puso enferma a Hope. Había llegado tarde para Charity y Faith. Sintió una profunda tristeza al mirar a su preciosa hermana de dieciocho años.

Sin embargo, Faith no la miró a los ojos.

—Pienso todas las cosas que he dicho —le dijo a su padre.

—Entonces vete, y no te molestes en volver —respondió él.

Hope paseó la mirada por todas las mujeres y los niños que la rodeaban.

—No lo haré. Teniendo tantos hijos como tú tienes, ¿qué significa para ti una más o menos?

Dejó caer las flores al suelo, se volvió y caminó ciegamente hacia el coche. No podía ayudar a nadie allí, pensó, secándose las lágrimas que le corrían por las mejillas. Estaban atrapadas en aquella vida, manipuladas por las visiones que su padre decía tener.

Exactamente igual que antes.

Sin embargo, cuando llegó al coche, la misma niñita que la había llamado guapa unos minutos antes salió de entre unos matorrales y se acercó a ella. Era evidente que había corrido mucho, porque tuvo que pararse a respirar.

—Faith me ha pedido... —jadeó y continuó— que te diga que vayas a verla al cementerio... esta noche a las once.

## 2

—¿Hope? ¿Eres tú?

La voz de Faith le llegó desde detrás. Hope estaba sentada en un banco a la entrada del cementerio, y le hizo un gesto a su hermana para que se acercara.

—Soy yo. Ven a sentarte.

Su hermana se movió hacia ella a la luz de la luna, abrazándose el abdomen hinchado en un gesto protector. ¿De cuánto estaría? ¿De ocho meses?

Faith miró a su alrededor, como si estuviera vigilando.

—Gracias por venir.

—¿Quieres que vayamos a otro sitio? —le preguntó Hope—. Podemos dar un paseo en coche.

—No. Si subo a ese coche contigo... —Faith dejó la frase sin terminar.

¿Qué?, quiso preguntarle Hope. Pero no quería presionarla.

—¿Adónde has ido hoy, después de marcharte del parque? —preguntó Faith.

—A Provo. Me pareció que sería interesante ir de compras en otro pueblo.

—Provo está bastante lejos.

—Tenía tiempo —dijo Hope. Con un suspiro, estudió el rostro de su hermana—. El padre de tu hijo es Arvin, ¿verdad?

Faith puso cara de asco.

—Sí. ¿Cómo lo sabes?

—No ha sido difícil de deducir. ¿Cómo es estar casada con Arvin?

—¿Tú qué crees? Dice que vive de acuerdo con la Biblia, pero es arrogante y tacaño.

—¿Charity se negó a casarse con él? —le preguntó Hope—. ¿Por eso te cayó a ti?

Faith la miró de reojo con el ceño fruncido.

—Lo que hiciste hace once años avergonzó a papá frente a toda la comunidad. No creo que quisiera presionar a Charity a hacer lo mismo.

—¿Ella se habría negado?

Faith se encogió de hombros.

—Charity se parece más a ti que yo.

—¿Estás diciendo que una mujer tiene que casarse con un hombre al que detesta por el orgullo de su padre?

—No. Arvin siempre te admiró. Le había estado pidiendo tu mano a papá desde que eras pequeña, y papá ya se lo había prometido, eso es todo. Sólo estoy intentando explicar por qué papá hizo lo que hizo.

—Sé por qué lo hizo, Faith. Pero eso no significa que esté bien. Yo estaba enamorada de otra persona.

—Ésa es otra de las razones por las que Charity no tuvo que casarse con Arvin.

—¿Qué quieres decir?

—Estoy hablando de Bonner.

La mención de aquel nombre hizo que Hope sintiera un escalofrío.

—¿Qué ocurre con él?

—Sus padres llegaron a casa un día, dos años después de que te marcharas, y dijeron que habían estado rezándole a Dios por el futuro de Bonner, y que Dios les había dicho que Charity tenía que ser su primera mujer. Dijeron que Dios quería recompensarlo por no haberse escapado contigo.

¿Recompensarlo? ¿Por quedarse con la seguridad de la casa de sus padres y sus tradiciones, aunque no creyera en ellas? ¿Por romperle el corazón?

—¿Así que Charity está casada con Bonner? —preguntó Hope débilmente—. ¿Los niños que he visto con ella son de Bonner?

—En realidad, tienen tres —dijo Faith—. Probablemente, tú no has visto a la mayor. Se llaman Pearl, La-Donna y Adam.

—¿Tiene más mujeres?

—Tuvo que casarse con la viuda de Fields.

—¿Por qué?

—Supongo que porque nadie más la quería. Ella le hizo una petición a los Brethren, y eso es lo que decidieron. Fue una especie de consenso. También se casó con JoAnna Stapley, hace unos tres años. Y ya ha pedido a Sarah, cuando tenga edad suficiente.

Ante la mención de otra de sus hermanas, a Hope le dio un salto el corazón.

—¿Quiere a Sarah? ¡Pero si ella sólo tiene catorce años!

—Ella está tan contenta por casarse con alguien menor de cuarenta años, que le daría igual casarse ahora mismo.

Hope suspiró con asco y resignación.

—Eso es una locura, Faith. Todavía es una niña. Y él tendrá treinta y dos años cuando ella tenga dieciocho.

—Quizá en el mundo exterior sea una locura, pero aquí no. Has estado fuera mucho tiempo. ¿Por qué has vuelto? —le preguntó Faith—. ¿Ha sido porque tenías la esperanza de que... quizá Bonner... hubiera cambiado de opinión?

Hope se puso la palma de la mano sobre el estómago, sintiendo una vez más el fantasma de la hija de Bonner en el vientre. Había pensado mucho en él durante aquellos años, había soñado con que cambiara de opinión y fuera a buscarla para convertirse en una familia.

Al ver que no respondía, Faith le dijo:

—Estoy segura de que te aceptaría. Lo vi en su cara cuando Charity le dijo que habías estado en el parque.

—Estás confundida.

—No. Estaba arrepentido y... sentía dolor.

Fuera lo que fuera lo que había sufrido Bonner, no podía compararse a lo que había sufrido ella. Eso sí lo sabía.

—Entonces tú crees que debo convertirme en su... ¿cuarta esposa? —preguntó, soltando una risa de amargura.

—Sí —dijo Faith, en serio.

Hope sacudió la cabeza.

—No. Eso sería reconocer que me he equivocado, y no puedo sentar ese precedente. Papá aún tiene dos hijas que casar, y quizá esté pensando en dárselas a Arvin.

—No creo. No está muy contento con la forma en que... me trata Arvin. En el fondo, sabe que tú tenías razón en cuanto a su hermano. Simplemente, no está preparado para admitirlo.

¿Y cuántas hijas iba a costarle?

—¿Cómo te has escapado esta noche? —le preguntó Hope—. Supuse que, después de verme hoy en el parque, Arvin estaría pegado a ti.

—Acaba de casarse con Rachel, la hija de diecisiete años de los Thatcher, y todavía no se ha cansado de ella. Le gustan las mujeres muy jóvenes. El primer año que estuvimos casados no me dejaba en paz. Pero luego me quedé embarazada, y creo que mi barriga hinchada no le gusta... así que casi siempre duerme en otro sitio.

—¿No te molesta saber que está con otras?

—No, estoy agradecida. No soporto que me toque.

Hope notó bilis en la garganta al pensar en que su hermana de dieciocho años no era lo suficientemente joven como para satisfacer a Arvin.

—Deberíamos llamar a la policía —dijo—. Si Rachel todavía no tiene diecisiete años, es una menor. No puede mantener relaciones sexuales con ella.

—No puedo hacerle eso a papá. Sería una publicidad muy negativa para la iglesia, y le haría daño a familias que están intentando vivir las doctrinas de una forma verdadera.

—Los depredadores sexuales no deberían ser tolerados en ninguna comunidad —le dijo a su hermana, sabiendo que no podría rechazar aquel argumento.

—Yo no lo llamaría un depredador. Rachel se casó con él por voluntad propia. Y él tiene buen cuidado de no tocar a nadie que no sea su esposa.

—¿Estás segura? ¿Y los niños?

—No creo que les haya hecho daño —respondió Faith, pero la falta de convencimiento de su voz hizo que Hope se pusiera nerviosa.

—¿Has hablado con Jed de tus sospechas?

—¿Qué sospechas? Te he dicho que no creo que les haya hecho daño a los niños.

—Pero te preocupa que pudiera hacérselo.

Su hermana no respondió.

—¿Faith?

—Está bien. Intenté hablar con papá sobre algunas de las cosas que Arvin me ha dicho, pero él no quiso escucharme. Arvin es su hermano, y un miembro piadoso de la iglesia.

—¿Piadoso? —repitió Hope con sarcasmo.

—Él finge que lo es, sobre todo cuando está con los otros Brethren. Y sabes que la policía no va a hacer nada. Se lo has oído decir a papá un millón de veces.

Hope estaba dispuesta a admitir que el respeto por las creencias religiosas era uno de los motivos por los que la policía dejaba tranquilos a los polígamos. Pero sabía que la política también tenía algo que ver.

—La policía se interesará por el caso si demostramos que hay abuso de niños.

—Ése es el problema. No tengo pruebas. Sólo ese molesto presentimiento de que hay algo malo en Arvin.

Hope había tenido aquella sensación once años antes, pero no se podía denunciar a nadie sólo por una sospecha.

—Ellos te quieren, ¿sabes? —dijo Faith, cambiando de tema.

—¿Quiénes?

—Papá. Bonner. Incluso a lo mejor Arvin.

—Lo dudo.

—Bueno, papá sí te quiere, al menos.

—No hay sitio para el amor en un corazón lleno de esas creencias.

—Sé que es un apasionado de la iglesia, Hope, pero te dejaría volver. Sólo tienes que demostrarle que estás dispuesta a arrepentirte.

—¿Y la vergüenza de la que has hablado antes? ¿Cómo podría perdonarme Jed por algo tan monumental?

Si Faith percibió el sarcasmo en la voz de Hope, no lo demostró. Su rostro permaneció tan inocente como de costumbre.

—Él te perdonaría, Hope. La Biblia dice que hay que perdonar.

Hope sabía lo que decía la Biblia. Cuando era niña, no había podido leer otra cosa.

—Si vuelves a casa, los Brethren insistirán y le dirán a papá que te perdone, incluso aunque no quiera hacerlo. Y tú y Bonner podríais estar juntos, al fin.

Ella y Bonner...

—¿Con dos de mis hermanas y la viuda de Fields?

—¿Es eso tan malo? —preguntó Faith.

—Quizá no para ti.

—Entonces cásate con otro que no sea miembro de la iglesia. Y hay otras ciudades cerca. No tendrías que separarte de nosotros por completo.

—Creía que casarme fuera de la iglesia me cerraría las puertas del cielo, Faith —dijo Hope, sólo para oír la respuesta de su hermana.

—No lo sé, Hope. Si existe el cielo, en este momento me está costando mucho creer en él. Desde que me casé con Arvin... Bueno, no estoy segura de que todo lo que se enseña en la iglesia sea cierto. Si lo es, ¿por qué sólo nosotros creemos en ello? Seguramente, no somos los únicos en la tierra que vamos a ir al cielo. De todas formas, sí sé que la familia es lo único que tenemos, y te hemos echado de menos. Papá tiene treinta y cinco hijos, pero mamá sólo tiene cinco, y tú eres una de ellas. No ha sido la misma desde que te fuiste.

Hope no pudo evitar tomarle la mano a su hermana pequeña. Habían perdido once años que no podrían recuperar, y lamentaba todo el dolor que le había causado a su madre.

—Faith, te agradezco todo lo que me estás diciendo, pero no puedo volver. Si no vivo como vosotros, Jed nunca me dejaría verte. Tiene mucho miedo de que pueda sacarte a ti y al resto de sus hijos de la iglesia. Además... —Hope se interrumpió.

—¿Además qué? —preguntó Faith.

—No quiero volver —admitió Hope—. No puedo vivir en un sitio en el que la culpabilidad se usa para controlar cualquier acción. No puedo someterme a la voluntad de un hombre, porque ya no creo que las mujeres seamos inferiores. No puedo creer que nuestro único propósito sea la procreación, porque tenemos muchas capacidades. Y no puedo creer que Dios tenga tan poca compasión de sus hijas que espere que le demos a nuestros maridos mucho más de lo que recibimos de ellos.

Hubo un silencio. Hope se sintió un poco avergonzada por la pasión que había dominado su voz, y sabía que lo que había dicho probablemente fuera demasiado radical para su hermana, pero no podía quedarse callada. Tenía que decir lo que pensaba.

—No voy a decirte que no tengas razón —dijo Faith—, porque no lo sé.

—Entonces, ¿por qué vas a quedarte aquí y dejar que Arvin vuelva a tu cama?

—Me he estado diciendo a mí misma que la insatisfacción que siento es el demonio, que me tienta para que me aparte de la verdad, pero... probablemente ya te habrás dado cuenta de que no funciona. Si funcionara, no estaría aquí ahora mismo. Me estaría protegiendo de tu «peligrosa influencia», tal y como nos ha dicho papá a todas después de verte hoy.

Hope no quería hablar sobre aquello. Ya casi no sentía nada por su padre. Nunca había sentido nada muy positivo, a decir verdad.

—¿Y qué dice mamá de tu situación con Arvin?

—Dice que tener el niño me ayudará, pero admitió que el sentimiento de soledad probablemente no desaparecerá nunca.

—¿Y no te parece que eso es una tragedia?

—¿Qué?

—Saber que en tu vida sólo va a haber soledad, cuando eres guapa y estás sana, y sólo tienes dieciocho años.

—Creo que mamá piensa que ésa es una carga que las mujeres tenemos que soportar juntas —dijo Faith.

—¿Por qué?

—Porque luego habrá una recompensa mucho mayor, después de esta vida.

—Acabas de decirme que no estás segura de que las enseñanzas de la iglesia sean ciertas. Eso significa que podrías estar sacrificándote para nada.

No hubo respuesta.

—No tienes por qué quedarte aquí —dijo Hope—. Hay un mundo entero ahí fuera, Faith.

—¿Y qué pasa con mamá? ¿Y mis hermanas? Tengo sobrinos y sobrinas, y amigos aquí.

—No puedes vivir siempre para los demás —dijo Hope—. Tendrás que dejar que ellos tomen sus decisiones, y tendrás que tomar las tuyas.

—Pero yo no soy tan fuerte como tú, Hope. No estoy segura de poder conseguirlo. Y a veces, me parece que lo que oigo en la iglesia realmente tiene un significado para mí. A veces pienso que papá tiene razón.

—A mí también me ocurrió eso. Quizá no esté confundido en algunas cosas. Creo que es muy importante llevar una buena vida y ser honesto. Pero, ¿es éste el mejor lugar para conseguirlo? ¿Qué pasará con tu bebé? Si es una niña, ¿querrás que tenga un matrimonio plural? Tendrá que soportar tanta culpa que casi no podrá vivir.

La luna iluminó la cara de Faith cuando inclinó la cabeza para mirar a Hope.

—¿Y tú pudiste darle a tu bebé algo mejor?

—Eso espero. No tengo garantías, pero al menos amplié las posibilidades.

—Entonces, ¿has aceptado el hecho de que nunca volverás a ver a tu propio hijo?

La pregunta de Faith era realmente directa, incluso despiadada, pero no había condena en su tono de voz, sólo un deseo sincero de saber lo que sentía Hope y si el mundo de fuera era mejor.

—Algunas veces no me siento bien en absoluto, pero me prometieron que la niña iría a una buena familia, y todavía confío en la gente que me lo dijo.

Hope recordó el rostro deslumbrante del joven administrador de La Casa de la Maternidad. Parker Reynolds había estado allí para animarla en aquel momento de su vida. Y también Lydia Kane, todo un ejemplo de lo que debería ser una mujer. Le habían servido de inspiración para rehacer su vida, aunque para hacerlo se había tenido que marchar de Enchantment. No podía vivir en un lugar en el que siempre estaría buscando a su hija con la mirada cada vez que viera a una niña.

—¿En qué estás pensando? —le preguntó Faith.

—En que estoy contenta de que mi hija no tenga que pasar por todo lo que yo pasé, aunque para mí fuera difícil separarme de ella —dijo—. Pero las cosas serán diferentes para ti, Faith. Tú no tendrías que dejar a tu bebé. Tendrías un lugar en el que vivir y la oportunidad de ir a la escuela. Por eso he venido. Para ayudarte, si quieres mi ayuda.

La incertidumbre se reflejó en el semblante de su hermana.

—¿Nunca has soñado con irte? —le preguntó Hope.

—Todo el tiempo —susurró Faith.

—Dime qué es lo que más deseas en la vida.

—Quiero... sentirme bien conmigo misma —dijo su hermana, suavemente—. Y a veces sueño con tener un hombre a mi lado a un hombre joven, que se dedique a mí y a nuestros hijos. No quiero a Arvin. Quiero amar al padre de mis hijos.

Pronunció aquellas palabras como si fueran una plegaria.

—Todas las mujeres deberían tener ese derecho.

—No. Son pensamientos del demonio. Estoy endemoniada por pensarlo.

—No son pensamientos malos —la contradijo—. Y tú no estás endemoniada. Te llevaré a casa ahora, y mañana te enseñaré un mundo nuevo.

Faith abrió mucho los ojos.

—No puedo, Hope. Por mucho que lo desee...

—Faith, estás muy triste. No eres feliz. ¿Cuánto tiempo podrás aguantar? No esperes a tener más hijos, porque entonces será peor. Te sentirás aún más atrapada.

—Pero... he hecho promesas —dijo Faith, tocando la alianza de casada que llevaba.

—¿Y qué pasa con las promesas que le debe una madre a su hijo?

Ella cerró los ojos.

—Entiendo lo que dices, Hope, y una parte de mí sabe que tienes razón. Es sólo que...

—¿Qué?

—No sé si podré hacerlo. Va contra todo lo...

—Hazlo por tu hijo.

—¿Y si me arrepiento de marcharme?

—No te arrepentirás —afirmó Hope.

La confianza de aquella declaración era todo lo que Faith necesitaba. Se puso de pie, decidida.

—Está bien —tomó la mano de Hope—. Vayámonos de aquí antes de que...

—¿Antes de qué, Faith? —interrumpió una voz masculina—. ¿Antes de que lo averigüe tu marido?

# 3

A Hope le costó un momento distinguir a Arvin entre las sombras de los árboles. Cuando lo vio con claridad, se le humedecieron las manos.

—No pasa nada, Faith —le dijo a su hermana, con el corazón acelerado.

—Arvin, yo...

—¿Qué? ¿Estás planeando escaparte en mitad de la noche? ¿Es eso lo que estás haciendo aquí?

—Lo siento —dijo Faith—. Sé que no está bien irme así, pero no soy feliz, Arvin. No he sido feliz desde que nos casamos. Creo que lo sabes.

—¿No estás satisfecha de tenerme en tu cama? ¿Es que quieres tener a algún gentil entre las piernas?

Faith se echó hacia atrás como si la hubiera disparado, y Hope se puso entre los dos.

—Eso es muy vulgar, Arvin. Ni siquiera es propio de ti.

—Vulgar —repitió él, con una sonrisa desdeño-sa—. Es tan mojigata y tan correcta, que nadie la querrá. Mírala. ¿Crees que alguien desearía a una mujer que está embarazada de su propio tío?

—¿Cómo te atreves a insultarla por algo que tú...

—Tu podrás ser mi tío, pero también eres mi marido —se defendió Faith al mismo tiempo—. No he hecho nada malo.

—No les va a importar tu opinión sobre lo bueno y lo malo, Faith. Ellos no entienden las doctrinas. El mundo exterior pensará que eres una cosa rara, alguien sin educación y sin capacidad de mantenerse. No les importarás tú, ni tu hijo. ¿Es eso lo que quieres?

—Me tiene a mí —dijo Hope.

—Tú no te metas en esto. ¡No es asunto tuyo! —bramó él—. Tú eres de aquí, Faith. No dejes que Hope te meta en la cabeza maravillas que no existen.

—No lo escuches. No te he dicho nada que no sea cierto, y la única cosa rara que hay aquí es Arvin. Vamos —dijo Hope, y tomó por el brazo a Faith para irse de allí. Sin embargo, Faith se resistió a sus esfuerzos.

—¿Y si tiene razón, Hope? ¿Y si no encajo? No puedo esperar que tú me mantengas indefinidamente.

—Encajarás muy bien —dijo Hope—. Cuando el bebé haya crecido, irás a la escuela y aprenderás un oficio para mantenerte, a ti y a tu hijo. No hay nada de lo que preocuparse. Yo te cuidaré mientras me necesites. Vamos.

Faith titubeó.

—Eso es pedirte mucho, Hope. Y me siento tan perdida...

—¿Y qué pasa con tu pobre madre? —preguntó Arvin, con los ojos brillantes—. ¿Quieres darle ese disgusto? Ya has visto lo que le ha hecho Hope. ¿Vas a hacerle tú lo mismo?

—No quiero hacerle daño a nadie —dijo Faith.

Hope miró a Arvin asqueada.

—Deja ya de fingir. A ti no te importa nuestra madre. Sólo te importas tú mismo.

—¿Ah, sí? —replicó él—. Tengo otras once mujeres. No necesito ninguna niña de dieciocho años que no sabe nada de satisfacer a un hombre. Es tan frígida que prácticamente tengo que separarle las piernas yo mismo.

A Faith se le escapó una exclamación de disgusto, pero Hope no se dejó amedrentar.

—Entonces, deja que se marche, Arvin. Ella no te quiere. Nunca te ha querido.

—¿Y darte lo que quieres? ¿Después de la forma en que me has tratado? ¡Ni lo pienses!

Hope no daba crédito a lo que oía. Él no quería a Faith. Aquello era por el pasado.

—¿Lo ves, Faith? Sólo está intentando vengarse de mí. Vámonos.

—Faith, ven conmigo —dijo Arvin con voz autoritaria—. Ahora mismo, antes de que decida quejarme ante los Brethren por tu comportamiento.

Hope tuvo ganas de borrarle a Arvin aquella expresión de autosuficiencia de la cara. Era evidente que pensaba que había ganado, y ella se temía que podía ser cierto. Sin embargo, no podía hacer nada. Faith era mayor de edad, y tenía que tomar aquella decisión por sí misma.

—He dicho que nos vamos a casa —dijo él, más imperiosamente aún.

Faith miró hacia el coche de Hope.

—Vivo con otras dos de tus mujeres, que tampoco te quieren —dijo Faith finalmente—. No tengo casa —entonces se dio la vuelta y empezó a caminar hacia el coche.

Hope sintió una inyección de adrenalina y salió corriendo tras ella. ¡Faith iba a dejar atrás a Arvin, a Superior y a la Iglesia Apostólica de la Eternidad!

—¡Serás una paria! —le dijo Arvin, desde lejos.

—No lo escuches —murmuró Hope.

—¡No dejaré que vuelvas! —le gritó—. ¡Acabas de despedirte para siempre de tus amigos y de tu familia, por no hablar de tu salvación eterna! ¡Vas a ir al infierno con Hope!

Hope abrió la boca para decirle que se lo encontrarían allí, pero Faith se volvió primero.

—¡Prefiero ir al infierno que pasar otra noche más contigo! —le dijo, y entró en el coche.

Asombrada, Hope subió al asiento del conductor, arrancó el motor y se puso en marcha.


Mientras viajaban hacia el sur, en silencio, Faith miraba por la ventanilla sin parpadear. Cada minuto se alejaban más de su hogar, de todo lo que ella había conocido, de lo que siempre había creído que sería y que haría en la vida...

—¿Tienes dudas, Faith? Si te arrepientes, puedo dar la vuelta.

Faith se movió en el asiento para acomodarse con las manos sobre el vientre.

—No.

Hope suspiró de alivio. «No te preocupes», quería decirle, «será más fácil cuando pasen las semanas. Yo he estado en la misma situación». Sin embargo, aquel no era el momento de hablar sobre el futuro. Era la una de la madrugada, y su hermana tenía que estar exhausta. Y si se sentía igual que ella cuando se escapó, tenía que estar totalmente confusa.

Unos kilómetros más adelante, Faith se quedó dormida. Cuando su respiración se hizo más suave y rítmica, Hope también empezó a relajarse. Las cosas no serían igual para Faith. Ella no tendría que separarse de su hijo y pasar el resto de su vida preguntándose si había hecho lo correcto. Sin embargo, tendría que mentir sobre la paternidad del niño.

Recordó lo que Arvin había dicho. Aquel miserable había intentado que Faith se sintiera como una anormal. Y Hope estaba segura de que, mientras Faith se tragaba el asco y se sometía a él porque creía que era la ley de Dios, él estaba deleitándose en la perversión de tener relaciones sexuales aprobadas por la iglesia con su propia sobrina.

La conexión que Faith y su hijo tenían con Arvin era desafortunada, pero todo el mundo tenía secretos. Hope se las había arreglado para mantener oculto su pasado para casi todo el mundo, excepto para la gente de La Casa de la Maternidad. Lydia Kane, Parker Reynolds y algunos otros empleados lo sabían. Faith también lo conseguiría.

Hora y media después, llegaron a la pequeña calle donde vivía Hope. Le ardían los ojos de fatiga. Sólo quería acostarse y dormir durante unas horas antes de despertarse con fuerzas para ayudar a Faith a encarar el futuro. Hope se había aislado de los demás concentrándose en convertirse en alguien funcional y productivo y, hasta cierto punto, siendo un camaleón. Se mezclaba con los demás, pero retenía la parte emocional de sí misma, la parte que conocía el dolor. Sin embargo, ayudar a Faith significaría involucrar los sentimientos, y aquello era lo que más la asustaba. ¿Qué ocurriría si Faith no podía rechazar las enseñanzas de los Brethren? ¿Qué ocurriría si se rendía y volvía a Superior? ¿Y si Faith se aferraba al pasado con tanta fuerza que ni siquiera Hope podía escapar?

Hope tomó el mando del garaje y presionó el botón. Después esperó a que la puerta se abriera. ¿Y qué podía importarle a ella que el hombre del que había estado enamorada se hubiera casado con su hermana? En realidad, aquello no cambiaba nada. Sólo le había provocado una mezcla de emociones que Hope no había experimentado desde hacía mucho tiempo, y algo más. Algo parecido a... ¿la envidia?

No. ¿Cómo iba a tenerle envidia a Charity, que estaba tan pálida? Claro, ella tenía a los niños de Bonner, pero Hope tenía el control de su propia vida, y nada valía tanto como aquello. Lo que más sentía era el dolor por la traición de su padre. Que hubiera dejado a Charity casarse con Bonner. Hope le había suplicado lo mismo once años antes. Si él les hubiera dado su bendición, habrían podido casarse, y ella se habría quedado en Superior. Habría podido criar a su hijo como parte de la familia.

Pero también habría seguido siendo miembro de la Iglesia Apostólica de la Eternidad. Y aquello no era tan bueno. Bonner le había dicho que nunca querría acostarse con otra mujer. Sin embargo, la había dejado. ¡Y después de once años, ya tenía tres esposas!

Quizá su padre y Bonner le hubieran hecho un favor. Hope sabía que no habría soportado que Bonner se casara una y otra vez. Ahora tenía una vida normal que le prometía mucho más de lo que hubiera obtenido quedándose allí. Además, tenía a Faith.

Miró a su hermana, que continuaba dormida, mientras metía el coche en el garaje. Recordó todas las veces que le había hecho las trenzas y habían jugado juntas. A Hope se le hizo un nudo en la garganta. Aquella niña siempre había sido su preferida. Faith era mucho más sensible que todos los demás, y siempre había conseguido alegrar a Hope.

—Faith, estamos en casa —le dijo, tocándole suavemente el hombro.

Faith se despertó parpadeando y se incorporó.

—Lo siento, Hope, debería haberte hecho compañía durante el viaje.

—No. Para el bebé y para ti es mucho mejor que duermas.

Las dos hermanas salieron del coche y rodearon la casa para entrar por la puerta principal. Faith estuvo a punto de tropezarse con Óscar, un enorme gato gris, que bufó y salió corriendo hasta el seto de la parcela.

—¿Qué ha sido eso? —preguntó, asustada.

—Es Óscar —respondió Hope.

—¿Tu gato?

—No. Es de mi vecino, pero viene y va libremente. Yo le doy de comer a veces. Al señor Paris no le importa. Es casi como si lo compartiéramos.

Faith se agachó para llamarlo suavemente, pero el animal no se acercó.

—No es muy sociable, pero yo admiro su independencia —Hope abrió la puerta.

—Me gustan los gatos —dijo Faith—. ¿Vives sola?

—Antes compartía la casa, pero en cuanto pude pagar la renta completa, empecé a vivir sola.

—Así que nunca te has casado, ni nada... —Faith y Hope entraron en la casa y pasaron al salón.

—No. No tengo marido, ni novio, ni amante.

—¿Y no sales con nadie?

Hope pensó en su vecino, Jeff, y en algunos doctores y enfermeros con los que había salido en alguna
ocasión. Sabía que ellos veían su frialdad como un desafío. Pero nadie había conseguido interesarle de veras. Quería tener un marido y una familia, pero en el
momento en el que algún hombre la presionaba para
conseguir algún tipo de compromiso, ella sentía un
pánico terrible y rompía la relación.

—En realidad, no.

—Pero... si eres muy guapa.

Hope se rió.

—Supongo que estoy un poco harta.

La casa olía muy bien, porque Hope tenía la costumbre de cortar flores de su jardín y ponerlas sobre
la mesa del salón. Encendió la luz. La casa, aunque antigua, era grande y luminosa.

—¡Qué casa más bonita! ¿La has decorado tú misma? —le preguntó Faith.

—Sí —respondió Hope, asintiendo—. Me gusta recorrer los mercadillos y comprar antigüedades y muebles viejos para restaurarlos.

—Es preciosa, de verdad —dijo Faith, emocionada.

—La casa es de un viudo que vive al final de la calle, y como se la cuido muy bien, me deja hacer más o
menos lo que quiero.

—Debes de ganar mucho dinero para tenerlo todo
así. Nunca había visto nada tan bonito.

—No gano mucho dinero —dijo Hope, riéndose—.
Pero crecí en la misma casa que tú, ¿no te acuerdas? Sé
cómo estirar un dólar.

—Es estupendo. No sé cómo has podido hacer todo
esto.

—No es nada —Hope cambió de tema porque las
alabanzas de su hermana estaban empezando a conse-

guir que se sintiera culpable de tener aquello, cuando su familia tenía tan poco—. Me has contado que estabas viviendo con dos de las mujeres de Arvin. ¿Con cuáles?

—¿Te acuerdas de Ila Jane?

—¿Esa vieja sargenta?

Faith sonrió.

—Estar con ella ha sido lo único bueno de casarme con Arvin. Es la única que se atreve a ponerlo en su sitio. Me tomó bajo su protección como si fuera una de sus hijas. En realidad, su hija mayor tiene mi edad. También vivimos con la segunda mujer de Arvin, Charlene, pero no me cae muy bien. Sus hijas también son difíciles, excepto Sarah, que tiene siete años. Charlene no le hace caso, así que siempre está conmigo. Ninguna de las dos es de las favoritas de Arvin, así que cuando me mandó a vivir con ellas, supe que se había cansado de mí.

—¿Y crees que ha sido por el bebé?

—Dice que está intentando dejarme en paz porque el embarazo puede ser muy incómodo. Pero sé que a él no le interesa hacerme favores. Probablemente se ha retirado durante un tiempo, ahora que acaba de casarse con Rachel.

Hope sintió amargura, pero no dijo nada para no ofender a su hermana.

—¿Te apetece una taza de chocolate antes de irnos a dormir?

—No, muchas gracias. Estoy demasiado cansada. Lo único que quiero es irme a dormir.

—Muy bien, pequeña. Tu habitación está al final del pasillo.

Cuando entraron, Faith se detuvo a los pies de la cama y miró a su alrededor.

—Es una habitación preciosa, Hope.

—Ponte cómoda mientras voy por un camisón y un cepillo de dientes nuevo —le dijo ella desde la puerta—. Mañana iremos a comprar todo lo que necesites.

—¿No tienes que trabajar?

—Hasta la tarde no. Soy enfermera, así que mis turnos de trabajo varían. Mañana me toca trabajar de noche.

Su hermana se tiró de la falda con cierta timidez. Parecía que no sabía qué hacer.

—Sé que todo esto debe de parecerte raro, Faith —le dijo Hope—. Pero aquí estarás cómoda, te lo prometo.

—¿No va a ser muy caro reponer todo lo que me he dejado atrás?

—No. No tienes que preocuparte de nada —le dijo Hope, intentando esconder su propia inseguridad con una sonrisa de confianza.

—Está bien. ¿Hope?

—¿Sí?

—¿Qué pasará si te hartas de mí? ¿Y si se termina el dinero?

A Hope se le encogió el estómago. Recordó lo que era sentir que el suelo que se pisaba podía hundirse en cualquier momento. Ella misma estaba todavía intentando protegerse de aquello. Por esa razón trabajaba tan duro para hacer de su casa un hogar. Quería sentirse segura y protegida.

—Es posible que alguna vez me harte de ti, y que tú te hartes de mí, pero siempre seremos hermanas, Faith. Trabajaremos juntas para construir vidas felices, y nos ayudaremos la una a la otra en las situaciones difíciles.

—¿Por qué? —le preguntó Faith, inesperadamente—. Han pasado once años, Faith. ¿Por qué te molestas por mí, cuando tienes todo esto?

—Probablemente te parezca una locura lo que voy a decirte, porque sientes que estás desobedeciendo a Dios al haberte marchado de Superior, Faith. Pero yo creo que Él me ha puesto en situación de ayudarte por alguna razón. Yo quiero que estés conmigo. Y Charity y las demás también, si quieren venir alguna vez.

Faith sonrió, y en un impulso, Hope se acercó a ella y la abrazó.

—Me siento muy bien por estar contigo de nuevo —le dijo—. Sea lo que sea lo que nos espera en el futuro, estaremos juntas.

—No creo que vaya a ser fácil —dijo Faith, abrazándola fuerte.

—No —convino Hope—. No va a ser fácil. Pero nada que merezca la pena lo es.

# 4

Hope se despertó al oír a alguien moviéndose por la casa. Al principio sintió pánico, pero rápidamente recordó que tenía a su hermana viviendo con ella.

Sintió una emoción difícil de definir. No era miedo exactamente, sino aprensión. No quería revivir toda la soledad, el miedo y la lucha a los que se había enfrentado. Sin embargo, la felicidad de su hermana merecía el sacrificio. Lo que asustaba a Hope no era las dificultades que tendrían por delante, sino la posibilidad de que Faith se rindiera y quisiera volver a Superior.

—¿Faith? —dijo.

Faith apareció en la puerta de su habitación. Estaba vestida y se había peinado y lavado la cara. Hope miró el despertador. Eran las siete y media.

—¿Ya quieres ir de compras? Las tiendas no abren hasta las diez.

—No... Es que estoy acostumbrada a levantarme muy pronto, sobre todo ahora, que es temporada de siembra.

Hope se sentó en la cama y le hizo un gesto para que se acercara y se sentara también.

—Yo tengo un jardín muy grande en la parte de atrás. Hay muchas plantas y flores, y también un huerto. Quizá puedas ayudarme este año.

A Faith se le alegró la cara al oír mencionar aquel trabajo que le resultaba tan familiar. Seguramente se había estado preguntando qué podría hacer sin tener un ejército de niños a los que cuidar.

—Había pensado... en leer la Biblia —le dijo Faith tímidamente—. Pero no he podido traer la mía, claro, y no he visto que tú tengas ninguna por aquí.

La Biblia. Hope tuvo que reprimirse para no arrugar la nariz. Antes de llevar a Faith a su casa, había evitado cualquier cosa que pudiera recordarle al pasado. Hacía once años que no iba a misa. La perspectiva de entrar a una iglesia se le hacía insoportable. Incluso había pensado que, si alguna vez se casaba, sería en Las Vegas.

—Seguro que tengo alguna por ahí. La buscaré. Puedes llevártela a tu habitación y leerla cuando quieras —le dijo. Sabía que sería inútil explicarle a su hermana su aversión por todo lo religioso.

—¿Qué te gustaría desayunar? —le preguntó a Faith, mientras se levantaba.

—Necesito que me hagas un favor.

—¿Qué?

—No me trates como a una invitada, ¿de acuerdo?

Hope parpadeó de sorpresa.

—No te estoy tratando como a una invitada. Sólo quería...

—Lo sé, y te lo agradezco —replicó Faith—. Pero no conseguiré nada si no siento que estoy cargando

con mi propio peso o, al menos, que estoy contribu-
yendo de alguna forma útil.

—¿Estás de broma? Vas a tener que trabajar mucho
en el jardín y en la huerta.

—Muy bien —dijo Faith, muy seriamente—. Eso es
lo que necesito. Eso es lo que quiero.

—Estupendo —la sonrisa de Hope era más amplia
de lo que correspondía a su estado de ánimo. Aquello
iba a ser más difícil de lo que había pensado. Hasta
que ella y Faith se conocieran y estuvieran cómodas la
una con la otra, las cosas iban a ser un poco... torpes.

—Entonces, ¿por qué no me haces el desayuno
mientras me ducho?

—Está bien.

—Tomaré dos huevos fritos y una tostada. Todo
está en la cocina. Sólo tienes que rebuscar para encontrar las cosas, y si no las encuentras, pégame un
grito.

—De acuerdo.

Hope mantuvo la sonrisa hasta que su hermana desapareció por el pasillo. Después se dejó caer en la
cama de nuevo. Faith ella eran muy diferentes, y Hope
no sabía si serían capaces de encontrar cosas comu-
nes. ¿Qué ocurriría si había cometido un error al sacar
a Faith de Superior y las dos tenían que lamentarlo?
No. No lo lamentaría. Y aquel día iban a ir a comprar
ropa. Hope respiró hondo y se metió en la ducha.


—¿Has encontrado algo que te guste? —le preguntó a Faith en el probador.

Faith se mordió el labio inferior y miró todos los
pantalones premamá, las camisetas y los jerseys que
Hope había elegido para que se probara.

—No, no mucho.

—¿Por qué no? ¿No hay nada que te quede bien?

—Me vale todo —respondió Faith—. Pero creo que prefiero hacerme yo unas cuantas cosas.

Hope gruñó por dentro. No quería ver nunca más ninguno de esos vestidos anticuados que identificaban a su hermana como un miembro de la comunidad polígama.

—Faith, ¿qué tiene de malo esta ropa? Es cómoda, práctica y...

—Es demasiado... moderna —replicó Faith—. No quiero ser presumida, Hope. No está bien —dijo en un susurro, para que la dependienta que estaba junto a ellas no lo oyera.

La mujer no se había acercado para ayudar. Desde que habían entrado en la tienda, las había mirado con la mezcla de desprecio y curiosidad que uno sentía cuando veía algo repulsivo pero fascinante. La apariencia de Faith las había delatado. La enorme comunidad polígama que vivía entre Utah y Arizona estaba sólo a una hora de camino. La gente de St. George había visto a muchos polígamos. Las mujeres eran muy fáciles de distinguir por la ropa del siglo diecinueve que llevaban. Sin embargo, la familiaridad no era lo mismo que la aceptación.

—Un poco de estilo no le viene mal a nadie —insistió Hope, y se volvió para desafiar a la dependienta con la mirada. La mujer cruzó los brazos y siguió mirándolas.

—Quizá deberíamos ir a otro sitio —dijo Faith.

—No. Tenemos el mismo derecho que cualquiera a estar aquí. Elige unas cuantas cosas.

—No quiero nada. Sólo quiero un poco de tela y...

—Después iremos a comprar la tela y podrás hacerte todos los vestidos que quieras. Pero ahora elige algo que te guste, sin preocuparte de todo lo que la iglesia te ha enseñado.

Faith frunció el ceño y eligió unos pantalones exactamente iguales a los que habría elegido una mujer de ochenta años.

—Te he dicho que eligieras sin preocuparte de la iglesia —dijo Hope, exasperada. Tomó un pichi vaquero y una blusa—. ¿Esto te parece bien?

Faith se encogió de hombros.

—Muy bien —Hope dejó el resto de la ropa en una mesa y fue hacia la caja registradora.

La dependienta las siguió sin apresurarse en absoluto.

—¿Esto es todo? —preguntó secamente.

—Sí —respondió Hope.

La mujer empezó a pasar el lector de códigos por las etiquetas, pero se paró a echarle una mirada a Faith.

—Qué asco —murmuró.

—¿Disculpe? ¿Ha dicho algo? ¿Es que está intentando demostrarme que es tan estúpida como yo había sospechado desde el principio?

—Está bien, Hope —murmuró Faith detrás de ella, muy avergonzada.

—No, no está bien —replicó Hope.

La mujer se quedó boquiabierta. Normalmente, las mujeres de las comunidades polígamas iban a los centros comerciales en grupo, se quedaban siempre juntas y hacían caso omiso de los susurros y de las burlas. En el pasado, no les había prestado atención porque no quería reconocer sus raíces. Sin embargo, estar con Faith las había hecho reconocibles a las dos.

Otra empleada entró por la puerta y la mujer cambió de actitud al instante.

—No he dicho nada —respondió, con la atención fija en lo que estaba haciendo.

Hope pagó la ropa, tomó la bolsa y salió de la tienda con Faith a su lado. Quería presentarle una queja al encargado, pero pensó que causar un revuelo no ayudaría a su hermana. A Faith le habían enseñado a poner la otra mejilla, incluso cuando tenía que enfrentarse al ridículo. Hope, sin embargo, se valoraba a sí misma. Era una cuestión de respeto.

—¿Estás bien, Hope? —le preguntó Faith—. No estás enfadada conmigo, ¿verdad?

Hope se dio cuenta de que estaba andando por el centro comercial a toda prisa. Aminoró el ritmo y forzó una sonrisa.

—No. No pasa nada. Sólo pensé que esa mujer tenía que saber que su comportamiento no era bien aceptado, eso es todo.

Faith asintió con inseguridad, así que Hope la tomó por el brazo, ansiosa por salir de aquel lugar por las miradas que estaban recibiendo de todo el mundo.

—¿Va a ser muy difícil para ti, Hope? No quiero ser una molestia. ¿Te parece que estar conmigo va a ser peor de lo que imaginabas?

—Tú no eres ninguna molestia. Y quiero que estés conmigo, sea como sea.

—Eso espero. Porque yo no puedo olvidar todo lo que me han enseñado. Perdería mucho... mucho de mí misma. Lo entiendes, ¿verdad?

—Entiendo que el mundo es muy diferente a Superior.

—El mundo es el demonio, intentando condenarte.

Hope recordó a Lydia Kane, a Parker Reynolds y todo lo que habían hecho por ella once años antes.

Pensó en toda la gente que trabajaba en el hospital, que a menudo daba mucho más de lo que se les pedía.

—Me temo que la respuesta no es tan fácil, Faith.

—Entonces, no lo entiendo.

—En muchos sentidos es mucho más fácil vivir según los principios de los Brethren que no hacerlo —dijo Hope—. Con esos principios, siempre crees que sabes lo que está bien y lo que no. Ellos siempre han tomado todas las decisiones. Ahora... tienes que empezar a pensar por ti misma.

Aquella noche, a Hope le pareció que su turno en el hospital duraba una semana. Tuvieron dos partos, además de todos los recién nacidos a los que tenían que atender. Uno de los doctores había tenido que acudir a una emergencia y una de las enfermeras del turno siguiente había llamado diciendo que tenía fiebre y que no podía ir a trabajar, y Hope tuvo que suplirla durante esas dos horas. Cuando llegó a casa, los ojos se le cerraban de cansancio. Con suerte, encontraría a Faith de buen ánimo y podría dejarla sola durante unas horas para dormir...

Oyó el sonido de unas voces cuando salió del coche y se aproximó a la casa. ¿Sería la televisión? Hope quería creerlo, pero vio un movimiento a través de la ventana y supo que Faith tenía compañía.

Salió corriendo hacia la puerta y al abrir, se quedó paralizada. Era Bonner. Después de tantos años, había pensado que nunca volvería a verlo. Y mucho menos en su casa. Había cambiado. Había crecido aún más, y había engordado un par de kilos. Al contrario que muchos otros hombres de la iglesia, llevaba el pelo corto, la cara afeitada y ropa moderna. Pero sus ojos… sus ojos eran los mismos. Probablemente, aquello era lo que más le afectaba.

Lentamente, él se levantó. A su lado, Arvin hizo lo mismo.

—¿Qué ocurre? —preguntó Hope mirando a Faith.

—Lo siento, Hope —dijo—. Yo… me pareció que tenía que llamar a mamá para decirle dónde estaba y que estábamos bien. Dijo que me lo agradecía mucho…

—Y después mandó a Arvin a buscarte.

—Quería que estuviese tranquila…

—Tu madre hizo lo correcto —dijo Arvin, mirando a Faith—. Y ahora tú también tienes que hacer lo correcto. Después de todo, soy tu marido.

—Eres su tío —aclaró Hope—. Y nada más.

—¿Quieres que el hijo de tu hermana sea un bastardo? —gritó—. ¡Escúchala, Bonner! ¿Has visto en lo que se ha convertido? Está intentando burlarse de mi matri…

—Arvin —interrumpió Bonner, secamente—, cálmate y déjame hablar.

Para asombro de Hope, Arvin obedeció. Hope se preparó para lo que fuera a decir.

—Tienes buen aspecto, Hope —dijo Bonner—. Siempre fuiste muy guapa. Más que el resto de las mujeres.

—¿Y me dices eso, cuando estás casado con mi hermana? —le preguntó ella, con el estómago encogido.

—¿Quieres que mienta?

—Quiero que te vayas.

—Sólo si Faith viene con nosotros —intervino Arvin.

Otra mirada aguda de Bonner, y Arvin se calló.

—Sé que no tienes por qué escucharme, Hope, pero sólo te estoy pidiendo unos minutos de tu tiempo. Eso es todo. Seguramente, lo que compartimos me da derecho a eso. ¿Podemos hablar en algún sitio?

Hope notó que estaba a punto de llorar, pero se negó a derramar una lágrima. Había dejado de llorar por Bonner hacía mucho tiempo.

—No tengo nada que decirte.

—Sólo serán unos minutos —dijo él—. Quiero arreglar las cosas entre nosotros.

No había forma de arreglar las cosas. Autumn, su hija, ya no estaba. Bonner nunca podría devolverle lo que le había quitado. Pero él sólo tenía dieciocho años… Finalmente, Hope asintió y lo condujo hasta el porche de atrás, al jardín. Ella se sentó en una de las sillas. Le hubiera ofrecido asiento a él, pero ni siquiera podía mirarlo a la cara.

—Esto es muy bonito —dijo Bonner.

Por el rabillo del ojo, Hope se dio cuenta de que estaba paseando la mirada por las flores y el césped. Ella lo hizo también, intentando conseguir paz de la belleza del jardín.

—Di lo que tengas que decir —le dijo.

—Mírame.

Ella se obligó a hacerlo.

—Lo siento —dijo simplemente, con la expresión sombría—. Sé que te hice daño. Era joven y estúpido, y lo siento.

Hope no sabía qué decir. ¿Ella había perdido a Autumn, y él le decía que lo sentía?

—Ni la mitad que yo.

—Entonces, ven conmigo.

A ella le dio un vuelco el corazón.

—¿Qué?

—Nunca he dejado de quererte, Hope. He rezado para que finalmente volvieras a casa, conmigo.

—Tienes que estar bromeando —dijo débilmente.

—Las cosas han cambiado. Ahora tengo poder en la iglesia. Nadie te despreciaría si fueras mi mujer, y las cosas serían como debían haber sido desde el principio —se puso las manos en las caderas, como si pensara que ella no podía hacer otra cosa que estar de acuerdo con él—. Ya tengo la bendición de tu padre. Me la dio antes de que Arvin y yo viniéramos. Ven conmigo, vuelve al lugar al que perteneces.

¿Al lugar al que pertenecía? Hope no estaba segura de que existiera aquel lugar. Había pensado que su hogar era aquella casa, aquel precioso jardín, pero ya no estaba segura ni siquiera de aquello.

—¿Hope? —dijo él, al ver que ella no respondía.

—No puedo.

—Por supuesto que puedes.

—Han pasado once años, Bonner. Lo que teníamos ya terminó.

—Yo no lo creo.

Hope apretó los puños en el regazo.

—Me temo que sí.

—¿Hay alguien más, entonces? —le preguntó él.

Era irónico que fuera él quien hiciera esa pregunta.

—No soy yo la que se ha casado —respondió ella.

—Tengo sitio en mi corazón para ti.

—Me temo que no estoy dispuesta a participar en el desfile por tu dormitorio.

Él hizo un gesto de dolor.

—Las cosas no son así. Yo trato bien a mis mujeres. Y te trataría especialmente bien a ti. Te daría cada minuto que pudiera…

—¿Quieres decir que se lo quitarías a mi hermana, o a sus hijos? ¿O quizá estás hablando de alguna de tus otras esposas?

—Has cambiado.

—En más cosas de las que crees.

—Eres tan mala como dicen.

Hope se quedó pálida, pero no respondió.

—Te ofrezco el amor verdadero y la salvación, y tú te ríes en mi cara —añadió él.

—No necesito que tú me salves.

—Estás cometiendo un error, Hope. Estás en contra de todo lo que te han enseñado. Debe de quedarte un eco en el alma que te diga que lo que estás haciendo está mal.

—El único eco que oigo es el de tus palabras cuando le dijiste a mi padre que aceptabas su decisión de darme a Arvin —respondió ella.

Él apretó la mandíbula y entrecerró los ojos.

—¿Es que quieres echármelo en cara? Ya te he dicho que era joven y que…

—Y yo era más joven aún.

—Así que no puedes perdonarme. De eso se trata.

—No. No es eso. Es que quiero más de la vida que lo que tú puedes ofrecerme.

—Pero ya te he dicho que ahora tengo poder en la iglesia. Puedo hacer…

—Lo que quieras —terminó ella por él—. Eso me asusta aún más.

Él se quedó pálido, y Hope pensó que iba a revelar cómo había llegado a ser en realidad. Sin embargo, se limitó a mirarla como si ella fuera la mayor desilusión que se había llevado en la vida. Después entró en la casa.

Hope lo siguió, preguntándose qué iba a decirle a Arvin.

—Vamos —le dijo con firmeza, en cuanto llegó al salón.

Era evidente que Faith había estado llorando. Hope sintió una punzada de culpabilidad por haberla dejado sola con su tío.

—¿Qué quieres decir? —preguntó Arvin, boquiabierto—. ¿Hope no va a volver?

Hope vio que Bonner le lanzaba una mirada acusatoria, llena de ira, como si ella fuera la que le había hecho algo malo a él.

—No. Prefiere ir al infierno, como ha dicho su padre.

—Muy bien, pero Faith sí viene —dijo Arvin, casi gritando—. ¡Faith, recoge tus cosas!

Faith sacudió la cabeza, en vez de hablar, y Arvin se congestionó.

—Harás lo que yo diga. ¡Soy tu marido!, ¿me oyes? Cuando te diga que hagas algo, hazlo. Y ahora, sal al coche.

Dio una palmada que sonó como un disparo. Faith se sobresaltó y empezó a andar hacia la puerta, pero Hope la agarró por el brazo.

—Sólo se irá si quiere irse, no porque pienses que puedes tratarla como si fuera una esclava —se volvió hacia Faith y con la voz suave le dijo—: Estoy aquí, y no les tengo miedo. No dejaré que te obliguen a hacer nada que tú no quieras. No tienes que preocuparte. Pero si quieres volver, ahora tienes la oportunidad.

Faith se secó las lágrimas de las mejillas con las manos y se acercó a Hope.

—No quiero volver —le dijo—. No quiero volver nunca.

La vehemencia de sus palabras le dejó claro a Hope que lo pensaba de verdad. Ella se sintió sorprendida y aliviada en la misma medida. Sin embargo, todavía tenía a Arvin y a Bonner en el salón de su casa, y además había mentido cuando había dicho que no les tenía miedo. Hacía mucho tiempo que no vivía bajo la autoridad de los Brethren, pero sus padres le habían asestado un golpe doble: habían enviado a Bonner, cuya presencia la hacía temblar, y a Arvin, que conseguía que se le pusiera la carne de gallina. Sin embargo, irguió los hombros e intentó transmitir tanta confianza como pudo.

—Entonces, no hay nada más que hablar. Tengo que pediros que os marchéis.

—¡Ni lo pienses! —gritó Arvin—. Faith no va a quedarse aquí.

—Llamaré a la policía si no os vais en este mismo momento —replicó Hope.

Arvin dio un paso hacia ella, como si fuera a agarrarla del cuello, pero Bonner se interpuso y lo tomó por el brazo.

—Vámonos de aquí. Es una hija del demonio. Supongo que el Señor me estaba cuidando, hace tantos años.

Arvin se zafó de él.

—¡Me las pagarás, desgraciada! —rugió—. Haré que lo lamentes, tú…

—Arvin, ya es suficiente —dijo Bonner—. Vamos.

—Esto no ha terminado —replicó Arvin—. Ni por asomo.

—Hope no ha hecho nada. He sido yo —dijo Faith, pero no se la oyó, porque la voz estridente de Bonner se impuso.

—Ella lo pagará caro, mucho más caro de lo que te imaginas —afirmó Bonner—. El Señor se vengará de su alma.

—Sé que lo hará, porque yo voy a ayudarlo —añadió Arvin, iracundo, y salió de la casa.

Bonner miró a Hope, y la emoción que ella vio en su cara la asustó aún más que Arvin. No porque pareciera un loco, sino porque pareciera tan cuerdo y la maldijera pensando que podía ordenarle incluso a Dios. El poder que tenía en la iglesia se le había subido a la cabeza, evidentemente. Y pensar que por un instante ella se había planteado rendirse y volver a sus raíces... ¿Cómo era posible que hubiera vacilado?

Porque todavía recordaba cómo la hacía sentir aquel hombre, y se dio cuenta en aquel momento. Había estado muerta por dentro desde que la había dejado. Quería sentir algo de nuevo, olvidar... Pero no con Bonner. Levantó la barbilla y lo miró fijamente, hasta que, por fin, él se marchó.

—Siento que haya venido —dijo Faith, un rato después de que los dos hombres se fueran.

—No ha sido culpa tuya. Bonner debería haber tenido más sentido común... —dijo Hope, intentando desprenderse de la molesta sensación de pérdida.

—¿De verdad ya no lo quieres? —preguntó Faith.

Bonner había significado tanto para ella que no sabía si realmente lo había olvidado por completo. Sin embargo, no iba a admitirlo ante Faith.

—De verdad —respondió.

Su hermana se acercó al sofá y se agachó, apoyándose en el asiento.

—Pss, psss, gatito, gatito —dijo—. Ya puedes venir. Ya se han ido. No tienes que tener miedo.

Por primera vez, Hope se dio cuenta de que Óscar estaba dentro de la casa. Se movió entre una silla y el sofá, dispuesto a responder a cualquier provocación.

—¿Qué hace Óscar aquí? Yo nunca he sido capaz de que cruzara el umbral.

—Lo animé con un trocito de carne. Quería que me hiciera compañía. Se sentó en mi regazo y me dejó que lo acariciara, pero Bonner y Arvin llamaron justo entonces. Se asustó y salió corriendo —le dijo Faith, enseñándole un par de arañazos que tenía en la muñeca—. Pero sólo araña si está asustado, Hope.

—Entonces debe de estar aterrorizado siempre.

—Aprenderá a confiar en mí. Me gusta mucho.

—Si quieres un gato, vamos a conseguir uno en condiciones —replicó Hope—. Uno que no arañe. Está claro que hay animales más fáciles de querer que a Óscar.

—No —dijo Faith, mirándose los arañazos—. Quiero a este gato. Creo que me necesita.

Faith llevaba en la casa menos de dos días, y ya había adoptado al pobre Óscar. ¿Qué le ocurría a Hope para ser incapaz de encariñarse con nadie, ni siquiera con un gato?

—Estoy orgullosa de ti —le dijo a su hermana.

—¿Porque quiero a Óscar?

—Porque todavía te arriesgas a querer. Y porque eres de una pasta más dura de lo que yo había creído.

—Creías que iba a volver, ¿verdad?

—Sí.

—Tuve la tentación, pero sólo porque no es justo que traiga todos estos problemas a tu vida. Vi cómo mirabas a Bonner. Me siento terriblemente mal por…

—No —dijo Hope—. No quiero hablar de ello.

Faith se volvió hacia Óscar, que se acercaba cautelosamente.

—¿Era verdad eso de que no les tenías miedo?

—No lo era —dijo Hope—. ¿Y era verdad que sólo has llamado a mamá para decirle que estábamos bien?

Una sonrisa débil se dibujó en los labios de Faith.

—Supongo que, en el fondo, sabía que enviaría a alguien. De repente estaba asustada por haberme marchado. Pero cuando vi a Arvin, noté como si tuviera una enorme bola de acero en el pecho. Sabía que, en cuanto estuviéramos en casa, querría pasar unas cuantas noches conmigo para demostrarme el poco poder que tengo. Y la idea de no tener ningún poder me asusta más que el miedo de pasar la vida sin mi familia. Cuando me di cuenta de eso, y de que mi hijo no iba a tener otro padre mejor que Arvin, supe que estaba equivocada, y que tenía que pasar por esto.

—¿Qué te dijo Arvin cuando Bonner y yo estábamos fuera?

—Al principio fue amable. Me dijo que aquello no era lo mismo sin mí.

—¿Y cuando vio que no te querías ir con él?

—Me dijo que Ila Jane necesitaba mi ayuda con el jardín y la huerta —dijo, y siguió llamando a Óscar suavemente.

—Utiliza a Ila Jane porque sabe que la quieres y la respetas —dijo Hope—. Y sabe que también te importa la huerta.

Faith no respondió. Miró a Óscar, que se había acercado a ella, y se puso a acariciarlo. Hope sacudió la cabeza al verlos. Quizá Faith consiguiera adaptarse mejor a la vida normal que ella misma. Al fin y al cabo, Faith tenía sus ideales.

# 5

Hope llamó al trabajo la noche siguiente para decir que estaba enferma. Había dormido casi todo el día, pero le dolía la cabeza y no quería dejar sola a Faith después de la visita de Arvin. Las amenazas que había hecho aquel miserable aún le resonaban en la cabeza, y temía que pudiera llevarlas a cabo.

—Eh, te estoy hablando —Faith le puso una mano en el hombro.

—¿Mmm? —Hope parpadeó y se dio cuenta de que estaba en la cocina de su casa. Acababa de volver de las nubes.

—Voy a hacerme una infusión, y te he preguntado si quieres una.

—No, gracias —miró la lista que había estado escribiendo sobre la mesa de la cocina, con las cosas que necesitaría el bebé de Faith. Ya habían hablado de llevarla a un buen médico. Faith no había recibido ningún cuidado durante el embarazo. Los Brethren creían que era inmoral que un extraño tuviera un acceso íntimo a una de sus esposas. Así que algunas de las mujeres mayores actuaban de matronas, con los conocimientos adquiridos mediante la experiencia.

Hope estaba ansiosa por que la viera un médico, porque aún había un millón de cosas que podrían salir mal si Faith no recibía el cuidado preciso. Además, Hope quería conocer la fecha del parto. No necesitaban más sorpresas.

—Creo que necesitamos un transmisor —dijo, intentado volver a los planes—. Nos resultaría muy útil si estamos en el garaje o en el jardín y el bebé está durmiendo.

—Eso es muy caro —dijo Faith mientras se preparaba la infusión.

—Sólo treinta o cuarenta dólares.

—Eso es caro.

—Es un precio asequible, Faith —Hope dejó el bolígrafo en la mesa y se frotó los ojos—. No vamos a tener que mantener a un ejército. Sólo seremos el bebé, tú y yo. Nos las arreglaremos, así que deja de hablar de lo caro que es todo. Tú me ayudarías si yo lo necesitara, ¿no?

La expresión de inseguridad de la cara de Faith desapareció.

—Por supuesto.

Al poco rato, Faith se acostó y Hope se quedó terminando la lista. Pensó que, aunque solía dejar la puerta abierta para sentir la brisa fresca de la noche, aquella noche cerraría con llave. No se sentía segura.

Antes de que cerrar, Óscar salió a la calle como una flecha por debajo de sus piernas. Hope asomó la cabeza por la puerta; no había coches extraños aparcados en la calle, ni nada fuera de la normalidad. La luz del porche de la señora Crandall, como cada noche, estaba encendida.


Un ruido despertó a Hope antes del amanecer. Se quedó inmóvil en la cama, intentando escuchar algo más.

—¿Faith? —dijo en la oscuridad.

No obtuvo respuesta.

Saltó de la cama y fue hacia la habitación de su hermana. La puerta estaba abierta, así que se asomó y notó la forma del cuerpo de Faith bajo las mantas. Estaba dormida. El ruido que había oído no era nada.

¿Seguro? Hope no se atrevía a dar nada por sentado. Arvin se había situado por encima de la ley durante tanto tiempo, que nadie podía saber lo que haría. Había prometido que se vengaría, y Hope no sabía cuál era su idea de venganza. Sin embargo, no estaba dispuesta a dejar que la sorprendiera ni que le hiciera daño a Faith. A la menor sospecha de peligro, llamaría a la policía.

«No va a haber ningún peligro», se dijo. Sin embargo, no consiguió calmarse. Recordó la fiereza de Arvin la noche que supo que estaba embarazada de Bonner. Le había gritado todos los insultos que se le habían pasado por la cabeza. Si no hubiera sido por su madre, su tío la habría pegado.

Faith le había dicho que creía que Arvin estaba enamorado de ella, pero Hope sabía que no era cierto. Desde que lo había evitado y rechazado, Arvin se había obsesionado con la idea de someterla. Nunca la había querido.

Anduvo hasta la cocina. El reloj digital del microondas marcaba las dos y treinta y cinco. Arvin había tenido tiempo suficiente como para marcharse a Superior con Bonner aquella mañana y volver a St. George por la noche, sin que nadie lo notara. Una de sus esposas pensaría simplemente que estaba con otra, y los otros Brethren no se darían cuenta.

Hope se acercó a las puertas de cristal que daban al jardín, pero no veía nada entre el porche y los árboles. Le pareció que nada se movía, pero después de unos segundos, oyó otro golpe. Sintió una inyección de adrenalina. Fue corriendo a la cocina para llamar por teléfono a la policía, y en aquel momento oyó una voz.

—¿Hope? ¿Ocurre algo?

Ella se dio la vuelta sobresaltada y vio a Faith en el pasillo.

—¡Faith! ¿Qué haces levantada? —susurró asustada.

—He oído un ruido —dijo Faith, suavemente—. ¿Tú no?

Hope asintió.

—¿Qué puede ser?

—No lo sé.

—Puede ser Arvin —dijo Faith—. Será mejor que llamemos a la policía.

—Tú no crees que podría hacer algo… grave, ¿no?

—No lo sé —admitió Faith.

En aquel momento, alguien empezó a mover el pomo de la puerta de la cocina, y Hope vio la cara de Arvin en uno de los cristales. Con un grito ahogado, dio un salto hacia atrás, horrorizada.

—¿Hope? ¿Estás bien? —le preguntó Faith.

—Lo he visto. Está ahí fuera.

—¡Llama a la policía!

Sin embargo, al descolgar el auricular, Hope no oyó nada. ¿Sería posible que Arvin hubiera cortado el cable de la línea?

—¿Qué pasa? —le preguntó Faith—. ¡Llama a la policía! No quiero que esté ahí fuera.

—Shhh. No te preocupes. No puede entrar —intentó calmarla—. Vete al baño y cierra por dentro.

—No voy a dejarte aquí. Está haciendo esto por mi culpa. Si vuelvo con él, dejará de molestar. Quizá debiera salir y...

—No vas a ir a ningún sitio al que no quieras ir —dijo Hope—. Además, es probable que él te castigara y te hiciera daño. Incluso podría hacerle daño al bebé.

—¿Y qué vamos a hacer? —preguntó Faith.

—Lo que tengamos que hacer —respondió Hope.

Se acercó a la puerta del porche y encendió la luz. Entonces vieron a Arvin allí, tan siniestro como siempre, con el pelo despeinado y sucio, delgadísimo y con las mejillas cadavéricas.

—¡He llamado a la policía! —gritó Hope para que él lo oyera—. Si sabes lo que te conviene, lo mejor será que te vuelvas a Superior.

—Es bastante difícil llamar a la policía sin teléfono, ¿no, Hope? —dijo él, con una sonrisa perversa.

—Tengo teléfono móvil —respondió ella, deseando con todo su corazón que fuera cierto. Pero Arvin no lo sabía, y su sonrisa desapareció—. No vas a conseguir nada acosándonos —continuó Hope—. Faith no va volver contigo. Acéptalo y vuelve a casa, donde puedes seguir pensando que eres Dios.

—En lo que a ella concierne, yo soy Dios —dijo él, y Hope sintió un escalofrío.

—Estás loco. Espero que por lo menos lo sepas.

—Reza para que no consiga entrar ahí. ¿Sabes lo que te voy a hacer si lo consigo? Lo que he querido hacerte desde que tenías nueve años. Te voy a enseñar lo que te has estado perdiendo. Y quizá cuando haya terminado te hayas quedado embarazada también.

De repente, Arvin se volvió. Hope miró en la oscuridad y vio al señor Paris corriendo en pijama hacia la casa, con Óscar en brazos. Se detuvo junto al porche.

—¿Qué está ocurriendo aquí? —preguntó.

—Ocúpese de sus asuntos, viejo —dijo Arvin—. Esto no tiene nada que ver con usted.

Por miedo a que le ocurriera algo a su vecino, Hope abrió la puerta y salió.

—¿A quién está llamando viejo? —respondió el señor Paris—. ¿Y qué está haciendo aquí? —miró a Hope, y ella se sintió un poco azorada. No estaba segura de cómo explicarlo—. A mí no me parece que lo hayan invitado.

—No ha sido invitado, en efecto —dijo Hope, y para que Arvin se marchara antes de que hubiera un altercado, añadió—: La policía ya está en camino.

—Tiene a mi esposa —dijo Arvin, con la voz quejumbrosa—. Quiero recuperar a mi esposa.

El señor Paris lo miró primero a él y después a Faith, que había salido también.

—Me parece que ella tendría que estar con un hombre de su edad —dijo, y añadió—: Váyase.

—Voy a llamar a mi padre por la mañana —le dijo Hope a Arvin—. Creo que se convencerá de que has perdido la cabeza y le dará a Faith su bendición para que te deje.

—Eso es lo que tú crees —dijo Arvin—. Nunca conseguirás que mi hermano se vuelva contra mí —y entonces, miró con malevolencia al señor Paris—. Y ningún vecino senil podrá salvarte —le echó una mirada de odio a Faith y desapareció en la oscuridad.

—¿A quién está llamando senil? —preguntó el señor Paris—.A ese hombre le falta un tornillo.

En aquel instante oyeron el ruido del coche de Arvin que se alejaba por la calle.

—O dos o tres —dijo Hope con un suspiro—. Muchísimas gracias por venir.

—¿Es verdad que la policía estaba en camino? —preguntó el señor Paris.

—No —le dijo ella—. Siento desilusionarle.

Hope tomó nota mental de comprar un teléfono móvil al día siguiente. Después volvió a darle las gracias al señor Paris y entró con Faith en la casa.

Sin embargo, al día siguiente supo que un teléfono móvil no sería suficiente. Arvin les había dejado un aviso de que volvería a visitarlas. Y quizá las cosas no salieran tan bien la próxima vez. Cuando abrió la puerta principal para tomar el periódico, Óscar estaba en el umbral, pero ya no respiraba.

# 6

Hope no podía dejar que Faith viera a Óscar, así que tuvo que se llevó el cuerpo ensangrentado y se lo dijo al señor Paris en secreto. Después de once años de movimientos cautelosos y calculados, parecía que el control de su propia vida se le había escapado de las manos. Pero no podía haber actuado de otra manera. Había tenido que volver a Superior. Probablemente, debería haberlo hecho muchos años antes. Y había hecho muy bien en llevarse a Faith con ella. Su hermana no tenía a nadie más que la ayudara.

Sin embargo, se sentía culpable por la muerte de Óscar, e incluso por no haberle tenido más cariño cuando estaba vivo. Sólo que no quería amar a nadie, ni a nada. Y en aquel momento, menos que nunca. El amor era una aventura peligrosa y arriesgada.

—¿Qué? —preguntó Bonner, sin dar crédito a lo que acababa de oír.

Hope dejó escapar un suspiro tembloroso y miró al pobre señor Paris, que estaba sentado a la mesa de la cocina, en estado de shock. Aún no se había quitado las botas llenas de barro después de enterrar a Óscar.

—Él... Arvin ha matado al gato de mi vecino.

—¡Lo ha mutilado! —añadió el señor Paris, con la voz ronca de indignación—. ¿Qué especie de miserable hace eso con un gato indefenso?

—No ha podido ser Arvin —dijo Bonner—. Volvió a Superior conmigo, y pasé casi todo el día con él.

—¿Estuvisteis juntos anoche? —replicó ella.

—No, pero... no entiendo por qué iba a matar al gato de tu vecino. ¿Qué tiene que ver tu vecino en esto?

—Discutieron cuando Arvin empezó a amenazarnos desde fuera. Estoy segura de que Arvin no se quedó muy satisfecho cuando mi vecino nos defendió.

—Aun así —dijo Bonner—, ¿qué sentido tendría matar a un gato?

—Nos estaba enviando un mensaje —dijo Hope. Cerró los ojos y sacudió la cabeza. Sus padres tampoco la habían creído, porque no pensaban que Arvin podía ser peligroso. Por eso había llamado a Bonner. Él había escuchado las amenazas de Arvin el día anterior. Hope tenía la esperanza de que la escuchara y se diera cuenta de que Arvin sí era peligroso—. Dejó al gato en el umbral de mi casa.

—Lo siento, Hope. Pero no sé qué puedo hacer yo.

—Quiero que convenzas a los Brethren de que Arvin está desequilibrado. Va a hacerle daño a alguien, Bonner. Y hay que evitarlo.

—Él nunca le ha hecho daño a nadie. ¿Crees que los Brethren van a excomulgarlo por matar a un gato? Además, es tu palabra contra la suya, y no tengo que decirte qué piensan de ti en este momento.

—Podrías decirles lo que viste ayer.

—Y él les diría que estaba enfadado, pero que no lo decía en serio.

—Faith tiene todo el derecho a dejarlo, Bonner.

—No estoy de acuerdo contigo. No creo en el divorcio. Y además, Faith está embarazada. No puedo obligarle a que se aparte de su propio hijo.

Ese era el problema. La policía le había dicho lo mismo. Podrían conseguir una orden de alejamiento contra Arvin, pero no podían garantizar que la cumpliera. No podían tenerlo vigilado constantemente.

Miró al señor Paris, que estaba hundido en la silla lamentándose de que su amabilidad de la noche anterior le hubiera costado la vida a su mascota. Hope sabía que se recuperaría, y que incluso se compraría otro gato. Pero Faith y ella no podían seguir allí. Tenía que hacer algo. Y rápido.


—¿Dónde has estado? He salido al jardín y no te he visto —le preguntó Faith, un rato después.

—Estaba quitando malas hierbas en el jardín del señor Paris —mintió Hope.

—¿Vamos a ir de compras hoy?

¿Para qué? Hope ya no se sentía segura en su propia casa. No podrían criar a un recién nacido allí. ¿Y si Arvin regresaba cuando ella estuviera trabajando? Quizá lo raptara, o algo peor. El recuerdo del cuerpo mutilado de Óscar hizo que se le encogiera el estómago.

—Hoy no. Tenemos que hacer las maletas. Nos vamos durante una temporada.

—¿Qué dices? El bebé está a punto de nacer.

—Lo sé, pero no podemos quedarnos aquí. Arvin... —carraspeó—. Podría volver.

—Creía que íbamos a llamar a papá y a mamá para ver si ellos conseguían detenerlo.

Hope ya lo había hecho, y sabía que era inútil. Pero aunque las hubieran apoyado, Arvin tendría las mismas oportunidades de acosarlas o hacerles daño.

—Ya he hablado con papá y mamá, pero ellos no van a hacer nada. Y además, tengo la sensación de que Arvin es más peligroso de lo que yo creía.

—¿Qué quieres decir?

—Que será mejor que nos vayamos hoy mismo.

—¿Cómo puedes decir eso? ¿Y tu trabajo?

—Voy a decirles que tengo un problema familiar grave y que tengo que dejarlo durante un periodo de tiempo indefinido.

—¿Y lo aceptarán?

—Es posible.

—¿Y qué pasa si no lo aceptan?

—Una buena enfermera obstetra tiene facilidad para encontrar trabajo en cualquier sitio.

—Pero si te vas de esa manera, el hospital no dará buenas referencias tuyas.

—Eso no es verdad. Nunca he llegado tarde, y nunca he perdido un turno. Y muchas veces he trabajado durante las vacaciones y los fines de semana para que otros pudieran tener tiempo libre. Mi jefa está muy contenta con mi trabajo, y entenderá que debe de ocurrir algo grave para que me ausente.

—Pero estás dejando algo más. ¿Qué pasa con tu casa? —Faith miró a su alrededor, y Hope no pudo evitar hacerlo también. Había estado muy cómoda y segura allí, pero ya no lo estaba. Ni tampoco lo estaba Faith.

—Lo siento, Hope. Todo esto es por mi culpa. No debería haber venido.

—Sí tenías que venir. Lo que no tenías que haber hecho es llamar a casa para decir dónde estabas. Espero que la próxima vez no lo hagas —al ver la expresión de agobio de su hermana, Hope se arrepintió de habérselo dicho. Faith sólo tenía dieciocho años, y había pasado por cosas muy difíciles—. Aunque, si yo hubiera estado en tu lugar, habría hecho lo mismo. Pero no podemos seguir aquí lamentándonos por los errores que hemos cometido. Tenemos que empezar a planear el futuro.

—¿Cómo? —dijo Faith, jugueteando nerviosamente con el extremo de su trenza. A Hope le gustaría que se dejara el pelo suelto, o que se lo cortara—. ¿Adónde podríamos ir? ¿A Salt Lake?

—No. Conozco otro lugar. Está en Nuevo México.

—Pero yo nunca he salido de Utah. ¿Por qué conoces ese lugar?

—Allí es donde tuve a mi hija.

El camino hasta la frontera con Nuevo México fue largo y muy caluroso. El día anterior lo habían pasado recogiendo sus cosas y llevándolas a un guardamuebles, y habían pasado la noche en un hostal. A las cinco de la mañana se habían puesto en camino.

—Todavía no entiendo por qué no me has dejado preguntarle al señor Paris si me daba a Óscar —gruñó Faith, sacando otra vez el tema. Habían discutido varias veces sobre el gato.

—Ya te he dicho que no te lo habría dado.

—Creía que al señor Paris no le importaba su gato.

—No puedes ir a casa de alguien y pedirle que te regale su mascota. No es tan fácil.

—Tú me dijiste que Óscar iba y venía a su antojo.

A mí me parece que al señor Paris no le hubiera importado mucho regalármelo.

Hope apoyó el brazo en la ventanilla y suspiró.

Faith miró por la ventanilla y se quedó en silencio de nuevo. No había mucho que decir, sobre todo cuando las dos estaban dejando sus vidas atrás. Hope no sabía cuánto tiempo se quedarían en Enchantment. Tenía miedo de que volver le resultara doloroso, y de que se obsesionara creyendo ver a su hija en cualquier niña de diez años que se pareciera a ella. Sin embargo, había dejado la casa de St. George. Afortunadamente, tenía práctica dejando las cosas atrás. Por eso había sido capaz de marcharse con una simple llamada de despedida al hospital.

Los once años anteriores de su vida habían desaparecido tan rápidamente como los dieciséis primeros. Sin embargo, en aquella ocasión había sopesado la posibilidad de llamar a unas cuantas personas para despedirse. A Jeff, el chico con el que había salido algunas veces últimamente, a algunas compañeras de trabajo, a algunos vecinos... Al final, sólo había visto al señor Klinger y al señor Livingstone cuando habían acudido a ayudarla a cargar cosas y llevarlas al guardamuebles. Se había despedido del señor Paris en privado, porque no quería que Faith supiera lo que le había ocurrido a Óscar. Y en cuanto al resto de sus amigos y vecinos...

No quiso pensar más en ello. Tampoco quería pensar más en Óscar. Ni en Arvin, ni en Bonner... Disgustada, se dio cuenta de que la lista era cada vez más larga.

—Estás cansada, ¿verdad? —le preguntó Faith.

—Estoy bien. ¿Y tú?

—Estaría mejor si Óscar estuviera aquí.

—¿Podrías dejar ya lo de Óscar? —dijo Hope con aspereza.

Faith apretó los labios y se cruzó de brazos, con la mirada fija en la carretera.

—Lo siento —dijo Hope, arrepentida.

—No pasa nada. Sé que esto no es fácil para ti, y es culpa mía.

—No es culpa tuya. Es culpa de nuestros padres, y no es fácil para ninguna de las dos.

—¿Crees que hemos tomado la decisión correcta? —le preguntó Faith.

—Vamos a ponernos a salvo. Me parece que es lo mejor que podemos hacer.

Hope notaba la mirada de Faith, estudiándola.

—¿Puedes contarme cosas del lugar al que vamos? Es tan... —miró el paisaje desértico que se extendía ante ellas— llano.

—Enchantment no es así —dijo Hope, recordando los maravillosos bosques de las montañas, sus cumbres nevadas, los riachuelos que regaban toda la zona. El Río Grande no estaba lejos de el pueblo, y el aire olía a pino—. Es una zona salvaje, pero el pueblo es muy turístico, tiene tiendecitas muy bonitas y se alquilan apartamentos para la gente que va a esquiar.

—¿Y dónde vamos a quedarnos?

—Alquilaremos una casa —Enchantment la había protegido una vez, y confiaba en que también protegiera a Faith.

Cuando se había despedido de Lydia Kane y de Parker Reynolds once años atrás, había pensado que sería para siempre. Lydia le había dicho que fuera feliz, que buscara un lugar nuevo donde vivir y que no mirara atrás. Y Hope había seguido todos sus consejos. Pero no todo había resultado como ella había pensado.

—¿Cómo vamos a vivir, ahora que no tienes trabajo? —le preguntó Faith.

—Ya te he dicho que encontraré uno.

—¿Dónde?

—Hay muchos hospitales y consultas en Nuevo México.

—Pero, ¿cómo nos las vamos a arreglar hasta que lo hayas encontrado?

—Tengo ahorros. No te preocupes.

—¿Y tus muebles, y todo lo que hemos dejado en St. George?

—Seguirá allí cuando lo necesitemos.

—¿Y cuándo crees que será eso?

—No estoy segura. Vamos a ver qué ocurre en Enchantment.

Faith inclinó la cabeza hacia el respaldo.

—¿Por qué sabes tantas cosas de Enchantment, Hope? ¿Estuviste mucho tiempo en Nuevo México?

—No mucho, pero me gustó.

—¿Se parece un poco a casa?

—No.

Faith cerró los ojos. Hope pensó que se había quedado dormida, hasta que habló de nuevo.

—¿Crees que alguna vez encontraremos marido y tendremos familias normales?

El sol estaba empezando a ponerse en el desierto, tiñendo el horizonte de dorado y naranja.

—Probablemente —dijo Hope, intentando transmitirle a su hermana un optimismo que no sentía. El hecho de que pudiera marcharse y dejar a un chico tan agradable como Jeff sin ningún remordimiento le decía que probablemente ella no se casaría nunca, pero esperaba que Faith sí lo hiciera—. No va a ser muy difícil para ti. Eres muy guapa y joven.

—Tú eres más guapa que yo. Y no eres tan vieja.

Quizá no lo fuera, pero se sentía tan seca como el paisaje árido que estaban atravesando.

Pasaron la noche en Albuquerque, y a la mañana siguiente se pusieron de nuevo en camino. La carretera se hizo más estrecha cuando empezaron a subir por las montañas, atravesando un paisaje totalmente diferente al desierto que acababan de dejar atrás.

Cuando empezaron a descender hacia el valle en el que estaba Enchantment, Hope abrió la ventanilla para sentir la brisa en el pelo y en la cara. Las curvas de la carretera se hicieron más suaves hasta desembocar en la autopista del Paseo de Sierra, y pronto divisaron el pueblo.

—¿Ya hemos llegado? —preguntó Faith somnolienta. Acababa de despertarse de una pequeña siesta.

—Sí. Es aquello.

—Es precioso.

Hope tomó aire, abrazando mentalmente al pueblo como si fuera un viejo amigo. Aparte de unas cuantas tiendas nuevas y una cafetería llamada el Sunflower Café, el lugar no había cambiado mucho. Pasaron frente al video club, el supermercado, la cabaña de madera de la comisaría, por el hostal Morning Light Bed & Breakfast, con su preciosa buganvilla en la fachada... Hope suspiró.

—¿Te ocurre algo? —le preguntó Faith.

—No, nada. Sólo estaba pensando en que tengo hambre. Podríamos comer algo. ¿Qué te parece?

Faith se encogió de hombros. Todavía era tímida a la hora de decir que quería o necesitaba algo. Hope sospechaba que era porque su hermana no tenía dinero y odiaba ser una carga, así que insistió en el tema de la comida, aunque ella misma no tuviera mucha hambre. Volver a Enchantment le había traído recuerdos agridulces.

—¿Vamos al Sunflower Café?

—Sí. Suena bien.

Hope rodeó una rotonda y detuvo el coche en el pequeño aparcamiento de la cafetería.

—¿Prefieres que comamos en la barra o que nos sentemos en una mesa? A mí me gustaría sentarme. ¿Y a ti?

Faith tenía el ceño fruncido.

—¿Crees que Arvin ha vuelto a St. George?

—Es posible.

—¿Qué crees que hará cuando vea que no estamos?

—¿Qué puede hacer?

—Puede perseguirnos —dijo Faith.

—No te preocupes. No podrá encontrarnos.

—¿Estás segura?

Hope casi nunca había hablado con nadie de Nuevo México. Dudaba que hubiera dos personas en todo St. George que recordaran si ella había mencionado aquel estado, y mucho menos el pueblo.

—Estoy segura —respondió.

Sin embargo, sabía que había otras formas de rastrear a una persona. Alguna vez tendría que hacerse con las cartas. Para eso, tendría que pedir que se las enviasen a alguna oficina de correos, preferiblemente alguna de un lugar no muy lejano a Enchantment. También necesitaría que le enviaran sus dos últimas nóminas y las últimas cuentas de la casa. Su nueva dirección podría ser rastreada. Hope sospechaba que si Arvin las encontraba de nuevo, no se contentaría con matar a otro pobre gato.

# 7

Parker Reynolds estaba leyendo el periódico, después de terminarse su hamburguesa, en una de las mesas del Sunflower Café. Tenía por delante una tarde difícil en la clínica, pero aún así, había pensado en ir a recoger a su hijo Dalton de la escuela antes de volver al trabajo. Normalmente, el niño iba a casa de su mejor amigo, Holt, a jugar hasta que Parker pasaba a buscarlo allí antes de cenar. Sin embargo, últimamente los dos chicos no se llevaban muy bien, y Parker había pensado que estaría bien darles un día de descanso.

En realidad, no creía que a Dalton le apeteciera mucho pasar toda la tarde rodeado de mujeres en la clínica. Estaba en pleno desarrollo masculino, y cualquier cosa femenina o delicada hacía que arrugara la nariz. Sin embargo, aunque Parker no podía echarle la culpa, porque tal y como decía la madre de su amigo, se estaba criando entre testosterona, aquella intolerancia ante todo lo femenino estaba empezando a preocuparle. La mujer de Parker había muerto cuando el niño sólo tenía dos años, y Dalton no recordaba a su madre. Su única abuela, la esposa del congresista John Barlow, se comportaba más como un hombre hambriento de poder que como una mujer. Amanda quería mucho a Dalton, pero era demasiado ambiciosa para pasar mucho tiempo con él.

La madre de Parker había muerto poco después de que Vanessa y él se casaran, y después, su padre se había casado con una chica muy joven y no muy inteligente. Tenía el pecho y los labios operados y el pelo teñido de rubio, y no era el tipo de influencia que Parker quería para Dalton. Afortunadamente, Phoebe y su padre no los visitaban mucho, así que…

La puerta del restaurante se abrió y entraron dos mujeres. La más joven estaba embarazada, pero no la había visto nunca, y le cortaba la visión de la otra mujer. Rápidamente volvió a mirar el periódico. Sabía por experiencia que las mujeres embarazadas eran muy sensibles a que las observaran.

Cuando se sentaron, volvió a mirarlas de nuevo, y estuvo a punto de caerse de la silla al darse cuenta de que la que no estaba embarazada era Hope Tanner. Hacía más de diez años que no la veía, pero la recordaba perfectamente. ¿Cómo no iba a reconocerla, si tenía un recordatorio diario en casa? ¿Qué estaba haciendo en Enchantment?

Se puso de pie, dejó el periódico en la mesa de la prensa e intentó escabullirse por la puerta sin que lo vieran. Sin embargo, Myrna le dijo desde la barra:

—Parker, ni se te ocurra dejarte el plato en la mesa.

Parker iba tan a menudo a aquella cafetería que la dueña lo conocía por su nombre. Sin embargo, él siguió como si no hubiera oído nada. Sin embargo, las dos mujeres que estaban junto a la barra se volvieron a mirarlo, y Parker se dio cuenta de que Hope lo había reconocido.

—Parker Reynolds —dijo ella.

Parker carraspeó y fingió que no recordaba su nombre. Cuando se habían conocido, él llevaba casado tres años y su mujer ya estaba enferma. Hope era entonces una adolescente de dieciséis años embarazada que había huido de su casa. Parker supuso que ella no tenía por qué esperar que se acordara de ella.

—Eres…

—Hope Tanner —le dijo ella, con una sonrisa que él mismo habría podido dibujar sin haberla visto de nuevo. La de su hijo era exactamente la misma—. ¿No te acuerdas de mí?

—Por supuesto que sí. Es que… ha pasado mucho tiempo.

—Once años, en realidad.

—¿Dónde has estado durante todo este tiempo?

—Vivía en St. George, en Utah.

—¿Y qué te ha traído por aquí? —preguntó él, intentando que su tono de voz se mantuviera relajado.

Ella inclinó la cabeza hacia Faith.

—Ella es Faith, mi hermana. Como puedes ver, está a punto de dar a luz, y voy a llevarla a ver a Lydia, porque quiero que esté en buenas manos.

—Estoy seguro de que Lydia estará encantada de conocerla —dijo él, aunque sabía que Lydia estaría igual de contenta que él de ver a Hope Tanner.

—¿Todavía trabajas en la clínica?

Él asintió. En aquel momento, deseó haberse cambiado de ciudad diez años antes. Pero entonces, Hope se había marchado y casi al mismo tiempo, su mujer había empeorado. Aquel declive había terminado con la muerte de Vanessa, y después de aquello, le había parecido absurdo dejar un trabajo bien pagado en el que hacía algo por los demás, y el pueblo donde había crecido. Sobre todo, cuando sus suegros le repetían que no tenía nada de qué preocuparse y Lydia estaba tan segura de que Hope nunca volvería.

—Eso es fantástico —dijo ella—. Entonces, probablemente volveremos a vernos esta semana.

—Supongo —dijo él. Aquella fue la mejor respuesta que se le ocurrió. Su cabeza seguía diciéndole que todo iba bien, que ella no sabía nada, pero su conciencia no se callaba.

Hope se quedó mirando a la puerta después de que Parker Reynolds se marchara. Se sentía un poco dolida. Él había significado mucho para ella, como mentor y como amigo, pero estaba claro que para él su amistad no había tenido el mismo valor.

—¿Quién era ése? —preguntó Faith, siguiéndolo con la mirada.

Hope se obligó a darse la vuelta. Cuando ella estaba embarazada, algunas veces se quedaba en la clínica un poco más después de sus citas con Lydia, con la esperanza de ver a Parker. Siempre recibía la recompensa de una sonrisa o una palabra amable.

—Es el administrador de la clínica de maternidad —respondió ella. Tomó las hamburguesas que les habían servido y se las llevó hasta una mesa.

—¿Trabajaba allí cuando tuviste a tu hija?

—Sí.

—¿Cómo era?

—¿A qué te refieres? —dijo Hope.

—No parece lo suficientemente viejo como para estar trabajando hace diez años —dijo Faith, tomando la hamburguesa—. ¿No debería haber estado en la universidad, o algo así?

—No es tan joven, Faith —dijo Hope—. Tendrá treinta y cinco años, por lo menos.

—¿Cómo lo sabes?

—Porque ya estaba licenciado y casado cuando yo lo conocí.

—Oh —dijo Faith, arrugando la nariz—. ¿Está casado? No he visto que llevara anillo.

A Hope se le escapó una carcajada, a pesar del vacío que le había quedado después de la frialdad del recibimiento de Parker.

—Todavía no has dado a luz. ¿Ya estás intentando pescar marido?

—Echar un ojo no le hace mal a nadie. ¿No te parece guapo?

Por supuesto que Parker era guapo. Habría que estar ciega para no darse cuenta. Era un hombre de rasgos marcados, atlético, que normalmente vestía de sport y que parecía estar a gusto consigo mismo. Y tenía unos ojos especialmente bonitos. Eran tan oscuros como su pelo, del color del chocolate. Sin embargo, Hope nunca se había sentido atraída hacia él. Además, estaba casado con la hija de un congresista. De todas formas, ella había pensado que le importaría como amiga, y él ni siquiera se acordaba de su nombre.

—Supongo que sí —admitió de mala gana, y empezó a comer.


Parker entró al despacho de Lydia y cerró de un portazo.

Lydia Kane dejó el bolígrafo en la mesa y lo miró fijamente.

—¿Qué te ocurre?

Parker se metió las manos en los bolsillos y empezó a pasearse por la estancia. Lydia y él compartían un secreto, pero nunca habían hablado de él.

—Hope ha vuelto —dijo sencillamente. Sabía que el apellido no era necesario, a pesar de todo el tiempo que había transcurrido.

Lydia entrecerró los ojos y se quedó pálida, pero no perdió la compostura. Nunca la perdía. A los setenta y tres años, todavía tenía más energía y reflejos que mucha gente joven. Sin embargo, una vez había cometido un error. Y Parker temía que pudiera ocurrirles algo si aquello trascendía.

—¿Cómo lo sabes?

—La he visto en el pueblo.

—¿Y qué hace en el pueblo?

—Su hermana está embarazada. Va a traerla a la clínica.

—¿Por eso ha vuelto? ¿De cuánto está la hermana?

—Creo que está a punto de dar a luz. Hope me dijo algo así.

—Está bien. La ayudaremos a dar a luz y después, los tres se irán al sitio del que hayan venido. Hace mucho tiempo que todo ocurrió, y seguramente, Hope ya tiene una vida en otro lugar. Probablemente se ha casado, o tiene un buen trabajo, o algo. Era una chica muy guapa, con mucho potencial. Si su hermana está tan cerca del parto como tú has dicho, entonces todo podría durar dos semanas, un mes como máximo.

En aquel momento, alguien llamó a la puerta.

—Adelante —dijo Lydia, con un tono de irritación en la voz.

Dalton entró en el despacho, un poco inseguro.

—Siento molestarte, tía Lydia —dijo con una sonrisa tímida—. Pero necesito hablar con mi padre.

—¿Qué ocurre? —preguntó Parker.

—Miguel ha traído a su hermana para la revisión mensual. Está a punto de irse, y me ha dicho que puedo pasear con él en el coche de policía durante un par de horas, hasta que salgas de trabajar, si no te importa.

Parker no quería que Dalton se marchara a ningún sitio en aquel momento, ni siquiera con un sargento de la policía de Enchantment. Sin embargo, sabía que sus emociones estaban un poco alteradas. La reaparición de Hope le había dejado tambaleándose.

—Deja que vaya —le dijo Lydia en voz baja—. Estás preocupándote por nada.

Parker había oído aquello de su suegro diez años antes, y tampoco lo había creído. Pero no lamentaba el trato que le había permitido hacer al congresista Barlow. Quería a Dalton, y ya era demasiado tarde para lamentarse. Lo único que podía hacer a aquellas alturas era guardar el secreto. Asintió de mala gana y Dalton salió corriendo, dejándose la puerta abierta.


Hope percibió el aroma de la madera y el de las cenizas de la chimenea en cuanto el agente inmobiliario abrió la puerta de la casa de alquiler. Era una cabaña que estaba en las montañas, a quince minutos del pueblo. Era pequeña, pero ideal para Faith y ella. Allí podrían disfrutar de las noches frescas del verano en el bosque, entre los pinos y la hierba.

—Afortunadamente, estamos en temporada baja, así que el alquiler es muy barato.

Hope se volvió hacia Faith para observar su reacción y vio que sonreía. Después de recorrer la casa y observar la decoración, agradable y sencilla, las hermanas sonrieron de nuevo.

—Nos la quedamos —dijo Hope.

—Estupendo. Sólo necesitaré que rellenen el impreso de alquiler y que me den un par de referencias de otros arrendadores. Y también un mes de fianza.

En aquel momento, Hope sintió una punzada de inseguridad. En cuanto aquel agente inmobiliario se pusiera en contacto con su antiguo casero y la mencionara, el señor Deets sabría adónde había ido. Era un viudo que vivía solo y que no salía mucho, así que la noticia no se extendería entre sus conocidos. Pero aun así, su pasado se uniría a su futuro, aunque sólo fuera con un hilo fino... Pensó en Arvin y en los demás Brethren, poco sofisticados y casi sin formación. Aunque se las arreglara para averiguar dónde habían ido, no conseguiría la dirección exacta, y seguramente no tendría forma de buscar más.

Al ver que Hope se quedaba pensativa, Faith frunció el ceño.

—Todos esos trámites no tienen ningún problema, ¿verdad, Hope?

Hope respiró hondo y sonrió.

—No, por supuesto que no.

Estaban a mil quinientos kilómetros de Superior. Seguramente, estaban a salvo.

# 8

—¿Qué tal te ha ido hoy en el colegio? —le preguntó Parker a su hijo, tirándole la pelota de rugby con una espiral perfecta. Dalton la atrapó contra el pecho y se la devolvió.

—Bien.

—¿Y qué tal os lleváis Holt y tú últimamente?

Dalton se encogió de hombros y siguió moviéndose tras la pelota. Melody River, la madre de Holt, le había dicho la semana pasada a Parker que Dalton tenía problemas para expresar sus sentimientos, y Parker se había propuesto corregir aquello. No quería que Dalton tuviera problemas de ningún tipo. Quería a su hijo más que a nada en el mundo.

—Holt es un niñato —dijo Dalton.

—Ésa no es una forma muy amable de hablar de tu mejor amigo.

—Pero es cierto —dijo el niño, de mal humor.

Dalton no parecía muy arrepentido, y Parker tuvo la tentación de dejarlo pasar. Su hijo se había expresado sin problemas, y aquél era el objetivo de aquella conversación. Además, era injusto enfadarse por algo que Parker también había pensado durante todos aquellos años. Holt era divertido, incluso carismático algunas veces, pero tenía tendencia a lloriquear por cualquier cosa y a fanfarronear de unas habilidades atléticas que no poseía. Llamarlo niñato no era muy agradable, pero resumía la personalidad de Holt.

—Antes eras muy amigo suyo. ¿Qué ha ocurrido?

—Se está volviendo un enorme… —Dalton se quedó callado, como si estuviera eligiendo la palabra cuidadosamente— bebé.

—¿Podrías darme un ejemplo?

—El otro día empezó a llorar porque Anthony le robó los deberes y echó a correr.

—¿Y qué habrías hecho tú?

—Yo lo habría perseguido.

—¿Y si no se hubiera dado por vencido?

—Sí se habría dado por vencido. Sabe lo que le pasaría si no lo hiciera.

Parker parpadeó. Aquello era exactamente lo que le tenía preocupado. Aunque su hijo apenas se peleaba con nadie, últimamente había tenido un par de peleas en el colegio.

—Los problemas no se resuelven a puñetazos, Dalton. Ya hemos hablado de esto.

Su hijo lo miró como queriéndole decir «sé realista, papá»

—En ese tipo de situación, sí. Yo no voy a ir a quejarme a la profesora, y mucho menos empezar a llorar.

Parker supo que tenía que oponerse con más fuerza a la violencia, pero también sabía que si él tuviera diez años y hubiera tenido el mismo problema, tampoco habría ido a quejarse ni se habría puesto a llorar.

Eso le llevaba a creer que los demás tenían razón cuando le decían que su hijo necesitaba una influencia más… suave. Por un instante recordó a Hope Tanner, su pelo castaño, su rostro ovalado y sus ojos verdes, los más asombrosos que había visto nunca. Los de Dalton eran muy parecidos. ¿Habría sido Hope una buena madre? No podría haberle dado a Dalton más de lo que él mismo le había dado, se dijo, y la apartó de su mente. Ella se marcharía pronto.

—No es malo que un chico llore por ciertas cosas, ¿no te parece? —preguntó él.

—Dame un ejemplo.

—Pues… por echar de menos a su madre.

—Yo no echo de menos a mi madre. Ni siquiera la recuerdo —dijo Dalton, y se quedó pensando un momento—. Supongo que si te ocurren determinadas cosas, sí puedes llorar, como por ejemplo que te corten un brazo, o que disparen a tu mejor amigo, o algo así.

—No tiene que ser algo tan dramático —dijo sorprendido por las palabras de su hijo.

—No estoy muy seguro de lo que estás intentando decirme, papá —dijo Dalton, frunciendo el ceño—. No voy a llorar porque alguien me quite los deberes.

—No me refiero a unos deberes. Sólo si… necesitas desahogarte por algo. Por alguna cosa de las que los niños les cuentan a sus madres… Espero que sepas que siempre me lo puedes contar a mí. Sé que piensas que llorar es sólo de niñas —insistió—, pero no es verdad. Nosotros sentimos las mismas cosas, y no es nada vergonzoso.

Dalton miró a su padre como diciéndole «¿no podríamos jugar sin hablar?»

—¿Estás bien, papá? —le preguntó.

—Sí, ¿por qué?

—Porque me dices cosas raras. No tienes que darme una mala noticia, ¿verdad?

—No, por supuesto que no.

—Y no vas a empezar a llorar, ¿verdad? Porque eso sería… gracioso.

Parker se sintió aliviado. Era evidente que su hijo no quería que su padre fuera demasiado sensible.

—Puedes estar tranquilo. No voy a llorar.

—Eso está bien —Dalton también estaba aliviado, pero parecía un poco inseguro—. ¿Es por el abuelo y Phoebe? ¿Van a venir a visitarnos de nuevo?

—No.

—Entonces, ¿cuál es el problema?

—No hay ningún problema —dijo Parker, con un suspiro. Su intento de poner a Dalton en contacto con su lado femenino no había sido muy fructuoso—. Creo que dan un partido de golf de los clásicos en la tele.

—De acuerdo —dijo Dalton—. Vamos a verlo.

Salvo por la alfombra de los indios navajo que cubría el suelo de azulejos y una televisión con vídeo en la que los niños veían películas de Walt Disney en la sala de guardería, La Casa de la Maternidad estaba tal y como Hope la recordaba. Incluso el ambientador relajante la llevaba años atrás.

—No es exactamente el ambiente de hospital que me esperaba —dijo Faith—. Es muy… acogedor.

—Ése es el atractivo principal de este lugar —dijo Hope, mientras se acercaba al mostrador de recepción. No reconoció a la recepcionista, y se fijó en el nombre de su tarjeta de identificación. Trish. Cuando ella había tenido a Autumn, la recepcionista era Devon, la nieta de Lydia.

—¿Puedo ayudarla en algo? —preguntó Trish.

—¿Está Lydia? —le dijo Hope, devolviéndole la sonrisa.

—Eso creo. Hace un momento estaba en su despacho.

—Por favor, ¿podría decirle que Hope Tanner quisiera verla?

—Claro. Espere un minuto, por favor.

—¿Crees que se acordará de ti? —preguntó Faith, cuando la mujer se hubo marchado.

—Creo que sí —respondió Hope, mientras miraba a las mujeres embarazadas que estaban sentadas en el área de espera. En uno de los sofás había una mujer con su hijo recién nacido, y cuando le acarició suavemente la cabecita, Hope notó una punzada de envidia.

—¿Hope?

Se dio la vuelta y vio que Lydia se acercaba por el pasillo. Tenía unas cuantas arrugas más, pero sus ojos seguían teniendo la misma amabilidad.

—Hola, Lydia —le dijo.

La mujer se acercó y la abrazó, pero dudó un instante, y Hope se dio cuenta de que no estaba completamente contenta de verla. Sintió la misma desilusión que había sentido con Parker Reynolds, y se dijo que probablemente Lydia había reaccionado así porque pensaba que estaba cometiendo un error al volver allí a reencontrarse con su pasado.

—¿Qué te ha traído por Enchantment, querida? —le preguntó, antes de mirar con curiosidad a Faith.

—Te presento a Faith, mi hermana. Va a dar a luz en dos semanas, más o menos. No sabemos exactamente cuándo. Yo quería saber si podrías aceptarla en la clínica. Esta vez puedo pagar el coste —se apresuró a añadir.

—Nunca me preocupó que no pudieras pagar la primera vez —replicó Lydia—. El dinero sólo tiene valor para mí porque mantiene la clínica abierta, y así puedo trabajar en lo que más me gusta —después miró a Faith—. Hola, Faith. Veo que eres de Superior —dijo, y por la seriedad de su tono de voz, Hope supo que no había olvidado lo que aquello significaba.

Faith asintió.

—Bueno, eres bienvenida aquí. Yo ya no ayudo en los partos, porque he pasado a dedicarme a gestionar el centro, pero te asignaré al cuidado de una de las matronas, si os parece bien.

—Sí, muy bien —dijo Hope, mirando a Faith.

—Muy bien. ¿Por qué no le hacemos un examen a Faith? Así sabremos qué tenemos entre manos.

Siguieron a Lydia a través de un pasillo que conectaba con un edificio anexo nuevo. Aquello había cambiado más de lo que ella pensaba.

—Has ampliado la clínica —dijo Hope—. Las cosas deben de estar yéndote muy bien.

—Sí. Hemos tenido nuestros más y nuestros menos, pero nos va muy bien. Traemos al mundo a unos sesenta bebés al año. Ahora tenemos tres matronas a jornada completa y otra que nos ayuda en épocas de mucho trabajo.

—Me alegro de oírlo —dijo Hope. Notaba cierta tensión en Lydia, y le hubiera gustado que desapareciera—. Tengo muchas ganas de ver a Devon de nuevo. Ella debe de ser una de tus matronas a tiempo completo, ¿no?

Al oír el nombre de su nieta, Lydia apretó los labios y se quedó pálida.

—No, Devon vive en Albuquerque y ha abierto una clínica propia.

—¿De verdad? Pero ella siempre hablaba de quedarse trabajando aquí contigo y quedarse con la clínica cuando tú te jubilases...

—Cambió de opinión —interrumpió Lydia.

Hope no podía creer que abuela y nieta se hubieran distanciado. Siempre habían estado muy unidas. Al darse cuenta de que había tocado un tema delicado, cambió de conversación.

—Me encontré con Parker Reynolds ayer en el pueblo. Me dijo que todavía trabaja aquí.

—Sí. Ha estado con nosotros desde que terminó la universidad. Kim Sherman, la contable, y él, son las personas más prácticas de toda la plantilla. Nos mantienen con la vista fija en los objetivos.

—¿Y qué tal está la mujer de Parker? —preguntó Hope—. Recuerdo de que estaba enferma.

—Siento decir que murió dos años después de que tú te marcharas.

—Oh, lo siento mucho —dijo Hope, pensando en cómo se habría enfrentado Parker a aquella terrible pérdida.

—Sí. Yo también lo sentí. Pero cuéntame qué ha sido de tu vida. Cuando te marchaste, sólo tenías diecisiete años, y ahora mírate.

—Gracias a ti, me hice enfermera obstetra —respondió Hope con orgullo.

—¿Eres enfermera? Eso es fantástico. Pero no tienes nada que agradecerme, el mérito es tuyo.

—Tú me acogiste cuando no tenía dónde ir, Lydia. Nunca podré agradecértelo lo suficiente.

Lydia cerró los ojos brevemente.

—No me des las gracias por nada —dijo, y rápidamente cambió de tema—. Bueno, y ¿te casaste? ¿Estás prometida? ¿Enamorada?

Hope se sentía menos orgullosa de su vida personal que de su vida profesional.

—Nada de nada.

—¿Y tú, querida? —le preguntó Lydia a Faith.

Faith abrió la boca, la cerró de nuevo y le echó a Hope una mirada de socorro.

—Ella está soltera —dijo Hope.

—Ah.

—Estoy casada. En cierto modo —corrigió Faith—. Quiero decir que... mi bebé es legítimo.

Antes de que Lydia pudiera responder, una mujer se cruzó con ellas por el pasillo.

—Ah... Gina —dijo Lydia—. Te estábamos buscando —tomó a Gina por el brazo y juntas entraron en una habitación—. Mira, te presento a Hope Tanner, una vieja amiga mía, y a su hermana Faith. Ésta es Gina Vaughn, nuestra nueva comadrona. Hope, Gina también era enfermera antes.

—Me alegro de conocerte —la saludó Hope.

Gina asintió sonriendo.

—En realidad, Gina, quería decirte que te hagas cargo de Faith. Ella será una de tus pacientes —dijo Lydia.

Gina miró rápidamente a Faith.

—Pues claro, encantada. Pero... ¿no estaba llevando nadie su embarazo?

—No. Acaba de llegar al pueblo, y no la ha visto ningún médico.

Si Gina se quedó sorprendida de que Faith nunca hubiera tenido cuidados médicos, no lo demostró. En aquella clínica acogían a todo tipo de mujeres, algunas sin seguro médico, y otras negligentes a la hora de cuidarse.

—¿Cuándo va a nacer? —preguntó Gina.

—Eso es lo que queremos que averigües. Hope, ¿te importaría esperar fuera?

—Por supuesto que no —Hope le apretó el brazo a Faith—. No te preocupes, cariño. Estaré en el vestíbulo, ¿de acuerdo?

Cuando salió, cerró la puerta tras ella. Iba por el pasillo pensando en el extraño recibimiento de Lydia cuando se tropezó con Parker Reynolds.

—Eh —dijo él, agarrándola del brazo para que recuperara el equilibrio. Sin embargo, por la forma en que se borró su sonrisa, Hope supo que tampoco estaba contento de verla en aquel momento. Quizá había esperado demasiado de aquella gente.

—Disculpa —murmuró Hope—. No te había visto.

—No pasa nada. ¿Dónde está tu hermana?

—Están examinándola en una de las salas. Está con Lydia.

—Entonces, ¿Lydia sabe que estás aquí?

Ella asintió.

—¿Y cuándo nacerá el bebé?

—Eso es lo que quieren saber.

—Me dijiste que sería dentro de poco, ¿verdad? ¿Un par de semanas?

—Sí, más o menos —dijo Hope, carraspeando. Aquél no era el Parker Reynolds que había conocido, el que bromeaba con ella cuando estaba sola y triste.

—¿Cuánto vais a estar en el pueblo?

—Eso depende de Faith.

Faith y ella no tenían donde ir, y cabía la posibilidad de que se establecieran allí, si podía encontrar un buen trabajo. Sin embargo, no quería decirlo todavía.

—Claro —dijo él, y se metió las manos en los bolsillos—. ¿Y dónde os estáis alojando?

—En la cabaña de los Lorey.

—Es un sitio muy bonito.

—Sí, nos gusta mucho.

—Has cambiado mucho —dijo él, sorprendiéndola con aquel cambio de conversación tan repentino—.¿Te has casado? —le preguntó.

—No.

—¿Estás prometida?

—No. Nunca he estado casada ni prometida.

—¿Has estado sola todo este tiempo?

—Sí, supongo que se podría decir así.

—Pareces tan...

—¿Qué?

—Diferente.

—¿De qué?

—De antes —dijo él. Después, se marchó.

—Sí. Tú también has cambiado —murmuró mientras observaba cómo se metía en su despacho—. Y no ha sido para mejor.

# 9

Unos minutos después, Parker estaba sentado en el escritorio de su despacho intentando trabajar, pero no podía -dejar de pensar en Hope. La adolescente que él había conocido se había convertido en una mujer segura y capaz. Sólo sus ojos revelaban lo que había sufrido, y él se preguntaba si no habría contribuido a aquel sufrimiento quedándose con su hijo. Tal vez ella habría decidido quedárselo si hubiera sabido que no era una niña. Recordó a Dalton cuando empezó a andar, demostrando curiosidad ante algo tan simple como una abeja o una mariposa. Aquellos eran recuerdos preciosos e irremplazables para él. Y Hope nunca los tendría.

A pesar del modo clandestino en que había ocurrido todo aquello, Parker se había enamorado de Dalton en el mismo instante en que Lydia se lo había puesto en los brazos. Había sido Dalton el que había suavizado el dolor por la muerte de Vanessa, y el que le había llenado el corazón durante aquellos diez años.

—¿Cuándo vas a terminar ese informe? —le preguntó Lydia, asomando la cabeza por la puerta del despacho.

—¿Y cuándo va a dar a luz Faith?

—En tres semanas. Aunque todavía tiene que hacerse una ecografía. Pero, Parker, no estoy segura de que vayan a marcharse después del parto. Se han escapado.

—¿Qué? ¿De dónde?

—Faith ha huido de Superior, y su marido, que es también su tío de cincuenta y seis años, las ha perseguido hasta St. George, donde vivía Hope.

—Dios, la poligamia otra vez.

—Hope y Faith tienen otras tres hermanas que viven con veinte o treinta hermanastros.

—¿Crees que ellas dos están en peligro?

—No lo sé. No me dieron más detalles.

—Pero, ¿Hope no tiene trabajo en St. George?

—Es enfermera obstetra, pero dejó el trabajo que tenía en el Valley View Hospital.

—Bueno, pero eso no quiere decir que vayan a quedarse aquí después de que nazca el niño.

—No sé lo que harán. Pero si trasciende una palabra de lo que ocurrió, el escándalo arruinará la clínica —dijo ella—. Es lo que nos merecemos, por supuesto, pero no me gustaría nada que otras personas tuvieran que sufrir por nuestra culpa —finalmente, se volvió hacia él—. Gente como Dalton.

—No se sabrá —dijo él—. Después de diez años queriendo a mi hijo, no estoy dispuesto a perderlo.

Al día siguiente, Hope estaba tomando una taza de café en la cocina cuando Faith se levantó.

—Buenos días. ¿Has dormido bien?

—No. He soñado mucho —respondió Hope.

—¿Con qué?

Había soñado con Arvin, pero el sueño que más daño le había hecho había sido el del Autumn.

—Con muchas cosas. Ya sabes que los sueños pueden ser fragmentarios.

—Quizá sea por todas las cosas que has dejado atrás. Desde que me fui a St. George contigo, lo has perdido todo.

—No. Me gusta estar aquí —admitió Hope, intentando animarse—. ¿Y tú? ¿Qué tal te sientes en Enchantment?

Su hermana se sentó en una silla, apoyó los brazos sobre la tripa y estiró las piernas.

—Me siento culpable por haber dejado a mamá y a los demás, pero cuantos más días paso separada de Arvin, más aprecio la libertad. La idea de volver con él me pone enferma.

—Pero no puedes preocuparte tanto por lo que piense la gente a la que vayamos conociendo, Faith —le dijo Hope—. Ayer no tenías por qué decirle a Lydia que tu bebé era legítimo.

—Pero lo es. Yo estaba casada con Arvin antes de acostarme con él.

—No era un matrimonio legal, Faith.

—Para mí sí.

—Ya lo veo. Pero no puedes ir explicándole a la gente que eres de una comunidad polígama de Superior. La gente ya no se asombra de ver a una madre soltera, pero sí de que seas mujer de tu tío, que tiene once esposas más. No quiero que te traten como a un bicho raro, ni que la deshonra de tu educación caiga sobre tu hijo. Aunque no hay muchas divorciadas de dieciocho años, hay algunas. Podemos decir que estás divorciada.

Faith frunció el ceño.

—¿Quieres que mienta?

—No… lo que quiero es que no menciones a Arvin ni le cuentes tu historia a nadie.

—Mentir es un pecado.

—Lo sé.

—¿Y no te importa?

—Me importa borrar lo que te ha ocurrido y que tu futuro sea mejor. Superior no es asunto de nadie.

Hubo un silencio.

—¿Faith?

—No es asunto de nadie —admitió Faith, después de unos segundos.

—Muy bien.

—Pero yo ya le he contado a Lydia la verdad —añadió con timidez.

—Es cierto, pero hablaré con ella. No se lo digas a nadie más, ¿de acuerdo?

Finalmente, su hermana sonrió, y Hope se sintió mucho mejor.

—También creo que deberías dejar de llevar ese vestido y ponerte lo que compramos en St. George.

—Puede ser.

Su respuesta hizo que Hope fuera un poco más lejos.

—Incluso ir a la peluquería y pintarte un poco —se atrevió a decir.

Faith abrió unos ojos como platos.

—Oh, no. No podría.

—¿Y cómo vas a encontrar al hombre de tus sueños?

Faith se miró las zapatillas.

—A mamá no le gustaría nada. Diría que estoy vendiendo mi alma al demonio.

—Arvin es el demonio. Y mamá no está aquí.

Lydia no esperaba ver a Hope hasta la cita para la ecografía de Faith. Sin embargo, cuando Trish la llamó y le dijo que estaba esperando fuera, respondió:

—Hazla pasar.

Ver a Hope era como poner bajo una lupa todos sus defectos. Los mismos defectos que habían hecho que su nieta Devon, a la que adoraba, se marchara de su lado.

Lydia le había devuelto al congresista Barlow el dinero que le había dado por Dalton, pero aquello no había cambiado nada. Finalmente, había tenido que aceptar la verdad. Un simple intercambio de dinero no la redimiría. Su único consuelo era que Dalton estaba sano y era muy feliz, aunque no tuviera madre. Al menos, Parker había sido sincero cuando había dicho que había querido a su hijo durante todos aquellos años. Lo quería más que a su vida.

—Hola, Lydia.

—Hola, querida —dijo Lydia, con la garganta seca—. ¿Qué te trae por la clínica tan pronto?

—Quería… quería hablar contigo sobre algunas de las cosas que mi hermana te dijo ayer.

—Como por ejemplo…

—Por ejemplo, quién es su marido.

—No se lo diré a nadie —dijo Lydia, entendiendo al instante su deseo de privacidad.

—Te lo agradezco. Vamos a decir que está divorciada, y que vivía en Salt Lake.

—De ahora en adelante, yo diré lo mismo, si alguna vez sale el tema.

—Gracias, Lydia —dijo Hope. Después le enseñó un sobre grande que llevaba en la mano, un poco incómoda—. También quería hablarte de otra cosa. He estado toda la mañana buscando un trabajo, y cuanto más buscaba, más pensaba en que estaría muy contenta de trabajar aquí. La clínica está cerca de la cabaña de los Lorey, y hay un ambiente estupendo, así que he pensado en decírtelo por si acaso necesitabas una buena enfermera. He actualizado mi currículum, por si quieres echarle un vistazo —dijo, y le tendió el sobre.

Lydia se quedó callada, intentando pensar algo rápidamente para poder negarse sin herir a Hope.

—Hope, me temo que trabajar aquí es diferente a la atmósfera clínica en la que has trabajado. Nosotros creemos que el embarazo y el parto son procesos naturales, sanos, y animamos a las madres a elegir la forma de…

—Yo estoy de acuerdo con todo eso. He visto nacer a todas mis hermanas en casa. Lo único con lo que no estaría de acuerdo sería en que una comadrona se negara a mandar a una paciente al hospital si hubiera complicaciones.

Lydia se sentó en la silla, tras su escritorio.

—Yo tampoco estaría de acuerdo con eso. De todas formas, no es sólo la diferencia de método, Faith. No estoy segura de que tengamos algo temporal…

—No tiene que ser temporal. Estoy dispuesta a comprometerme al menos durante un año…

—¿Tienes planeado quedarte un año? Pero Faith mencionó que podría haber peligro de que su marido os encontrara.

—Dudo que se moleste en seguir buscándonos una vez que se entere de que nos hemos ido del estado. Y Enchantment es lo más parecido que tengo a un hogar —añadió, agarrándose las manos.

La nota de melancolía en la voz de Hope hizo que a Lydia se le encogiera el estómago. Por su propio pasado, por el bebé al que ella misma había tenido que dar en adopción, siempre se había sentido identificada con aquella chica, y había sentido una ira incontenible hacia su padre por haberla tratado así. Ella había querido ayudarla y, sin embargo, había terminado traicionándola.

—Eh… tenemos todos los puestos cubiertos en este momento… —dijo—. Me temo que…

—Por supuesto —dijo Hope, interrumpiéndola para ahorrarles a las dos el mal trago de que no la aceptara—. Lo entiendo. Sólo pensé que podría preguntar. Te agradezco que me hayas atendido. Seguro que encontraré un trabajo pronto, porque las buenas enfermeras enseguida…

—Espera —dijo Lydia. Sabía que iba a hacer algo de lo que se arrepentiría, pero después de todo lo que había ocurrido, le parecía que le debía algo a Hope—. Ahora que lo pienso, estamos entrando en temporada alta. Aquí, con los inviernos fríos, la mayor tasa de nacimientos sucede en primavera y en verano. Me vendría muy bien alguien con tu experiencia, pero tus atribuciones al principio podrían ser variadas, hasta que te adaptes al sistema de trabajo. ¿Te interesa?

—Claro. ¿Qué tendría que hacer?

—Ayudarías a Trish, la recepcionista, a responder llamadas, recibirías a las nuevas pacientes y les presentarías a sus comadronas, ayudarías en el trabajo administrativo a Parker… Un poco de todo, al menos al principio. ¿Qué te parece?

—¿Estás segura de que…? —preguntó Hope.

—Completamente —dijo Lydia, sonriendo, aunque tenía un nudo en el estómago.

—Algún día querré convertirme en matrona. Quizá pudiera aprender.

—Eso siempre es una posibilidad. Ciertamente, tienes la experiencia necesaria.

Alguien llamó a la puerta, y después de un momento, Parker entró en el despacho mirando unos documentos que llevaba en la mano.

—Lo siento, Lydia —dijo—. No sabía que estuvieras ocupada.

Lydia se acercó a Hope.

—Ya conoces a Hope Tanner.

Él asintió casi imperceptiblemente.

—¿Qué tal está Faith? —preguntó él.

—Muy bien. No he venido por ella. Estoy aquí por un trabajo.

—¿Un trabajo? —su expresión, que hasta el momento había sido vacía, reflejó la más absoluta consternación—. Es una broma —dijo, mirando a Lydia.

—No. Hope es enfermera obstetra. Creo que sería una aportación muy valiosa a la plantilla.

—¿Lo has consultado con Kim? Tenemos un presupuesto que cumplir.

—Lo sé perfectamente. No tienes por qué recordármelo.

—Si hay algún problema —dijo Hope—, lo entiendo...

—No hay ningún problema, querida. ¿Por qué no nos dejas el currículum y nos das un par de días? Empezarás el próximo lunes, si te viene bien. Te pagaremos lo que estabas ganando en el hospital.

Hope titubeó. Era evidente que no sabía qué responder.

—No he vuelto para causar problemas.

—No estás causándolos —le aseguró Lydia.

—Entonces, gracias —dijo, reservando su gratitud para Lydia. A Parker le lanzó una mirada de desprecio y se marchó.

—¿Qué es lo que acabas de hacer?

—Me ha pedido trabajo y se lo he dado. ¿Está claro? —le dijo Lydia, con una ceja arqueada—. Al menos le debemos eso, ¿no te parece?

—Lydia... Esto significa que tendré que verla todos los días.

—Y yo también.

—Podría destruir la clínica, y a ti también. Podría quitarme a Dalton —insistió él, con la voz entrecortada por la emoción.

—No te va a quitar a Dalton. No sospecha nada. Sólo necesita un respiro.

—Eres una estúpida —dijo furioso, y salió del despacho.

Lydia se quedó mirando la puerta.

—Dime algo que no sepa.

# 10

Parker seguía pensando en lo que le había dicho a Lydia mucho tiempo después de haber salido de su despacho. Nunca le había hablado así, y se sentía mal por haberlo hecho. En realidad, él había sido quien había empezado todo aquello. ¿Acaso pensaba que podía robarle el hijo a una mujer e iba a librarse así como así? Y, ¿qué demonios iba a hacer? No podía dejar que Hope conociera a Dalton y que se diera cuenta de la verdad.

Se levantó de su escritorio y empezó a pasearse por el despacho. Quizá estuviera dándole demasiada importancia a todo aquello. Quizá Hope no fuera tan buena. Y si había alguna razón por la que no hubiera podido ser una buena madre para Dalton, él tendría un motivo para no sentirse tan mal. No iba a condenarse por haber separado a Dalton de una mujer que no hubiera podido darle lo que el niño necesitaba.

Sintió una inyección de energía. Cerró la puerta de su despacho con llave, algo que casi nunca hacía, y se sentó de nuevo detrás de su escritorio. Marcó el número del Valley View Hospital de St. George, para comprobar las referencias de Hope. Un momento después estaba hablando con la jefa de Hope, Sandra Cleary.

—¿Quién es usted? —preguntó Sandra, cautelosamente.

Cuando Parker se identificó y le explicó el motivo de su llamada, la mujer se relajó.

—Llamo en relación a Hope Tanner —dijo—. Ha pedido un trabajo en nuestra clínica y nos ha dado su nombre como referencia.

—Oh, claro. No sabía que se había ido a vivir tan lejos.

Para disgusto de Parker, la señora Cleary no dudó al describir a Hope.

—Es una persona maravillosa. La conozco desde hace años. A veces es un poco reservada, pero tiene una gran capacidad de trabajo, es culta y tiene una buena formación, se puede confiar en ella, es honesta y se preocupa por los demás. Y tiene un buen currículum, ¿no le parece?

—Por supuesto.

A medida que aquella conversación avanzaba, Parker tuvo que tragarse un suspiro. Cuando colgó el teléfono, apoyó la cabeza en la palma de la mano. Acababa de oír exactamente lo que no quería oír.

—Lo odio —dijo Hope.

—¿A quién? —preguntó Faith. Las dos estaban sentadas en una de las mesas del Sunflower Café, tomando un sándwich.

—A Parker Reynolds.

—¿El hombre tan guapo al que vimos aquí el otro día?

—Sí. Estaba en el despacho de Lydia cuando ella me dio el trabajo.

—¿Y por qué te has enfadado con él?

Hope no lo sabía con exactitud, porque su comportamiento había sido de lo más sutil. Una vez había sido su amigo, pero al reencontrarse, apenas quería hablar con ella. Cuando la veía, fruncía el ceño, y era evidente que no le hacía ninguna gracia que ella pasara a formar parte de la plantilla de la clínica.

—Por nada —respondió. Odiaba tener que admitir que estaba irritada porque él ya no la aceptara.

—Entonces, come —dijo Faith, dándole un sorbito a su batido—. Has conseguido el trabajo que querías. Se supone que estamos celebrándolo.

Hope la miró fijamente.

—Lo celebraremos cuando te des un buen corte de pelo.

Faith miró al techo de la cafetería con resignación.

—¿De verdad, Hope, que eso significa tanto para ti?

—Sí. No tiene mucho sentido comprarte ropa hasta que no tengas el bebé, pero podemos empezar con la peluquería.

—Creía que querías ir a comprar una cuna.

—Sí, pero tenemos toda la tarde. Primero compraremos la cuna, y después iremos a la peluquería —dijo Hope, jugueteando con las puntas de su propia melena. Quizá ella misma también debiera cortárselo con un estilo más sexy... Se sintió entusiasmada ante la perspectiva de parecer sexy. Durante toda su vida había intentado pasar inadvertida. ¿Por qué en aquel momento, entonces, se le aceleró el corazón ante la posibilidad de ser más atractiva? Al instante, conjuró la imagen de Parker Reynolds de su mente.

No era por él, pensó. Se había convertido en alguien insufrible.

—Vamos —dijo—. Yo también quiero cortármelo.

—Pero...

Hope se puso las manos en las caderas.

—No importa —gruñó Faith, y la siguió hacia la calle.

—Oh, Dios mío, estoy tan... diferente —dijo Faith, mirándose en el espejo. El pelo rubio le caía suavemente en capas alrededor del rostro—. Parezco muy joven.

—Sólo tienes dieciocho años —respondió Hope, satisfecha con el nuevo aspecto de su hermana. Estaba muy guapa y tenía estilo—. Además, estás preciosa.

—Gracias, Hope. Pero tú sí que estás preciosa. El pelo tan corto te da una imagen... sofisticada.

—Bueno, no creo que sea para tanto. De todas formas, no me preocupa —dijo, y se encogió de hombros—. Vamos. Tenemos que volver a casa y sacar la cuna del maletero. Es posible que no consigamos montarla del todo hasta que nazca el bebé, así que cuanto antes empecemos, mejor.

—¿Y vamos a ir a Taos a comprar la tela para la manta?

—Ya que no me has dejado comprar la colcha tan bonita que había en la tienda, tendremos que ir.

—Era demasiado cara —replicó Faith.

Empezaron a caminar por la acera hacia el sitio donde habían aparcado el coche.

—Puede que tengas razón. Esas tiendas son para turistas, y son un poco caras. Pero era una colcha tan bonita, con los caballitos...

—Prefiero hacerla yo misma.

Hope la entendía. A ella misma le picaban los dedos de ganas de coser, de pintar, de hacer algo. Se había pasado los diez años anteriores haciéndose un hogar, y con todas sus cosas en un guardamuebles estaba fuera de su elemento. Hacer la colcha del bebé les vendría bien a las dos.

—Mañana por la mañana —dijo—, podemos ir a una tienda de retales en Taos y...

La voz se le quebró al ver a dos niñas en bicicleta que pasaban junto a ellas. Una era rubia y llevaba el pelo en una coleta. La otra era morena, y tenía rizos oscuros bailándole alrededor de la cara. Tendrían la misma edad de Autumn.

—¿Hope? ¿Qué te pasa? —Faith la sacudió con suavidad por el hombro, y Hope parpadeó. Faith la estaba mirando muy preocupada.

—Nada. No te preocupes, estoy bien —dijo. Pero no era cierto. Se le había acelerado el corazón y sentía una terrible impotencia. No podía cambiar las cosas.

Se obligó a reaccionar y empezó a andar hacia el coche de nuevo, sintiendo que las emociones la controlaban. Y también todas las dudas que sentía.

«Por favor, Dios, haz que esté bien. Que sea feliz»

Parker se preguntó qué iba a hacer para enfrentarse al hecho de tener que trabajar con Hope. Había empezado hacía una semana, y cada vez que se encontraban o ella iba a su despacho, él se sentía tenso.

No quería que estuviese allí. No quería que estuviese en Enchantment, cerca de Dalton.

—Señora Wilson, acompáñeme, por favor.

Oyó la voz de Hope de nuevo, y se levantó para cerrar la puerta de su despacho. Aquel día no podía concentrarse.

—¿Echas de menos a mamá? —le había preguntado Dalton la noche anterior, mientras hacían juntos los deberes. Todavía echaba de menos a Vanessa de una forma vaga, pero no era nada agudo.

—No tanto como antes —le dijo.

—Eso está bien. No quiero que estés triste. Todo eso que me dijiste de llorar la semana pasada... —dijo Dalton, con un gesto de rechazo.

—No tenía nada que ver con tu madre, ¿de acuerdo?

Había pensado en decirle a Dalton que era adoptado en aquel mismo momento. Siempre se había preguntado si decírselo sería lo más beneficioso para el niño. Sin embargo, Vanessa nunca había querido, porque temía que aquello destruyera la autoestima de Dalton. Después, no había encontrado el momento oportuno para decírselo, y ahora Parker no sabía cómo solucionarlo. Temía que su hijo no se tomara bien el hecho de que su padre y sus abuelos se lo hubieran ocultado durante tanto tiempo.

Era mejor no decirle nada, pensó. Sobre todo, con la reaparición de Hope. Sólo tenía que calmarse y esperar a que Faith tuviera a su bebé. Quizá después las hermanas Tanner se marcharan de Enchantment y él pudiera decirle, o no, la verdad a su hijo.

Alguien llamó a la puerta con suavidad, interrumpiendo sus pensamientos.

—¿Señor Reynolds? —dijo una voz suave e inconfundible.

¿Señor Reynolds? Nadie lo llamaba así en la clínica.

—Pase.

Hope asomó la cabeza por la puerta, y Parker notó que automáticamente se le tensaban los músculos de la mandíbula.

—Lydia me ha pedido que le pregunte si ya está listo para la reunión de hoy.

La reunión. Se le había olvidado por completo. Todos los empleados iban a reunirse para hablar de ciertos temas mientras comían. Miró todo el trabajo sin terminar que tenía sobre el escritorio y reprimió un suspiro. Hope era la causa de que no pudiera concentrarse, y de que su vida pudiera irse al cuerno en cualquier momento.

—Iré en un minuto —murmuró, pero ella no se marchó. Entró en el despacho y cerró la puerta. Después se acercó al escritorio—. He dicho que iré en un minuto —repitió él, fingiendo que estaba irritado para disimular la incomodidad que ella le causaba.

—Ya lo he oído —replicó Hope—. Pero creo que deberíamos hablar antes de que la animosidad que hay entre los dos empeore.

Él se puso de pie y empezó a mover papeles como si supiera lo que estaba haciendo.

—¿Qué animosidad?

—¿Estás de broma? No te gusta que esté aquí, y quiero saber por qué. Sólo he vuelto a un lugar que recordaba con cariño. ¿Qué tiene eso de malo? Estoy segura de que Enchantment es lo suficientemente grande para los dos.

Él no quería mirarla, en parte porque estaba endiabladamente atractiva con aquel corte de pelo, y en parte porque Hope le estaba señalando algo que él no quería discutir. Le desagradaba lo que le había hecho hacía diez años, y lo que ella podría hacerle.

—No hay ningún problema entre nosotros —dijo él, pero incluso aquello sonó tenso.

—Creía que éramos amigos cuando me marché de aquí.

—Apenas nos conocíamos.

—Está bien. Por alguna razón, no quieres ser mi amigo. Lo acepto. Pero no quiero que estemos incómodos en la clínica. ¿Es posible?

—¿Por qué piensas que yo estoy incómodo?

—Porque cada vez que me ves pones mala cara, o te das la vuelta.

Él la miró y no pudo evitar darse cuenta de que Hope se había convertido en toda una mujer. Ya no era una chica pálida y delgada. Tenía la piel tersa y brillante, y curvas en los lugares precisos. También tenía mucha confianza en sí misma, lo cual era impresionante, teniendo en cuenta todo por lo que había pasado. Parker se sintió mucho más relajado de repente. Ella parecía tan ansiosa por llevarse bien con él que no pudo rechazarla. No tenía que convertirse en su amigo, se dijo. Tan sólo tendría que tratarla con la misma cortesía que trataba a los demás compañeros de trabajo. Ojalá no se sintiera tan hipócrita.

—Lo siento —dijo—. Tienes razón.

Hope se quedó dubitativa.

—¿Sí?

—Sí. He sido un idiota.

—¿Y eso es todo?

—¿No te parece un progreso?

—Bueno... Podrías explicarme por qué has sido un idiota.

Él hizo un gesto hacia el caos de su escritorio.

—Tengo cierto estrés.

Ella sonrió, y al hacerlo, en las mejillas se le formaron dos hoyuelos. Él no pudo evitar devolverle la sonrisa. Se parecía tanto a Dalton... Aunque dudaba que los demás pudieran notarlo, él lo veía en la amplitud de su frente, en la forma del labio superior, en la expresión y el color de los ojos.

—Ése es el Parker Reynolds que yo conozco. Espero que sigas así —dijo ella, y salió del despacho.

Cuando Hope se marchó, Parker se dijo que sólo tenía que tratarla con amabilidad. Sin embargo, no había tenido en cuenta aquella sonrisa tan sexy. O el hecho de que Hope pudiera llevarlo de nuevo, con tanta naturalidad, hacia la relación amistosa que habían compartido diez años antes. Ojalá no hubiera vuelto nunca.

Soltó una maldición y salió del despacho.

**11**

Antes de que empezara la reunión, Trish le presentó a Hope a casi todo el mundo. Kim Sherman era la contable, de unos veinticinco años, rubia y reservada. Katherine Collins y Heidi Brandt ya trabajaban allí como matronas cuando ella había dado a luz, y la saludaron cariñosamente. A Gina Vaughn ya la conocía, y había otras dos matronas que llevaban trabajando en la clínica unos cinco años, Dawn Mitchell, madre de cinco niños, y Lenora Hernández, que había sido enfermera.

Hope se quedó asombrada de lo genuina que era la gente. Estaba contenta de trabajar con ellos, incluido Parker Reynolds. Él se quedó a un lado de la habitación, apoyado en la pared con los brazos cruzados, pero cuando ella lo miró, hizo un esfuerzo por sonreír.

—Bueno, hola a todo el mundo —dijo Lydia, unos instantes después—. Me gustaría que habláramos de un tema importante hoy, mientras almorzamos. Pero primero, espero que todos hayáis tenido la oportunidad de saludar a nuestra nueva compañera, Hope Tanner. Es enfermera obstetra, así que aportará valiosos conocimientos a la clínica. Hemos hablado de la posibilidad de que se convierta en matrona, lo que no será difícil con su experiencia. Pero hasta que decida qué camino quiere tomar, nos ayudará en lo que necesitemos. Bueno, y ahora empecemos con la reunión —dijo Lydia, y le hizo un gesto a Parker para que se acercara—. Como sabéis, hemos empezado a recaudar fondos, como todos los años, para la investigación sobre la muerte súbita de los recién nacidos. Le he pedido a Parker que nos ponga al día, porque estoy segura de que puede necesitar nuestra ayuda para recaudar.

—Estamos planeando repetir la marcha deportiva, ya que el año pasado funcionó tan bien —dijo él—. Pero estamos en plena campaña electoral, así que mi suegro no podrá ayudarnos. Y hemos perdido a la empresa que nos patrocinaba. Sin el congresista Barlow y sin la Flying Diamond Oil Company, lo vamos a tener difícil para conseguir la publicidad y cubrir los demás gastos de promoción. Por eso, lo que necesito es que aviséis a vuestras familias y amigos para ver si podemos sustituir esas fuentes de ingresos. El año pasado recaudamos veinte mil dólares, y me gustaría superar esa cifra.

—¿Qué tipo de patrocinador tenemos que buscar? —preguntó Gina.

—Cualquiera que esté dispuesto a hacer una buena aportación a cambio de aparecer en nuestro material de promoción.

—¿Y qué os parece aceptar donaciones para los premios? —preguntó Heidi—. Además, los fines de semana de acampada y aventura que ofrecía Rusty Nunes el año pasado fueron estupendos.

—Es cierto —dijo Parker, pero su semblante reflejaba preocupación—. Sin embargo, a Rusty lo acaban de
operar, y no puede participar este año —explicó—.
Pero es una buena idea. Las cosas que más atraen a los
turistas son las que mejor funcionan.

—Quizá pudiéramos conseguir que Red River Ad-
ventures ofreciera una bicicleta de montaña gratis
como premio —dijo Katherine.

—Sí. Pero más que artículos para premios, necesitamos que se done dinero en efectivo.

—¿Todavía estás pensando en ir a Taos para conseguir más apoyos, Parker? —preguntó Lydia—. Creo
que es una buena idea.

—Ya he fijado algunas citas con empresas que podrían cooperar, pero tengo tan poco tiempo que necesito que alguien me ayude con las visitas —dijo él.

—¿Tenemos algún voluntario?

—A mí me gustaría ayudar —murmuró Katherine—, pero Roger me mataría si hiciera más cosas. Es
demasiado difícil organizarlo todo con los niños.

—Yo iría, pero una de mis pacientes ha salido de
cuentas —dijo Heidi.

Katherine y ella miraron a su alrededor, pero Trish
bajó la cabeza y Lenora habló por las dos:

—Oh, no, yo no sirvo para esas cosas.

De repente, todo el mundo estaba mirando a Hope,
y ella supo que estaban pensando que era la candidata
perfecta. Tenía tiempo para ir y nadie dependía de ella.
Y además, la habían contratado para ayudar. Sin embargo, no sabía si podría pasar un día entero con él. Y ella
no era especialmente buena en cuestiones de márke-
ting.

—¿Y qué habría que hacer, exactamente? —preguntó.

—Tendríamos que ir a Taos y pasar uno o dos días allí.

—¿Juntos?

—¿Y por qué ibais a ir por separado? —preguntó Katherine.

Hope abrió la boca para decir que no, pero no pudo. Lydia había sido muy buena con ella, y quería formar parte de aquel equipo. Un día con Parker no podía ser tan difícil.

—Lo haré —dijo.

Lydia y Parker intercambiaron una rápida mirada.

—Pero acabas de llegar —dijo Lydia—. Y Faith se está acercando a la fecha del parto...

—No creo que vaya a dar a luz la semana que viene, y Taos sólo está a una hora de camino, en cualquier caso. No hay problema.

—Estupendo. Gracias, Hope —dijo Heidi—. La recaudación es importante para todos. Es nuestra contribución a una causa importante.

—¿Cuándo iremos? —preguntó Hope.

—Ya hablaremos de ello —contestó Parker bruscamente.

—Está bien, entonces —dijo Lydia—. Trish, ¿por qué no pones otra vez la música? Vamos a terminar de comer, y todo el mundo a trabajar de nuevo.

Hope se quedó allí mientras todos se iban. Acababa de ofrecerse voluntaria para hablar con empresas e intentar convencerlas para donar dinero, a cambio de una publicidad cuyo valor era bastante difícil de cuantificar.

Pensó que debería decirle a Parker, en privado, que aquello no iba a funcionar. Teniendo en cuenta la reacción tan poco entusiasta que él había tenido, no creía que le importara mucho que no fuera. Pero tendría que acompañarlo por el bien de la clínica, y le demostraría que no tenía ninguna razón para no llevarse bien con ella.

—Huele estupendamente. ¿Qué hay de cena? —preguntó Hope cuando entró en casa.

—Sólo carne y verduras —dijo Faith. Estaba poniendo el mantel sobre la mesa de la cocina—. ¿Qué tal ha ido el trabajo?

—He tenido días mejores. ¿Y tú?

—He estado muy tranquila, y he progresado bastante con la colcha —el hecho de que Faith hubiera estado ocupada y relajada la animó. Sin embargo, no podía dejar de pensar en Parker Reynolds.

—¿Has tenido alguna contracción?

—No.

Hope se acercó al contestador que había comprado en Taos y apretó el botón de escucha. Ningún mensaje. Recordó a Jeff y a las compañeras de trabajo. No se había hecho gran amiga de ninguna de ellas, pero todas la habían llamado en alguna ocasión. De repente, tenía una sensación de pérdida. ¿Habría tomado la decisión correcta al dejar todo lo que había construido en los diez años anteriores?

—¿Estabas esperando alguna llamada?

—No. Nadie tiene nuestro número, excepto la gente de La Casa de la Maternidad. Sólo me estaba asegurando de que este trasto funciona. Cuando se compran cosas de segunda mano, nunca se sabe. Bueno, ¿has notado que el bebé se moviera?

—Más de lo que me gustaría. Esta niña tiene tanta fuerza que cada vez que me da una patada me parece que me va a romper las costillas.

—¿Esta niña? —preguntó Hope.

—Creo que es niña.

—¿Te desilusionarás si es un niño?

—Por supuesto que no.

—¿No quieres que te digan el sexo del bebé en la ecografía?

—¿Lo pueden saber tan fácilmente?

—Algunas veces depende de la posición del bebé. Hacen una especie de fotografía del feto.

—Preferiría la sorpresa —dijo, y fue a la cocina para comprobar si la carne ya estaba hecha.

Hope recordó el momento en que le dijeron que iba a tener una niña. Fue una revelación dolorosa, lo que hizo que tomara la decisión de dar al bebé en adopción. En aquellos días estaba desesperada y aterrorizada por la posibilidad de tener que volver a Superior y que los Brethren tuvieran también el control de la vida de su hija.

—Bueno, ¿vas a contarme qué es lo que ha sido tan terrible de tu día de trabajo? —preguntó Faith.

—Bueno, no ha sido tan terrible. Todavía estoy adaptándome a la clínica.

—¿Qué has hecho hoy?

—He ayudado a Kim Sherman, la contable, a revisar unos expedientes para demostrar que habíamos pagado a un proveedor que decía que no había recibido su cheque. Y también he ayudado a Trish a guardar algunas cajas en el archivo de la buhardilla.

—¿Y qué tal con Parker Reynolds? ¿Qué tal te ha tratado hoy?

—Como si tuviera la peste —gruñó Hope.

—¿Por qué?

—Quizá tenga la oportunidad de averiguarlo. Voy a ir a Taos con él esta semana.

—¿Para qué?

Hope se lo explicó, y después le preguntó:

—¿Vas a estar bien cuando yo me marche?

—Claro que sí. Siempre puedo llamar a Gina si hay algún problema. Ella me ha llamado hoy para preguntarme.

—¿Tan pronto? Qué sorpresa más agradable.

—¿Cuánto tiempo vas a estar fuera?

—Supongo que una jornada de trabajo.

Faith puso la cena en la mesa.

—Entonces, no te preocupes. Estaré perfectamente —dijo, mientras se agachaba de nuevo para sacar dos patatas del horno—. Ah, casi se me olvidaba. Ha llamado el señor Deets.

—¿Mi casero? ¿Cómo ha conseguido este número?

—Supongo que de la inmobiliaria.

—¿Y qué quería?

—Saber dónde debía enviarte el dinero de la fianza.

—No se lo has dicho, ¿verdad?

—Claro que no. Le dije que mandara el dinero a la inmobiliaria y que nosotras lo recogeríamos allí.

La inmobiliaria no estaba lejos. Si Arvin se enteraba de aquella dirección, podría dar con ellas...

—¿Hope? ¿He hecho mal? Tenía que decirle algo. Mil doscientos dólares es mucho dinero, y he pensado que podrías necesitarlo.

—Lo has hecho bien —dijo Hope. Sin embargo, se estaba imaginando lo peor—. ¿Se molestó?

—Un poco. Pensó que era extraño que no quisiera darle nuestra dirección exacta. Dijo que había llamado un montón de gente a su casa para saber de ti, y se preguntaba si todo iba bien.

Hope cerró la puerta del horno.

—¿Te dijo quién?

—Un chico llamado Jeff.

Pobre Jeff. Tendría que llamarlo y decirle que no iba a volver.

—¿Eso es todo?

—No, había otro hombre, pero no dijo cómo se llamaba. Le dijo al señor Deets que tu gato se estaba metiendo en su basura otra vez, y que quería devolvértelo.

A Hope se le cortó la respiración.

—¿Qué? ¿Qué le has dicho tú al señor Deets?

—Que si vuelve a llamar, que le diga que el gato es del señor Paris, el vecino de al lado.

Faith se fue a guardar la tela y el costurero, protestando en voz baja por no haberse llevado a Óscar con ellas. Hope pensaba en todas las posibilidades. Quizá alguien hubiera encontrado un gato que se pareciera a Óscar, hubiera pensado que era suyo y la conociera como para saber que el señor Deets era su casero. Pero, ¿por qué había dicho que el gato se estaba metiendo en su basura de nuevo? Nadie se había puesto en contacto con Hope por eso. Todos los vecinos sabían que Óscar era del señor Paris. ¿Y por qué el hombre que había llamado no había dado su nombre?

# 12

Parker miró el papel en el que Hope le había escrito su número de teléfono. Ya había pasado una semana desde que habían tenido la reunión en la clínica, y él había estado esperando a que Dalton se fuera a la cama para llamarla. No quería que su hijo estuviera despierto. En realidad, ni siquiera quería llamarla en aquel momento. ¿Qué ocurriría si alguna vez Dalton quería conocer a Hope? ¿Y qué ocurriría si Hope se interesaba por conocer a Dalton? Con un suspiro, marcó el número. Era una compañera de trabajo, y tenía que comportarse con naturalidad.

—¿Dígame?

—¿Hope? Soy Parker Reynolds. ¿Es demasiado tarde para llamar?

—Eh... no —dijo ella, sin ningún entusiasmo. Aunque, teniendo en cuenta cómo se había comportado desde que Hope había llegado a Enchantment, no le sorprendía.

—Te llamo por lo del viaje a Taos.

—Supongo que llamas para anularlo.

Su sinceridad lo tomó por sorpresa. Él no podía cancelar aquel viaje, aunque quisiera hacerlo. Necesitaba su ayuda.

—¿Por qué estás tan segura de eso?

—Porque aunque hablamos y nos pusimos de acuerdo en llevarnos bien, no me diriges la palabra.

—Mira, Hope, no tengo nada contra ti. Llevo una temporada muy ocupado, y además, estoy adaptándome a una nueva situación en mi vida personal.

—Pues no entiendo por qué eso no te afecta para llevarte bien con todos los demás.

—Eres nueva. Quizá yo sea tímido.

—No creo que sea por eso, pero no puedo caerte bien a la fuerza, así que supongo que esa excusa es tan buena como cualquier otra. Sólo necesito saber qué ha ocurrido con el proyecto de recaudar fondos para la investigación.

—Mañana por la mañana nos vamos a Taos, si te viene bien.

—No me has avisado con mucha antelación.

Porque había estado posponiendo la llamada el mayor tiempo posible, pensó él.

—Lo sé, pero no he podido confirmar las citas hasta esta tarde. Si no puedes, se lo pediré a otra persona —dijo él, conteniendo la respiración, esperando que aquello ocurriera.

—Sí, puedo ir. Sólo necesito hablar con Faith y preguntarle si quiere pasar el día ayudando en la clínica como voluntaria, o si Gina puede estar con ella en casa. Preferiría no dejarla sola.

—¿Piensas que puede ponerse de parto?

—No. La ecografía indicó que le faltan dos semanas.

Estaba a punto de preguntarle por qué estaba preocupada entonces, cuando vio que Dalton entraba en el salón, bostezando y frotándose los ojos. Parker puso una mano en el auricular.

—¿Papá?

—¿Qué pasa, hijo?

—Me acabo de acordar de que mañana tengo que entregar un trabajo sobre el manatí.

—¿Sobre qué?

—Sobre el manatí. Ya sabes, esos mamíferos grandes...

Parker frunció el ceño, mirando el reloj.

—Son más de las diez, Dalton.

—Lo sé.

—¿Por qué no me lo has dicho antes?

—Se me olvidó.

—¿Es tu hijo? —preguntó Hope por el teléfono.

Parker no pudo responder. Quería decirle que sí con tanta naturalidad como lo hubiera hecho cualquier otro padre, pero la palabra se le atascó en la garganta.

—Tengo que dejarte. Te recogeré en tu casa a las ocho, a menos que prefieras otra cosa —dijo él. Después se despidió y colgó el teléfono.

Hope soñó con Autumn de nuevo, y como en las demás pesadillas que estaba teniendo desde que habían vuelto a Enchantment, no podía alcanzarla. La niña corría, sonriendo, pero ella nunca llegaba a tocarla. Cuando Parker llegó a las ocho de la mañana, Hope se sentía muy cansada, tenía los párpados hinchados y le dolía la cabeza.

—¿Preparada? —preguntó él.

—Sí. ¿Te importaría que dejáramos a Faith en la clínica de camino? Ella no conduce.

—Claro —dijo él, y esperó en la puerta, mientras Hope entraba a avisar a Faith. Su hermana salió de la habitación con un horrible chal de pionera. Hope frunció el ceño.

—No vas a llevar eso tan feo, ¿verdad?

—¿Mi chal? ¿Qué pasa con él? —dijo Faith, levantando la barbilla.

Ya habían discutido por aquel chal más veces. Hope quería que Faith se modernizara por completo, pero para Faith, la ropa moderna era todavía un pecado. Aquel chal era su forma de rebelarse.

Al menos, había consentido el corte de pelo.

—Está bien —murmuró Hope. No quería que Parker oyera la discusión.

Cuando salieron, Hope cerró con llave la casa. No habían vuelto a saber nada del señor Deets desde hacía una semana, pero Hope estaba segura de que el hombre misterioso que había llamado era Arvin. ¿Qué otro habría mencionado al gato? Afortunadamente, el señor Deets no las había descubierto, porque no sabía nada de ellas. Arvin había llamado antes de que la inmobiliaria se pusiera en contacto con su antiguo casero para pedirle las referencias, así que el señor Deets no sabía dónde estaban cuando habían hablado. Si su tío hubiera llamado dos o tres días más tarde, el señor Deets le habría dado más información. Hope se estremeció al pensarlo. Metió las llaves en el bolso y caminó hacia la furgoneta de Parker. Faith estaba junto a la puerta del asiento del copiloto, y Parker estaba esperando a su lado.

—Tú primero —dijo Faith—. Yo seré la primera en salir, así que me sentaré junto a la puerta.

Hope observó el asiento delantero, para tres personas, y supo que no habría forma de evitar aquel corto viaje hasta la clínica pegada al costado de Parker. Las puertas resonaron con un par de golpes al cerrarse, y Parker arrancó el motor.

—No volveremos muy tarde —comentó.

—No os preocupéis —dijo Faith, sonriendo—. Gina me ha invitado a cenar a su casa después de la clínica, y a conocer a sus hijos. En realidad, echo de menos tener niños a mi alrededor —añadió, melancólicamente.

—Muy pronto tendrás a tu bebé en los brazos —le dijo Hope. Se arrepentía del comentario que había hecho sobre su chal. Tenía que darle a Faith más tiempo para adaptarse. Su hermana lo estaba haciendo muy bien, teniendo en cuenta todo lo que había cambiado su vida.

Al rato se detuvieron frente a La Casa de la Maternidad y Parker ayudó a Faith a bajar de la furgoneta. Después volvió a subir a su asiento.

—Muchas gracias por traerme —dijo, y se inclinó para mirar a Parker por delante de Hope, sonriendo—. Intentad divertiros mientras trabajáis, ¿de acuerdo? Me parece que Hope no se divierte lo suficiente en general.

Hope notó que se le iba a abrir la boca de asombro, pero antes de que pudiera responder, Faith había cerrado la puerta. Miró a Parker y lo vio con una ceja arqueada, observándola.

—Está equivocada. Yo me divierto todo el rato —dijo, y apartó la mirada rápidamente.


Parker condujo en silencio durante un rato, hasta que llegaron a la cima de las montañas y empezaron a bajar hacia el valle vecino. Para entonces, la curiosidad le había vencido.

—¿Has pensado qué vais a hacer cuando Faith tenga el bebé? ¿Tenéis planeado quedaros en Enchantment?

—Me he comprometido con Lydia por un año. Después de ese tiempo, no sé...

¿Un año? A Lydia se le había olvidado comentarle aquel detalle...

—Lydia me ha contado que volviste a Superior hace sólo unas semanas, por primera vez después de once años —le dijo él, suavemente.

—Sí.

—¿Cómo pudiste esperar tanto tiempo?

—¿Esperar? Me ha costado mucho más esfuerzo volver que estar fuera de allí.

—¿Por qué? ¿Tenías miedo de ver a Bonner de nuevo?

Hope lo miró sin dar crédito, y al instante, Parker lamentó haber mencionado aquel nombre. Sin embargo, desde que ella había vuelto, había querido preguntarle qué había ocurrido con aquel chico. Después de todo, Bonner era el padre de Dalton. Parker intentó convencerse de que sólo estaba interesado en Bonner porque cabía la posibilidad de que tuviera algún impacto en su vida, en algún momento. Sin embargo, sabía que aquélla no era la única razón. Tenía que haber algún motivo por el que Hope no se hubiera casado y no hubiera formado una familia. Era inteligente y atractiva, y tenía que haber encontrado un compañero con facilidad, a pesar de su extraño pasado.

—¿Cómo es posible que te acuerdes del nombre de Bonner? —le preguntó ella.

—Estabas locamente enamorada de él —respondió Parker, con la vista fija en la carretera—. Hablabas de él todo el tiempo.

—Pero eso fue hace diez años, y la primera vez que me viste, hace unos días, ni siquiera te acordabas de mi nombre.

—El hecho de tenerte por aquí me ha refrescado la memoria.

La expresión confusa del rostro de Hope no cambió, pero él no le dio más explicaciones.

—No te entiendo —dijo ella, sacudiendo la cabeza.

Y él no la culpaba. Parker no había sido él mismo desde que Hope había vuelto. Su preocupación por Dalton y su arrepentimiento por lo que había hecho estaban tan enmarañadamente mezclados con la ternura que sentía hacia ella, que no podía tratarla con coherencia. Sobre todo porque aquella ternura estaba cambiando. La pena que había sentido por Hope Tanner durante todos aquellos años era una parte muy pequeña de sus emociones en aquel preciso momento.

—Olvida que te lo he preguntado —murmuró.

Subió el volumen de la radio. No tenía derecho a preguntarle a Hope nada sobre su relación con Bonner. Tenía que alejarse de ella lo más posible hasta que se marchara con su hermana y él pudiera seguir con su vida. Ya había sobrevivido a las dos primeras semanas con ella en la clínica, así que podría sobrevivir un año.

—Lo vi —dijo ella, de repente.

Él parpadeó de la sorpresa.

—¿Qué?

—Vi a Bonner. Fue a verme a mi casa, después de que yo fuera a Superior.

—¿Para qué?

—Quería que me casara con él.

—¿Después de todo este tiempo? ¿Después de lo que te hizo? Espero que lo mandaras al infierno.

—En realidad, él me dijo que yo iría al infierno por rechazarlo —dijo ella, con una carcajada seca. Sin embargo, Parker sabía que no le resultaba divertido.

—¿Te resultó difícil hacerlo? Al fin y al cabo, te estaba ofreciendo lo que deseabas hace once años.

—Lo que quería hace once años no es lo mismo que quiero ahora.

Siguieron el camino en silencio durante unos minutos, mientras Parker intentaba pensar qué podría querer ella en aquel momento. ¿Querría a su familia? ¿Un marido y un hogar, o autonomía completa y una carrera profesional?

—¿Crees que Bonner tiene razón cuando dice que irás al infierno?

—No importa lo que yo crea.

—¿Por qué no?

—Porque no podría casarme con él aunque quisiera. Se ha casado con Charity, una de mis hermanas. Y con otras dos mujeres.

Parker apretó los dientes para intentar controlar el asco que sentía.

—Así que tendría cuatro mujeres si te casaras con él.

—Hasta que se casara con la quinta.

—¿No hay límite?

—En realidad, no.

—¿Y las otras esposas no tienen nada que decir con respecto a quién mete el marido en la familia? —preguntó Parker—. ¿No tienen nada que decir en cuanto a con quién se acuesta?

—Supuestamente, cada matrimonio es la respuesta a una llamada de la iglesia, así que nadie puede oponerse. Los Brethren llaman a un hombre y le dicen que han rezado para saber qué debe hacerse en una situación, y que la respuesta que han recibido de Dios es que se case con ésta o con aquélla.

—¿Y qué ocurre si no quiere a esa mujer?

—Durante toda su vida le han enseñado que ése es su deber. La mayoría de los hombres aceptan lo que les dicen los Brethren. También dejan claro a qué mujer quieren en realidad y, si están bien considerados en la iglesia, es posible que esa mujer se convierta en su segunda o tercera esposa.

—¿Y nadie se preocupa por lo que quiere una mujer?

—No.

Parker no lo entendía.

—Pero tú no ibas a ser ni siquiera la segunda o la tercera mujer de Bonner. Tú tenías que casarte con otro.

—Lo que ocurrió con Bonner y conmigo fue diferente. Se supone que un hombre tiene que tener una vocación antes de casarse. Bonner acababa de graduarse en el instituto e iba a ir a la universidad. Los Brethren dijeron que habían orado para solucionar aquella situación, pero que la respuesta de Dios había sido que no se casara. Dijeron que Dios quería probar mi fe, ver si era suficiente para mi salvación, y que debía casarme con Arvin.

—Tu tío.

Ella lo observó fijamente durante unos segundos.

—¿También te acuerdas de eso?

—Eh... sí. Me voy acordando según hablamos.

Ella sacudió la cabeza de nuevo.

—No eres un hombre fácil de entender.

—Ni tampoco soy tan difícil como los hombres sobre los que estamos hablando —gruñó él.

Ella no dijo nada.

—Así que Bonner está casado con tu hermana...

—Sí. Tienen tres hijos.

Parker se preguntó cuánto daño le habría hecho a Hope conocer aquella noticia. Ella le había dicho que ya no podía casarse con él porque tenía otras esposas, pero no había dicho que ya no sintiera nada por él.

—¿Y a quién eligieron los Brethren para Faith?

—A un viejo —dijo ella, vagamente.

Lydia ya le había dicho a Parker que Faith estaba casada con su tío, y él creía que aquel tío era el infame Arvin. Sin embargo, no estaba dispuesto a presionar a Hope para que ella se lo contara. Se daba cuenta de que, al menos por el momento, prefería reservarse aquella información.

—¿Te gustaba St. George? —le preguntó, cambiando de tema.

—Sí. Me gustaba ser independiente. Tenía un buen trabajo y una casa muy agradable.

—¿Conociste a alguien allí? ¿No has pensado en casarte?

—No estoy hecha para el matrimonio.

Al oír aquello, él se puso muy derecho y bajó el volumen de la radio.

—¿Por qué no? ¿No quieres tener hijos?

Entonces vio la sombra del dolor en su mirada.

—No sería justo que me casara sólo para tener hijos —dijo ella.

—Es cierto. Pero al final, encontrarás a alguien con quien quieras compartir tu vida, ¿no crees?

—Me temo que no. No soy capaz de enamorarme.

—Por supuesto que sí. Estabas enamorada de Bonner, ¿no?

—Yo quería a Bonner —admitió Hope—. Pero después de aquello, algo se me rompió por dentro —dijo, con una sonrisa forzada—. Ahora sólo me importa Faith.

# 13

Mientras Hope iba al servicio en la gasolinera en la que habían parado a repostar, Parker se quedó tras el volante pensando en lo que ella le había dicho. Parecía que ya no tenía ninguna fe en el futuro, ni mucho menos en el amor, y Parker entendía sus motivos. Sin embargo, su forma resignada de enfrentarse a aquello había tenido un extraño efecto en él. Sentía la necesidad de protegerla y de convencerla de que la vida no era tan precaria como ella pensaba.

—Gracias por parar —le dijo Hope cuando volvió a la furgoneta—. He traído dos batidos de chocolate —le dijo, y le alargó los vasos para que él los sostuviera mientras subía al asiento. Cuando se sentó, tomó su vaso y se lo colocó entre las rodillas—. Tengo que decirte que no se me da muy bien convencer a los extraños —le comentó ella, a propósito del objetivo del viaje, mientras se miraba en el espejo del parasol de la furgoneta para comprobar qué tal aspecto tenía.

—Estás bien —le dijo él—. Procura que no se te caiga el batido.

—No se me va a caer nada —dijo ella, secamente—. Realmente, te has convertido en un gruñón en estos diez años. No me extraña que no te hayas vuelto a casar.

—¿Por qué dices eso? —preguntó él, sin poner en marcha el motor para salir a la autopista.

—Has cambiado. Antes eras una persona muy agradable. Ya no.

—Todavía soy muy agradable —protestó él.

Hope no respondió.

—Pregúntale a cualquiera.

Ella le dio un sorbo al batido y miró por el parabrisas, esperando a que él arrancase la furgoneta.

—No necesito preguntarle a nadie. Veo las cosas por mí misma.

Eran más de las cinco cuando Hope miró el reloj. Había quedado con Parker al mediodía para comer algo, pero ya tenía hambre de nuevo. Además, estaba disgustada. Sabía que no era la mejor vendedora del mundo, pero pensaba que al menos conseguiría un patrocinador. Sin embargo, no había sido así.

Quizá Parker hubiera tenido mejor suerte.

Cuando lo vio llegar al lugar donde habían quedado, le dijo:

—Dime que has encontrado los patrocinadores que necesitamos.

Él frunció el ceño y sacudió la cabeza.

—Me temo que no. He conseguido que un restaurante italiano done un vale por un año de pizza gratis, pero eso es todo.

—No podemos volver a la clínica con eso —dijo ella.

Parker se metió las manos en los bolsillos.

—Tendremos que volver mañana, o pasado mañana —dijo, y después miró hacia el letrero luminoso del restaurante más cercano—. Pero antes, vamos a cenar.

Parker observó cómo Hope probaba su flan y se sintió relajado en su presencia por primera vez desde que ella había vuelto a Enchantment. Los dos habían llamado a casa para asegurarse de que Faith y Dalton estaban bien. Faith todavía estaba con Gina y su familia, y Dalton estaba con Bea, la mujer de la parroquia que lo cuidaba si Parker tenía que trabajar hasta tarde alguna noche.

—¿Cómo está el postre? —preguntó.

—Muy bueno. ¿Quieres probarlo?

—No, gracias. Con el café tengo suficiente —dijo, añadiéndole leche—. Hope, me gustaría preguntarte qué ocurriría si el marido de Faith os encontrara.

Ella se puso tensa.

—No estoy segura de lo que haría.

—¿Es violento?

—Sí.

—¿Hasta qué punto? ¿Crees que intentaría haceros daño?

—Quizá. Ya ha hecho cosas que me han preocupado lo suficiente.

—¿Qué?

—Pues... no importa.

—Quiero saberlo.

—Vino a St. George en mitad de la noche e intentó entrar en mi casa. Cortó la línea telefónica, nos amenazó y, a la mañana siguiente, encontré al gato de mi vecino muerto a la puerta de mi casa. En realidad, Óscar estaba más que muerto. Había mutilado su cuerpo.

Parker se puso furioso. ¿Acaso Hope no había sufrido ya lo suficiente?

—¿Llamaste a la policía?

—Sí. Me dijeron que el juez podría dictar una orden de alejamiento, pero yo sé que con ese tipo no iba a servir de nada.

Parker tuvo ganas de pasar unos minutos a solas con el marido de Faith.

—Lo siento —dijo él, y alargó la mano para tomar la de Hope por encima de la mesa. Quería que la caricia fuera ligera, de consuelo, pero Hope tenía unos dedos largos y fríos. Eran casi... frágiles. Por un momento, él tuvo la tentación de rodearlos con los suyos, para calentárselos.

—No quiero que lo sientas. Estoy bien —dijo ella, retirando la mano.

Parker le agradeció su fortaleza. No podía mostrarse comprensivo con sus problemas sin aceptar cierta responsabilidad por ellos. Y él, precisamente, no podía involucrarse en la vida de aquella mujer. Sin embargo, no pudo evitar preguntarle si Bonner también era peligroso. Sabía que no tendría más oportunidades de averiguar cosas sobre el padre biológico de Dalton.

Hope respiró hondo antes de responder a aquella pregunta.

—No creo —dijo ella—. Ha cambiado, pero estoy segura de que él no es retorcido. No tanto como el marido de Faith, al menos.

—Cuando Bonner te visitó en St. George, ¿te preguntó por tu bebé?

—No.

—¿Crees que sería capaz de venir aquí?

—No. Él no sabe dónde di a luz. Y tiene muchos hijos como para que Autumn le preocupe.

—¿Autumn?

—Así es como la llamo —dijo ella, ruborizada—. De todas formas, aunque él la encontrara, nunca se mezclaría en su vida. La niña ha pasado sus años de formación más importantes en un entorno normal, lo que significa que el concepto de la iglesia sería tan extraño para ella que nunca podrían convertirla. Para los Brethren, criar una generación recta es el principal objetivo de tener hijos. Creen que todos aquellos que no pertenecen a La Iglesia Apostólica de la Eternidad no entrarán en el reino de Dios. Para resumir, Bonner está demasiado encerrado en su vida, y en la vida eterna, como para molestarse por Autumn.

—Pero tú no.

—Yo no tengo más hijos, aunque eso no importaría. La echaría de menos exactamente igual.

Parker se frotó el pecho, porque le parecía que el corazón le estaba golpeando las costillas.

—¿Alguna vez has pensado en buscar... a la niña?

—Siempre —dijo ella, con tanta sinceridad que él, de repente, entendió el ansia que sentía. Era ansia por su hija. Por su hijo. Por Dalton.

Dios. Sabía que no tenía que habérselo preguntado.

Parker insistió en invitarla a cenar. Ella aceptó con tanta amabilidad como pudo y, en cuanto él se levantó para ir al servicio, se apoyó en el respaldo de la silla y cerró los ojos. Había estado a punto de contarle los sueños que estaba teniendo desde que había llegado a Enchantment, en los que a menudo veía a Autumn, pero no podía alcanzarla. Sin embargo, no había podido pronunciar una palabra. Aquello le ocurría siempre que intentaba compartir algo doloroso con otra persona.

¿Por qué no era capaz de romper aquella barrera? ¿Cómo era posible que se hubiera encerrado tanto en sí misma? Recordó la sensación de calidez que había sentido cuando Parker le había tomado la mano. Habría querido sonreírle, si hubiera sido posible, pero sin embargo, había retirado la mano.

El teléfono móvil de Parker empezó a sonar, y ella miró hacia la puerta de los aseos para ver si Parker volvía a la mesa. Sin embargo, lo vio hablando con un conocido al que debía de haberse encontrado por casualidad. El teléfono dejó de sonar, finalmente, pero a los pocos minutos empezó de nuevo, y los demás comensales empezaron a mirar, molestos. Ella se volvió hacia Parker de nuevo, pero todavía estaba inmerso en la conversación, así que decidió responder la llamada.

—Hola, soy Hope Tanner. ¿Con quién hablo?

—Con Dalton. ¿Dónde está mi padre?

—Está en un restaurante, conmigo.

—¿Y por qué respondes tú a su teléfono?

—Porque en este momento está ocupado. ¿Quieres dejarle algún recado?

Dalton no respondió.

—No te conozco, ¿verdad?

—Todavía no. Sólo llevo un par de semanas en Enchantment.

—¿Y mi padre ya te ha pedido que salgas con él?

Ella se quedó rígida de la sorpresa.

—No me ha pedido que salga con él —respondió—. Somos compañeros de trabajo.

—También trabaja con Lydia y Katherine y nunca ha cenado con ellas —señaló el niño.

Hope sonrió al percibir la sospecha en su voz.

—No tienes nada de lo que preocuparte. Creo que a tu padre no le caigo muy bien.

—¿Por qué? ¿Cómo lo sabes?

—Bueno... No quería que trabajara en la clínica, pero Lydia insistió. Y aunque él necesitaba mi ayuda hoy, no quería que viniera. Y siempre frunce el ceño cuando está conmigo. Creo que ésas no son muy buenas señales, ¿no te parece?

—No. Sobre todo lo de que frunce el ceño. Sólo lo hace cuando se enfada. ¿Por qué se ha enfadado contigo?

—No lo sé.

—¿Conoces a la madre de Holt?

—No. ¿Quién es?

—Es la madre de mi amigo, pero me cae muy mal. Siempre le está diciendo a mi padre que tengo que hacer cosas que no me gustan.

—¿Por ejemplo, comer verdura? —preguntó Hope. Sabía que aquella conversación versaba sobre algo más profundo que las zanahorias, pero prefería que el niño sólo le dijera lo que él quería decirle.

—Sí, y otras cosas, cosas peores.

—¿Qué cosas?

—La señora Rider quiere que llore. Por los deberes. ¿Puedes creerlo?

—No. En realidad, no. ¿Por qué?

—Dice que no lloro porque no tengo madre.

—¿A veces no quieres tener una madre?

—No, si es como la señora Rider.

—Ya veo. Pero, seguramente, la señora Rider tiene muchas cosas buenas.

—En realidad, no. Lleva el pelo ahuecado en la cabeza como si fuera una colmena gigante —dijo él, con gran desagrado.

—¿Y?

—Y siempre me dice que mastique con la boca cerrada, que no juegue en el barro y que me meta la camisa por los pantalones. Le parece que juego muy a lo bruto con Holt, y que debería estarme quieto mientras él practica el piano. Y le dice a mi padre cosas que yo no quiero que le diga.

—Ya has mencionado eso, pero no me has dicho qué es lo que le dice a tu padre.

—Siempre se queja.

—¿Y de qué se queja?

—Dice que no sé cómo expresar mis emociones. Sea lo que sea, no sé lo que significa.

—Y por eso quiere que llores.

—Supongo.

—Mmm... ¿cuántos años tienes, Dalton?

—Diez.

Diez años. La edad de Autumn. A Hope se le encogió el corazón, pero continuó hablando.

—Yo diría que con diez años eres lo suficientemente mayor.

—¿Para qué?

—Bueno, la tristeza no es la única emoción que puede experimentar la gente —respondió Hope—. También está la felicidad, la irritación, la frustración y muchas otras. Quizá deberías enseñarle que puedes hablar de tus emociones explicándole que te molesta que hable con tu padre sobre ti, en vez de hablar contigo directamente.

—¿De verdad? —preguntó él—. ¿Puedo hacer eso? ¿Y no me meteré en problemas?

—No, si lo haces bien. Siempre y cuando seas respetuoso, creo que ella se dará cuenta de que sabes mucho más de lo que pensaba. Pareces muy listo. Sabes ser respetuoso, ¿verdad?

—Sí —dijo él.

—Estupendo. Inténtalo.

—De acuerdo. Hablaré con ella —y añadió, dubitativo—: ¿Cómo te llamabas?

—Hope.

—Hope, ¿quieres que te llame cuando haya terminado y te cuente cómo me ha ido?

—Si quieres...

—¿Cuál es tu número de teléfono?

Hope sonrió y le recitó su número.

—Gracias —dijo él, con alivio.

Parker llegó a la mesa en aquel momento y volvió a fruncir el ceño.

—¿Quién es?

—Tu hijo. Aquí está tu padre —le dijo a Dalton, y le dio el teléfono a Parker—. Es un encanto. Debes de estar muy orgulloso.

Parker no parecía estar muy agradecido por su cumplido. Le dio las gracias con sequedad y se alejó un poco para hablar.

—¿Quién, Hope? No, probablemente no la conocerás —oyó ella. Él se quedó un momento en silencio y habló en voz muy baja, pero Hope todavía pudo oírlo—. No me importa, Dalton. Sólo es una compañera de trabajo. No hay ninguna razón por la que tengáis que conoceros. No. Y se acabó.

Él miró a Hope como si temiera que pudiera oír la conversación, y ella se sintió contenta, de repente, por no haber aceptado su caricia de antes. Era cierto que necesitaba empezar a sentir de nuevo, en vez de seguir viviendo como un vegetal, pero tenía que encontrar a alguien a quien realmente le importara. Y aquella persona, definitivamente, no era Parker Reynolds.

Tomó su bolso y salió del restaurante para darle la privacidad que él quería. No lo necesitaba. Podía haber sido amigo suyo hacía diez años, pero ya no lo era.

# 14

Desde que habían salido del restaurante y habían subido al coche, Hope había estado callada, de brazos cruzados, mirando por la ventanilla. Parker se movió en el asiento, incómodo. Se sentía mal después de la conversación que había tenido con Dalton. Se había quedado muy sorprendido cuando había visto que Hope estaba hablando con su hijo, y había reaccionado exageradamente. Sólo había conseguido que los dos se enfadaran con él, y sabía que se lo merecía.

—¿Tienes frío? ¿Quieres que ponga la calefacción? —le preguntó, intentando que la pregunta sonara lo más neutral posible.

—Estoy bien —respondió ella, secamente.

—¿Va a estar Faith esperándote cuando llegues a casa?

—No. Le dije que se quedara a pasar la noche en casa de Gina.

—¿Porque no quieres que se quede a solas en casa? ¿Ni siquiera durante unas horas?

Ella no respondió.

—Pero no tienes ninguna razón para pensar que Arvin sepa dónde estáis, ¿verdad?

Entonces, ella lo miró con los ojos entrecerrados, y él se dio cuenta de lo que había dicho. Se le había olvidado que, supuestamente, no sabía quién era el marido de Faith.

—Te agradecería que te guardaras esa información. No por mí, sino por Faith.

Él lo habría hecho por ella, pero no podía decírselo. De todas formas, no lo creería.

—Por supuesto que no diré nada.

Los dos se quedaron en silencio durante unos cuantos minutos más, y mientras, él buscaba una forma de sacarla de sí misma. No había querido molestarla en el restaurante. Aunque sabía que una ruptura definitiva sería lo mejor, no podía dejar las cosas de aquella manera. Lo que le había dicho a Dalton era una reacción estúpida ante la instantánea afinidad de su hijo con Hope. Sólo habían hablado durante unos minutos y Dalton ya quería conocerla, a pesar de que siempre se mostraba frío con todas las mujeres con las que él salía.

—¿Y tú vas a quedarte sola esta noche?

—No veo por qué tendría que importarte —dijo ella.

Él suspiró y agarró el volante con fuerza.

—Mira, no quería ofenderte en el restaurante. Sólo quiero que Dalton entienda…

—¿Qué?

—Que no debe encariñarse contigo.

—¿Por qué?

—Porque podría hacerle daño. Tú ni siquiera estás segura de cuánto tiempo vas a quedarte.

Ella se quedó mirándolo durante varios segundos.

—¿Sabes? Hasta este momento, creía que todo era porque tenías algo contra mí. Pero hace diez años, te caía bien. ¿Estás seguro de que es por Dalton por quien estás preocupado?

—¿Y si no fuera así? —preguntó él, con los ojos fijos en la carretera.

—Te diría que eres listo por no arriesgarte. Yo no soy una apuesta segura.

En cuanto Parker detuvo el coche frente a la casa de Hope, ella se quedó mirando la cabaña vacía, intentando averiguar si había ocurrido algo durante su ausencia. No lo parecía. Eran las doce y veinte, y el viento soplaba con fuerza entre los árboles, en la oscuridad. La sensación de aislamiento era más intensa de la que notaba normalmente. Si Arvin estaba acechando entre las sombras, después de que Parker se hubiera marchado nadie podría ayudarla.

¿Se las habría arreglado su tío para seguir su pista?

Durante los últimos veinte minutos, la pregunta había ido repitiéndose en su cerebro como un eco. A cada kilómetro, su ansiedad había ido creciendo. Gracias a Dios que le había dicho a Faith que se quedara con Gina, o le habría dado un ataque de nervios. La lógica le decía que Arvin no había podido encontrarlas, pero el instinto le susurraba que, con la suficiente motivación, todo era posible.

Tragó saliva y volvió a mirar a la casa, intentando disimular. No quería dejar que Parker se diera cuenta de lo asustada que estaba.

—Gracias por traerme —dijo ella, tan amablemente como pudo.

Él no respondió. Hope cerró la puerta y empezó a andar hacia la cabaña, pero él hizo algo que la sorprendió. Apagó el motor y salió de la furgoneta.

Hope lo miró.

—¿Qué estás haciendo?

—Voy a mirar dentro de la casa, para asegurarme de que estás a salvo.

—No hay ninguna necesidad. Estoy segura de que todo está perfectamente —a pesar del miedo que tenía, quería librarse de él lo antes posible. No podía pasar por alto sus cambios de humor.

—Entonces, no te importará que eche un vistazo.

Hope reprimió un suspiro y siguió andando hacia la puerta, sintiendo gratitud. Parker era toda una paradoja. No quería que lo acompañara aquel día, pero la había invitado a cenar. No quería que conociera a su hijo, pero estaba preocupado por comprobar que no había nada extraño en la casa.

Cuando entraron, Hope notó que la cabaña estaba fría. Faith debía de haber quitado la calefacción, ya que iban a estar fuera todo el día. Su hermana era muy espartana. Aparte de aquello, Hope no vio nada fuera de lugar.

—Parece que todo está bien.

Parker empezó a recorrer las habitaciones y el salón, pero ella no lo siguió. Fue hacia la cocina a poner agua a calentar para hacer té. De repente, oyó un portazo tan fuerte que la taza estuvo a punto de caérsele de las manos.

—¿Parker?

—Ven un segundo —llamó él. Algo en su tono de voz hizo que a Hope se le pusiera el vello de punta.

—¿Qué ocurre? —preguntó mientras iba hacia la habitación de Faith.

Alguien había lanzado una piedra enorme contra la ventana y había roto el cristal. El agujero era tan grande como para que se creara corriente y la puerta se hubiera cerrado de un portazo.

Parker miró al suelo y vio la piedra entre los cristales.

—¿Has visto a algún niño por esta zona?

—Bueno… un par de niñas por la calle en bicicleta la semana pasada —dijo ella. Pero sabía que aquellas niñas no habían sido las que habían lanzado la piedra. No quería enfrentarse a la posibilidad de que lo hubiera hecho Arvin. Había encontrado un trabajo que le gustaba, y Faith iba a tener el niño en la clínica con la ayuda de Gina y de Lydia. No quería hacer todos los cambios que tendría que hacer si Arvin las había seguido hasta Enchantment.

—¿Niñas? —repitió Parker.

—Podría ser cualquiera. Es sólo una piedra.

Parker fue por una linterna que tenía en el coche y dio una vuelta por el exterior de la casa para examinar la ventana de la habitación de Faith. Ella salió con él.

—¿Ves algo?

—Todavía no —dijo él, moviendo la linterna para alumbrar más cerca y más lejos. Después de unos minutos, apagó la luz y los dos volvieron a la casa.

—No he encontrado nada. Las huellas no se ven bien porque la tierra está llena de agujas de pino. John Boyd vive muy cerca de aquí, pero es viudo y no tiene niños. La familia Knowles alquila su cabaña, que está también muy cerca de aquí, al otro lado del lago. Por la mañana iré a ver quién vive allí. Mientras…

—¿Qué? —preguntó ella, aunque supo instintivamente que no le iba a gustar lo que él iba a decir.

—No creo que debas quedarte aquí.

—¡Son más de las doce! ¿A dónde quieres que vaya?

Él no respondió. Miró el agujero del cristal de la ventana.

—¿Tienes bolsas de basura y cinta aislante?

Hope entró en la casa para tomar lo que él le había pedido, preguntándose qué iban a hacer Faith y ella. ¿Tendrían que mudarse de nuevo? Los ahorros no iban a durarle siempre, y Faith estaba tan cerca de dar a luz...

—Deberíamos llamar a la policía —dijo él.

Hope se sobresaltó al oír su voz, porque no se había dado cuenta de que él se hubiera acercado.

—¿Y qué les decimos? ¿Qué tengo una ventana rota? Me dirán que espere a mañana y que llame a un cristalero.

—No. Miguel se lo tomará en serio.

—¿Miguel?

—Es el sargento de policía de Enchantment. Es amigo mío. Fuimos juntos al colegio.

—Probablemente, ahora estará profundamente dormido. Lo llamaré por la mañana, aunque no creo que haya nada que él pueda hacer.

—Pueden vigilar la zona, y tu casa.

—Supongo que sí —dijo ella, pero estaba pensando que podían suceder muchas cosas entre dos rondas de la policía.

—¿Qué vas a hacer hasta mañana? —le preguntó él—. ¿Te vas a quedar despierta toda la noche?

—No lo sé. Quizá.

Durante unos minutos, mientras él tapaba el agujero del cristal con las bolsas y la cinta aislante, no pronunció una palabra. Ella se quedó dentro de la casa, esperando a que él terminara para recoger los cristales. Por fin, él entró y le devolvió las cosas.

—Gracias. Te agradezco mucho lo que has hecho.

—De nada.

—Será mejor que te vayas ya. Tienes un niño en casa, y tienes que cuidarlo.

—No. Voy a quedarme hasta mañana.

—¿Y qué pasa con Dalton? —le preguntó Hope, asombrada.

—Estaba en la cama la última vez que llamé, y Bea me dijo que iba a quedarse a dormir en la habitación de invitados. No hay ninguna diferencia entre que vaya o no vaya.

Para Hope sí había diferencia. Ella no quería quedarse sola después de lo que había ocurrido con la ventana. Sin embargo, tampoco quería tener a Parker Reynolds allí.

—No es necesario —le dijo—. Estaré bien, de verdad.

—Y yo no voy a ir a ningún sitio, de verdad —dijo él, y se sentó en el sofá. Tomó el mando a distancia de la televisión y la encendió. Después le echó una mirada a la chimenea, como si estuviera decidido a encenderla.

Hope no podía hablar mientras lo observaba. Tranquilamente, él se levantó y puso hojas de periódico y palos en el hogar. Después encendió una cerilla y prendió el papel. Al minuto, las llamas estaban devorando un tronco. Finalmente, ella le dijo:

—Lo siento, pero yo no te he invitado.

—¿Qué pasa, Hope? ¿Es que te pongo nerviosa?

—Sí.

—¿Por qué?

—Porque no parece que puedas tratarme decentemente, o al menos, consecuentemente, y... —dijo ella.

No pudo terminar la frase. No podía decirle que era el primer hombre al que había encontrado atractivo desde Bonner. Era enigmático y oscuro, al menos con ella. Pero también era guapo y extremadamente sexy. Y el hecho de sentir atracción por él la asustaba. Quería sentir deseo, quería volver a sentir amor. Pero estaba claro que aquel hombre era otra mala elección.

—¿Y? —dijo él. Su expresión se había suavizado, y la estaba observando como si se hubiera dado cuenta de lo que ella estaba pensando.

—Es hora de dormir —dijo Hope, con resignación—. Te traeré unas mantas.

Le ayudó a preparar el sofá y después se fue corriendo a su habitación, donde se quedó despierta escuchando la televisión y llamándose tonta a sí misma. No era lo suficientemente ingenua como para creer que su vida tendría un final de cuento de hadas, sobre todo teniendo en cuenta cómo había sido el comienzo. Y, sin embargo, parecía que estaba metiéndose sin querer en el sueño de Faith... el de encontrar al hombre de su vida.

Parker se quedó bastante tiempo viendo la televisión después de que Hope se fuera a la cama, pero en realidad no estaba atendiendo a la pantalla. Apenas podía dejar de oír la misma letanía en la cabeza: «No deberías estar aquí. Esto es una locura. No puedes permitirte el lujo de establecer una relación con Hope Tanner» Sin embargo, no podía marcharse. Ella creía que Arvin era una amenaza real, lo cual significaba que podía serlo. Y el incidente de la piedra le había inquietado mucho. No había muchos niños alrededor que pudieran haber hecho aquello.

Se dijo a sí mismo que tenía que dejar de preocuparse. Ayudar a Hope una noche no era lo mismo que empezar una relación. Su traición no iba a ser peor. No podía ser peor. Apagó la televisión. Eran casi las dos de la mañana, y tenía que dormir algo. Intentó relajarse, y finalmente, se durmió. Sin embargo, no había pasado mucho tiempo cuando un grito ahogado volvió a despertarlo.

—¿Qué ocurre? —preguntó, y se puso de pie de un salto—. ¿Hope?

Ella no respondió. Parker se quedó inmóvil, escuchando, hasta que oyó el mismo sonido. No era un grito de dolor, sino una voz... Hope estaba hablando y gritando en sueños.

Se acercó a la puerta de su habitación y miró dentro. Hope estaba en la cama, dando patadas.

—¡Eso es peligroso! ¡Ven aquí!

Continuó farfullando, diciendo cosas frenéticas y sin sentido.

—¡No! Ya voy... no, por favor...

La voz se le quebró como si estuviera llorando. Parker se acercó a la cama de mala gana y la sacudió por el hombro suavemente.

—¿Hope? Soy yo —se sentó a su lado en el colchón y la despertó.

Al principio, ella intentó sacudirse su mano de encima. Después de un momento, abrió mucho los ojos y se quedó mirándolo como si no supiera quién era. Parker la miró y no pudo evitar pensar en lo guapa que era, a pesar de lo alarmada que estaba.

—Has tenido una pesadilla —le dijo—. ¿Estás bien?

Ella asintió y miró a su alrededor.

—¿Con quién estabas soñando? ¿Con Arvin? —se dijo a sí mismo que no debía mirar sus ojos brillantes

ni disfrutar de su dulce rostro, pero hizo las dos cosas
sin poder evitarlo.

—No.

—Entonces, ¿con qué?

—Con nada.

—¿Hope? —insistió él.

—No me acuerdo —dijo ella. Sin embargo, él sabía
que sí se acordaba. Fuera lo que fuera lo que había estado soñando, era demasiado doloroso o privado como
para compartirlo.

—Era sólo un sueño —cedió él, y le secó las lágrimas de las mejillas. El dolor de Hope lo conmovió. Tenía ganas de protegerla, de calmarla. Sabía que no debía volver a acariciarla, pero no pudo evitarlo, y le
pasó un dedo por el brazo. Ella se estremeció. Quizá
estuviera sintiendo la misma atracción sexual que él.
Su fuerza de voluntad estaba empezando a debilitar-
se.

—Eres preciosa, ¿lo sabías?

Hope lo miró como si no supiera si podía confiar
en su sinceridad. Sin embargo, cuando Parker llegó a
acariciarle la muñeca, dejó que sus manos se entrela-
zaran.

—¿Cuánto queda para que amanezca? —preguntó
ella.

—Unas cuantas horas —dijo él, con un suspiro.

—¿Tanto?

—¿No estás cansada?

—No quiero volver a dormir.

A él se le aceleró el corazón al pensar en lo que
podrían hacer hasta el amanecer. Dalton lo era todo
para él, pero en aquel momento, su hijo no estaba.
Sólo estaban Hope y él, y el hecho de imaginarse
cómo sería sentirla entre sus brazos...

—Puedo quedarme tumbado a tu lado si eso te ayuda —le dijo. Tenía la esperanza de que ella dijera que no, que terminara con aquella insensatez. Pero no lo hizo. Se tumbó.

—¿Quieres que te abrace? —le preguntó él. Sabía que aquello sería abrazar a una mujer que podía hundirlo, pero no podía remediarlo. Ella lo necesitaba. Él la necesitaba a ella. Por algún motivo, se necesitaban.

—No quiero tener más pesadillas —dijo ella.

—No te preocupes —respondió él—. Estaré aquí.

Entonces ella se acercó tímidamente, y él la abrazó. En el momento en el que ella rozó su pecho, se puso muy rígida, pero no se separó ni le pidió que se marchara.

—No... no quiero hacer el amor contigo —susurró Hope.

Parker no podía decir lo mismo, pero una parte de él le estaba agradecido.

—No pasa nada. Yo no haré nada que tú no quieras.

—No soy una apuesta segura —dijo ella con voz temblorosa.

—Eso ya me lo has dicho.

—Es cierto.

—Ya me has advertido, Hope. No tienes nada de lo que preocuparte. Relájate, ¿de acuerdo? —dijo él, y empezó a masajearle los músculos tensos de la espalda. Sin embargo, en vez de sentirse gratificado cuando ella se relajó contra su cuerpo, se sintió mucho más excitado.

—¿Mejor?

—Sí.

Hope apretó la mejilla contra su corazón, y Parker cerró los ojos mientras aspiraba el olor de su pelo. Él también se sentía bien. Demasiado bien.

—Todo será mucho mejor por la mañana —le dijo. Pero sabía que, para él, faltaba todavía mucho tiempo para que llegara la mañana.

Hope se apoyó en un codo, de madrugada, cuando la suave luz del amanecer iluminaba el rostro del hombre que había pasado la noche en su cama. Él tenía el pelo revuelto y la sombra de la barba que empezaba a nacerle en las mandíbulas. Hope se fijó en las suaves arrugas que tenía junto a la boca. La gente decía que se reía, al menos a veces. Tenía una pequeña cicatriz en la frente. Aquellos pequeños defectos le añadían aún más interés a un rostro tan atractivo.

Bajó la mirada hacia su cuerpo, y tuvo el impulso de meterle la mano bajo la camiseta y acariciarlo. Quizá fuera porque se sentía tan fuerte y descansada aquella mañana. Dormir entre los brazos de Parker había sido como dormir dentro de una muralla que la protegía del pasado, de sus pesadillas, del miedo al futuro, y por primera vez desde que había vuelto a Superior y había visto a su familia, había dormido profundamente.

Se preguntó si podría conseguir que se moviera y así poder acariciarlo sin que él se diera cuenta. Sin embargo, él abrió los ojos en cuanto ella cambió de postura.

—¿Ya es de día? —preguntó.

—Son las seis en punto.

—Tengo que irme —dijo, pero no se movió. Levantó una mano y le acarició el brazo, como había estado haciendo durante la noche. Instintivamente, Hope se acercó a él.

—¿Has dormido bien? —le preguntó él.

—Muy bien.

—¿No has tenido más pesadillas?

—No.

—Eso está muy bien —dijo él, y la atrajo para que apoyara la cabeza en su hombro. Ella tuvo de nuevo el impulso de acariciarlo.

—Ha sido muy agradable por tu parte quedarte conmigo.

—Tenemos que arreglar la ventana.

—Llamaré a alguien a partir de las ocho.

Él bajó la cabeza para mirarla.

—¿Quieres contarme tu pesadilla ahora?

—No.

—¿Por qué?

—No quiero pensar en ello. ¿Por qué no me cuentas cosas de tu mujer?

—¿De mi mujer? —preguntó él, evidentemente sorprendido por la elección de aquel tema.

—Yo nunca llegué a conocerla. Siempre me pregunté cómo era.

—Bueno… era mayor que tú. Era atractiva, divertida, inteligente.

—No estaba enferma cuando os casasteis, ¿verdad?

—Siempre había tenido problemas de corazón, pero empezó a empeorar después de prometernos.

—¿Alguna vez has lamentado tu decisión de casarte con ella, sabiendo que estaba enferma?

—Algunas veces.

—Probablemente, fue muy difícil cuidarla.

—En realidad, lo difícil no fue cuidarla, sino convivir con la persona en que se convirtió a causa de la enfermedad —dijo él—. Como ya te he dicho, cuando nos conocimos era una mujer increíble. Pero después de ponerse enferma, se volvió insociable, estaba siempre muy triste… y yo no podía hacer que las cosas fueran mejor para ella, ni más fáciles. Después se obsesionó con ciertas cosas, como los gérmenes y…

—Y con la idea de tener un niño…

—¿Cómo lo sabías?

—Yo estaba aquí en aquel momento, ¿recuerdas?

—Pero tú tenías tus propios problemas. No me di cuenta de que supieras algo de mí.

—¿Estás bromeando? Todo el mundo de la clínica se alegró el día que nos enteramos de que te habían concedido la adopción de un niño. Supongo que Dalton es adoptado, ¿no?

—Sí —dijo él. Hope notó que su voz había sonado más ronca que antes, pero hizo caso omiso.

—¿Te ayudan tus suegros con Dalton?

—Le mandan cantidades obscenas de dinero todas las vacaciones, se empeñan en que pasemos con ellos las Navidades en su casa, en Taos, y se lo llevan dos semanas con ellos cada verano. Pero, si tenemos en cuenta que sólo vivimos a una hora de camino, no los vemos mucho, en realidad.

—¿Y tu padre?

—Mi padre está casado con una rubia operada y está intentando revivir su juventud.

—Maravilloso —dijo ella, irónicamente—. Se nota que estás orgulloso.

—Sí, bueno, menos mal que no somos responsables de nuestros padres.

—Gracias a Dios —dijo Hope. Notó que él le acariciaba la espalda suavemente.

—¿Y tú, Hope? ¿Te has enamorado de alguien durante estos años, desde que estuviste con Bonner?

—No creo que pueda volver a enamorarme. Me he acostado con tres hombres, pero no he conseguido sentir nada por ellos.

—Pero eso no significa que no puedas enamorarte de nuevo.

—Con dos de ellos salí durante varios meses. Uno incluso me pidió que me casara con él. Debería haber sentido algo.

—¿Y el otro?

—El otro fue un error. Era un chico con el que ligué en una cafetería, porque estaba deseando volver a conectar con alguien. Por supuesto, no funcionó. Aquella vez fue la peor, excepto que no me sentí culpable por dejarlo.

Entonces, él se volvió ligeramente, le levantó la barbilla y le pasó la yema del pulgar por el labio. Ella sintió un cosquilleo en el estómago que rápidamente se transformó en algo caliente y líquido que invadió su cuerpo.

—Creo que estás confundida en cuanto a tus limitaciones.

—No —dijo ella. Sin embargo, estaba sintiendo más deseo que en los diez años anteriores.

—Quizá debamos hacer un experimento.

Se inclinó hacia ella y la besó, al principio suavemente, y después, al no notar ninguna resistencia por su parte, con más presión. Hope le pasó los brazos alrededor del cuello y sintió algo similar a lo que había sentido con Bonner. Por alguna razón, la idea de permitirle a un hombre acceso completo a su cuerpo le resultaba excitante, embriagadora. Necesitaba sentirse joven, libre, cortar los lazos de unión con todo su bagaje anterior. Y le pareció que Parker le ofrecía todo aquello con un solo beso.

Pero entonces, él se separó de ella y se levantó.

—Lo siento. Tengo que irme. Tengo que llevar a Dalton al colegio.

Hope no supo qué decir. No quería que se marchara, pero no podía pedirle que se quedara.

—Te veré luego —añadió él.

Cuando se hubo marchado, Hope se sintió más sola de lo que se había sentido nunca.

El sonido de unos golpes en la puerta despertó a Hope. Después de que Parker se fuera, había conseguido dormirse un poco de nuevo. Miró el reloj. Las siete y media. Faith no se habría molestado en llamar, porque tenía llave. Y... La piedra. La ventana. ¿Sería Arvin? Salió de la cama de un salto, se puso la bata y se acercó a la puerta de la casa.

—¿Quién es?

—No pasa nada, Hope. Soy yo.

Parker. ¿Por qué había vuelto? Abrió la puerta y lo vio. Era evidente que no había vuelto a casa, porque todavía estaba sin afeitar, despeinado y con la misma ropa con la que se había marchado.

—¿Qué ocurre?

—Los que te han roto la ventana han sido unos niños. Fui hasta la cabaña de los Knowles, y he hablado con la familia que está allí ahora. Tienen dos adolescentes problemáticos en acogida, y uno de ellos, de catorce años, fue el que rompió la ventana. Lo ha confesado ante la pareja.

—¿Se ha metido en problemas?

—Lo han castigado y le han dicho que tendrá que trabajar para pagar el arreglo de la ventana. Pero yo no me lo esperaría. No parece que tengan mucho dinero, y sólo se van a quedar unos días más.

—Yo lo pagaré —dijo Hope—. Merece la pena, con tal de saber que no ha sido Arvin.

—A mí también me lo parece —dijo él. Su mirada cayó en los labios de Hope. Ella recordó el beso y se ruborizó. Se preguntó que diría Faith de todo aquello, y decidió que no iba a contárselo. No tenía ningún sentido crear falsas expectativas. Nada había cambiado.

—Bueno, muchas gracias por tu ayuda —dijo ella, rompiendo aquel incómodo silencio.

—De nada.

—¿Quieres que vaya a Taos mañana contigo?

—En realidad... creo que puedo arreglármelas solo. No quiero que Faith tenga que estar fuera de su casa otro día entero, y sé que tú te preocuparías mucho por ella si se quedara aquí sola. Y, de todas formas, no tengo ninguna cita. Creo que voy a ir a la clínica hoy por la mañana, a hacer unas cuantas llamadas y ver cuántas citas puedo fijar para esta tarde.

—De acuerdo —dijo ella.

—Bueno, tengo que irme —dijo él, metiéndose las manos en los bolsillos—. A lo mejor nos vemos luego en el trabajo.

Ella se despidió también, y entró en la casa. Pero por la ventana, lo vio entrar a la furgoneta y se dio cuenta de que se quedaba inmóvil y sacudía la cabeza, antes de arrancar el motor.

Durante todo el camino a casa, Parker se preguntó en qué demonios estaba pensando. Había besado a Hope. Y no había sido el beso obligatorio que les había dado a otras mujeres con las que había salido algunas veces. Aquel beso tenía una intención. La intención de que ella se quitara la ropa.

Gracias a Dios que había conseguido parar. Quizá todavía tuviera escrúpulos.

O quizá no. Al verla aquella mañana, fresca y descansada del sueño, en la puerta de su casa, había deseado meter las manos dentro de su bata y acariciar su piel suave...

Aquello no decía nada bueno de él. Sin embargo, lo que había pasado no había sido culpa suya por completo. Había esperado que Hope no respondiera, pero había estado a punto de grabar a fuego una señal en todas sus fantasías futuras. Probablemente porque su respuesta no había sido desvergonzada, sino que había llegado de algo más profundo. Aparcó frente a su casa y apagó el motor, diciéndose que tenía que olvidarla. Había estado obsesionado con ella desde que había vuelto a Enchantment. Tenía que volver a su vida normal, y Dalton era la persona que le ayudaría a hacerlo. El deber. La costumbre. La paternidad. Se perdería en la dulce inocencia de su hijo, pensó, hasta que llegó al porche de casa y Dalton salió corriendo y gritando:

—¿Te has acostado con ella, papá? ¿Eh? ¿Tienes novia?

Parker miró a su alrededor para ver si había algún vecino mirándolos, y notó que le ardía la cara cuando Bea salió detrás de Dalton.

—No. No tengo novia.

—Entonces, ¿dónde has estado?

—Alguien ha estado molestando a la mujer con la que hablaste anoche...

—Hope —le dijo Dalton.

—Sí. Así que me quedé en su casa para asegurarme de que estaba a salvo.

Dalton miró hacia arriba, suspirando de resignación.

—Hace dos años me lo hubiera creído, papá, pero ahora ya he visto demasiadas series de televisión.

—¿De qué series estás hablando?

—*Friends. Seinfeld.* Lo que se te ocurra.

Parker no podía creerse que aquél fuera su hijo.

—Creía que las niñas te resultaban ordinarias y que este tema no te interesaba —dijo Parker—. Creía que tenías dificultad a la hora de expresar tus sentimientos.

—Según la madre de Holt, sí. Pero ya te he dicho que no le hagas caso. Tiene algunos problemas conmigo. Y, además, algunas niñas sí son ordinarias. Lisa Smith se mete el dedo en la nariz.

—Gracias por la agradable imagen —dijo Parker—. ¿Y qué pasa con la pequeña Melanie Ellis? ¿No te parece mona?

Dalton dio una patadita en el suelo con la puntera del zapato.

—Bueno, supongo que ella está bien.

—¿Sólo bien?

—Bueno, nunca voy a pasar la noche con ella —dijo Dalton, e hizo un gesto como si aquello fuera la mayor tortura del mundo. Al segundo, se le iluminó la cara—. Así que, ¿voy a conocer a Hope ahora que estás saliendo con ella? ¡A lo mejor tengo un hermano o una hermana!

Bea sonrió y se puso la mano detrás de la oreja para oír más de la conversación con su aparato auditivo.

—¿Qué ha dicho el niño? ¿Estás intentando darle un hermano o una hermana?

—¡No! —gritó Parker.

—¡Oh! Pues es una pena. Eso hubiera sido toda una noticia en el club de bridge. Todas piensan que eres un monumento.

Aquello podría haber sido un cumplido, pero en aquel grupo no había ningún miembro que tuviera la vista a la perfección.

—Te lo agradezco, Bea, pero...

—Siempre me están preguntando cuándo vas a casarte de nuevo. Y yo siempre les digo que tienes roto el corazón.

—Yo no tengo nada roto. Hace ocho años que...

—Algunos corazones tardan más en recuperarse que otros...

—Bea...

—Es muy romántico.

—No hay nada romántico en mi vida.

—¿Y cuándo voy a conocerla, eh, papá? —intervino Dalton—. ¿Vas a traerla esta noche? Me pareció muy simpática por teléfono. Me apuesto algo a que no se parece a la madre de Holt.

—No se parece nada en absoluto a la madre de Holt —dijo Parker.

—¿Ni un poco?

—Ni un poco.

—Estupendo —dijo Dalton, con la voz llena de alivio—. Entonces quiero conocerla.

Aquella mañana, cuando Gina llevó a Faith a casa, Hope casi no la reconoció. El chal y el vestido de pionera habían desaparecido, y la muchacha llevaba unos pantalones y una camiseta blancos y unas sandalias. Estaba moderna y estilosa. Y muy guapa.

—¿Faith? —le preguntó Hope, con incertidumbre.

—¡Hola! ¿Qué tal?

—Eso es lo que yo quiero preguntarte.

Gina tocó la bocina y se despidió saludando desde el coche. Después bajó la ventanilla.

—Os veré después en la clínica, ¿de acuerdo?

—Sí, pero yo iré a la una —dijo Hope—. He llamado a Lydia para decirle que llegaría tarde.

Después les explicó a Gina y a Faith lo que había ocurrido con la ventana, y se despidieron. Cuando entraron en casa, Hope le preguntó:

—Faith, estás muy guapa. ¿De dónde has sacado esa ropa?

—Una mujer le dio a Gina una maleta llena de ropa premamá en la clínica, y Gina pensó que algunas cosas son muy bonitas y me quedarían bien, así que me las dejó.

Hope miró la bolsa que llevaba su hermana.

—¿Hay más?

—Sí, pero no te preocupes. Cuando dé a luz, se lo devolveré.

—¿Cómo es posible que Gina te haya convencido de que te pongas otra cosa que no sea el vestido?

—Ha sido tan agradable conmigo que no quería desilusionarla.

—¿Y eso es todo? —la seriedad en el tono de voz de Hope hizo que Faith sonriera tímidamente.

—Bueno... el vecino de Gina es un chico muy guapo. Lo vi de lejos. Estaba lavando su coche y, por si acaso nosotras pasábamos por delante de su casa alguna vez, no quería que pensara que soy fea.

Hope sintió que sonreía sin poder evitarlo. Un hombre atractivo podía hacer en un día lo que a ella le hubiera costado meses conseguir.

—¿Y le vas a pedir a Gina que te lo presente?

—A lo mejor, después de que nazca el bebé.

—¿Es soltero?

—Claro. Yo no intentaría impresionar a un hombre casado —dijo Faith, y dejó la bolsa sobre la mesa—. Gina me ha contado que creció aquí, en Enchantment, pero que ha estado unos años fuera, estudiando en la universidad. Ahora va a abrir una clínica veterinaria. ¿No es estupendo? —dijo, dando palmaditas de entusiasmo—. ¡A mí me encantan los animales!

Hope se rió al percibir los ánimos de su hermana. Había hecho muy bien en llevarse a Faith de Superior. Algunas veces, temía que su hermana hubiera preferido seguir en la seguridad de su familia, antes que disfrutar de la libertad que Hope le ofrecía. Sin embargo, Faith ya estaba empezando a conocer la alegría de ser una mujer libre.

—Me parece un buen partido.

—Deberías verlo, Hope. Es rubio, y tiene una sonrisa fabulosa. Y su cuerpo... —Faith se puso muy roja, pero siguieron brillándole los ojos.

—¿Su cuerpo? —repitió Hope.

—Se quitó la camiseta porque su perro empezó a sacudirse el agua y le mojó. Y... Dios mío. Nunca había visto nada como su pecho y sus brazos. Tenía músculos por todas partes. Y tiene la piel bronceada por el sol. Es muy atlético, creo que debe de hacer mucho deporte.

—Y tú que ibas a quedarte con Arvin...

Faith se quedó pálida.

—Ahora nunca dejaría que Arvin me tocara. Venir aquí, conocer a Gina y a Lydia, ver a ese hombre... me ha cambiado todo. Él hizo que sintiera un calor por dentro... —su voz se redujo a un susurro, y le dijo a Hope—: Incluso me lo imaginé quitándome la ropa. ¿No es terrible?

—No —dijo Hope, riéndose—. Es muy positivo. Eso significa que tu experiencia con Arvin no te ha afectado negativamente. Sólo tienes que procurar no dejarte llevar ahora que ves todas las posibilidades, ¿de acuerdo? No quiero que te mezcles con el chico equivocado. Hay hombres buenos y malos en Superior, pero también aquí, Faith. Tienes que ser selectiva.

—Deja de preocuparte tanto —dijo Faith, mientras empezaba a sacar la ropa de la bolsa—. Sólo lo he visto desde dentro de casa. Él ni siquiera sabe que existo, y aunque lo supiera, no creo que estuviera interesado en una mujer embarazada.

—No estarás embarazada durante mucho más tiempo.

—Pero tendré un hijo recién nacido, y es muy posible que eso ahuyente a cualquier chico. Estoy segura de que no conoceré a nadie durante unos años. Pero de todas formas, es maravilloso saber que tengo un futuro por delante, tal y como tú me has dicho.

Hope sonrió emocionada, y miró la ropa.

—Debería haber sabido que tú eres muy lista y serías capaz de verlo todo desde una perspectiva nueva. Puede que tengas dieciocho años, pero eres toda una adulta. Quiero lo mejor para ti, Faith.

—Lo sé —dijo Faith, muy seria—. No puedo creerme que volvieras por mí. Eres tan valiente, Hope... Nunca podré agradecértelo lo suficiente.

Hope le dio un abrazo. El vientre de Faith prometía una vida nueva, un futuro mejor. Aquel bebé tendría el mundo a sus pies, y Faith y Hope estarían allí para verlo.

—Te quiero —le dijo Hope.

—Gracias a Dios —dijo Faith, y se abrazó a ella—. No me dejes nunca, ¿de acuerdo, Hope?

—No lo haré. Siempre estaré contigo cuando me necesites.

—Y yo contigo. Para eso son las hermanas.

—Para eso.


Cuando Hope llegó a la clínica, encontró el vestíbulo y la sala de espera llena de futuras madres esperando.

—¿Qué ocurre? —le preguntó a Trish, que observaba ansiosamente la escena desde el mostrador—. ¿Por qué hay tanta gente?

—Katherine y Heidi están fuera, atendiendo partos en casa de las pacientes, y Lydia y Gina han estado intentando avanzar, pero el horario se sigue retrasando.

Hope miró la agenda del día.

—¿Quieres que rehaga las citas y avise a las madres?

—He estado esperando para preguntarle a Lydia, pero desde que llegó Devon...

—¿Devon ha venido de Albuquerque? —preguntó Hope. Se puso muy contenta, porque tenía muchas ganas de verla. Se habían hecho muy amigas durante el tiempo que Hope había pasado en Enchantment.

—Llegó a la hora de comer, y desde entonces, no han salido del despacho. Acabo de llamar para decirle que vamos muy atrasadas, y estoy segura de que saldrán enseguida. Lydia odia hacer esperar a las madres.

Efectivamente, en aquel momento, sus voces se oyeron por el pasillo.

—¿Cómo puedes haberlo olvidado tan fácilmente? —iba diciendo Devon.

—Nada de esto ha sido fácil —replicó Lydia—. Y tú deberías saberlo. Algunas veces, hay que tomar decisiones basándose en lo que es mejor para más de una persona, Devon. Eso es lo que hice entonces, y es lo que estoy haciendo ahora.

—No veo que...

Devon se quedó callada en el momento en el que vio a Hope.

—¡Hope! —exclamó, acercándose para abrazarla—. ¡Qué alegría volver a verte! Lydia me dijo que habías vuelto, y estaba deseando hablar contigo.

—¿Qué tal estás? —le preguntó Hope.

—Muy bien, sobre todo desde que salí de la facultad. Fueron unos años muy largos, pero he conseguido convertirme en enfermera y matrona, y tengo una clínica en Albuquerque. Estoy muy contenta. Lydia me ha dicho que tú estás en el mismo campo.

—Soy enfermera obstetra. Siempre me han gustado mucho los niños.

—Después de todo por lo que has pasado, no me extraña.

Lydia pasó a su lado, acompañando a una de las madres a la consulta, y saludó a Hope sonriendo.

—Mira, le he dicho a Lydia que iba a ayudar con las madres, porque hay mucho retraso en el horario. ¿Quieres que nos veamos después para tomar un café? Sería estupendo que charláramos.

—Claro. Sólo tengo que hablar con mi hermana. Si está bien, puedo ir.

—Muy bien, porque tengo que volver a Albuquerque mañana.

—¿Tan pronto? ¿Qué es lo que te ha hecho venir a Enchantment para un viaje tan corto?

Devon miró hacia el pasillo, por donde Lydia se había marchado.

—Mi abuela tiene la extraña idea de que ya es hora de retirarse de la junta directiva.

—Pero ella adora la clínica, y estar presente allí le da la oportunidad de opinar sobre cómo deben hacerse las cosas —dijo Hope, asombrada porque Lydia quisiera dejar su puesto en la mesa directiva.

—Lo sé, pero dice que quiere concentrarse en lo que realmente le importa, las madres. Creo que quiere volver a atender en los partos.

—¿Y quién ocuparía su lugar?

—Ése es el quid de la cuestión. Quiere que sea yo —dijo Devon.

—¿Y cuánto tiempo llevas con esas pesadillas? —preguntó Devon, apartando la taza de café vacía.

—Desde que volví a Enchantment —respondió Hope, apoyándose en el respaldo de la silla.

Durante los últimos cuarenta minutos, había charlado y se habían puesto al corriente de lo que había ocurrido en los diez años anteriores en sus vidas. Hope había terminado por contarle los sueños que estaba teniendo con Autumn, y veía la comprensión en la mirada de la otra mujer.

—Eso me entristece mucho —dijo Devon.

Hope intentó quitarle importancia.

—No pasa nada. Todo el mundo tiene pesadillas de vez en cuando, ¿no?

—No todo el mundo ha perdido un bebé.

—Yo no perdí a Autumn. La cedí en adopción. Tenía que hacerlo.

—Lo sé.

—Y de todas formas, supongo que los sueños cesarán cuando me acostumbre a estar aquí.

—¿Y si no terminan?

—No lo sé. Realmente, no hay nada que pueda hacer.

—¿Se lo has contado a mi abuela?

—¿A Lydia? No. ¿Por qué iba a contárselo?

—Creo que debería saber todo por lo que estás pasando.

—¿Por qué?

Devon se puso a colocar los sobres de azúcar en el centro de la mesa.

—¿Te sentirías mejor si te dijera que tu bebé fue a una familia muy buena?

Hope la miró con mucha atención.

—Claro que sí. Pero tú no lo sabes, ¿no? No lo sabes seguro.

Su amiga dudó durante unos segundos.

—Sí lo sé —dijo finalmente.

—Pero… ¿cómo?

Devon cerró los ojos.

—Yo estaba allí la noche en que diste a luz.

—Pero…

Devon le hizo un gesto para que la escuchara.

—Cuando vi que Lydia no volvía a casa, me pregunté si no estarías de parto. Estaba preocupada por vosotras, así que fui a la clínica. Entré por la puerta principal y me encontré a mi abuela. Tú acabas de tener el bebé.

—¿Por qué no entraste a verme? —preguntó Hope, recordando aquellos momentos. Acababa de tener que separarse del bebé, y aquello había sido la cosa más dolorosa que había tenido que hacer en su vida. Se sentía sola, y habría agradecido tener una amiga en la que apoyarse. Lydia la había dejado tanto tiempo sola…

—No me lo preguntes —dijo Devon—. Tuve que marcharme.

—Devon… —la expresión de su amiga hizo que Hope se quedara callada. Era evidente que estaba muy disgustada por algo.

—Lo siento, Hope. Ya te he dicho más de lo que debería —murmuró, y salió corriendo hacia la puerta.

Cuando Hope llegó a la clínica aquella noche, vio que la luz del despacho de Lydia estaba encendida. Aquello significaba que se había quedado a trabajar hasta tarde. Hope entró y caminó por el pasillo hacia su oficina. Lo que le había dicho Devon la había puesto muy nerviosa. Durante toda aquella noche, mientras había estado ayudando a Faith a cortar tela y a coser, se había estado preguntando por qué Devon se habría comportado de una forma tan extraña en la cafetería. Sin embargo, hasta que su hermana no se había ido a dormir, no se había decidido a ir a la clínica para ver si podía hablar con Lydia.

Cuando era una adolescente embarazada que estaba huyendo de su casa, había pensado que Lydia lo sabía todo. Y en aquel mismo momento, casi pensaba lo mismo. Sin embargo, estaba casi asustada de averiguar si había algún problema en todo aquello. Sabía que algo iba mal. Lo había notado al hablar con Devon, pero también otras veces, desde que había vuelto.

Cuando llegó a la puerta del despacho de Lydia, tomó aire y llamó.

—Pase —dijo Lydia, sorprendida de tener visita a aquellas horas. Cuando la vio, se levantó de su escritorio y se acercó a ella apresuradamente—. ¡Hope! ¿Qué ha ocurrido para que vengas tan tarde? Hope miró el reloj del despacho y se dio cuenta de que eran más de las once.

—Quería hablar contigo a solas —respondió.

—¿De qué?

—He tomado un café con Devon esta tarde.

Lydia apretó los labios.

—Eso es estupendo. Ella siempre te ha tenido mucho cariño. Igual que yo.

—Las dos habéis sido muy buenas conmigo, pero… Devon se ha comportado de un modo extraño.

—¿Por qué? —preguntó Lydia, aún más tensa que antes.

—No lo sé, exactamente. Estaba muy misteriosa. Me dijo que mi bebé había ido a una buena familia.

—Es cierto. Te dije que el niño iría a un buen hogar.

—¿El niño? —preguntó Hope—. ¿No te acuerdas de que tuve una niña?

—Oh, es cierto, lo siento. He traído al mundo tantos niños durante estos diez años...

—Claro —dijo Hope. De repente, no sabía qué preguntar. Lydia no la había obligado a ceder a su hija, ella había accedido voluntariamente. Y el bebé estaba bien. Tanto Lydia como Devon, dos personas en las que confiaba, se lo habían confirmado. Entonces, ¿por qué se le ponía el vello de punta?

—¿Todo va bien, Lydia?

—¿A qué te refieres?

—¿Hay algo que yo debería saber?

—No —dijo Lydia, sin titubear.

Hope sacudió la cabeza.

—Supongo que el estrés de haberme venido a vivir a Enchantment y estar enfrentándome de nuevo a Arvin debe de estar afectándome. Siento haberte molestado.

Lydia se acercó a la puerta y la abrió.

—Verte nunca es una molestia, Hope. No hay ningún problema.

—Gracias —respondió ella, pero se detuvo en la puerta—. ¿Sabes que Devon vino aquí la misma noche en que tuve a Autumn? Ella quería verme...

—¿Autumn? ¿Le has puesto nombre? —Lydia arqueó la ceja en un gesto de desaprobación—. Eso ha sido un error, Hope. Tienes que dejarla marchar, tal y como te dije hace diez años.

—Lo entiendo. ¿Tú sabías lo de Devon?

—Sí. Hablé con ella aquella noche.

—Pero no vino a verme.

—Era muy tarde, y la mandé para casa.

—Claro. Debería haberme dado cuenta. Buenas noches.

—Buenas noches —respondió Lydia.

Hope echó a andar por el pasillo, pero en cuanto oyó que se cerraba la puerta del despacho de Lydia, se metió detrás del mostrador de recepción y tomó la llave de la buhardilla que servía de archivo. Había una posibilidad de que pudiera encontrar el expediente de Autumn. Ella había firmado un contrato la noche en que dio a luz, comprometiéndose a no ponerse en contacto con la niña hasta que fuera mayor de edad, y lo habría respetado a pesar de todas aquellas pesadillas. Sin embargo, no podía olvidar las palabras de Devon.

«Ya te he dicho más de lo que debería»

¿Había algo escondido en todo aquello?

# 16

Cuando llegó a la buhardilla, Hope encendió la luz y se puso a rebuscar entre todos los expedientes. Los archivadores estaban ordenados por año, y después, alfabéticamente. Hope encontró el año del nacimiento de Autumn y llegó al expediente de Tanner, Hope. Sin embargo, la carpeta estaba vacía. ¿Dónde estaban los documentos y los informes relativos a la adopción de su bebé? Le dio la vuelta a la carpeta y vio que había un número de teléfono escrito a lapicero. Arrancó el pedacito de cartulina y se lo metió al bolsillo de los pantalones.

Estaba tan absorta en sus pensamientos que casi no oyó el sonido de un coche que llegaba por la entrada principal del edificio. Se quedó inmóvil para escuchar con más atención, y se dio cuenta de que el motor del vehículo se detuvo. Entonces cerró el archivador todo lo silenciosamente que pudo y apagó la luz. Mientras bajaba las escaleras, oyó el ruido de la puerta del coche y, a los pocos instantes, la puerta

principal se abrió. Supo que estaba atrapada. Tendría
que esperar hasta que…

—¿Hope?

La voz de Parker Reynolds se oyó claramente desde el piso de abajo, y a Hope empezaron a temblarle
las piernas.

—¿Hope? Soy Parker. ¿Dónde estás?

Parker intentó calmarse. No tenía nada de lo que
preocuparse. Había limpiado el expediente y había
quemado los documentos relativos a la adopción de
Dalton. Hope podía buscar por todos los archivos del
centro y no encontraría nada. Sin embargo, estar seguro en su telaraña de mentiras no hacía que se sintiera
mejor. Sobre todo, al acordarse de que ella había confiado en él aquella misma noche, y le había dejado
que la abrazara.

Si le contaba lo que había ocurrido con Dalton, podría sentirse bien con ella y con el mundo. Pero, ¿qué
coste tendría aquello? Dalton era lo más importante de
su vida, y corría el riesgo de perderlo. Lydia se arriesga-
ba a perder su buena reputación y la clínica. Sus compañeros se exponían a perder el puesto de trabajo. Y
seguramente, habría otras consecuencias y ramificacio-
nes que él ni siquiera había considerado todavía. Y aún
así, todavía tenía la tentación de decírselo.

Detestaba la mentira. Detestaba el hecho de ser un
mentiroso.

—¿Hope? ¿Vienes? —dijo de nuevo, en voz alta,
preguntándose si ella le iba a obligar a buscarla.

—¿Cómo sabías que estaba aquí? —le preguntó
ella, sorprendida al verlo al final de las escaleras. Miró
hacia la puerta cerrada de Lydia, casi esperándose que

saliera y se enfrentara a ella. Sin embargo, Parker sabía que aquello no iba a ocurrir. Por eso Lydia lo había llamado, para no tener que salir a fingir que era la parte ofendida en aquel asunto, y que Hope continuara trabajando en el centro como si nunca se hubiera metido en el área de archivos.

—Tu coche está en la parte de atrás —le dijo él.

—Pero tú has venido por la parte de delante —afirmó Hope, observándolo fijamente—. Te ha llamado Lydia, ¿verdad?

—Sí.

—¿Por qué?

Porque no quería enfrentarse con Hope. Se sentía demasiado culpable. Pero no podía decírselo.

—Porque se está haciendo muy tarde y quería que llegaras sana y salva a casa.

—Sé ir a mi casa.

Él no podía evitar sentir admiración por aquel espíritu indomable. Dalton poseía la misma fuerza que ella, pensó, y de repente, el pasado de aquella mujer tomó un significado nuevo para él. Hope había sido educada en una secta polígama, pero se había escapado de todo aquello y había hecho algo importante con su vida. «Es una persona maravillosa», le había dicho la mujer del Valley View Hospital con la que había hablado. Y él sabía que tenía razón. Hope tenía un gran carácter, una gran personalidad. Sabía que aquello habría sido un gran legado para un hijo.

—Está preocupada por ti.

—No lo entiendo. No entiendo nada de esto —dijo ella, cada vez más confusa.

—Porque no hay nada que entender. Vamos.

Él esperó a que ella sacara el coche de la parte de atrás del edificio y la acompañó hasta casa, agrade-

ciendo el hecho de que Faith estuviera allí en aquella
ocasión. Ya no estaba seguro de si podría resistirse a
Hope Tanner de nuevo, a pesar de todo lo que podría
perder.

—Gracias —dijo ella cuando salió del coche. Después subió los peldaños del porche y abrió la puerta.

En aquel momento, él empezó a mirar a su alrededor y se dio cuenta de que había algo extraño. ¿Qué
podría ser? Mirando con más detenimiento, se dio
cuenta de que los pinos cercanos al camino tenían las
ramas bajas tronchadas, y en los troncos había restos
de pintura roja. ¿Acaso alguien habría tenido un accidente hacía poco? En aquel instante, Hope salió de la
casa gritando.

—¡Parker! ¡No está! ¡Faith no está!

Parker pensó que estaba yendo hacia él, pero en el
último instante viró hacia su coche. Llevaba el bolso y
las llaves, pero le temblaban tanto las manos que no
podía abrir la puerta.

—¿Qué dices? ¿Adónde ha ido?

—A Superior, por supuesto —dijo Hope, y se zafó
cuando él la tomó del brazo—. Pero no voy a dejar que
le haga daño. Le prometí que siempre estaría con ella.

—¿Estás segura de que no está con Gina?

—Estaba dormida cuando me marché. ¡Y mira
cómo está la cabaña! Todo está destrozado, tirado por
el suelo. Y Arvin ha escrito con pintura cosas sobre
Faith y sobre mí por las paredes.

—No puedes marcharte sola.

—Voy a todas partes sola —replicó ella, y consiguió abrir la puerta del coche.

—Voy a ir contigo.

—No puedes. Está a horas y horas de camino, y tú
tienes que cuidar de tu hijo.

—Él sabía que yo iba a llegar tarde de Taos hoy, y está con Bea. Llamaré a los abuelos de Dalton y les diré que vengan a ayudar durante unos días. Nunca les he pedido nada, y ellos pueden venir. Dalton estará bien.

—¿Y qué pasa con la clínica? ¿Y la recaudación de fondos?

—Lydia se hará cargo —le dijo, intentando calmarla—. Voy a ir contigo, Hope. Además, no puedes marcharte así. Dame un minuto para hacer unas llamadas y te llevaré a Superior. Encontraremos a Faith, te lo prometo.

—Esto no es problema tuyo.

Él le tomó la barbilla e hizo que lo mirara a los ojos.

—Sí lo es. Vamos dentro para que hagas una maleta pequeña. Puede que estemos varios días fuera.


Hope no habló durante unas horas. Iba sentada, rígida, en el asiento del copiloto de la furgoneta de Parker, mirando por la ventanilla.

—¿Cuánto tiempo has estado en la clínica esta noche? —le preguntó Parker.

—Un par de horas, como mucho.

—Un par de horas, más el tiempo que nosotros hemos tardado en preparar el viaje. No pueden llevarnos mucha ventaja. ¿Crees que habrán ido directamente a Superior?

—No creo que Arvin haya pensado en otra cosa. No tendrá dinero, porque es la iglesia la que lo administra, y sólo les da a las familias lo imprescindible para cubrir las necesidades básicas. No podrá pagar un hostal. Además, me parece que querrá ir al lugar en el que se siente poderoso, y ése es Superior. En cualquier otro lugar, es como un pez fuera del agua.

—¿Y si se cansa demasiado como para seguir conduciendo? Es posible que ya se haya pasado el día entero en el coche, de camino a Enchantment.

—Espero que haya ido a Superior. De lo contrario, no tengo ni idea de por dónde buscar.

—Y si han vuelto a Superior, ¿dónde crees que la llevará?

—No lo sé. Podría llevarla a casa de cualquiera de sus esposas.

—¿Y le ayudarían, sabiendo que Faith no quiere estar allí?

—Creo que Ila Jane, una de ellas, la ayudaría si pudiera, pero estoy segura de que Arvin también lo sabe, así que no irá allí hasta que no sepa que tiene a Faith bajo control.

—Entonces quizá debiéramos llamar a esa mujer. O a tus padres, para explicarles lo que ha ocurrido.

—Los he llamado mientras estábamos en la cabaña, pero no quieren abrir los ojos. No creen que Arvin vaya a hacerle nada malo a Faith, así que no interferirán.

—¿Y no podemos llamar a la policía?

—No servirá de nada. La policía intenta mantenerse al margen de la comunidad polígama en todo lo posible. No harán nada, a menos que podamos demostrar que se ha cometido un crimen.

—De todas formas, creo que deberíamos llamarlos. Quizá podamos convencerlos para que vigilen las casas de las mujeres de Arvin. ¿Sabes dónde viven?

—No todas. La mayoría de las casas son propiedad de la iglesia, que se las asigna a las familias de un hombre, y algunas veces, varias familias ocupan una. Durante el paso de los años, las familias pueden cambiar de casa si se hacen muy grandes.

—Pero no todos estarán de acuerdo con lo que hace Arvin, ¿no? Con un poco de ayuda, encontraremos a Faith.

—Tienes que entender que esta gente no se pondrá de nuestro lado.

—Eres una mujer poco común —le dijo él, sacudiendo la cabeza. Sabiendo que no tendría apoyo de la policía ni de ningún miembro de su familia, estaba dispuesta a continuar con aquello.

—Lo sé. Eso es lo que no te gusta de mí.

Él le echó una mirada y se acordó del beso que se habían dado. Entonces, se dio cuenta de que ella estaba completamente equivocada.

—Me gusta todo de ti —le dijo—. Eso es lo que me tiene preocupado.


Después de conducir sin descansar apenas durante catorce horas, Parker consiguió convencer a Hope para hacer un alto en un motel de carretera.

—Quizá debería volver a llamar a mi madre, para preguntarle si ella sabe algo —dijo Hope, cuando estuvieron en la habitación. Sin embargo, fue su padre quien respondió la llamada.

—Quieras o no, tenemos que encontrar a Faith —le dijo—. Arvin se ha vuelto loco. Sabes que mató a nuestro gato, y me dijo que lo íbamos a pagar muy caro… No, no estoy mintiendo. Puedes preguntarle a Bonner… No me marcharé de Superior hasta que haya hablado con Faith, Jed. Sólo si ella me dice que quiere quedarse, entonces… Porque ése es tu nombre. No, no te considero un padre… No, escucha tú, yo…

Parker se acercó a ella y le dijo suavemente:

—Déjame hablar con él.

—¿Qué? —susurró Hope.

—Déjame hablar con él.

Sin decir nada, Hope le dio el auricular. Él se lo puso en la oreja y oyó la voz ronca de un hombre que estaba diciéndole a Hope que siempre había sido una hija desagradecida.

—Disculpe —dijo Parker, cortando el sermón.

—¿Qué? ¿Quién es?

Hope se sentó en la cama, mirándolo.

—Me llamo Parker Reynolds. Soy amigo de Hope, y estamos de camino a Superior.

—Pues pueden darse la vuelta, porque no hay nada aquí para ninguno de los dos.

—Me temo que no vamos a hacerlo —replicó Parker—. Faith está a punto de tener el bebé. Podría ponerse de parto en cualquier momento. Tenemos que encontrarla y asegurarnos de que los dos están bien.

—Nosotros podemos cuidarla. Hay muchas mujeres que pueden ayudar en el parto. Usted no tiene por qué involucrarse.

—Ya estoy involucrado… Jed, ¿verdad? Y voy a estarlo hasta que encontremos a Faith. Si quiere que nos marchemos, puede simplificar las cosas, consiguiendo que Faith nos llame.

—No voy a hacer nada por el estilo. No sé quién demonios es usted, pero…

—Ya le he dicho mi nombre —le interrumpió Parker—. Y ahora quiero decirle algo más: no me quedaré de brazos cruzados mientras usted o su hermano enloquecido maltratan a Faith una vez más, ¿entendido? Si Arvin le hace daño a Faith, van a tener un problema muy grave. Tiene que decirle eso a su hermano. Tiene que decirle que va a lamentar haberme conocido —dijo, y colgó. No estaba dispuesto a prestarle oídos a la explosión de ira que seguramente había provocado.

—Probablemente, eso le haya calmado por el momento —dijo Hope, y por primera vez desde que habían salido de Enchantment, esbozó una sonrisa.

—¿Estás bien? —le preguntó Parker. Se sentó a su lado y le tomó la mano—. Me tienes muy preocupado, ¿sabes?

—Ni siquiera querías que trabajara en la clínica. ¿Por qué estás ayudándome ahora?

Él no podía explicarle que era lo mínimo que le debía. Se acercó al teléfono y no respondió.

—Tengo que llamar a Dalton para ver qué tal está.

Bea descolgó al tercer tono.

—Hola, Bea. ¿Qué tal está mi hijo?

—Muy bien —dijo ella—. Acabo de ir a recogerlo a casa de Holt, y ahora está haciendo los deberes y merendando. Amanda llamó para decir que llegaría un poco tarde esta noche, pero que vendría.

—Bien —dijo Parker, aliviado. Le había costado convencer a Amanda Barlow para que hiciera de canguro, pero lo había conseguido finalmente.

—Es tu padre —le dijo Bea a Dalton.

—Quiero hablar con él —respondió el niño. El auricular cambió de manos—. Hola, papá. ¿Por qué no has respondido al móvil?

—No tengo batería. Pero no te preocupes, lo recargaré para que mañana puedas llamarme a cualquier hora.

—¡Mañana! ¿Dónde estás?

—Estoy en Utah, y parece que voy a estar aquí durante unos días. ¿Te parece bien que te cuide la abuelita?

—Sí. Además, me ha dicho que me llevará a su casa durante el fin de semana.

—¿Te importa?

—Supongo que no.

—¿Qué tal ha ido hoy el colegio?

—Muy bien. ¿Y por qué estás en Utah?

—Una amiga mía necesitaba que la acompañara.

—¿Hope?

—Sí.

—Ah, muy bien. Entonces está contigo. ¿Puedo hablar con ella?

Parker miró a Hope y reprimió un suspiro.

—Pues...

—Vamos, papá, déjame hablar con ella un minuto.

Entonces, Parker suspiró de verdad y le dijo a Hope:

—Quiere hablar contigo.

Ligeramente sorprendida, Hope se puso el auricular en el oído. Parker era tan protector con Dalton, que ella no había pensado que la dejaría saludarlo.

—Hola, Dalton —dijo, algo titubeante—. ¿Qué tal?

—Hola, Hope. Muy bien. Quería contarte que hoy he hablado con la madre de Holt.

—¿Sí? ¿Y qué ha ocurrido?

—Le dije que le agradecía que se preocupara por mí, pero que yo estaba bien.

—Perfecto. ¿Y qué dijo ella?

—Que se alegraba mucho de oírlo, pero que aún así necesitaba una madre para pulirme.

—¿Para pulirte por qué?

—No lo sé. Supongo que veo mucho la televisión, y que me meto en los charcos, y todo eso.

—¿Y qué le respondiste tú?

—Que mi padre había conocido a alguien, y que creía que se iba a casar pronto con ella, así que no tendría que preocuparse más por mí.

A Hope se le cayó la mandíbula.

—No.

—Sí. Y ser respetuoso me ha ido fenomenal, tal y como tú me dijiste.

—Pero, ¿a quién ha conocido tu padre? —preguntó ella.

—¿Estás de broma? —dijo Dalton, riéndose—. ¡A ti!

Un rato después, en el baño, Hope se quitó la ropa y se puso el pijama. Todavía estaba un poco asombrada de la conversación que había tenido con Dalton. ¿De dónde habría sacado la idea de que Parker y ella iban a casarse?

—¿Hope? —dijo Parker, llamando a la puerta del baño—. ¿Quieres que te traiga algo de comer?

—No, gracias.

—No has comido nada en todo el viaje.

—Está bien, tráeme un sándwich, o lo que sea más fácil.

—De acuerdo. Vuelvo en cinco minutos.

Ella no salió del baño hasta que oyó que la puerta de la habitación se cerraba. Quizá, si se quedaba dormida antes de que Parker volviera, no le preguntaría nada más de su conversación con Dalton. Ya le había preguntado varias veces, y ella sólo le había contado los intentos de la señora Rider de meterse en la vida de Dalton, pero no le había mencionado lo que el niño pensaba de ellos dos. Sin embargo, Hope sabía que Parker tenía mucha curiosidad. Desgraciadamente, estaba demasiado preocupada por Faith como para dormirse. Pensó que quizá Bonner pudiera ayudarla, al menos en aquella ocasión.

—¿Diga?

—¿Bonner?

—¿Quién es?

—Soy Hope.

No hubo respuesta.

—¿No vas a decir nada?

—¿Qué puedo decir? Tu padre me ha contado que estás con un hombre. No voy a mentir y a decirte que no me molesta.

—¿Cómo es posible que te moleste? —le preguntó ella—. Han pasado diez años.

—Podrían haber pasado cincuenta. Eso no cambia las cosas.

—Bueno... él es sólo un amigo.

—¿Estás segura?

—Eh... sí. Escucha, necesito encontrar a Faith.

—No eres la única.

Hope se quedó rígida de la sorpresa.

—¿Qué quieres decir con eso? ¿Tú no sabes dónde está?

—No.

—Si lo supieras, me lo dirías, ¿verdad, Bonner?

—Hope, si supiera dónde está, yo mismo iría a buscarla. Jed se está volviendo loco. Arvin desapareció hace tres días y no sabemos nada de él. Hemos tenido reuniones durante todo el día para intentar averiguar qué debemos hacer.

—¿Me estás diciendo que Arvin no ha vuelto a Superior?

—No. No ha vuelto.

—Pero volverá —dijo ella. Tenía que volver, o nunca encontrarían a Faith...

—¿Y por qué estás tan segura?

—¿A qué otro sitio iba a ir, si no?

—No lo sé —dijo Bonner. Su voz sonaba cansada y mucho menos pomposa de lo que había sido en el salón de casa de Hope, en St. George—. Estamos manejando la situación lo mejor que podemos.

—Hazme un favor, ¿de acuerdo?

—¿Qué?

—Llámame si te enteras de algo.

—¿Y por qué iba a llamarte?

—Por los viejos tiempos.

Entonces, Hope oyó que Bonner suspiraba.

—Está bien —dijo él. Ella le dio el número de teléfono del motel, y el número del móvil de Parker.


—¿Quién era? —preguntó Parker, que entraba en aquel momento.

—He llamado a Bonner —respondió ella.

—¿Y qué te ha dicho?

—Faith y Arvin no han llegado a Superior todavía —decidió no contarle que toda la comunidad estaba frenética, incluso su padre, preguntándose dónde estaba Arvin. Tenía miedo de que Parker insistiera en dejar el asunto en manos de la policía y de que la obligara a volver a Enchantment.

—Esto está bien —dijo Parker—. Por lo menos, así tendremos tiempo de descansar un poco.

Hope asintió y tomó la hamburguesa que él le ofrecía, intentando no hacer un gesto de repulsión. La miró durante varios segundos, preguntándose cómo iba a conseguir tragar algo con tanta tensión como estaba soportando. Pero Parker la estaba observando, así que le dio un mordisco a la hamburguesa y tuvo que pasarlo con un trago de agua.

—¿Ha sido agradable Bonner?

—No hemos hablado mucho. Por lo menos, me ha dicho que me llamaría si se enteraba de algo.

—Eso ya es algo.

—Sí... —Hope le dio otro mordisco a la hamburguesa, pero cuando Parker encendió la televisión y se puso a mirarla, aprovechó para tirar la cena a la basura. No podía comer más.

—¿Vas a... —Parker le estaba preguntando algo, y volvió a mirarla. Entonces se dio cuenta de que la hamburguesa había desaparecido de repente, y frunció el ceño—. Hope, tienes que comer algo. Si no tienes fuerzas, ¿cómo vas a ayudar a Faith?

—He comido todo lo que podía —dijo ella, sinceramente. De todas formas, no podía ayudar a Faith en aquel momento. ¡Maldito Arvin! ¿Por qué no podía dejarlas tranquilas? Él y los demás Brethren ya habían destrozado suficientes vidas.

Si no se hubiera marchado de la cabaña... De repente, recordó el número de teléfono que había arrancado de la carpeta del expediente y fue al baño a sacarlo del bolsillo de los pantalones vaqueros. Lo guardó en su bolso. No quería perderlo. La lógica le decía que seguramente no tenía nada que ver con Autumn. Las emociones le decían que podía ser su única conexión con ella.


—¿No vas a dormirte? —le preguntó Hope, un rato después. Parker estaba viendo la televisión, esperando que Hope se quedara dormida en la cama de al lado.

En pijama, y con el pelo revuelto en la almohada, parecía completamente accesible... Sin embargo, él no necesitaba que fuera accesible. Necesitaba encontrar a Faith y volver a casa con Dalton.

—No puedo relajarme —respondió él.

—¿Por qué no te acuestas?

—En un minuto.

Volvió a mirar la televisión.

—Quiero decir conmigo —explicó ella.

Al oírlo, se quedó temblando, incapaz de responder. Aquello no tenía sentido. Estaba en un motel con una mujer a la que tendría que evitar a toda costa, y la deseaba mucho más de lo que nunca había deseado a ninguna otra mujer. Tenía que ser una venganza del destino por lo que había hecho.

—No creo que sea buena idea —dijo él.

—¿Por qué no?

—Dijiste que no querías hacer el amor conmigo. No creo que debas confiar en mí...

—No lo he dicho esta noche —lo interrumpió Hope.

Él tragó saliva y se quedó mirándola. La curva de sus pechos bajo la tela del pijama era demasiado tentadora como para rechazarla, pero sabía que, si hacía el amor con ella, su conciencia sacaría lo bueno que había en él y le contaría lo de Dalton. No podría mentirle en aquel momento.

—Estoy seguro de que, en realidad, no quieres nada íntimo. Lo que ocurre es que estás asustada por Faith, confusa, herida...

—Sé lo que quiero —replicó ella—. Quiero sentirme viva de nuevo y sentir cosas buenas. Estoy cansada de permanecer siempre en terreno seguro y de vivir en las circunstancias del mundo de los demás, como

si fuera un actor secundario con un papel tan pequeño e insignificante que no me deja realizarme.

—Hope, lo siento...

—Olvídalo —dijo ella, y se dio la vuelta.

Entonces él no pudo soportarlo. Apagó la televisión y se acercó a ella. Hope se volvió al oírlo.

—Déjalo. Estoy bien.

—Déjame sitio —pidió él.

—He dicho que...

—Por favor, hazme sitio.

Ella lo miró con confusión, pero le dejó espacio en
la cama y él se tumbó a su lado.

—Creía que tú...—empezó a decir Hope.

—Shhh —él la abrazó por la espalda y la atrajo hacia su cuerpo.

—No lo entiendo, Parker. Quieres...

—No quiero nada —le dijo él—. Por favor, duérme-
te.

—No puedo —respondió Hope. Sin embargo, él la
abrazó durante varios minutos, en silencio, haciendo
todo lo que podía para darle calor y seguridad, y finalmente, consiguió que ella se relajara.

Cuando supo que estaba durmiendo, Parker le
besó el pelo.

—Hay muchas cosas que daría por poder tenerte,
Hope —le susurró.

Pero Dalton no era una de ellas.

# 17

El teléfono despertó a Hope, y sintió el brazo de Parker apoyado en su estómago. La luz del sol ya no entraba por las ventanas. Todo estaba a oscuras y, durante unos instantes, Hope se sintió desorientada. Miró el reloj de la mesilla. Era la una y cuarto de la madrugada. Descolgó el auricular y respondió, aún medio dormida:

—¿Diga?

Parker empezó a moverse al oírlo.

—¿Quién es?

Hope no estaba segura. No oía bien.

—¿Diga?

—Hemos encontrado a Arvin y a Faith —dijo Bonner.

—¿De veras?

—Será mejor que vengas cuanto antes. ¿Recuerdas el establo?

—¿Es alguna broma cruel? —preguntó ella. ¿Cómo iba a olvidarlo?

—No. Si quieres ayudar a Faith, tendrás que venir al establo cuanto antes.

—Pero estoy a dos horas de camino. ¿No puedes esperar allí hasta que yo llegue, para que no le ocurra nada a mi hermana?

—No. Tengo que irme —dijo, y colgó.

Hope empezó a respirar con dificultad.

—¿Qué ocurre? —preguntó Parker.

—Bonner ha encontrado a Faith.

—¿Dónde está?

—En el establo.

—¿En un establo? ¿Y qué hace Faith en un establo?

—No lo sé, pero hay algo que no va bien. Vamos.

Cuando llegaron a Superior, estaba lloviendo. Las calles estaban vacías a las tres de la madrugada, así que Parker no se molestó en disminuir la velocidad que había llevado durante todo el camino. Hope no vio que ningún coche de policía los persiguiera. La ciudad estaba como muerta.

—¿Por qué la ha llevado Arvin a un establo? —le preguntó Parker, cuando empezaron a pasar granjas a ambos lados de la carretera, a las afueras del pueblo. Se lo había preguntado antes, pero ella había cambiado de tema para evitar responderle.

—No estoy segura, pero creo que tiene algo que ver conmigo —le dijo, por fin.

—¿Por qué?

—La familia de Bonner vivía en una granja. Allí era donde… Bonner y yo pasábamos tiempo juntos, escondidos de los demás.

Hubo una ligera pausa.

—¿Lo sabe Arvin?

—Cuando se supo que yo estaba embarazada, mi padre y los demás Brethren mantuvieron un consejo de emergencia y yo tuve que confesarlo todo ante ellos.

—Incluyendo a Arvin.

—Sí. Arvin también lo escuchó. Sabe las fechas, los lugares…

—¿Bonner todavía vive allí?

—Sí, probablemente vive en la casa principal de la granja con Charity y con sus otras esposas. Sus padres se habrán mudado a otra de las casas.

—Un asunto de familia —dijo él, con sarcasmo. Hope supo entonces que estaba tan tenso como ella. En realidad, no sabían a lo que se estaban enfrentando. Era muy fácil que Bonner les hubiera preparado una encerrona. Evidentemente, Parker pensaba lo mismo que ella, porque le preguntó:

—¿Confías en Bonner?

—No confío en nadie —respondió ella—. Aminora la marcha. Tienes que tomar una de las calles perpendiculares, y no veo bien. Allí. La siguiente a la derecha.

Cuando llegaron a la granja, vieron una luz encendida en una de las casas. Alguien estaba despierto.

—¿Parker? —dijo ella.

—¿Qué?

—No sé si esto va a ser… horrible.

—No te preocupes. Todo va a salir bien.

Ella se frotó las palmas de las manos para entrar en calor.

—Es posible que no. Seríamos tontos si no lo tuviéramos en cuenta. Y tú tienes un niño en casa. Si… si ocurre algo, si Bonner está realmente con Arvin y tienen algo planeado, no quiero que cometas ninguna estupidez. Sal directamente de allí y llama a la policía.

—No te preocupes, no voy a hacer nada —le dijo Parker, mientras paraba el motor—. Quédate detrás de mí —pero en cuanto salió del coche, Hope echó a correr hacia el establo. Estaba demasiado ansiosa. Parker la alcanzó después de unos segundos, y ambos oyeron unas voces dentro.

—¿Ves algo? —le preguntó Hope, mientras él miraba por las rendijas de la puerta.

—No. Tendremos que entrar por las buenas.

Entonces tiró del enorme cerrojo de hierro y abrió la puerta. El pesado panel de madera golpeó contra la pared exterior, y causó un gran estruendo. Los cinco hombres que había dentro se volvieron asombrados. Al instante, Hope reconoció a su padre, a su tío Rulon y al padre de Bonner, Elton Thatcher. También vio a otro hombre, amigo de la familia, y al líder de la iglesia, R.J. Grissom. Los cinco estaban agrupados en una esquina, alrededor de Faith.

—Oh, Dios mío —Hope pasó entre ellos para agacharse junto a su hermana, que estaba tumbada sobre una pila de paja—. ¿Faith? ¿Estás bien?

—¿Hope? —preguntó Faith con voz débil. Estaba temblando, a pesar de que estaba tapada con varios abrigos. Estaba herida. Tenía un ojo morado, el labio hinchado, y Dios sabía qué más.

—¿Qué ha ocurrido? —le preguntó Hope.

—Arvin me ha pegado e... intentó violarme aquí mismo. Dijo que aquí fue donde tú te entregaste a Bonner. Pero... —Hope vio que su hermana se lamía el labio hinchado y esbozaba una ligera sonrisa— no lo consiguió, y se enfadó tanto... —Faith quiso reírse.

—¿Qué estás haciendo aquí? ¿Cómo nos has encontrado? —le preguntó a Hope su padre.

Ella no se molestó en responder.

—¿Dónde está Arvin?

—No lo sabemos —dijo su padre. Estaba completamente serio y la mirada de sus ojos era indescifrable, pero Hope se dio cuenta de que estaba muy agitado.

—Bonner ha ido a buscarlo —dijo el padre de Bonner, Elton—. Me llamó en cuanto apareció Arvin.

—Esto nunca habría ocurrido si hubieras hecho lo correcto —dijo R.J. detrás de ella.

Hope estaba muy ocupada observando las heridas de Faith.

—¿Y tú crees que lo correcto era casarme con Arvin? —preguntó. Con una mirada de reojo, se dio cuenta de que su padre apretaba la mandíbula.

—Yo le dije que podría tenerte cuando tuvieras la suficiente edad —respondió Jed.

—¿Tenerme? No vivimos en los tiempos bíblicos —dijo ella. Faith gimió mientras le buscaba posibles lesiones por el cuerpo—. Eso no era decisión tuya.

—Dios no ha cambiado —dijo R.J.—. Fue su decisión.

Hope pensó que las heridas de Faith sanarían, pero no estaba segura del daño que Arvin habría podido causarle al bebé.

—¡Escuchaos a vosotros mismos! ¿Y todavía pensáis que la culpa de que esto haya ocurrido es mía?

Nadie respondió.

—¿Cómo se escapó Arvin? —preguntó, tomándole la mano a Faith y apretándosela—. Vamos a salir de aquí —le murmuró a su hermana.

—Bonner escuchó el jaleo que había aquí dentro, y, en cuanto vino a investigar qué ocurría, Arvin salió corriendo hacia su coche y se marchó —le dijo Rulon.

Parker se había acercado también, y se arrodilló junto a Faith.

—¿Han llamado a una ambulancia?

R.J. empujó al padre de Hope para acercarse a Parker. Lo miraba con desconfianza.

—No sé quién es usted, pero esto no tiene nada que ver con los extraños. Es problema nuestro, y nosotros nos ocuparemos. No necesitamos su ayuda, ni la de Hope, ni la de nadie más.

—Se refiere a que no necesita problemas —dijo Hope, preguntándose cómo se las iban a arreglar Parker y ella para mover a Faith sin causarle más daño.

—Arvin va a pagar lo que ha hecho —dijo Parker—. No se va a librar.

—Pagará —convino R.J.—, pero lo hará a nuestra manera. Le retiraremos el apoyo de la iglesia y tendrá que valérselas por sí mismo durante una buena temporada. Con eso aprenderá.

Hope le apretó el brazo a Parker para avisarlo.

—Tenemos que sacarla de aquí.

—No —dijo Rulon—. Es posible que a ti no te importe la iglesia, Hope, pero a nosotros sí. Faith tiene unos pocos golpes... pero se curará. Eso de escaparse... lo estaba pidiendo.

—¿Que lo estaba pidiendo? —preguntó Hope, sin dar crédito a lo que oía—. Estás tan loco como Arvin —le apartó el pelo a Faith de la mejilla para dejar a la vista un terrible hematoma—. ¿Dices que esto son unos pocos golpes? Quién sabe qué otras cosas le ha hecho Arvin. Es posible que le haya dado patadas, que le haya hecho daño al bebé. Ya habéis oído que intentó violarla.

—Es su mujer —dijo R.J.—. Cuando es con la mujer propia, no es una violación.

—Eso es una estupidez —dijo Parker.

—Jed... —Hope se dirigió a su padre, que estaba vacilando a su lado—. Faith puede perder el bebé. Sé que tus hijos no significamos mucho para ti, pero no querrás tener la sangre de un niño en las manos, ¿verdad?

Él se puso rígido, como si de repente lo hubiera insultado.

—No es cierto —respondió. Faith volvió a gemir en aquel momento, e intentó incorporarse. Hope dirigió su atención a su hermana.

—Relájate —le susurró suavemente.

—Ayúdame —dijo Faith—. El bebé...

Hope intentó controlar la ira que sentía para poder pensar con claridad.

—Estoy aquí, Faith —le dijo, tomándola de la mano—. Lo siento muchísimo, cariño. Arvin no volverá a hacerte daño. Te lo prometo. Se acabó. Todo va a salir bien.

—Mi bebé —sollozó Faith—. Creo que le ha hecho daño al bebé... —de repente, se quedó rígida y se agarró el vientre.

—¿Qué te ocurre? —le preguntó Hope. Sin embargo, ya sabía la respuesta. Era evidente que Faith se había puesto de parto—. ¿Cuánto tiempo lleva así? —les preguntó a los hombres.

Ellos se miraron los unos a los otros, incómodos y sin saber qué decir.

—No... no lo sabemos —dijo finalmente Elton—. La encontramos aquí después de que nos llamara Bonner. Ya tenía dolores, pero... pero le dimos una bendición.

—¿Y eso es todo? ¿No habéis avisado a alguna comadrona para que la ayude?

—No podemos dejar que esto se sepa —dijo R.J.—. Podría hacerle mucho daño a la iglesia. Además, no necesita a nadie. En los viejos tiempos, las mujeres tenían a sus hijos solas. Esto es un castigo de Dios por rebelarse contra él. Es la consecuencia natural del pecado. Lo aprendimos en la Biblia, con el ejemplo de Eva. ¿Verdad, Jed? Faith es como Eva.

Su padre no respondió, pero por primera vez, parecía que no estaba seguro de sí mismo.

—Es un fenómeno perfectamente natural —dijo Rulon, apoyando a R.J, como de costumbre. Sin embargo, por su expresión seria, Hope supo que también estaba preocupado—. Tendrá el bebé en un rato, y todo irá perfectamente.

Hope no podía ni siquiera responder nada ante su ignorancia, sobre todo cuando Faith seguía allí sufriendo. Sin embargo, Parker sí respondió. Ella vio cómo apretaba los puños y percibió el desprecio en su voz.

—Si piensan que Dios está detrás de esto, es que no saben nada de Dios. Y si ella o el bebé mueren, todos ustedes van a ir a la cárcel.

—¡Nosotros no le hemos hecho daño! —gritó el padre de Bonner.

—Pero tampoco le han prestado la ayuda necesaria —replicó Parker.

En aquel momento, Faith gritó sin poderlo remediar.

—¡El bebé ya viene! Lo noto…

—Dime lo que tengo que hacer —le dijo Parker a Hope—. ¿Quieres que llame a una ambulancia para llevarla al hospital?

Hope se remangó, intentando reprimir el pánico que sentía.

—No hay servicio de ambulancias, y el centro médico más cercano está en Richfield. Cuando dé a luz, tendremos que llevarla nosotros mismos.

—¿Cuando dé a luz?

Hope asintió.

—Tómale la mano y tranquilízala. Voy a examinarla para ver a qué nos enfrentamos.

—¿Y después qué?

—Reza para que el bebé esté bien.

—¡Es un niño! —le dijo Hope a Faith, cuando el bebé emitió su primer grito—. Escucha esos pulmones. ¡Lo has hecho muy bien, Faith!

Parker tapó a Faith con una manta y le retiró el pelo de la frente, mientras Hope ataba el cordón umbilical con el cordón de un zapato.

—¿Servirá eso? —preguntó Jed. Había entrado al establo en el mismo momento en que había oído el llanto del bebé, y los otros también estaban acercándose y rodeándolos.

—Creo que sí —dijo Hope—. El parto ha ido bien, y creo que la sangre de la placenta ya ha entrado en el bebé, que es donde se supone que tiene que estar. Con el cordón atado, se quedará ahí.

—Felicidades —le dijo Parker a Faith, que tenía los ojos cerrados y respiraba entrecortadamente—. Has tenido un precioso niño.

—Míralo —le dijo Hope, sosteniendo al bebé para que lo viera su hermana.

Faith abrió los ojos y sonrió, extendiendo los brazos para tomarlo.

—Es muy guapo. Déjamelo.

Hope envolvió al bebé en otra manta y se lo dio a Faith.

—Vamos a llevaros al hospital, ¿de acuerdo, cariño? —le dijo—. Descansa, y yo me ocuparé de todo.

Hope estaba temblando, pero se las arregló para ponerse de pie y enfrentarse a los hombres de Superior. Parker estaba junto a ella.

—Nos vamos muy lejos —dijo—. No vamos a volver, así que no tenéis ninguna razón para detenernos.

R.J. la miró con los ojos entornados.

—No lo creo. Tienes que entender que nosotros no hemos hecho nada de esto. Fue Arvin.

—Lo sé, pero si seguís manteniendo sus pecados en secreto, sois tan culpables como él.

R.J. se quedó boquiabierto. Era evidente que no estaba acostumbrado a que nadie le dijera ese tipo de cosas, y mucho menos una mujer.

—¿Cómo te atreves a decirme eso?

—Te sorprenderías de todas las cosas que me atrevo a decirte —respondió, mientras Parker le daba al niño. Él le echó una mirada de advertencia a R.J., y el hombre dio un paso hacia atrás.

—Vamos —dijo Parker mientras tomaba en brazos a Faith, pero R.J. se interpuso en su camino.

—¿Vas a dejar que se marchen sin decirles ni una palabra? —le dijo a Jed—. ¿Qué clase de hombre eres, que no puedes ni imponerte en tu propia familia? Podrían ir directamente a la policía y causarnos todo tipo de problemas.

Para sorpresa de Hope, su padre tenía las mejillas cubiertas de lágrimas.

—Estabas equivocada cuando dijiste que esto no significa nada para mí, Hope. Yo la quiero. Siempre he querido a todos mis hijos. Incluso a ti.

—Si la quieres de verdad, deja que nos marchemos —dijo Hope suavemente, abrazando al bebé—. Y asegúrate de que Arvin no nos persigue.

Jed miró a los otros como si estuviera esperando que lo apoyaran.

—Esto no es un buen ejemplo para tus otros hijos, Jed —le dijo Elton—. Si dejas que Hope y Faith se salgan con la suya, tus otras hijas pueden desafiarte también.

—Arvin es tu hermano —dijo Rulon—. Ha cometido un error, pero tenemos que estar a su lado y ayudarlo a arrepentirse.

—Faith perderá la recompensa del cielo si se marcha de la iglesia de Dios —añadió R.J.

—Pero creo que... obligarla a hacer lo que yo quiero no es la solución —contestó con voz cansada—. Lo he aprendido del modo más duro.

—Jed... —empezó a decir R.J.

Sin embargo, el padre de Hope le hizo un gesto a Parker.

—Llévatelas.

—Estás haciendo lo mejor —le dijo Hope, y por primera vez en su vida, sintió respeto por aquel hombre. Sin embargo, cuando llegaron a la puerta, Bonner entró arrastrando a Arvin.

—Lo he encontrado —dijo Bonner, con el pelo aplastado sobre la cara por la lluvia.

—¿Dónde? —preguntó R.J.

—En la cama, con Rachel.

—¿Estabas intentando demostrar que todavía eres un hombre, Arvin, porque no pudiste hacerlo con Faith? —le preguntó Hope.

—¿Quieres saber si todavía puedo, Hope? —le espetó Arvin, con los ojos brillantes de locura—. Eres la que ha causado todo esto, ¿sabes? Espero que estés contenta. Mira lo que ha hecho, Jed. No sé ni por qué la quería en un principio. Nunca ha sido nada bueno.

Jed se volvió hacia él, y Hope supo que el amor filial que su padre hubiera podido sentir por su hermano había muerto.

—Ella siempre ha sido mucho mejor que tú, Arvin. Y ahora, vamos. Voy a llevarte a la comisaría.

—¿Qué? —gritó Arvin—. No puedes llevarme a la policía. ¡Eres mi hermano, por Dios!

—Tú ya no eres hermano mío. Has estado a punto de matar a mi hija o a su bebé. En lo que a mí respecta, puedes pudrirte en la cárcel el resto de tu vida. No voy a hacer nada por ayudarte.

—R.J., piensa en el escándalo y la publicidad negativa que esto le dará a la iglesia.

R.J. miró al suelo durante unos instantes, sacudiendo la cabeza.

—Jed tiene razón. Esta vez has ido demasiado lejos, Arvin. No podemos hacer nada.

—¡Judas! —gritó Arvin, retorciéndose mientras Elton Thatcher y Rulon lo agarraban—. ¡Vais a ir todos al infierno! ¡Hope os ha envenenado igual que a Faith!

Unos segundos después consiguieron encerrarlo en el coche. Hope ya no oía los gritos de Arvin, pero sentía los ojos de Bonner sobre ella. Lo miró, y después observó el establo. Aquel lugar tenía recuerdos agridulces para ella. Bonner le había dicho que la quería en aquel lugar, y la había acariciado por primera vez. Allí habían planeado compartir sus vidas, tumbados en la paja una tarde de verano. Hope había pensado que se casaría con Bonner y que viviría allí para siempre.

No había ocurrido nada de aquello, pero ya no le hacía daño. Faith y el bebé estaban bien. Incluso los hombres que tenían tanto poder sobre ella ya no le parecían tan amenazadores como antes. Simplemente eran viejos. Y Parker estaba con ella.

—Gracias por llamarme, Bonner —dijo Hope.

—De nada.

Parker se quedó en la puerta, vacilante. Al verlo allí, Hope supo por fin a qué lugar pertenecía, y no era Superior. Ya no tenía lazos con aquella gente.

—Estaré en la furgoneta —dijo Parker, y se marchó.

Bonner señaló con la cabeza en la dirección en la que Parker había desaparecido.

—¿Estás segura de que ese hombre sólo es un amigo?

—Sí... no. No estoy segura.

Bonner la estudió.

—Bueno, si termina contigo, es un tipo con suerte.

Hope sonrió, agradecida por aquellas palabras, y le dio un suave abrazo con el brazo libre antes de volverse hacia su padre.

—Nos vamos. ¿Puedes decirle adiós a mamá?

Jed asintió.

—Es tarde. Tened cuidado.

—Gracias... papá —dijo ella, y cubrió la cabecita del bebé para protegerlo de la lluvia. Después salió corriendo hacia la furgoneta.

—¿Qué tal estás? —le preguntó Hope a Faith, ocho horas más tarde. Estaban en la habitación del hospital, y Parker y Hope estaban sentados en la cama junto a ella.

—Mucho mejor —dijo Faith. Estaba acunando al bebé. Aunque sólo hacía unas horas que habían entrado en el hospital de Richfield, ya estaba mucho mejor. Arvin le había roto una costilla y le había provocado hematomas, pero se curaría. Era un milagro que ni ella ni el bebé tuvieran lesiones internas—. Es perfecto —afirmó mirando a su hijo—. ¿Verdad?

Hope asintió y cerró los ojos. Tenía que descansar, aunque sólo fuera durante un instante.

—¿Has pensado cómo vas a llamarlo? —le preguntó Parker.

Faith miró a Hope y le pidió su opinión.

—No sé. Creía que iba a ser una niña.

Hope miró al pequeño.

—¿Quieres llamarlo como alguien de la familia?

—No. Los nombres de varón son tan antiguos... —dijo Faith. Hope tuvo que reprimir una sonrisa al ver todo lo que había cambiado su hermana en tan poco tiempo.

—¿Qué te parecería Brady? Siempre me ha parecido un nombre muy bonito.

Faith le dio unos ligeros golpecitos en la espalda al bebé.

—Brady Tanner... ¿Y si le añadimos el nombre de soltera de mamá y lo llamamos Brady Preston Tanner?

—Me gusta —dijo Parker.

—¿Y a ti? —le preguntó Faith a Hope.

—Me parece tan perfecto como él.

Hope se quedó mirando el número de teléfono que tenía escrito en el trozo de cartulina que había tomado en La Casa de la Maternidad. Cada vez que pensaba en marcar aquel número, se le humedecían las palmas de las manos. No estaba segura de si aquello la conduciría a su hija o no.

¿Y qué haría si encontraba a Autumn? En aquel punto de su vida, sus padres adoptivos no querrían que tuviera ningún tipo de relación con ella. Quizá pudiera buscar a su hija sólo para asegurarse de que estaba bien y era feliz. Después de ver a Faith con su bebé en los brazos, después de tener a Brady en los suyos, la necesidad de encontrar a Autumn era cada vez más imperiosa.

Miró a la puerta del baño, donde Parker se estaba duchando, y levantó el auricular del teléfono. Estaban en la habitación de un hostal de Richfield.

—Hola, éste es el contestador automático de la familia Barlow. En este momento no podemos atenderle, deje su mensaje después de oír la señal. Muchas gracias —dijo la voz de una mujer. Hope contuvo la respiración y dudó sobre si dejar un mensaje o no. Perdió el valor y colgó. Sería mucho mejor hablar directamente con una persona real, fuera quien fuera.

Barlow. Anotó el apellido junto al teléfono en el trozo de cartulina. No conocía a nadie llamado así, excepto al congresista Barlow, pero al menos podría mirar en los archivos de La Casa de la Maternidad para ver si había algo parecido. Si el número era del congresista, o de alguna de las otras madres de la clínica, probablemente no tendría ninguna relación con Autumn.

Hope oyó que Parker terminaba de ducharse y tomó el bolso para guardar el trozo de papel. Sin embargo, la visión de Faith sujetando a su bebé le dio la motivación para llamar una vez más. Decidió que dejaría un mensaje. Si nadie le devolvía la llamada, llamaría más tarde.

El contestador volvió a responder. Hope respiró hondo y esperó la señal.

—Buenas noches. Soy Hope Tanner. No estoy segura de si estoy llamando a la casa adecuada, pero si tiene alguna información sobre la adopción de una niña de La Casa de la Maternidad, en Nuevo México, en mil novecientos noventa y tres, ¿podría llamarme, por favor? Se lo agradecería mucho.

Dejó su número de teléfono de Enchantment y justo cuando estaba colgando, se abrió la puerta del baño. Salió una oleada de vapor, con la esencia del jabón y del champú. Parker salió un instante después, envuelto en una toalla.

—Me siento estupendamente —dijo.

Hope guardó el número de teléfono en el bolso.

—Creo que yo también voy a darme una ducha —entonces se metió en el baño y cerró la puerta, con la esperanza de que Parker ya se hubiera dormido cuando ella saliera. Recordó la pregunta que le había hecho Bonner: «¿Estás segura de que ese hombre es sólo un amigo?» Ella estaba segura de que la respuesta era no. Sentía una admiración y un aprecio por él que nunca había sentido por nadie más. Y también ansiaba acariciarlo, sentir su piel bajo las manos. Aquello, después de años de no sentir nada, era un indicio. Sin embargo, cada vez que las cosas se movían en aquella dirección, él se retiraba. Y ella no estaba dispuesta a que la rechazaran otra vez.

Faith y el bebé estaban a salvo, y ella no podía pedirle nada más al mundo.


Hope tomó una larga ducha para darle a Parker tiempo suficiente para que se durmiera. Sin embargo, cuando salió del baño, lo encontró sentado en la cama, viendo la televisión. Y todavía estaba envuelto en la toalla. Él la miró en el mismo instante en que ella abrió la puerta del baño, con cara de preocupación.

—Debería irme a otra habitación —dijo él.

—¿Por qué?

—Porque no puedo dormir cuando te tengo tan cerca, y completamente desnuda.

Ella parpadeó de la sorpresa.

—¡Llevo una toalla!

—No importa.

—Creía que no te interesaba.

—Yo nunca he dicho eso —respondió él.

—¿Entonces?

—Nada.

Ella se acercó a él y le puso los brazos alrededor del cuello.

—Dime lo que ocurre.

Él cerró los ojos.

—No ocurre nada.

Hope no lo creyó, pero era difícil concentrarse en lo que le estaba diciendo, porque Parker estaba empezando a tirarle de la toalla. Notó cómo se aflojaba hasta que estuvo a punto de caer.

—Parker —le dijo, agarrando la toalla justo a tiempo.

Él la miró a los ojos.

—Te deseo. Te deseo tanto que no puedo contenerme, por mucho que lo intente.

—¿Y qué tiene eso de malo? —susurró ella.

—Muchas cosas —respondió él, pero tiró con más fuerza de la toalla y Hope la soltó.

Él la miró fijamente, y después le acarició un pecho. Hope notó una tensión en el vientre. Se dio cuenta de que aquello era la pasión. Finalmente, había salido de la hibernación.

—Yo también te deseo —le dijo, y lo besó.

Él emitió un suave gemido cuando Hope empezó a explorar su boca. Nunca había sido tan atrevida con un hombre, pero después de diez años de no sentir nada por nadie, se estaba ahogando de ansia por él. Quería hacer el amor con Parker Reynolds, en aquel mismo momento, para sentir todas las cosas buenas que la vida le ofrecía. Él la tumbó en la cama.

—Hueles muy bien —le dijo, besándole la boca, el cuello, la oreja.

Hope sabía que probablemente debían hablar de lo que a él le preocupaba, pero no quería hacerlo. Sólo quería sentir aquella euforia que la estaba invadiendo como una droga.

—Quítate la toalla —le pidió ella.

—Hope... —él se apoyó en un codo y la miró, de nuevo con la preocupación reflejada en los ojos.

—¿Qué?

—Nada —dijo él. Cerró los ojos y murmuró algo en voz muy baja.Sin embargo, cuando la tomó en sus brazos de nuevo, Hope se sintió como si hubiera alcanzado las estrellas.

Parker no quería salir de la cama, pero alguien tenía que responder al teléfono. Aquel ruido incesante tenía que parar.

—Debe de ser Faith. Será mejor que contestes —le murmuró a Hope.

Hope enterró la cabeza bajo la almohada.

—No. Creo que es Dalton. Date prisa, que va a colgar.

Parker se rió al ver lo fácilmente que lo había esquivado, y le pasó la mano por la espalda desnuda. Fuera quien fuera podía esperar, pensó al principio, besándole el hombro desnudo. Sin embargo, después pensó en que su hijo podía necesitarlo para algo, y saltó de la cama. Llegó a la mesa donde estaba su teléfono móvil y miró la hora. Las diez y veinte. Habían dormido casi quince horas.

—¿Diga?

—¿Parker? —era Amanda.

—¿Está bien Dalton? —preguntó él, alerta.

—Está perfectamente. Está en el colegio. Pero tenemos un problema. Un problema grave.

Parker se sentó a los pies de la cama vacía. En la otra, Hope se había dormido.

—¿Qué problema?

—He llamado a casa para escuchar los mensajes del contestador. Una mujer, Hope no sé cuántos, había dejado un mensaje preguntándome si sé algo sobre una niña adoptada en La Casa de la Maternidad, en Enchantment, hace diez años.

Parker se había despertado por completo, y el corazón le golpeaba el pecho con fuerza.

—¿Qué?

—Ya me has oído. Alguien ha llamado a mi casa pidiendo información sobre la adopción de Dalton. La mujer mencionó una niña, pero tenía la fecha y el lugar del nacimiento de Dalton.

—Oh, Dios —dijo Parker. Apoyó los codos en las rodillas y puso la cabeza entre las manos. Sabía que tendría que pagar lo de aquella noche, pero no sabía que sería tan pronto. Ni siquiera había tenido la oportunidad de despertarse con Hope.

—¿Parker? —dijo Amanda.

—¿Qué?

—¿Qué deberíamos hacer?

Aquella era la pregunta. Él se había enamorado de Hope, pero aquello no hacía que el hecho de decírselo fuera a ser más seguro. Tenía mucho que perder. Ella iba a odiarlo cuando se enterara. Y si ella lo odiaba, y se llevaba a su hijo... ¿Pero cómo había conseguido encontrar a sus suegros?

—No lo sé.

—¿Qué quieres decir con que no lo sabes? Tenemos que hablar de esto y tomar algunas decisiones. Si la madre biológica de Dalton se está entrometiendo, tenemos que librarnos de ella rápidamente. No quiero que llegue a estas alturas y le arruine la vida.

Parker miró a Hope, recordando lo que había sentido al hacer el amor con ella.

—No hables así de ella.

—¿Cómo? —preguntó Amanda.

—En ese tono.

—¿Te encuentras bien?

—Sí.

—Entonces, ¿qué te ocurre? Te digo que la madre de Dalton anda por aquí, y tú me dices que no hable de ella en ese tono. Lo que quiero saber es cómo ha conseguido mi número de teléfono.

—Yo también —dijo él, con un suspiro.

—Es evidente que está detrás de su bebé. Y te prometo que si dejas que se acerque, lo lamentarás. Tienes que proteger tus intereses, Parker, o perderás a Dalton.

Él se pellizcó el puente de la nariz. ¿Y qué ocurría con los intereses de Hope? No quería perder a Dalton. El niño significaba todo para él. Pero Hope estaba empezando a significar lo mismo.

—Te llamaré más tarde —le dijo.

—Parker...

—Te he dicho que te llamaré más tarde, Amanda —repitió, y colgó.

Mientras Hope continuaba durmiendo, Parker se vistió y se quedó mirando por la ventana de la habitación, pensando en la conversación que había tenido con su suegra.

¿Qué debería hacer? La noche anterior había decidido que iba a dejarse llevar con Hope, para ver cómo se desarrollaba su relación antes de decirle nada a Dalton. Aquel plan no era muy honesto ni justo, pero le permitiría aclarar sus sentimientos por Hope mientras mantenía seguro a Dalton.

Podría incluso unirse a sus suegros en aquello. Ellos no permitirían que su reputación se destrozara por un escándalo. Parker sabía que juntos podrían salvaguardar su secreto. Además, él vería a Hope todos los días y podría manipular su búsqueda de Dalton, incluso proporcionarle información falsa para alejarla de la pista. Pero, ¿realmente quería hacerle algo así, cuando podía darle lo que ella más deseaba en el mundo? ¿Podría ser tan egoísta y tan insensible?

Sabía que no. Quería tener algo diferente con ella. Quería confianza y amor. Y no iba a conseguirlo mintiéndole. Aquella noche, cuando habían hecho el amor, ambos habían dado su corazón. En lo que habían compartido no había habido nada mecánico. No podía traicionar algo tan especial, ni siquiera por Dalton.

Cerró los ojos. Tenía que decirle la verdad.

Hope se despertó y vio a Parker de pie junto a la ventana. Cuando se estiró, él la miró, pero no se acercó a la cama, como ella hubiera querido.

—Hola —dijo, sintiendo cierta timidez. Nunca había experimentado lo que habían compartido aquella noche. Ni siquiera con Bonner las cosas habían sido tan completas y perfectas.

—Hola —respondió él—. ¿Has dormido bien?

Ella asintió, preguntándose qué estaría pensando él. ¿Se arrepentiría de lo de aquella noche?

Hope se tapó hasta el cuello con las sábanas, ansiosa por saber qué sería lo siguiente que diría.

Él cruzó la habitación y se sentó a su lado en la cama.

—Has tenido una llamada esta mañana —le dijo.

—¿Sí? ¿Me ha llamado Faith?

—No. Amanda Barlow.

—Barlow —repitió ella, con nerviosismo—. ¿Me ha llamado? ¿Qué ha dicho? ¿Te ha dicho si sabe algo de mi bebé?

Él no respondió.

—¿Parker?

—Sí lo sabe —admitió él, y a Hope se le aceleró el pulso.

—¿Qué sabe? ¿Qué te ha dicho?

—Bueno, para empezar, sabe que no tuviste una niña. Hubo un error con la ecografía.

Hope respiró hondo y contuvo el aliento mientras lo miraba. ¿Autumn no existía?

—Pero... no puede ser cierto.

—Es cierto.

—¿Quieres decir que tuve un hijo?

Él asintió, y Hope empezó a sospechar que allí ocurría algo más que una simple llamada de los Barlow. Recordó que Lydia le había dicho una vez que «el niño fue a una buena casa» Recordó a Devon, que había reaccionado de una forma extraña cuando le había contado las pesadillas que tenía, y que le había preguntado si le había contado aquello a su abuela. «Creo que debería saber por lo que estás pasando...»

¿Qué había hecho Lydia?

Fuera lo que fuera, Hope tuvo la repentina sospecha de que Parker estaba en ello. Pero no quería creerlo. Lydia y él eran las dos últimas personas en las que había confiado en su vida.

—Dímelo. Dímelo todo.

—Tu hijo no fue adoptado a través de los canales habituales, Hope —le dijo.

—¿No? —ella sintió una náusea, pero la contuvo. Tenía que enfrentarse a aquello. Tenía que saberlo—. ¿Dónde fue? —preguntó, con la voz ronca.

—A mi casa.

—¿La señora Barlow es tu suegra? ¿Dalton es mi hijo? —preguntó Hope, pálida de repente.

Parker asintió. Estaba tan aterrorizado que no podía hablar. ¿Qué iba a decirle ella? ¿Le diría que no volviera a tocarla nunca? ¿Le diría que iba a ir a los tribunales para recuperar la custodia de Dalton?

—¿Tú querías a mi bebé?

—Lo siento —dijo—. Sé que posiblemente no podrás perdonarme. Pero yo he hecho todo lo que he podido para cuidarlo, Hope. Lo quiero con toda mi alma. Y él es tan buen chico... Creo que estarías orgullosa de él.

Durante unos segundos, ella no fue capaz de responder.

—No sé si querrás volver a verme —continuó él—. Pero yo... realmente quiero seguir contigo, si eres capaz de perdonarme.

Ella parpadeó y lo miró.

—¿Y Dalton?

—Me gustaría que los dos fuéramos parte de su vida. Sería muy bueno para él tener una madre. A su propia madre...

Parker estaba seguro de que oía los latidos de su corazón en el silencio que siguió a aquella frase.

—¿Por qué me lo has dicho, finalmente? —le preguntó Hope.

—Porque te quiero.

Ella se apretó el pecho con la mano, como si tuviera dificultades para respirar.

—No sé qué decir. Ni siquiera sé qué pensar.

—Hope...

—Quiero decir, nunca me habría imaginado que Dalton es... —le faltaron las palabras, pero continuó—. No puedo creerme que no exista Autumn —dijo, y sacudió la cabeza—. Y tú... tú lo sabías durante todo este tiempo y no me lo habías dicho.

—No podía arriesgar a Dalton, Hope. Sé que suena mezquino, pero... Lo siento.

De repente, ella se puso en pie.

—Tengo que irme. Tengo que salir de aquí y...

Él sintió que se ahogaba de miedo.

—¿A dónde vas?

—No lo sé. No puedo enfrentarme a esto aquí mismo, contigo, con lo que ha pasado esta noche. Necesito tiempo para pensar.

—Llévate mi furgoneta —le dijo, y rebuscó las llaves en el bolsillo de su pantalón.

—No puedo —dijo ella mientras se vestía, con los ojos llenos de lágrimas—. No... no sé si voy a volver —tomó el bolso y se marchó. Parker no hizo nada por detenerla. Sin embargo, dejar que se marchara era la segunda cosa más difícil que había hecho en su vida. Contarle la verdad había sido la primera.

Faith apretó la mano de Hope para que le prestara atención.

—¿Estás bien?

—No lo sé —murmuró Hope—. Yo... yo confiaba en Parker. Y ahora me siento confusa y...

—Pero él tiene a tu hijo, Hope —dijo Faith, con la voz llena de excitación y de alegría—. Y quiere compartirlo contigo. ¿Eso no cuenta para nada?

—Sí, cuenta mucho. Eso es lo que me digo a mí misma. Pero ha tenido a mi hijo durante diez años. Lydia y él me mintieron, me traicionaron...

—Se equivocaron —le dijo Faith—. Eso es cierto. Pero Parker no tenía por qué habértelo dicho, ni siquiera ahora. Podría haber dejado que siguieras creyendo que tenías una niña.

—Yo lo habría averiguado —dijo Hope. No quería ver nada bueno en Parker. No podía quererlo y odiarlo al mismo tiempo, pero aquello era lo que sentía—. Estaba empezando a buscarla.

—Pero es muy posible que no hubieras averiguado nada. Parker ha arriesgado su propio corazón, y un hijo al que adora...

—No quiero hablar más de ello —la interrumpió Hope.

—Pues yo creo que deberíamos seguir —replicó Faith, con una confianza en sí misma que sorprendió a Hope. ¿Cuándo había madurado tanto su hermana?

—¿Qué bien puede surgir de seguir hablando de este...?

—¿Milagro? —dijo Faith.

—¿Piensas que el hecho de que dos personas en las que confiaba me hayan mentido es un milagro?

—¿No es un milagro que hayas encontrado a tu hijo? Sabes que siempre ha sido feliz y lo han cuidado bien, y sabes que ha tenido un padre maravilloso. ¿No es la salud y la felicidad de tu hijo por lo que has estado rezando todos estos años?

—Sí, por supuesto.

—Entonces, piensa en esto: si a tu bebé lo hubiera adoptado otra familia, posiblemente nunca lo habrías encontrado. Si lo miras desde esa perspectiva, Parker te hizo un gran favor al quedarse con Dalton y cuidarlo tan bien —Faith dudó, y después añadió suavemente—: Y cuando te ofreció su amor, también.

Hope sintió el calor de las lágrimas, que le corrían por la cara. Por primera vez en años, era incapaz de contenerlas. Era un milagro. Tenía a Faith y a Brady. Y si era capaz de perdonar, tendría a Dalton y a Parker. No habría más pesadillas. No volvería a vivir sola, sin amor.

Quizá algún día pudieran ser una familia...

—¿No puedes perdonarlo? —le preguntó Faith.

Hope sonrió entre las lágrimas. Estaba agradecida por sentirse viva de nuevo.

—Puedo perdonarlo —dijo finalmente, y tomó el auricular del teléfono.

Parker respondió al primer tono.

—¿Hope?

—Soy yo —dijo ella.

Hubo un silencio, y Hope supo que él estaba esperando.

—Estoy... estoy en el hospital. ¿Podrías venir a buscarme?

Hope y Parker fueron a una cafetería cercana al hospital. Llevaban unos quince minutos sentados tomando café, y Hope se sentía mejor de lo que se había sentido durante años. Sin embargo, casi tenía miedo de dejarse llevar por el optimismo que había empezado a sentir. ¿Tendría razón Faith? ¿Estaría ante un milagro, o Parker no sería más que un espejismo?

—¿En qué estás pensando? —le preguntó él.

Ella lo miró a los ojos. Estaba muy guapo. No lleva-ba nada especial, sólo una camiseta y unos vaqueros, pero estaba recién duchado y afeitado. Hope se acor-dó de cómo había apoyado la cabeza en su pecho la noche anterior para oír los latidos de su corazón des-pués de hacer el amor, y se preguntó adónde iría su relación desde allí.

—Estoy pensando en ti —admitió ella.

—Me lo temía. Dime que estás pensando cosas buenas.

—Anoche... me sentí muy bien —dijo ella, y sintió cómo se ruborizaba.

Él se rió, aliviado.

—Menos mal. Ésa era mi intención.

Ella dejó la cucharilla en la taza.

—¿Qué vamos a hacer con respecto a Dalton?

Parker la miró con cierta cautela. Hope sabía que arriesgar a su hijo no había sido nada fácil.

—Me gustaría que le dieras tiempo. Me gustaría presentártelo y dejar que tu relación con él se desa-rrollara naturalmente. Sé que te querrá. Pero no creo que sea aconsejable darle ninguna gran sorpresa has-ta que te conozca y... estéis unidos.

A Hope le pareció lógico. Ella tampoco quería dis-gustar al niño. Quería entrar en su vida lo más perfec-tamente posible.

—De acuerdo. Entonces, ¿dónde nos deja eso?

Él le tomó la mano por encima de la mesa.

—Eso es lo que yo quiero saber.

—¿Qué tipo de relación quieres conmigo? —pre-guntó Hope.

—Una muy estrecha —afirmó él, y la acarició sin dejar de mirarla—. Estoy enamorado de ti, Hope. ¿Crees que alguna vez serás capa de quererme también? —le preguntó.

Ella cruzó los brazos a la altura del estómago para calmarse.

—¿Eso significa que no?

—No significa que no. Es sólo que... que las cosas van demasiado deprisa. No sé qué creer.

—Podremos superar el pasado, Hope. Conseguiremos resarcirte por todo lo que te has perdido. Al menos, concédeme la oportunidad.

Ella le dio un sorbito a la taza de café y asintió.

Hope observó cómo Parker terminaba de cargar la furgoneta. Faith no había salido del hospital todavía, pero él tenía que llevar a Hope a Enchantment para que recogiera su propio coche. Era viernes por la tarde, el comienzo del fin de semana para la mayoría de la gente, pero después de ir a casa a ver a Dalton, él pensaba empezar a hacer parte del trabajo que tenía atrasado.

Al verla al lado de la puerta, mirándolo, se volvió.

—¿Preparada? —le preguntó.

Ella miró la habitación, asombrada por todo lo que había ocurrido en tan poco tiempo. Había perdido su corazón. Había encontrado a su hijo.

—¿Qué ocurre? —le preguntó Parker—. Has estado muy callada.

—He estado pensando.

—¿Sobre qué?

—Sobre ti, de nuevo.

—Oh, oh —dijo él, con una sonrisa, y la abrazó—. Eso siempre me preocupa. Dime que has estado pensando en lo de anoche, porque yo sólo puedo pensar en eso.

—En realidad, estoy pensando en esta noche, en mañana por la noche, y en la noche siguiente.

—Eso suena prometedor.

—Acabo de darme cuenta de una cosa.

—¿De qué?

—De que no quiero dormir sin ti.

Él le dio un beso en los labios.

—Puedo organizarlo todo para que no tengas que dormir sin mí, si quieres —le dijo, con la voz ligeramente ronca.

Ella le pasó los dedos por el pelo y le devolvió el beso. Aquel hombre hacía que se sintiera bien. Seguramente, aquélla era una señal de la que podía fiarse.

—¿Sí? —le preguntó.

—Sí. Pero hay una cosa...

—¿Qué?

—Tenemos un niño de diez años.

—¿Y?

—Sería mejor que nos casáramos primero, ¿no te parece?

Hope sintió un cosquilleo en el estómago. Tomó la cara de Parker entre las manos para mirarlo a los ojos.

—¿Casarnos ya, Parker? ¿Lo dices en serio?

—¿Cuánto tiempo se tarda en saber que quieres pasar tu vida con alguien? ¿En saber que por fin has encontrado a la persona con la que tenías que haber estado desde el principio?

No mucho, pensó ella. Porque cuando cerraba los ojos, podía verse con la alianza de Parker en el dedo, llevando a sus hijos en el vientre, ayudándole a criar a Dalton.

—Puedo imaginarnos juntos —le dijo.

—Entonces, imagínate esto también: Dalton, tú y yo en Las Vegas, en cuanto sea posible.

—¿En Las Vegas? —Hope pensó que aquel tipo de ceremonia, que siempre se había imaginado para sí misma, de repente le parecía muy vacía—. Quiero esperar a que Dalton me conozca. Y cuando él esté bien con los cambios de su vida... quiero casarme en una iglesia.

Hope respiró hondo para calmarse.

—¿Estoy bien? —le preguntó a Parker.

Él sonrió y le apretó la mano, antes de llamar a la puerta de la casa de sus suegros en Taos.

—Estás estupenda —le dijo. En aquel momento, una mujer mayor con el pelo blanco abrió la puerta. Iba vestida con ropa cara y muy maquillada, y llevaba un anillo con un enorme diamante.

—¡Parker! —dijo sorprendida—. Nos habías dicho que no llegarías hasta el lunes —dijo, y sus ojos enormes, grises y fríos se fijaron inmediatamente en Hope—. ¿Quién es?

Parker le soltó la mano a Hope y le puso el brazo alrededor para darle ánimos.

—Amanda, te presento a Hope Tanner.

—¿Hope Tanner?

—Exacto. Te acuerdas, ¿verdad? Dejó un mensaje en tu contestador anteayer. Y ahora la he traído para que conozca a Dalton.

Amanda salió de la casa y cerró la puerta silenciosamente tras ella.

—¿Te has vuelto loco, Parker? Dalton ni siquiera sabe que es adoptado —les dijo en voz muy baja—. Piensa en el golpe que va a ser para él, por Dios.

—Cálmate —respondió Parker suavemente—. No le vamos a decir nada por el momento. Él sabe que he estado viendo a Hope, y quiere conocerla. Eso es todo. No le diremos nada hasta que estemos seguros de que está preparado.

—¿Y cómo vas a saber cuándo está preparado? —le preguntó Amanda.

—Probablemente, no será hasta después de que estemos casados —respondió Parker—. Y entonces ya será «mamá» para él.

—¿Casados? —preguntó Amanda, asombrada. Sin embargo, no pudo decir nada más, porque la puerta se abrió tras ella y apareció un niño moreno con los ojos marrones.

—¡Papá! —exclamó, y se tiró hacia él para abrazarlo—. Me alegro mucho de que hayas vuelto —dijo, y se separó de él—. Mira lo que me ha obligado a ponerme la abuela —y le enseñó unos pantalones formales y una camisa blanca—. Parezco el abuelo —dijo, disgustado.

Hope sintió que le temblaban las rodillas al ver a su hijo. Era delgado, como su padre, pero tenía la misma sonrisa que ella. Había soñado con aquel momento desde que había dado a luz.

—Dalton, te presento a Hope —dijo Parker, volviéndose hacia ella.

—Hola, Dalton —lo saludó Hope, con el corazón en la garganta. Tenía ganas de abrazarlo con todas sus fuerzas, pero sabía que era demasiado pronto. Ya tendría tiempo. Ella y Parker iban a casarse en pocos meses. Entonces irían a vivir a casa de Parker, con Faith y Brady, y ella cuidaría de Dalton como si nunca lo hubiera perdido.

—Hola —respondió él, tímidamente.

—Tu padre y yo habíamos pensado llevarte a tomar un helado, si a tu abuela no le importa —dijo Hope amablemente.

—¿Puedo cambiarme de ropa primero? —preguntó Dalton, entusiasmado.

—Claro. En lo que a mí respecta, unos pantalones vaqueros servirán perfectamente —le dijo Hope.

—Estupendo —dejó escapar un tremendo suspiro y sonrió a Parker—. Te dije que me caería bien, papá —dijo, y entró corriendo en la casa, dejándolos con Amanda.

Hope intentó no temblar al sentir la mirada de la abuela de Dalton clavada en ella.

—Un escándalo no nos vendría bien a ninguno —le dijo.

—No habrá ningún escándalo —respondió Hope—. El pasado es el pasado. Vamos a dejarlo donde está.

—No vamos a dejar que nos robe el futuro —añadió Parker. Y después esbozó aquella sonrisa que Hope había aprendido a amar.

# Tiffany

# Brenda Novak

## En tus brazos

Cuando Lucky Caldwell tenía diez años, su madre, Red, la prostituta más famosa de Dundee, Idaho, se había casado con Morris Caldwell, un hombre rico y mucho mayor que ella. Por supuesto, el matrimonio no había durado, pero la amabilidad de Morris había sido muy importante para Lucky.

Mike Hill, nieto de Morris, no sentía demasiada simpatía hacia Red ni hacia su hija; habían separado a su abuelo de su familia, e incluso este le había dejado en herencia a Lucky una mansión victoriana a la

que ella no había hecho ningún caso durante años…

## Buscando su lugar

Hacía diez años que Hope Tanner había escapado de su comunidad, y lo había hecho sola y embarazada. Después había dejado la adopción de su bebé en manos de Lydia Kane, la fundadora de una clínica de Nuevo México.

Ahora tenía que regresar a su ciudad para ayudar a su hermana a escapar y ¿qué mejor sitio para acudir con una embarazada en busca de ayuda que la clínica? Allí, su hermana Faith podría dar a luz en paz y ella podría volver a ver a los viejos amigos, como Lydia… o como el irresistible Parker Reynolds.

Pero Parker, padre viudo y administrador del centro, no parecía alegrarse de volver a ver a Hope…

# JULIA

## KIMBERLY LANG
### A FAVOR DEL VIENTO

Ally Smith había roto con su novio por egoísta e infiel, pero no estaba dispuesta a desperdiciar la luna de miel en el Caribe que había pagado por adelantado.

Mientras intentaba salvar sus vacaciones, conoció al apuesto y seductor Chris Wells y se arrojó de cabeza a una tórrida aventura veraniega sin sospechar que aquel magnate de los barcos la había dejado embarazada.

N.º 476

## JILL SORENSON
### EMOCIONES TURBULENTAS

Una reserva de fauna exótica era un sueño hecho realidad para la bióloga Daniela Flores, hasta que descubrió que su exmarido era el jefe del equipo de investigación.

Sean Carmichael había ido a las remotas Islas Farallón a estudiar tiburones asesinos, pero un verdadero asesino andaba suelto amenazando a la mujer a la que nunca había dejado de querer. Y ahora sabía que debía protegerla.

## JUSTINE DAVIS
### LA MEJOR VENGANZA

Había algo en los intensos ojos azules de St. John que a Jessa Hill le recordaba a su amigo de la infancia. Pero Adam Alden había muerto veinte años atrás…

¿Podrían ser St. John y Adam la misma persona? ¿Y si lo eran, se marcharía, llevándose su corazón por segunda vez?